아동문학 이해와 창작의 실제

김자연(金自然)

지은이 김자연(金自然)은 전주대학교 대학원을 졸업하고, 동 대학원에서『한국 동화의 환상성 연구』로 학위(문학박사)를 받았다.『아동문학평론』신인상(1985)에 동화가 당선되어 문학 활동을 시작한 후, 한국일보 신춘문예에 동시가 당선(2000)되었다. 백제대, 원광대, 전주교대, 단국대, 한남대에서 강의를 했으며, 현재 교육대학원에서 학생들을 가르치면서 아동문학 창작과 연구 활동을 하고 있다. 제10회 방정환문학상을 수상했으며, 지은 책으로 동화집『항아리의 노래』외 4권, 저서로는『한국동화문학연구』,『유혹하는 글쓰기』,『독서치료와 어린이 글쓰기 지도』,『통합 독서지도』등이 있다.

청동거울 문화점검 ⑳

아동문학 이해와 창작의 실제

2003년 3월 8일 1판 1쇄 발행 / 2007년 3월 10일 1판 2쇄 발행

지은이 김자연 / 펴낸이 임은주
펴낸곳 도서출판 청동거울 / 출판등록 1998년 5월 14일 제13-532호
주소 (137-070) 서울 서초구 서초동1359-4 동영빌딩 / 전화 02)584-9886~7
팩스 02)584-9882 / 전자우편 cheong21@freechal.com

편집장 조태림 / 편집 조은정
표지디자인 조태림 / 본문디자인 하은애 / 영업관리 김상석

값 12,000원

ISBN 89-88286-95-2

청동거울 문화점검 20

아동문학 이해와
창작의 실제

김자연 지음

청동거울

아동문학 이해와 창작의 실제

아동문학과 인연을 맺은 지 18년, 대학에서 아동문학 강의를 해 온 지 8년이 되어 간다. 강의를 하면서 느꼈던 어려움 중 하나가 교재 선택에 대한 고민이었다. 물론 그 동안 선학들에 의해 씌어진 아동문학 이론서가 여러 권 나와 있고, 강의 교재로도 사용해 왔다.

그러나 아동문학 이해의 기초가 되는 용어에 대한 출처나 쓰임새, 매체 활용에 의한 지도 방법과 창작의 실제를 종합해서 다룬 책이 드물었다. 아동문학을 공부하는 사람뿐만 아니라, 기초 지식을 필요로 하는 관련 분야 선생님들도 참고할 수 있는 책이 있었으면 좋겠다는 생

각이 이 책을 엮게 만들었다.

여기에 실린 글들은 상당 부분 현장 체험에서 얻은 경험과 그 동안 발표한 논문을 수정한 것이며, 강의에 필요한 부분은 다시 써서 이루어졌다.

이 책의 전개는 크게 6장으로 구성되어 있는데, 제1장 '아동문학의 첫걸음'에서는 아동문학의 전망과 어려움을 조명해 보고, '아동문학' '동화' '동시' '어린이' 등 아동문학 용어의 출처와 쓰임새를 밝히고 있으며, 아동의 발달 특성에 따른 아동문학과의 연관성을 설명하였다.

제2장 '아동문학의 흐름'에서는 한국 아동문학과 세계 아동문학의 흐름을 문학사적 특성과 함께 주요 작가를 중심으로 시대별, 나라별로 정리했으며, 제3장 '아동문학 창작과 지도'에서는 동화와 동시를 중심으로 개념과 특징을 정리하고, 창작과 지도 방법을 아동 발달 단계에 따라 설명하였다.

제4장 '아동문학의 매체'는 독서지도사 과정 강의와 2002년 대교방송에서 독서 상담을 하면서 정리한 내용을 토대로 동화구연, 어린이

독서지도, 그림책을 통한 지도 방법을 제시하였다. 제5장 '아동문학의 다양한 모색'은 평소 아동문학을 공부하면서 가졌던 문제를 다루었는데, 주요 내용은 동화에서 환상의 문제, 전쟁과 아동문학, 남녀 평등에 대한 논의를 담았다.

제6장 '아동문학 작가'는 한국 아동문학사에 큰 발자취를 남긴 방정환, 마해송, 현덕, 강소천, 이주홍, 이원수, 권정생의 생애와 주요 작품을 정리하였다. 현재 주목받는 작가와 작품은 정리가 마무리되지 않아 여기에 수록하지 못했다.

제7장 '작품 창작의 실제'는 2000년부터 현재까지 『아동문예』에 발표하고 있는 작품 해설 중 실제 창작의 기초가 될 수 있는 부분을 골라 생각을 보탰다. 부록에 담은 '글쓰기의 기초'는 학생들과 실제 글쓰기 수업을 하면서 고민했던 부분으로 문장 연습과 정서법, 띄어쓰기를 중심으로 정리한 것이다. 관심 있는 사람에게 참고가 되었으면 좋겠다. 그리고 아동문학가가 되고 싶은데 길을 잘 모르는 사람, 또는 작품을 써서 검증을 받고 싶은데 어디에 내야 할지 고민하는 사람은 '아동문

학가가 되는 길'과 '주요 아동문학상'을 살펴보면 정보를 얻을 수 있을 것이다.

『아동문학 이해와 창작의 실제』는 아동문학에 관한 기초 이론을 중심으로 매체를 활용한 지도 방법과 동화 창작의 실제에 초점이 맞추어져 있다. 책을 엮으면서 논리의 부족함을 최대한 줄여 보려 노력하였지만 다시 보니 틈새도 보이고 아쉬움도 남는다. 그리고 동시 부분은 앞으로 더 보충해 나갈 것이다. 이 책이 나올 수 있도록 애써 주신 청동거울 식구들에게 감사드리며, 아동문학을 공부하는 학생이나 관련된 곳에서 종사하는 선생님, 문학 지망생들에게도 작은 도움이 되길 바란다.

2003년 봄

김자연

차례

제1장 │ 아동문학의 첫걸음

1. 아동문학의 전망과 어려움 · 13

1)오늘의 아동문학 2)용어 사용의 통일 3)동심의 해석 4)작품 창작의 어려움 5)
비평의 자세 6)아동문학의 전망

2. 아동문학의 용어 고찰 · 21

1)용어 고찰 의미 2)전통사회에서 '어린'의 어원과 '아동'의 사용 3) 아동관의 변
화와 어린이 · 소년 용어 4)동화 · 아동문학 5)방정환과 '어린이' 용어 6)용어 사
용의 차이

3. 아동 발달의 특성과 아동문학 · 38

1) 아동의 기본 욕구와 아동문학 2) 아동의 인지 발달 특성과 아동문학

제2장 │ 아동문학의 흐름

1. 한국 아동문학의 흐름 · 49

1)초창기 2)성장기 3)통속 · 혼미기 4) 발전기

2. 세계 아동문학의 흐름 · 65

1)영국의 아동문학 2)프랑스의 아동문학 3)독일의 아동문학 4)덴마크의 아동
문학 5)아시아의 아동문학

3. 최남선과 한국 창작동화의 기원 · 72

작품감상 센둥이와 검둥이

제3장 │ 아동문학 창작과 지도

1. 동화 · 85

1)동화의 개념 2)동화의 특성 3)동화 창작 4)동화 지도

2. 동시 · 105

1)동요 · 동시의 개념 2)동시의 특성 3)동시 창작 4)동시 지도

아동 문학 이해와
창작의 실제

아동문학의 첫걸음

1. 아동문학의 전망과 어려움

1) 오늘의 아동문학

아동문학(Children's Literature)은 아동에게 들려주거나 읽히기 위해 쓴 동화, 동시, 동극 등을 총칭하는 개념이다. 그러나 아동문학의 독자는 어른과 아이를 모두 포함하는 특징을 가진다. 아동문학이 21세기를 주도할 학문으로 주목받고 있는 것은 세계적인 추세이다. 이러한 이유에는 여성들의 적극적인 사회 진출과 하나밖에 없는 내 아이를 보다 잘 키우겠다는 부모들(핵가족)의 욕구가 높아진 사회 현상도 한몫 하고 있다. 현재 출판계를 비롯한 학습, 독서교육, 유아교육, 외식 등 많은 분야에 걸쳐 이미 아동과 관련된 산업은 그 어느 분야보다 수익성은 물론, 관심이 높아 가고 있어 갈수록 경쟁이 심화되고 있다. 그 중에서도 특히 아동문학은 자라나는 어린이의 정서와 인성에 절대적으로 영향을 미친다는 중요성이 부모들 사이에 널리 확산되어 가고 있고, 장차 부모가 될 학생들에게도 꼭 필요한 학문으로 인식되어 가고 있다. 유럽에서는 초등학교 교사 자격 요건에 반드시 '아동문학' 과목을 수강하여 어린이 독서지도사로서의 소양을 갖추도록 하고 있으며, 가까운 일본에서는 현재 매화여자대학교와 백합여자대학교 등에 아동문학과와 아동문화과가 개설되어 있다. 또한 오사카 국제 아동문학관에서는 각국의 학자들을 초청하여 연구하게 하고 있다. 우리의 실정은 여기에 미치지 못하고 있다. 그러나 대학원 과정에 아동문학 전공 과정을 두는 등 점차 인식이 개선되고 있다. 모처럼 갖게 된 아동문학에 대한 관심을 아동문학이 발전할 수 있는 기회로 삼기 위해서는 주변의 거품과 상업성을 경계하고, 보다 좋은 작품이 많이 나와야 한다. 이를 위해 아동문학의 현실을 재점검해 보고, 전망을 살펴보는 것도 의미 있는 일이 될 것이다.

2) 용어 사용의 통일

아동문학을 연구하고, 실제 창작을 해본 많은 사람들은 아동문학의 어려움을 호소한다. 아동문학이 어렵게 느껴지는 것은 일차적으로 용어의 포괄적이고 복합적인 의미에 원인이 있다고 하겠다. '아동'과 '어린이', '동화' '생활동화' '아동소설' '소년소설' 등 개념이 명확하지 않고 통일되지 않은 용어들은 아동문학을 창작하거나 비평하고 연구하는 사람, 나아가 일반 대중에게도 혼란스러움을 안겨 주는 게 사실이다. 그렇다고 이러한 개념과 용어를 통일하는 것도 쉬운 일이 아니다.

먼저 아동이란 용어를 생각해 보자. '아동'이란 실제적인 집단으로 존재하는 것처럼 보이지만, 현실에서 '아동'을 명확하게 규정하는 데는 한계가 있다. 또 '아동'이라는 대상 자체가 아동문학의 성격을 온전하게 밝혀 주는 것도 아니다. 그러나 아동문학은 '아동'을 어떻게 규정하는가에 따라 그 내용이 달라질 수 있으며, 창작 방식에도 많은 영향을 미칠 수 있다. 따라서 이에 대한 논의가 심도 있게 다루어져야 한다.

아동문학의 일반적 개념은 어른이 아이들에게 들려주기 위해 쓴 동화, 아동소설, 동시, 동극을 총칭한다. 그런데 이 '아동문학'이 '어린이 문학'이란 말과 같이 쓰이고 있다. 물론 이 중 어느 것을 쓴다고 해도 문제는 없다. 그러나 '어린이문학'은 마치 어린이들이 창작하는 문학이란 뉘앙스를 풍기며, 또 어린이라는 용어 속에 소녀·소년을 포함시키는 것 자체도 무리이다. 현실에서 아동문학의 대상이 유아, 어린이, 소녀·소년을 포함하는 방향으로 발전하고 있다는 점에서 명칭을 아동문학으로 통일해 나가는 것도 좋을 것이다. '아동소설'과 '소년소설' 역시 두루 쓰이고 있는데, 계몽기 최남선의 '소년'에 담긴 용어는 아동과 청년을 수용한 용어(『아동문학시대』 가을호)였다는 점, 현실에서 '소년'은 '청년'과는 구별된다는 점, '소년'이 소녀를 포함시키는 상징적 의미로 쓰여진다고 해도 이는 남녀를 차별하는 용어라는 점에서 '아동소설'로 사용하는 것이 좋겠다.

3) 동심의 해석

아동문학의 본질을 이야기할 때마다 우리는 그 핵심에 '동심'을 가져다 놓기를 주저하지 않았다. "동심의 문학, 동심을 바탕으로 쓴 것, 동심을 가진 어른이 동심을 가진 어린이에게"라는 말에서도 쉽게 알 수 있듯 그 동안 '동심'은 동화뿐만 아니라 아동문학의 중요한 원형적 특성으로 이해되어 왔다. 그런데 문제는 정작 '동심'을 정의하고, 개념화하려면 쉽지 않다는 것이다.

동심이란 무엇인가? '동심'은 말 그대로 '아동의 마음'을 지칭한다.

이원수의 아동문학 이론서
『아동문학 입문』(소년한길, 2001).

그렇다면 어린이 마음은 어떤 것인가? 귀엽고 순진하고(모자라고, 어리석고, 미성숙한) 천진난만한 어린이의 행동이나 마음을 가리키는가? 진정 그것이 현실의 어린이들이 가지고 있는 마음을 상징한다고 할 수 있는가? 결론부터 이야기하자면 동심은 그렇게 쉽게 정형화할 수 있는 것이 아니다. 그리고 동심을 아동문학의 특성으로 규정한다면 마치 아동문학이 문학과는 다른 특수한 분야로 받아들이게 할 수도 있다. 아동문학 작품 창작에서 동심에 대해 다시 주목하는 것은 이러한 이유에서이다.

　아동문학의 핵심을 어디서 찾는가에 따라 작품의 내용과 창작은 달라질 수 있다. 동화를 비롯한 아동문학을 일반 문학과 구별하는 가장 큰 특징은 독자 수용 측면에서 '아동'을 주요 대상으로 삼고 있다는 점이다. 이원수는 아동문학을 가리켜(『아동문학 입문』), "아동의 이해력이 어른들의 그것과는 큰 차이를 가지고 있으므로 아동이 쉽게 이해할 수 있는 형식과 내용을 필요로 한다"고 말했다. 이것은 동화 또는 아동문학의 특성은 어린이들이 읽기에 알맞게 쓰여진 문학이라는 뜻으로, 일차적으로 아동을 전제로 한 정의이다. 그런데 아동은 어떻게 규정할 수 있는가? '아동'이란 단어 속에는 그들의 마음뿐만 아니라 생활, 상상력, 관심사, 체험의 영역, 느낌 등을 포함하는 것이어야 한다. 이런 측면에서 본다면, 어린이는 무조건 착하다는 동심천사주의나 어린이의 순수한 도덕성에 기초한 동심본성주의를 아동문학의 핵심으로 보는 데는 분명 한계가 있다. 이것은 아동을 너무 편협하게 평가한 것으로, 그들을 현실과 멀리 떨어진 존재로 생각하거나 어린이들의 성장을 도외시한 아동관에서 비롯된다.

이지호는(『글쓰기와 글쓰기 교육』, 서울대학교 출판부, 2002) '동심'에 대한 새로운 관점을 제시한 바 있다. 그는 "동심의 핵심을 '동심사유체계'에서 찾아야 한다"고 주장했다. 이러한 인식은 어린이가 생각하는 것은 어른이 생각하는 것과 본질적으로 다르다는 시각에서 출발한 것으로, 어린이의 사유는 기성에 물들지 않은 것이라는 점에 주목한다. 즉 동심은 도덕적 선이나 정신의 바탕으로 보는 것을 넘어 어른에 비해 어린이가 보다 풍부하고 진지하게 세계를 바라보는 순수한 정신의 가능성을 가지고 있다는 것이다. 원초적 세계에 대한 경이와 의문, 세계에 대한 끝없는 물음을 가지는 자세가 순수한 정신으로서의 동심이라는 것이다. 이러한 주장은 어느 정도 설득력을 가지며, 본인 역시 이에 동의한다. 그러나 이러한 인식 역시 '동심'의 특성을 다른 관점에서 바라본 것이지, 그것이 아동문학이 가지고 있는 문학적 특성을 총체적으로 드러낸 것이라고 보기는 어렵다.

'동심'은 지극히 추상적이고 여러 측면에서 해석을 가능케 하는 하나의 비유어이다. 이런 비유어에 기대어 아동문학의 본질을 생각하는 것은 아동문학 작품의 내용이나 형식을 특수한 것으로 몰아넣기 쉽다. 현실의 아동은 우리가 경험한 어제의 아동이 아니며, 그들의 생활과 사고 역시 끊임없이 변화해 간다. 따라서 '동심'에 대한 보다 큰 의식의 전환이 필요하다. 근래 아동을 바라보는 시각이 그들의 마음과 관심사, 생활, 상상, 사고방식, 체험 등 다각적인 측면에서 조명되고 있는 것은 다행스러운 일이다. 그러나 아동문학에서 아동을 지나치게 전면으로 내세울 경우, 문학 일반의 보편적 자질을 도외시할 수 있다. 우리는 이를 경계할 필요가 있다. 아동문학은 아동을 대상으로 삼고 있기는 하지만 분명 문학이다. 사실 우리는 그 동안 아동문학을 이야기할 때, 아동이라는 대상에 너무 집중한 나머지 동화가 문학의 보편성에 기초한다는 것을 소홀히 취급해 왔다. 아동문학의 창작은 아동이라는 대상뿐만 아니라 문학성을 함께 충족시킬 때 보다 발전할 수 있을 것이다.

4) 작품 창작의 어려움

아동문학은 '문학'이면서 그 주체자인 '어린이'의 속성을 끊임없이 탐색해야 하는 이중의 어려움을 안고 있다. 아동을 생각하며 글을 쓰다 보면 자칫 문학성에 소홀하게 되고, 문학성을 내세우다 보면 또 아동에 소홀해지기 쉽다. 문학이면서도 성장하는 어린이의 특성을 간과할 수 없는 일은 어쩌면 아동문학의 숙명적인 과제일지도 모른다. 그렇더라도 이제 아동문학은 전보다 조금 더 달라져야 한다. 아직도 구태의연하고 자기 도취적인 작품이 많이 나오고 있어 안타깝다. 순수한 동심을 다룬다는 보이지 않는 사슬에 작가 스스로가 구속되어 현재 어린이가 공감하고, 그들의 정신을 해방시켜 미래로 향하게 하는 작품을 많이 창작해내지 못하고 있다. 버튼 하나로 모든 것을 해결하는 오늘의 어린이들이 과연 이러한 작품을 인내하며 읽어 줄 것인가! 순수한 동심은 변하지 않을 것이다. 그리고 생활 양상 역시 변하지 않는다고 착각하기 쉽다. 물론 문학작품이 얄팍한 시류에 영합하고, 사회적 변화에만 민감하게 반응하다 보면 작품의 질이 떨어질 우려도 있다. 그러나 아동문학의 주 독자층인 어린이와 작가 사이에는 적어도 20년이라는 차이가 있음을 깊이 인식하지 않으면 안 된다. 오늘의 아동문학이 현실의 어린이에게 줄 수 있는 것은 과연 무엇인지를 끊임없이 탐색해 나가는 자세가 더욱 필요한 것이다. 자신의 어린 시절 경험에 비추어 오늘의 어린이들을 쉽게 단정짓는 것은 무리이다. 어린이들에게는 개개의 현상 뒤에 숨어 있는 구조적인 모순을 꿰뚫어 볼 능력이 부족하다. 그들은 이러한 상황에서 좀더 자유로워지고자 한다. 무언가 다른 시선과 관찰, 그런 것이 없다면 아이들은 동화를 멀리할지도 모른다. 이제 오늘의 아동문학은 조금 더 '지금' '여기'를 직시할 필요가 있으며, 문학적인 감동으로 어린이의 관심을 불러일으켜야 한다.

5) 비평의 자세

아동도서에 대한 관심이 높아지고 있는 것과 비례하여 비평 역시 그만큼 중요해졌다. 좋은 작품을 생산해내고, 가치를 평가하기 위해서는 무엇보다 비평의 활성화가 이루어져야 한다.

동서양을 막론하고 아동문학의 형성은 어른과 아이의 분리, 이른바 '아동의 발견'에서 비롯되었다. 아동의 발견이란 어린이가 처한 현실을 명확하게 깨닫고, 그들의 독자적인 정체성을 발견함으로써 이루어질 수 있는 것이다. 이처럼 아동문학은 성인문학과 달리 처음부터 '아동'이라는 규범을 전제하고 있으며, 이와 같은 규범으로부터 자유로울 수도 없다. 어린이는 어른의 축소물이 아니며, 그들에게는 그들만의 정서가 있고, 고민이 있고, 즐거워할 권리가 있다는 것, 그리고 세상을 인식하는 방법이 어른과 다르다는 차이를 자각하지 않을 때, "어린이를 위해" 씌어지는 아동문학 작품이 오히려 어른들의 생각 속에 아이를 가두고 억압하는 또 하나의 구속이 될 수도 있음을 깊이 인식하지 않으면 안 된다. 따라서 아동문학 비평은 문학 일반에 대한 지식뿐만 아니라, 어린이 심리와 발달 특성, 그들의 관심사에 대한 충분한 이해와 사랑에서 출발해야 한다. 다행히 근래에 들어 비평과 연구를 통해 아동문학의 정체성을 찾으려는 신진들의 진지한 탐색과 활발한 움직임이 아동문학의 발전에 기여하고 있다. 그러나 그들의 활발한 움직임

못지않게 보다 체계적이고 실증을 바탕으로 한 연구와 비평이 아동문학의 발전을 앞당겨 줄 것이다. 일반 문학이론을 아동문학 비평에 적용할 때에는 그 기준을 명확하게 제시하고, 논증도 없이 주장만 내세우는 비평이 되지 않도록 경계해야 한다. 발표되는 작품에 따라 그 성과와 한계를 날카롭게 분석해 주는 비평의 활성화를 위해 보다 적극적인 학문적 교류와 상호 협력이 필요하다. 이를 위해 아동문학 연구자료의 공유도 소망스럽다고 하겠다.

6) 아동문학의 전망

요즈음 아동도서 출판 시장은 비약적인 성장세를 보이고 있다. 해마다 새로 발행되는 아동도서 부수가 20% 이상 신장세를 보이고 있고, 그 중심에 동화가 자리하고 있다. 아동문학은 동화·동시에 대한 이론 습득과 창작, 어린이와 관련된 분야에서 일하는 사람들에게 필요한 기초 지식을 습득하는 기회를 제공한다.

아동문학의 활로를 크게 두 가지 방향으로 나누어 생각해 볼 수 있다. 첫번째로, 아동문학에 대한 기초적 이론과 창작을 병행하여 아동문학 연구가, 아동문학 비평가, 아동문학가로 활동할 수 있다.

두 번째는 사회에 나가 직업인으로서 도움이 되는 방향이다. 학생들이 대학에서 문학을 전공하는 것을 기피하는 가장 큰 이유는 졸업 후 취업의 어려움 때문이다. 그러나 아동문학의 활로는 의외로 다양하다. 어린이 독서지도사, 아동문학 지도사, 동화구연가, 동화 심리치료사, 방과후 어린이 교실 선생님이 될 수 있으며, 이외 아동과 관련 있는 출판계, 방송계 진출도 가능하다. 이를 다시 정리하면 다음과 같다.

①연구 분야 ②창작 분야 ③출판 분야 ④동화구연 분야

⑤평론 분야 ⑥교육현장 분야 ⑦특수학교, 사회 복지단체 분야
⑧문예지도사, 독서치료사, 독서지도사, 글쓰기 지도사 등

2. 아동문학의 용어 고찰

1) 용어 고찰 의미

'아동문학'이란 아동을 주요 독자로 삼고 창작된 문학작품을 지칭하는 용어이다. 동서양을 막론하고 아동문학의 형성은 근대사가 지니는 특수성과 밀접한 관련을 맺고 있다. 근대 이전에는 '아동' 또는 '어린이'는 성인이 되지 못한 미숙한 존재로 취급되었다. 그러나 근대에 이르러 이러한 '아동'은 성인과 다른 독립된 속성을 지닌 것으로 이해되기 시작한다. 이와 같은 아동관의 변화는 아동문학이 발생할 수 있는 기초를 마련해 주었다.

동화를 비롯한 아동문학의 형성이 근대적 아동관에 대한 근본적인 인식 변화와 궤를 같이한다고 할 때, '아동'에 대한 용어 고찰은 아동문학의 본질을 규명하기 위한 첫걸음이라 할 수 있다. 현재 아동문학은 그 동안 발전해 온 역사에 비해 충분한 논의가 이루어지지 않고 있으며, 공부하는 사람들 또한 어려움을 호소하고 있다. 이것은 아동문학의 특수성인 '아동'의 포괄성과 아동문학을 둘러싼 용어의 명확하지 못한 개념에도 그 원인이 있다고 하겠다. '아동'과 동일한 개념으로 사용되고 있는 '어린이' '소년' 등의 용어는 아동문학인뿐만 아니라 일반 대중에게도 혼란을 더해 주고 있는 게 사실이다.

그렇다고 이러한 개념과 특성을 분명히 하는 것은 쉬운 일이 아니다. 사실 '아동'이란 대상이 실제적인 집단으로 존재하는 것처럼 보이지

만, 현실에서 '아동'이란 개념을 명확하게 규정하는 데에는 한계가 있다. 아동이란 고정 불변의 실체가 아닌 유동적으로 존재하는 대상이기 때문이다.

또 '아동'이라는 개념 자체가 아동문학이 지닌 성격을 뚜렷하게 밝혀주는 데도 어려움이 따른다. '동심'으로 대변되는 아동의 마음이란 명확하게 개념화할 수 있는 것이 아니라, 변화 가능한 다분히 주관적이고 자의적인 성격이 강하다. 그렇다고 이러한 근본적인 문제를 해결해 나가지 않고 아동문학에 대한 본격적인 논의를 지속시키기는 어렵다. 아동문학은 '아동'을 어떻게 규정하는가에 따라 그 내용이 달라질 수 있으며, 창작 방식에도 많은 영향을 미칠 수 있다. 따라서 아동문학을 제대로 이해하기 위한 시초로 아동문학의 용어 고찰은 중요한 의미를 지닌다고 하겠다.

여기서는 여러 자료를 토대로 하여 '아동'이라는 용어를 중심으로 그에 관련된 '소년' '어린이' '아동문학' '동화'라는 용어의 유래를 탐색함으로써 위 용어들의 개념을 고찰하고자 한다.

2) 전통사회에서 '어린'의 어원과 '아동'의 사용

아직 어른이 되지 않았다는 의미로서 '어린'의 용어는 『가례언해(家禮諺解)』(1632년 간행)와 『경민편언해 중간본(警民篇諺解 重刊本)』(1658년 간행)에서 그 사용례를 찾아볼 수 있다. 어원을 살펴보면, '어리다'는 원래 '어리석다(愚)'라는 의미를 지닌다.「훈민정음 언해본(訓民正音 諺解本)에 보면 '우민(愚民)'을 '어린 백성(百姓)'이라고 번역하고 있으며,『월인석보(月印釋譜)』『훈몽자회(訓蒙字會)』와 같은 문헌에서도 자주 등장하다가 15~16세기에는 '어리다'가 '우(愚)'의 의미로만 씌어졌다. 이후 17세기에 들어서면서 '유(幼)'(幺+力, 힘이 작음)라는 의미로 쓰이는 예가 나타나기 시작하여 한동안 '어리다'가 '우(愚)'의 의미로 쓰였고, '유(幼)'의 의미로도 쓰였다.

이처럼 이 시대에는 '어린이'가 '우인(愚人)'을 뜻하기도 하고, '소인(少人: 어리고, 살아온 날이 적은 사람)'을 의미하기도 했다. 근대적 아동관이 생기기 전까지의 '아(兒)'와 '동(童)', '유(幼)'란 한자어는 아직 어른이 되지 않았다는 '어린'의 의미로 사용되었다. 이때의 '어른'이 되지 못함의 의미는 '혼례'를 치르기 전이라는 것을 상징한다.

원래 동(童)은 소와 양의 뿔이 없는 것을 뜻하던 것이 점차 의미가 확대되어 가(家)나 실(室)을 갖지 않고 홀로 사는 사람, 즉 남자가 결혼하여 가정을 이루거나 여자가 출가하여 실(室)을 얻기 전을 의미한다. 따라서 전통사회에서 '아(兒)'와 '동(童)'은 혼례의 기준, 더 나아가 어른과 어른 아닌 사람을 구분하는 중요한 기준이 되었다. 전통사회에서 아동은 성인과의 비교를 통해서만 자신의 성격이 부여된 대상이었다. 그러나 이렇게 개별적으로 쓰였던 '아(兒)'와 '동(童)'의 단어는 개화기 이후에 두 단어(兒+童)가 합쳐져 '아동'으로 사용되기에 이른다. 이것은 일본 단어인 '아동(兒童, しとう)'의 수입에 의한 것이다.

그러나 이 글자는 단순히 두 글자를 합쳐서 사용한 것을 뜻하지 않고, 새로운 의식을 반영한 신조어의 성격을 지닌다. 일부에서는 이 단어가 단지 일본에서 차용된 것이라는 이유로 그 자체를 배척하는 경향이 있지만, 우리가 보다 중요하게 여길 것은 '아동'이란 단어를 언제 누가 사용했느냐보다 이 단어가 어떻게 이해되어 왔는지를 살펴보는 일이다. 그것은 한국 역사의 특수한 시기이기도 했던 근대에 우리 문학사 용어 중 외부로부터 영향을 받지 않은 것이 과연 얼마나 될지 의심스럽기 때문이다.

'아(兒)'와 '동(童)', '유(幼)' '소년(少年)' '아해'란 단어는 근대로 넘어오면서 '소년' '어린이' '아동'으로 대체되어 가는 현상을 보인다.

이는 단순히 옛 단어를 새것으로 바꾸었다는 것보다 이들에 대한 관점이 달라졌음을 함의하고 있다. 물론 1910년까지만 해도 '소년'과 '아해'라는 단어는 한 잡지, 하나의 글에서 같이 사용할 정도로 큰 차이를 가지지는 못했다. '아동'이란 용어는 유길준의 『서유견문』(1895)에 덧붙인 「아동으로서의 정신」에서 찾을 수 있다.

"교사는 항상 아동의 성질을 순하게 하여 거역함이 없게 하고, 공부를 과도하게 시키지 말아 염증이 없도록 하며, 아동으로서의 정신을 기르게 한다"라는 글에서 그 당시 '아동'이라는 단어에 내재된 이념적 성격을 발견할 수 있다. 즉, 아동으로서의 정신을 기른다는 의미는 아동에게 적합한, 아동 특유의 정신이 있다는 것을 전제할 때 가능하다. 이 점은 매우 중요한 의미를 시사해 준다. 전통사회에서의 도덕적인 기준, 이른바 성인이 되어 가는 과정일 뿐인 '아동'의 의미가 여기서는 아동으로서의 정신을 기르는 것, 다시 말하자면 주체적인 인식으로 전환되고 있음을 확인할 수 있다.

3) 아동관의 변화와 어린이·소년 용어

아동문학의 형성을 가능하게 했던 아동관의 변화는 무엇보다 장유유서(長幼有序)라는 유교적 윤리 이념으로 무장한 조선왕조의 붕괴가 중요한 요인으로 작용하였다. 여기에 우리 근대사의 불행이었던 식민통치도 아동문학의 형성과 발달에 있어 무시할 수 없는 사건이었다. 조선왕조 붕괴로 제기되었던 새로운 윤리와 이념의 필요성, 식민치하에서 민족 해방을 위해 제기되었던 아동관에 대한 근본적인 인식 변화는 아동문학을 형성시키는 결정적인 계기를 마련하였다. 선봉에 선 것이 동학(東學)의 어린이 사상과 최남선의 『소년』이다.

한국 근대사의 시작을 알린 동학은 1889년 11월에 「내수도문(內修道

집필에 몰두하는 최남선(위)과 최남선이 발행한 어린이 잡지 『소년』 창간호 권두언(오른쪽).

文)」 4항에 "어린이를 때리지 말라. 이는 한울님을 치는 것이니"라는 어린이 보호 조항을 넣고 있다. 여기서 '어린이'는 성인과 비교되는 '아이'라는 개념으로 사용되었다. 아이를 한울님과 동등한 차원에서 이해하는 이러한 관점은 아이를 부모의 소유물로 보고, 그 인권을 부모에게 귀속된 것으로 보았던 종래의 아동관과는 근본적으로 다르다. 또한 동학의 아동에 대한 체벌 금지는 부권 중심·성인 중심 사상에서 벗어나려는 한국 최초의 '어린이 인권 선언'에 해당하는 것으로, 한국 아동문학의 여명을 밝히는 빛이 되었다.

이후 1894년 갑오경장으로 인한 전통적 윤리관의 해체, 1908년 최남선이 주도한 『소년』 창간은 아동관에 대한 새로운 인식을 불러일으켰다. 1908년 11월 1일 창간한 『소년』 '권두언'에서 최남선은 "우리 대한으로 하야금 '소년'의 나라로 하라. 그리하면 능히 이 책임을 감당하도록 그를 교도하라"라고 창간 취지를 밝히고 있다. 여기서 '소년'은 그 당시 보통학교 학생인 15~16세(창간호 12쪽)와 '청년' 모두를 아우르는 대상이었다. 이 취지문에는 『소년』의 필진들이 가지고 있었던 글의 방향과 의식이 집약되어 있다. 특히 민족 장래를 소년에게 둔다는 "소년의 나라"는 이전 세상과 다른 세상을 여는 것을 의미한다.

즉, 여기서 '소년'은 어른을 상대로 한 부차적인 대상이라기보다는 새로운 세상을 열어 가는 주체로서의 소년이다. 다시 말하자면, 그들은 대한을 책임질 새로운 대상이요, 집필자들이 지향하는 바를 이행하는 실천자로서의 성격을 지닌다. 따라서 이때의 '소년'은 과거 역사를 청산하고 미래를 창조해 나가는 대상을 상징한다. 그 당시 『소년』을 집필했던 대부분이 20세 전후 청년들이었는데, 이들은 '소년'을 새로운 세대를 열어 갈 주체로써 자신들과 동일하게 바라보았다. 따라서 『소년』에서 지칭하는 '소년'은 더 엄밀하게 말하자면 지금의 청년기에 해당한다. 그러나 아동기와 청년기가 따로 나누어지지 않았던 1910년대를 오늘의 청년기로만 파악한다는 것 또한 무리다.

어린이 잡지 『소년』 창간호 표지.

『소년』 제2권에 나타나 있는 "우리는 소년이구려 어린 아희구려 어룬들과 비하면 모든 것이 부족한 아희들이구려"라는 구절에서, 이러한 논지는 보다 설득력을 가진다. 하나의 글에서 청년으로서의 '소년'과 '어린 아희'가 같은 개념으로 사용되고 있다. 이런 측면에서 볼 때, 소년은 새로운 세대를 열어 가고, 그들이 목적하는 바를 추구할 계몽 대상으로서 추상적이며 상징적인 개념으로 파악된다. 다시 말해 '소년'은 청년과 아동이 뚜렷하게 분화되지 않은, 이른바 신(新)의 의미, "젊은 세대"를 상징하는 것이다. 따라서 이 당시 '소년'과 '청년', '소년'과 '아동'의 구분은 별다른 의미를 주지 못했을 가능성이 크며, '소년'은 '청년'과 '아동'이 모두 수용된 상징적 개념이었다.

다음으로 '어린이' 용어를 살펴보기로 한다. 그 전부터 있어 왔던 '어린이'라는 용어는 최남선이 1908년 『소년』 창간호 '서언(序言)'에서 "순용(純勇)과 전담(戰譚)이 어린이의 마음을 감동함이 큰 까닭이라"라는 문장에서 살필 수 있고, 이후 1914년 『청춘』 창간호의 「어린이 꿈」 이라는 시가(詩歌)난에서 '어린이'라는 용어를 사용하였다. 이런 사실에 비추어 볼 때, 그 동안 '어린이'라는 호칭이 1920년대 『개벽』을 통해 방정환이 처음 활자화시켰다고 알려진 것은 잘못된 것이다.[1]

이후 최남선은 어린이라는 용어를 널리 사용하지 않았으며, 어린이를 가리켜 '아해' 또는 '아동' '아이'라 불렀다. 같은 잡지에 '소년'과 '어린이'라는 용어가 동시에 사용되고 있다는 것은 앞에서도 이미 언급했듯이 1910년까지만 해도 '소년'과 '어린이'라는 용어는 그 의미와 성격에 있어 별다른 차이를 가지지 못했다는 것을 뒷받침해 준다. 그러나 『소년』에 이어 발간된 『붉은저고리』 『아이들보이』 등은 독자가 『소년』에 비해 보다 좁은 범위의 아동들을 대상으로 삼았다는 점에서 아동이라는 용어는 좀더 세분화되는 경향을 보인다.

4) 동화·아동문학

우리 나라에서 '동화'라는 용어는 『소년』에 처음 등장했다. 그러나 그 개념을 처음부터 명확하게 인식하고 사용한 것은 아니었다. 『소년』

---

1) 이기문, 『새국어생활』, 국립국어연구원, 1997.

에는 하우쑈은 원작인 「하고(何故)로 꽃이 통일(通一) 피지 안나뇨」가 '꽃에 관한 동화'라는 이름 아래에 실려 있다. 이것은 그리스 신화에 나오는 메테르와 그녀의 딸 페르네세포네에 관한 이야기를 번안한 것으로 오늘의 시점에서 보면 동화라고 보기 어렵다. 오히려 소설이란 명칭하에 수록된 톨스토이 원작 「어른과 아해」의 내용이 오늘의 '동화' 성격에 가깝다. 『소년』에 나타난 동화 명칭은 그 당시 일본에서 유학을 마치고 돌아온 개화된 잡지 편집자들에 의해 임의적으로 붙여진 것으로, 동화에 대한 명확한 개념 설정이 마련되어 있지 않은 상태에서 붙여진 것으로 보인다.

그 당시 잡지에 붙여진 명칭들이 이처럼 뚜렷한 장르 의식 없이 사용되었기에, 『소년』에서 처음 등장한 '동화'라는 명칭 또한 '소설'과 별다른 구분이 없는 이른바 일반적 '이야기(젊은 사람들에게 읽힐 만한 것)'를 지칭하는 용어로 사용되었다. 이와 같은 사실은 그 당시 『소년』의 편집자들이 '동화'를 '아동문학'이라는 범주에 넣어 인식하고 있었다기보다는 민족 의식을 고취시키려는 목적으로 삼았다는 사실을 증명한다.

다시 말해 그들이 잡지에 '동화'나 아동소설을 수록한 것은 문학으로서의 자각보다는 작품을 통해 '아동'을 계몽하고 계도하기 위해서였다는 것이다. 그들은 '소년'으로 상징되는 아동에게 동화를 통해 모국어를 잃지 않게 하고, 보다 넓은 의식을 심어 주려 했던 것이다.

이런 까닭에 『소년』에 실린 중역(이중 번역)의 동화들은 대화나 세부 묘사보다는 전달하고자 하는 줄거리에 주력한 흔적이 역력하다. 따라서 현 시점에서 동화의 개념을 시기적인 특징을 무시하고 규정한다든가, 최근의 개념만을 적용하여 단정짓는 것은 무리라고 본다. 그보다는 장르 개념을 좀더 유동적으로 파악할 필요가 있다.

아동문학에 대해 살펴보자. 아동문학(children's literature)이란 성인이 아동에게 들려주거나 읽히기 위해 아동 시점에서, 또는 동화(同化)

되어 쓴 문학 전반(동요·동시·동화·아동소설·아동극)을 총칭한다. 아동문학은 아동을 주요 독자로 삼고 있다는 점에서 일차적으로 '문학'이면서 '아동(동심)'이라는 전제 조건을 충족시켜야 하는 특수성을 지닌다. 여기서 동심은 단순히 '어린이 마음'을 일컫는 것이 아니라, 인간이 지켜 나가야 할 보편적 진실을 말한다. 그런데 이러한 진실은 세상을 오래 산 성인보다 어린이에게 더 많다는 점에서 어린이 마음을 '동심'이라고 일컫는다.

아동문학의 갈래는 크게 서정, 서사, 극으로 나눌 수 있다. 서정 갈래는 동요와 동시를 말하는데, 동요(정형시)는 노래에 비중을 두고 창작한 것으로 청각적 리듬을 중시하며, 동시(자유시)는 시각적 이미지를 중시한다. 서사 갈래에는 동화와 아동소설이 있다. 동화는 어린 시기의 심리적 특성과 공상에 더 비중을 둔 것이며, 아동소설은 사실성에 바탕을 두고 산문 정신에 기대어 쓴 것이다. 마지막으로 극적 갈래에는 아동극이 있다.

우리 나라에서 '아동문학'이란 용어는 『아이들보이』(1914)에서 처음 등장하였다. 이런 용어를 처음 도입했다는 것은 아동문학에 대한 인식이 싹트기 시작했던 시기가 언제인지, 그리고 그 성격은 어떠했는지를 보여주는 중요한 의미를 갖는다. 하지만 이 용어들이 지금과 같은 개념으로 동일하게 사용된 것은 아니다.

최남선의 경우, 아직 아동문학의 장르나 범주에 대한 인식이 부족했고, 방정환처럼 직접적·본격적으로 아동문학을 추구한 사람은 아니었기 때문이다(아동문학의 범주에 포함시키는 것과는 별개의 문제). 그 당시 최남선이 편집했던 잡지에는 다양한 장르의 글들이 실렸다. 최남선은 이러한 일련의 작업을 통해 비록 일본을 거치기는 했지만 서양 동화의 소개, 전래동화를 비롯한 서양 동화 개작, 창작동화 발표 등 본격적인 동화문학을 형성시키는 데 중요한 기초를 마련하였다.

그는 1908년 『소년』 창간호에 이솝 이야기 3편을 「이솝이약이」라는 제목으로 실으면서 동화에 대한 관심을 나타내기 시작하였다. 『걸리버여행기』 중에서 '거인국 표류기'를 2회에 걸쳐 연재하였으며, 이 책의 '소인국'편을 『소년』 창간호 앞표지 뒷면에 광고하기도 하였다. 이어 영국의 다니엘 데포가 지은 『로빈슨 크루소』를 「로빈손 무인절도 표류기」라는 제목으로 제2권 2호부터 6회에 걸쳐 실었다. 또 1925년 8월 4일 안데르센 50주기를 맞아 8월 12일자 동아일보에 「동화와 문화―안데르센을 위함―」이라는 제목의 칼럼을 발표하여 자신의 아동관을 밝히기도 했다. 최남선의 동화에 대한 이러한 관심은 『소년』 이후의 『붉은저고리』『아이들보이』『새별』 등의 잡지 방향을 동화 중심으로 이끌어 가게 하였고, 시와 동화에서 선구적인 작품을 창작하는 계기가 되었다.

  근대 아동문학 작품이 보다 활발하게 생산된 것은 1920년대 초반(방정환의 『어린이』지 이후)이라고 할 수 있다. 그러나 실질적으로 이러한 것을 가능하게 했던 1910년대는 우리 아동문학사에서 결코 소홀히 할 수 없는 의미를 지닌다. 최남선은 본격적인 의미(기존의 전래동화를 아동관이 변화되지 않은 상대에서 형성된 전래동회와 구별하기 위한 것)의 전

최남선이 발행하거나 관여한 어린이 잡지. 왼쪽부터 『아이들보이』『붉은저고리』『새별』.

래동화를 형성시켰을 뿐만 아니라 우리 나라 전설·민담 등을 어린이들에게 맞도록 개작한 개작동화의 시초를 마련했다.

또한『어린이』잡지를 통해 동화 문장에도 큰 변화를 가져왔다. 한자 성어를 많이 사용했던 그 당시에도 최남선은『붉은저고리』『아이들보이』『새별』등에서 우리말을 골라 썼다. 이러한 노력은『소년』에서 많이 사용했던 문어체와 하오체가 이후의 잡지에서는 점차 경어체인 '습니다'체로 바뀌게 된 사실에서도 나타난다. 아동문학, 특히 동화에서 문장의 종결어미를 경어체로 한 것은 1920년대 방정환의 어린이 운동을 거치면서 동화 표현상의 규범 중 하나로 자리잡게 된다. 이는 아동문학의 발생 초기, 아동의 인권을 구제하고자 하는 의식적인 노력의 흔적인 동시에 아동 독자에 대한 성인 작가의 특별한 존중심을 나타낸 것이다.

최남선의 이러한 노력은 동화 창작으로 발현되어『아이들보이』에 남을 잡으려다 저를 잡는다는「남잡이가 저잡이」라는 동화요를 출현시켰고, 창작동화「센둥이와 검둥이」를 창작동화라는 이름으로 발표하기에 이른다. 최남선의 이러한 동화 창작의 시도와 노력은 창작동화가 싹트고 줄기를 세워 나가는 길을 열어 주었다.

그러나 이러한 노력과 선구적인 업적에도 불구하고 본격적으로 아동문학을 추구한 방정환에 비해 최남선은 성인문학과 아동문학에 대한 의식이 상대적으로 모호했다. 최남선이『소년』에 소개한 글의 성격 역시 오늘의 관점에서 보았을 때 아동문학의 범주에 포함될 수 있는 것이 많았다는 것이지, 그가 아동문학을 뚜렷하게 의식하고 선택한 것은 아니다.

5) 방정환과 '어린이' 용어

17세기부터 씌어져 온 어린이[이전의 '어린(어리석다)'의 의미로 씌어진 것과 구별된 '어린이' 용어]라는 용어는 방정환에 의해 유년(어리다)과 소년(젊은)을 대접하고 남녀를 함께 부르기 위해 새롭게 태어난다. 국어학자 이기문은 방정환이 사용한 '어린이'에 대해, 역사적으로 볼 때 불완전 명사 '이'에 높임의 뜻이 없었음을 강조한 것에 주목하면서 이 말에 새로운 의미를 부여하기도 했다.[2] 그러면 이러한 용어가 만들어질 수 있었던 배경은 어떠했는가.

방정환은 1921년 겨울에 일본 동경에서 세계 명작동화 열 가지를 번안하고, 이듬해 서울에서 『사랑의 선물』(1922)을 '개벽'에서 간행한다. 이 책을 엮은 동기에 대하여 방정환은 "학대받고 짓밟히고, 차고 어두운 속에서 우리처럼 자라는 불쌍한 영(靈)을 위하여 그윽이 동정하고 아끼는 사랑의 첫 선물로 나는 이 책을 짰습니다"라고 책머리에서 밝히고 있다.

방정환의 『사랑의 선물』은 외국 동화를 완전히 소화하여 개작한 창작동화나 거의 다름이 없었다. 이 무렵 동화는 아동문화 운동의 한 방편으로, 표현 기법은 구연동화의 틀에서 벗어나지 못했고, 내용은 철저하게 권선징악의 교훈성을 나타낸 계몽적인 것이었다. 그렇더라도 방정환의 번안 및 번역동화들은 창작동화의 길을 트게 했으며, 동화의 미학적 기능에 눈을 뜨게 해준 중요한 계기가 되었다.

동화문학이 발생한 초기에 구연동화가 동화의 중요한 형태로 자리잡았던 데에는 일본 아동문학의 영향이 있었다. 일본 아동문학의 아버지로 불리는 이와야 사자나미(嚴谷小派)의 동화운동이 구연동화의 형태

---

2) 이기문, 「'어린이' 어원 고찰」, 『새국어생활』, 국립국어연구원, 1997.

왼쪽부터 『어린이』 제8호(1930년 1월호) 표지 및 차례와 판권.

를 띠고 전개되었다. 일본 근대 아동문학의 전개 과정에 대한 간략한
서술은 『현대 일본 아동문학론』(김요섭 편)에 실린 카미 쇼오이찌로의
「일본의 아동문학」에 잘 나타나 있다.

이와 같은 방정환의 아동문학에 대한 지향과 실현 형태를 가장 잘 보
여주는 것이 1923년 3월 20일에 창간된 순수 아동문학 잡지 『어린이』
이다. 천도교와 관련을 맺고 있던 '개벽'에서 간행된 이 잡지는 방정환
과 일생을 같이하면서 동화문학의 발생과 정착의 귀중한 무대가 되었
다. 또 어린이에 대한 주체적 인식을 높이는 역할을 담당한다.

방정환은 1917년에 열아홉 살의 나이로 천도교 제3대 교주인 의암
손병희 선생의 딸과 결혼을 하게 된다. 결혼으로 인연을 맺게 된 천도
교의 인내천(人乃天) 사상은 방정환의 아동문화운동과 문학운동의 실
천적 길잡이 역할을 하게 된다.

1921년에 그는 김기진과 함께 〈천도교 소년회(天道敎 少年會)〉를 조
직하여 "씩씩하고 참된 소년이 됩시다. 그리고 늘 사랑하며 도와 갑시
다"라는 표어 아래 본격적으로 소년운동을 전개해 나갔다. 1922년 〈천
도교 소년회〉에서는 5월 1일을 '어린이날'로 정하고 아동운동을 범사

회적 차원에서의 운동으로 전개하였는데, 이러한 활동들은 다음해에 창간된 『어린이』를 중심으로 전개되었다. 『어린이』의 창간 목적과 방향은 짓밟히고 학대받고 쓸쓸하게 자라는 어린 혼을 구원하고, 어린이들에게 민족 의식을 고취하여 항일운동의 기반을 마련하기 위한 것이었다.

이 잡지는 창간호에서부터 조선총독부의 원고 검열로 민족적 성향의 작품이나 기사가 삭제되는 바람에 창간 예정일이었던 1923년 3월 1일을 훨씬 넘긴 3월 20일에야 발행될 수 있었다. 『어린이』의 이러한 민족주의적 경향은 1926년 이후부터 보다 적극적인 모습을 띠게 되었고, 방정환이 작고한 1931년까지 계속되었다. 즉, 방정환이 『어린이』지의 표제어로 내세운 '어린이'라는 명칭은 이전과 다른 새로운 의미를 지닌 것이었다.

어떻게 하면 조선의 소년소녀가 다같이 좋은 사람이 되어 가게 할까! 실제의 소년운동을 힘써 일으키는 것도 그 때문이요, 온갖 괴로움을 참아가면

방정환이 창립한 아동문화 운동 단체인 〈색동회〉의 창립 회의록.

서 어린이 잡지를 발행하여 오는 것도 오직 그것을 바라는 마음이 뜨거운 까닭입니다. 조선의 소년소녀가 단 한 사람도 빼지 말고 한결같이 좋은 인물이 되게 하자 하여 돈만 있으면 그냥으로라도 자꾸 박혀서 뿌리고 싶은 우리가 돈 없는 어린 동무들이 돈이 부족하여 한 사람이라도 못 보게 되면 어쩌나 생각할 때에 겁이 생기고 또 울고 싶게 몹시 슬퍼집니다.

—『어린이』, 통권 제32호(1925년 9월)

윗부분은 『어린이』의 창간 동기를 엿볼 수 있게 하는 대목으로, 방정환이 아동문학이 지닌 기능을 어떻게 이해하고 있었는가를 여실히 보여준다. 아동문학은 조선의 소년·소녀들을 순화할 수 있는 중요한 수단이며, 그들을 위로하고 기쁘게 할 수 있는 방도라는 것이다. 방정환은 최남선이 "소년"의 개념에서 나타낸 것처럼 "소년 소녀"를 "어린 동무"라 칭하며 동일한 개념으로 사용하고 있다(여기서의 '어린'은 어리석다는 의미보다는 '젊다'는 의미로 해석해야 한다). 이러한 명칭은 『어린이』 창간 7주년 기념호에 나타난 방정환의 증언에서 보다 분명한 개념으로 정립되기에 이른다. "'애녀석' '어린애' '아해놈'이라는 말을 버리고 '늙은이' '젊은이'란 말과 같이 어린이라는 말이 생긴 것도 그때부터 일이요"라는 말에서 살필 수 있듯, 방정환의 '어린이'라는 용어는 1910년대 '아동'으로서의 개념보다 독립된 인격체로서의 의미를 뚜렷하게 하고자 했다.

즉, 1910년대 최남선이 사용한 '소년'과 '아동'은 새로운 세대를 이끌어 갈 주체이되, 집필자들의 목적을 들어 줄, 계몽의 대상으로서의 아동인 데 비해(이중석 주제), 1920년대 방정환의 "어린이는 일원적 주체성을 지닌 대상"이라는 점이다. 그러나 같은 잡지(『어린이』) 뒷표지 안쪽 독자 사진점에 "씩씩하고 참된 소년이 됩시다. 그리고 늘 서로 도와가며 살아가자"는 〈색동회〉의 구호가 실려 있는 것으로 보아, 이때의 '어린이'라는 용어 속에는 "소년"이 수용되었다는 사실을 발견할 수 있다.

하지만 이후 『어린이』에 수록된 내용들은 동화에 대한 보다 세밀하고 발전된 이해와 그에 따른 독자적인 시도가 이루어진다. 예를 들어 한자말을 순우리말로 바꾸는 작업도 이때 이루어졌는데, '초동(樵童)'을 '나무꾼 아해'로, '어린이 왕국(王國)'을 '어린이 나라'로, '엽부(獵夫)'를 '사냥꾼'이라는 용어로 바꾸고, '어린이'라는 용어를 새로 만들었다. 이후 방정환은 동화가 어린이에게 절대적으로 필요한 것이라는 것을 밝힘으로써 어린이와 동화의 관계에 보다 진전된 논의를 이루게 하였다.

6) 용어 사용의 차이

지금까지 '아동'과 '소년', '어린이' '아동문학' '동화'의 용어 사용 배경과 쓰임을 중심으로 살펴보았다. 이를 다시 정리하면 다음과 같다.

아동문학은 아동에 대한 인식의 변화가 그와 맞물려 나타난 아동문학 운동으로 이어지면서 발달의 기초를 마련한다. 이전까지는 성인의 부속물이며, 미숙한 존재로만 여겨졌던 '아동'에 대해 새롭게 주의를 기울임으로써 아동문학을 문학의 영역내에서 독립된 장르가 될 수 있도록 하였다. 이러한 일은 전래동화의 발굴 및 계승, 그리고 창작동화 출현으로 이어지면서 아동문학이 창작되고 정착될 수 있는 중요한 계기가 되었다.

그러나 한국에서 아동문학의 장르 명칭은 처음부터 매우 불분명하게 사용되어 왔고, 이러한 사실은 이후 아동문학 장르의 창작과 비평이 올바로 발전해 가는 것을 저해시키는 원인이 되었다. 1910년까지만 해도 '소년'과 '아해'라는 용어는 한 잡지, 하나의 글에서 동시에 사용될 만큼 큰 차이를 지니지 못했다. 그 당시 '소년'은 새로운 세대를 열어 가고, 목적하는 바를 추구할 계몽 대상으로서의 추상적이고 상징적인 개념이었다.

1910년대 어린이를 수용한 '소년'이라는 명칭은 청년과 아동이 뚜렷하게 분화되지 않은, 이른바 신(新)의 의미, "젊은 세대"로서 특성을 지닌다. 따라서 당시 '소년'과 '청년', '소년'과 '아동'의 구분은 의미상 별다른 차이가 없으며, '소년'이라는 명칭은 청년과 아동이 모두 수용된 상징적 개념이었다.

우리 나라에서 '동화'라는 용어는 『소년』에서 처음 등장했다. 그러나 이 또한 그 개념을 명확히 인식하고 사용한 것은 아니었다. 『소년』에서 처음 등장한 '동화'라는 명칭은 '소설'과 특별한 구분이 없는 이른바 일반적 '이야기'를 지칭하는 용어로 사용되었는데, 이는 그 당시 『소년』의 편집자들이 '동화'를 '아동문학'이라는 개념에서 인식하고 있었다기보다는, 민족 의식을 고취시키려는 목적으로 삼았다는 것을 입증한다.

이러한 까닭에 『소년』에 실린 중역(이중 번역)의 동화들은 대화나 세부 묘사보다는 전달하고자 하는 줄거리에 주력한 경향이 짙다. 방정환에 의해 본격화된 '어린이'라는 명칭은 최남선이 "소년"의 개념에서 나타낸 것처럼 "소년 소녀"를 "어린 동무"라 칭하며 동일한 개념으로 사용하였다. 그러나 이러한 명칭은 이후 『어린이』 창간 7주년 기념호에 나타난 방정환의 증언처럼 1910년대 아동으로서의 개념보다 독립된 인격체로서의 의미를 보다 뚜렷이 한다. 즉 1910년대 최남선이 사용한 '소년'과 '아동'은 새로운 세대를 이끌어 갈 주체이되, 집필자들의 목직을 들어 줄, 계몽 대상으로서의 아동인 데 비해(이중적 주체) 1920년대 방정환의 "어린이는 일원적 주체성을 지닌 대상"이라는 점이다.

그렇다고는 하지만 같은 잡지(『어린이』) 뒷표지 안쪽 독자 사진점에 "씩씩하고 참된 소년이 됩시다. 그리고 늘 서로 도와가며 살아가자"는

〈색동회〉의 구호가 실려 있는 것으로 보아, 이때의 어린이라는 용어 속에는 여전히 1910년대의 "소년"이 수용되어 있음을 발견할 수 있다.

이러한 사실들을 종합해 볼 때, 현 시점에서 동화나 아동문학에 대한 개념은 지금까지 형성된 개념만을 적용하여 단정짓는 것은 무리이며, 좀더 유동적인 개념으로 파악할 필요가 있다. 그것은 아동문학 역시 일반 문학처럼 역사적인 변모 과정을 거친 장르이면서, 그 속에서 다양한 특질을 스스로 발현해 왔고, 또 하나의 개념이 사용된 시기와 그 개념에 대한 이해가 이루어진 시기와는 어느 정도 차이가 있기 때문이다. 따라서 시기적으로 변화해 온 아동문학 용어들의 쓰임이나, 그 용어들이 형성될 수 있었던 배경을 살피는 것이 오늘의 아동문학을 좀더 이해할 수 있는 방법이 될 수 있다.

3. 아동 발달의 특성과 아동문학

아동문학에서 주요 대상인 '아동'은 문자를 해독하기 시작하는 연령에서부터 출발한다. 그러나 오늘날 아동문학의 대상이 되는 아동은 어른이 들려주는 이야기를 듣는 대상으로까지 확대되고 있어, 아동문학의 대상인 '아동'의 범위 규정은 좀더 포괄적으로 이해할 필요가 있다. 일반적으로 우리 나라에서 아동문학의 대상은 문자를 해독하기 시작하는 5, 6세~14, 15세로 정하고 있다. 반면 서구에서 아동은 5, 6세~18세(대학교 1학년)로 아동문학 대상에 청소년을 포함하고 있다.

아동문학은 인간이 최초로 접하는 문학으로, 성장기 어린이 인격 형성에 지대한 영향을 미친다는 점에서 매우 중요한 의미를 지닌다. 교육심리학자 에릭슨은 "6~12세 단계를 자아가 성장하는 결정적인 시기"라고 보고, 이때 실패하면 인생에서 실패한다고 했다. 그렇다면 이러한 아동기의 중요한 특징은 무엇일까. 아동의 기본 욕구와 인지 발달, 독서 측면에서 살펴보기로 한다.

1) 아동의 기본 욕구와 아동문학

매스로우는 인간 성장 발달과 기본 욕구를 충족해 나가는 과정으로, 안전에 대한 욕구, 사랑에 대한 욕구, 소속에 대한 욕구, 존경에 대한 욕구, 성취에 대한 욕구, 변화에 대한 욕구, 앎에 대한 욕구, 탐구와 이해의 욕구, 미와 질서에 대한 욕구 등으로 설명하였는데 이를 살펴보면 다음과 같다

① 안전에 대한 욕구

인간이 지닌 가장 기본적인 욕구이다. 생리적인 안전에 대한 욕구는 부모의 품 안에서 먹고 자는 일상적인 생활 환경에서 시작하여 평안함을 주는 모든 것으로 확대된다. 어린이나 어른에게 물질적인 만족은 안전을 상징한다. 인간 생활을 다룬 책 속에서 안전의 결핍이나 배고픔 같은 것들이 이야기를 이끌어 가는 중요한 주제로 등장하는 것도 이러한 이유에서이다. 옛날 이야기와 영웅들의 전기, 현대의 사실적인 이야기들은 이러한 욕구를 충족시켜 준다.

② 사랑에 대한 욕구

인간은 모두 사랑받고, 사랑하고 싶은 기본 욕구를 지니고 있다. 가족간의 사랑과 우애를 통해 자신에 대한 긍정적인 감정을 지니게 되며, 이러한 믿음은 생활에서 겪게 되는 많은 위기 상황을 극복할 수 있는 힘을 길러 주게 된다. 만일 이러한 욕구가 부족하면 어린이는 그 대용품을 통해서라도 이것을 이루려고 한다. 문학작품이 욕구를 충족시

키는 간접적인 대상이 될 수도 있는데, 어린이들은 가정 생활을 다룬 이야기를 통해 행복함을 느끼기도 하고 대리 만족을 얻을 수도 있다.

③ 소속에 대한 욕구

집단 구성원으로 받아들여지고 싶은 욕구. 이 소속감은 '나의 아버지' '우리 선생님' 등 주변으로 확대되는데, 이것은 아동의 자기 중심이 확장되는 것으로, 점점 집단으로 발전해 간다. 따라서 아동문학의 지도는 가족에 대한 이야기에서부터 학교, 이웃, 사회에 관한 이야기로 발전시켜 나가야 한다. 자기가 소속되어 있는 부류의 사람으로부터 사랑받기 위하여 싸우는 이야기가 여기에 포함된다.

④ 성취에 대한 욕구

환경과 효율적으로 상호 작용할 수 있는 능력에 대한 욕구. 이러한 성취 욕구는 신생아 때부터 시각적 탐험과 기어다니고 움켜쥐는 가장 기초적인 활동에서부터 발전하여 더욱 복잡한 신체적·지적 능력에 대한 욕구를 포함한다. 따라서 무엇인가를 이루기 위해 노력하고 인내하며 싸워 나가는 과정을 그린 작품 속에 좌절과 실패의 과정도 포함되어야 한다.

⑤ 변화에 대한 욕구

놀이는 인간이 지닌 기본 욕구 중 하나인 변화에 대한 욕구의 일부분에 포함된다. 인간이 열심히 일을 하고 나서 휴식과 변화를 필요로 하는 것은 자연스러운 행위이다. 오랫동안 긴장 상태가 지속되면 그것을 바꾸어 보려고 하는 것은 변화에 대한 욕구에서이다. 따라서 어린이들에게 다양한 이야기를 읽게 하는 것이 좋다. 예를 들면 진지하고 사실적인 이야기를 읽은 후에는 가벼운 읽을거리나 현실 밖의 이야기를 찾게 된다. 또 마음이 불안할 때는 모험이나 추리 작품을 읽음으로써 자기를 잊고 몰두하다가 다시 새로운 기분으로 자신의 문제를 해결해 나갈 수 있다. 옛날 이야기나 환상이 담긴 동화 등은 어린이들이 현재 처한 일상 세계에서 벗어나 꿈과 상상의 세계로 인도할 수 있으며, 때로는 웃음을 주는 이야기, 유머가 담긴 작품도 어린이에게 즐거움을 준다.

⑥ 알고 싶어하는 이해에 대한 욕구

아동은 자기 주변에 대하여 끊임없이 질문을 던지며 알고 싶어한다. 이러한 행위는 인지 발달의 신호로, 호기심이 광범위한 아이일수록 지적인 활동이 활발하다고 볼 수 있다. 사람들은 가끔 귀찮을 정도로 끝없는 어린이들의 질문에 불평하기도 하고, 때로는 대답하기 어려운 질문에 당황하기도 한다. 그러나 어린이의 이러한 질문은 알고자 하는 호기심에서 나오는 것으로 지적 성장의 좋은 징조로 받아들여야 한다. 책은 어린이들의 이러한 욕구를 충족시켜 줄 수 있는 좋은 도구이다. 따라서 어른들은 어린이들의 지적 호기심을 채워 줄 수 있는 적절한 책을 골라 주는 지혜가 필요하다.

⑦ 미와 질서에 대한 욕구

아름다움에 대한 추구와 미를 즐기고자 하는 욕구. 아름다운 시, 내용과 형식이 잘 조화된 환상적인 이야기, 상상력을 심어 줄 수 있는 그림책 등은 아동에게 미와 질서에 대한 욕구를 충족시켜 다양한 경험을 제공해 준다. 환상적인 내용의 책이나 구성이 완전하게 조화를 이루고 있는 시집이나 동화책은 어린이에게 만족할 만한 예술적 경험을 제공한다. 뿐만 아니라 어린이에게 아름다움과 질서에 대한 감상력과 예술에 대한 심미안을 키워 나가도록 도와준다.

2) 아동의 인지 발달 특성과 아동문학

스위스의 심리학자인 피아제(Piaget)는 어린이들의 학습 과정을 관찰하고 지적 발달이 단계적으로 이루어지는 것을 밝혔다. 그는 개인은 동화(assimilattion), 수용(accomodation), 균형(equilibration)의 과정을 거친다고 설명하고, 아동의 인지 발달을 네 단계로 주장하였다. 피아제의 이와 같은 주장은 세계 여러 나라에서 경험적으로 검증되어 인정받게 되었다.

① 감각운동기(출생~2세)

주로 감각 기관과 몸의 움직임을 통하여 세상을 알아 가는 시기로 언어는 사물 등을 나타내는 수준에 머문다. 이 시기에는 사물의 이름이 사실적이고 선명한 그림과 함께 실려 있는 책들을 권장할 수 있다. 이때 지적인 발달만을 생각하여 지식을 주입하려고만 하지 말고, 부모가 아동과 같이 즐겁게 시간을 보냄으로써 자유로운 분위기에서 책을 읽고, 이야기를 나누는 것이 좋다.

② 전조작기(2~7세)

2~4세까지의 전개념기는 아동이 주변 환경을 발견하는 데 분주한 시기이다. 이 시기에는 간단한 개념을 알려 주는 책으로 색깔이나 동물 이름, 모양, 크고 작은 대소, 양, 깊이에 대한 개념이 소개된 책이나 환상적인 요소가 가미된 의인화된 동물 이야기가 권할 만하다. 7~8세의 직관기에는 자기 중심성이 나타나는 것이 가장 큰 특징이다.

여기서 자기 중심적이라는 것은 이기적이거나 독단적이라는 뜻이 아니라 자신이 보는 관점과 다른 사람이 보는 관점을 구별하지 못한다는 뜻이다. 아동의 자기 중심적인 사고는 물활론(animism)적인 것과 인공론(artificialism)적인 것, 실재론(realism)적인 사고로 특징지어진다. 물활론적 사고는 생물과 무생물이 구별되지 않는 것으로, 무생물에게도 인간과 똑같은 감정과 언어와 의식이 있다고 보는 것이다. 인공론적 사고는 인간이 자연 현상을 만들었다고 믿는 것을 의미한다.

실재론은 눈에 보이지 않는 모든 것이 존재한다고 믿는 것으로, 꿈이 실제로 침대나 베개 속에 존재한다고 보는 것이다. 이 시기에는 지식을 전달하는 책, 신화, 전설, 민담, 환상동화, 시 등을 다양하게 접할 수 있는 시기이다.

③ 구체적 조작기(7~12세)

이 시기의 아동은 그들과 관련 있는 다른 사람들을 더 잘 이해하며, 보존 개념이 확실히 형성되고, 가역적 사고가 가능하게 된다. 그들은 놀이와 언어를 통해 사회적·물리적 세계를 더 잘 이해하게 되며, 시간 개념도 확실히 획득할 수 있게 된다. 또 이 시기에는 가치를 내면화할 수 있으며, 생활을 지배하는 규칙을 점검하는 데 흥미를 가져서 놀이에서도 규칙을 잘 준수할 수 있게 된다. 이러한 발달 특성으로 인해 이 시기에는 사실적 동화와 역사 이야기를 다룬 역사동화, 공상과학동화도 이해할 수 있고, 즐길 수 있다.

④ 형식적 조작기(12~15세)

눈에 보이지 않는 것을 추상화할 수 있으며, 삶의 물리적·사회적 양상에 대하여 이론과 가설을 만들 수 있다. 다른 사람의 입장을 고려할 수 있는 능력이 발달되므로, 문학적인 상황과 등장인물에 대하여 상호작용하는 것을 격려하는 것이 매우 중요하다. 이 시기에는 전체와 부분간의 관계를 연결시키는 능력도 발달하며, 질서와 규칙에 대한 감각도 더 잘 이해하고, 인정하게 된다.

한편 프로이트(Freud)의 영향을 받은 미국의 정신분석학자 에릭슨은 인간은 어릴 때부터 해결해야 될 정서적·감정적 갈등을 가지고 있는데, 이러한 것들을 해결하는 것이 중요하다고 보았다. 그는 프로이트의 각 단계에서 아동이 수행해야 할 과업에 대해 더 발전된 견해를 보여주었으며, 성인기 이후의 단계를 새로 첨부하여 전 생애를 포괄적으로 다루었다. 특히 그는 자기 자신에 대한 정체감 형성을 청소년기에 보이는 가장 중요한 발달 과제로 생각했다. 에릭슨의 이론은 어린 시절의 정서적 중요성과 청소년이 가지는 정체감 형성, 자아 형성의 교육적 중요성을 다시 한 번 일깨워 준다. 어린이는 성취해 나가야 할 단계를 밟아 성장해 가고, 사회에 어떻게 적응해 나가야 하는지를 배워 간다. 어린이 발달 단계에 따라 형성되는 특징을 살펴보면 다음과 같다.

① 1단계(0~1세)는 기본적 신뢰감 대 불신감으로 표현된다.

이 시기의 유아는 오줌, 배고픔 등을 해결해 주는 어머니 또는 자신을 돌봐 주는 사람의 행동에 대한 예언성으로 부모에게 의지할 수 있고 신뢰할 수 있다는 것을 배운다. 이때 만일 돌봐 주는 사람의 행동이 신뢰감을 주지 않거나 부모 자신의 자기 확신이 없다면 불신감이 형성된다. 이것은 아기가 필요로 할 때 부모가 그곳에 없을 것이라는 느낌이다. 그러나 기본적인 신뢰감이 형성되면 아기는 어느 정도 떨어져 있는 불안감을 견딜 수 있다. 신뢰감뿐만 아니라 불신감 역시 아이들 성장에는 필요하다. 왜냐하면 분별 있는 신뢰를 얻기 위해서는 어느 정도의 불신을 경험해야 하기 때문이다.

② 2단계는(1~3세)는 자율성 대 수치감 및 회의감으로 표현된다.

이 단계의 아동은 어떤 것을 스스로 선택하고자 하고, 이를 통해서 자신의 의지를 나타내려는 자율성을 갖는다. 또한 괄약근의 발달로 대소변의 통제가 가능해지면서 사회의 기대와 압력 등을 이해하고, 사회적으로 적합한 행동을 훈련받게 된다. 이때 사회적으로 기대하는 것을 하지 못했을 때 수치심이 형성되고 자신에 대해 회의감을 갖게 된다. 아직 어른들로부터 도움과 지지를 받아야 하면서도 부모로부터 독립하려고 하기도 하고, 부모 이외의 다른 어른들을 인식하려고 노력하는 것도 이 시기의 발달 특징이다.

③ 3단계(4~7세)는 주도성 대 죄책감으로 표현된다.

독립심이 발달하고 주변에서 아이들이 책임감을 느낄 수 있게 기대한다. 자기 행동이 다른 사람과 다를 수 있다는 것을 느끼며 다른 사람이 어려움이 있을 때 죄책감을 느끼게 된다. 또한 자신이 하려고 하는 일이 사회에서 싫어하는 일인지 아닌지를 알게 되고, 차츰 질문이 많아지면서 사물에 대해 알아 가기 시작한다. 이 시기의 어린이는 책 속의 등장인물을 통해 어려움을 경험할 수 있어 자기 행동을 보다 책임 있게 할 수 있다.

④ 4단계(7~11세)는 근면성 대 열등감으로 표현된다.

또래 아동들과 같이 놀고 어울릴 수 있는 사회적인 기술과 읽기, 쓰기, 셈하기 등 지적인 기술을 습득하는 시기이다. 따라서 근면성이 요구된다. 이때 근면성을 배우지 못하면 열등감을 갖게 된다. 따라서 또래들과 잘 어울리기 위해 노력하는 것을 보여주고, 살아가는 데 필요한 정보를 주는 책이 좋다. 어려움을 극복하는 전기(傳記)를 권한다. 에릭슨은 이 단계를 자아 성장의 가장 결정적인 단계로 중요하게 보았다.

⑤ 5단계(11세 이후)는 정체감 대 역할의 혼동으로 표현된다.

이 시기의 가장 중요한 과제는 새로운 자아 정체감과 문화적 정체감을 확립하는 것이다. 나는 누구이며, 또 사회 속에서 나의 위치는 어디인가에 대한 느낌을 찾아 세우려고 한다. 즉, 신체적인 변화와 함께 다른 사회적 압력과 요구를 받고 어떻게 대처해 나갈 것인지를 결정하려고 한다. 자신에 대한 의문과 탐색을 시작하며, 그로 인해 고민하고 방황하며, 이러한 상황이 오래 계속되면 정체감의 혼미와 역할의 혼동을 겪게 된다. 따라서 이 시기는 자기와 비슷한 연령의 아이들 역시 정체성을 찾기 위해 어려움을 겪고 있다는 것과, 그것을 찾기 위해 힘든 상황을 어떻게 대응해 나가는지를 보여주는 책이 좋다.

■ 참고문헌 ─────────────────────────────────

잡지

『개벽』 영인본.

『붉은저고리』, 1912. 8. 15~1913. 8. 5, 통권 12호.

『새별 』, 1913. 9. 5~1915. 1. 15, 통권 16호.

『소년』, 1908. 11. 1~1911. 5. 15, 통권 23호.

『소년한반도』, 1907.

『아이들보이』, 신문관, 1914.

『어린이』 영인본.

단행본

김경희, 『아동심리학』, 박영사(서울), 1986.

김자연, 『한국동화문학연구』, 서문당, 2000.

──────, 「아동문학 작품 창작의 길」, 『문예창작 교육의 실제』, 한국문예창작학
　　　회 세미나 자료, 2002. 6.

송명자, 『발달심리학』, 학지사, 1999.

안경식, 『소파 방정환의 아동교육 운동과 사상』, 학지사, 1993.

이기문, 「'어린이' 어원 고찰」, 『새국어생활 』, 국립국어연구원, 1997.

이덕무, 『사소설』, 명문당, 1985.

이부영, 『분석 심리학』, 일조각, 1977.

이재철, 『세계아동문학사전』, 계몽사, 1989.

이지호, 『글쓰기와 글쓰기 교육』, 서울대출판부, 2002.

한윤옥, 『어린이 정보자료와 활용』, 아세아문화사, 1997.

황종연, 『한국문학의 계몽 담론』, 새미, 1999.

Marie─Louise von Franz, An Introduction to the psychology of Fairy
　　　Tales, 홍성화 역, 『동화 심리학』(교육과학사, 1986).

Maslow, A. II(1970), Motivation and Personality. N. Y.:Harper and
　　　Row.

Sutherland. Z & Arbuthnot, M. H(1991), Children and Books. Harper
　　　Collins Publishers.

제2장

아동문학의 흐름

1. 한국 아동문학의 흐름

　한국 아동문학의 흐름을 이해할 수 있는 가장 좋은 방법은 무엇일까. 이것은 비단 아동문학을 연구하고 비평하는 사람만의 바람은 아닐 것이다. 그러나 이 문제는 생각만큼 그리 간단한 일이 아니다.

　일반적으로 문학사 검토에서 시대 구분은 제일 먼저 검토해야 할 중요한 문제라고 여겨져 왔다. 그럼에도 한국 문학의 기점에 대한 논의는 다양한 접근에도 불구하고 이제까지 뚜렷한 합의에 도달하지 못하고 있다. 한국 아동문학의 시대 구분 또한 연구자들에 따라 의견을 조금씩 달리하고 있다.

　그러나 한국 아동문학의 형성은 근대 아동관에 대한 근본적 인식 변화와 궤를 같이한다는 논지에서 여기서는 최남선의 『소년』(1908)을 기점으로, 초창기(1908~1922), 성장기(1923~1945), 통속·혼미기(1945~1959), 발전기(1960~이후)로 구분하고자 한다. 다음으로 문예사조적 특징과 함께 문학적으로 의미 있는 성과를 이룬 주요 작가를 전제로 문학사의 흐름을 간략하게 살펴보고자 한다. 그러나 온전한 한국 아동 문학사를 기술하기 위해서는 활발한 자료 발굴과 함께 비평사 연구에 대한 과제 해결, 월북 아동문학 작가에 대한 자료가 보완 검토되어야 할 것이다.

1) 초창기(1908~1922)

(1) 시대적 개관

일제가 식민지 통치체제의 기반을 구축하던 이 시기 문학은 일차적으로 국문을 사용하여 작품을 창작하고 이를 통해 민족의 정신까지 일제에 함몰되어서는 안 되겠다는 계몽적 인식이 지배적이었다. 동학의 어린이 존중 사상과 함께 선각자들에 의해 주도된 민족 의식 고취, 아동에 대한 주체적인 자각[유길준의 『서유견문』(1895)에 덧붙인 「아동으로서의 정신」에서부터]이 아동문학이 형성될 수 있는 배경이 되었다.

1908년 최남선이 창간한 『소년』은 신문학을 도입하여 한국 근대 아동문학이 정착할 수 있는 초석이 되었다. '어린이' '동화'(『소년』, 창간호, 1908), '아동문학'(『아이들보이』, 1914) 용어들이 처음 도입되었으며, 『붉은저고리』 『아이들보이』 『새별』은 어린이 독자층을 설정하고, 그들에게 읽을거리를 제공하였다. 근대적 의미의 새로운 창작동화가 발표되고, 동요 부분에 속하는 정형시와 창가(唱歌) 등이 창작되었다.

(2) 최남선과 아동문학사적 의미

한국 아동문학사에서 최남선이 차지하는 비중은 결코 가볍지 않다.

그는 본격적인 의미(기존의 전래동화를 아동관이 변화되지 않은 상태에서 형성된 전래동화와 구별하기 위한 것)의 전래동화를 형성시켰을 뿐만 아니라 우리 나라 전설·민담 등을 어린이들에게 맞도록 개작한 개작동화의 시초를 마련하였다. 명작동화에 대한 관심은 『소년』 이후 그가 주관한 『붉은저고리』 『아이들보이』 『새별』의 방향을 동화 중심으로 편집하도록 만들었으며, 문어체와 하오체가 이들 잡지에서는 점차 경어체인 '습니다'체로 바뀌게 되었는데 아동문학, 특히 동화에서 문장 종결어미를 경어체로 한 것은 이후 1920년대 방정환이 주도한 어린이 운동을 거치면서 동화 표현상 하나의 규범으로 자리잡게 된다. '아동문학'이란 용어가 그가 주관한 『아이들보이』(1914)에 처음 등장하여 자주 사용되었다.

비록 이러한 행적이 민족운동의 일환으로 시작되었고, 보다 지속적인 관심으로 이어지지는 못했지만, 그 당시 '소년'으로 상징되는 아동에게 읽을거리를 마련하여 그들을 계몽하고 조국의 미래를 염려했던 그의 공적은 어떠한 형태로든 아동문학사에 중요한 족적을 남겼다. 최남선의 선구적인

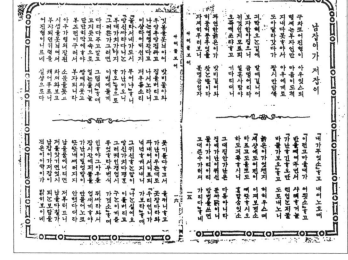

최남선이 『아이들보이』에 발표한 「남잡이가 저잡이」 원문(신문관, 1914, 15~16쪽).

노력은 창작으로도 이어져 『아이들보이』에 남을 잡으려다 저를 잡는다는 「남잡이가 저잡이」라는 동화요를 출현시켰고, 근대적 의미의 창작동화 「센둥이와 검둥이」를 발표하기에 이른다. 최남선의 이러한 선구적인 시도와 노력은 이후 방정환으로 이어지는 한국 동화문학이 싹트고 줄기를 세워 나가는 길을 열어 주었다.

(3) 서구 동화의 유입

서구 동화의 유입은 한국 동화문학 생성에 직접적인 영향을 주었으며, 과도기의 번안 및 번역의 과정을 거쳐 우리 나라에 창작동화의 기틀을 마련하게 하는 계기가 되었다. 서구의 동화가 우리 나라에 소개되기 시작한 것은 갑오경장 이후 일본을 통해서이다. 1879년 일본은 『소국민(小國民)』지에 中川露城이 그림 동화를 번역 게재하였고, 上田萬年이 그림 동화와 안데르센의 이야기, 이솝 이야기들을 번역 게재하였으며, 최초의 동화인 이와야 사자나미(巖谷小派)의 『황금칼(黃金丸)』(1891)이 간행되고, 『소년세계』 등 아동문학 잡지가 창간되었다. 또 일본 아동문학계에서 '꽃의 계절'로 불리는 대정기의 아동문학 부흥은 오가와 미메이 등의 뛰어난 동화작가들을 배출했을 뿐만 아니라 아동문학이 문단내에서 확고한 위치를 잡도록 하는 데 중요한 역할을 하였다.[1]

일본 아동문학의 부흥기에 일본에서 유학했던 최남선과 이광수가 일본 아동문학의 영향을 받은 것은 지극히 자연스러운 현상이라 할 수 있다. 이들은 귀국하여 1920년대 방정환에게도 큰 영향을 미쳤으며, 또한 우리 나라 아동문학의 이론적인 토대를 마련하는 데에도 영향을

---

1) 가라타니 고진, 김유화 역, 『일본 근대문학의 기원』(민음사, 1990) 참고.
  김병철, 『한국근대번역문학사 연구(韓國近代飜譯文學史 研究)』(을유문화사, 1975) 참고.

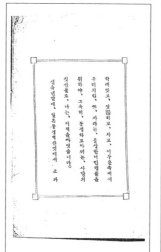

방정환이 간행한 우리 나라 최초의 번안 동화집 『사랑의 선물』 서문과 목차. 그림 형제, 안데르센, 오스카 와일드 등의 작품이 실려 있다.

주었다.

우리 나라의 경우 1913년 최남선의 『아이들보이』가 창간되었고, 방정환은 1922년부터 아동문학을 본격적인 궤도에 올려 놓는 교량적 역할을 하였다. 사실 방정환이 세계 명작동화를 번안 개작하여 간행한 동화집 『사랑의 선물』(개벽사, 1922. 6)은 동화의 세계를 넓히면서 재료를 풍부하게 하기 위한 것이었다. 그러나 이들 이야기가 비록 서구적인 것이라 해도 동화성은 비슷한 양상을 띠고 있었다. 다만 동양의 동화가 권선징악과 교훈적인 면이 강한 반면, 서구의 동화는 소설적인 요소가 강하고, 개인의 인격과 가치를 존중하는 경향이 짙다는 점에서 차이를 보인다. 중역(重譯)을 거쳐 소개된 서구 동화들은 탄탄한 스토리의 전개, 동화에 적합한 다양한 인물들 등 동화의 전형적인 모델을 보여줌으로써 독자층을 넓히고, 또한 창작동화가 단생할 수 있는 계기를 제공했다. 1920년대 서구 동화의 수입 과정과 함께 창작동화의 탄생을 촉진시킨 것은 동화에 대한 이론적인 논의가 제기되었기 때문이다. 1910년대에는 동화, 즉 아동문학이라는 개념이 사용되기는 했으나 문학적인 차원에서 구체적인 논의와 이해를 거친 것은 아니었다. 동화의 개념과 특성에 대한 다양한 논의가 이루어지기 시작한 것은 1920년 이후라고 할 수 있다. 특히 "우리에게 유익한 지식이라 하여 수신과 산술만 구역구역 먹고 좋은 사람이 될 수 있느냐 하면 그것만 가지고 좋은 사람—빠진 구석 없이 완전한 사람—이 될 수 없는 것이요, 예술이라 하는 반찬을 부지런히 잘 구해 먹어야 비로소 빠진 구석 없이 완전한 좋은 사람이 되는 것입니다"[2]와 같이 아동문학의 미적 기능에 대한 인식을 통해 비록 산발적인 것이기는 하지만 동화에 대한 이론적인 논의가 자리잡게 되었다.

2) 성장기(1923~1945)

(1) 시대적 개관

순수 아동문학 잡지 『어린이』가 방정환에 의해 창간되면서 한국 아동문학은 보다 확고한 자리를 마련한다. 『어린이』의 출현은 동요가 활발하게 보급되도록 영향을 주었으며, 이후 1930년대 자유시(동시) 전개의 원인이 되었다. 『신소년』『아희생활』이 발간되었으며, 1926년에는 '동시'라는 용어가 『어린이』(손진태) 신년호에 처음 나타났다.

동요 보급의 활성화는 동화문학에도 많은 자극을 주어 동화집 출간으로 이어진다. 1921년 방정환이 그림, 안데르센, 오스카 와일드의 명작동화를 번안 개작하여 『사랑의 선물』이라는 동화집을 내었다. 1927년에는 우리 나라 최초의 동화집인 고한승의 『무지개』가 나왔고, 1934년에는 『해송동화집』, 1938년에는 노양근의 『날아다니는 사람』, 1940

---

2) 방정환, 「세계아동예술전람회를 열면서」, 『어린이』 제6권 제6호, 2쪽.

년에는 이구조의 『까치집』이 출간되었다. 이 시기 주요 작가로는 방정환, 노양근, 고한승, 이구조, 마해송, 현덕, 이태준 등이 있다. 이 중 현덕의 「고구마」와 이태준의 「몰라쟁이 엄마」는 간결하면서도 생동감 넘치는 문장으로 독특한 작품 세계를 구현하였다. 1930년대에는 일반 문학의 한 특징으로 자리잡았던 프로문학이 아동문학에 유입되어 『별나라』를 중심으로 사실주의 동화(생활동화)가 형성되었다. 이후 동심주의와 사실주의 문학이 문단의 주요 쟁점이 되었다.

(2) 방정환과 『어린이』

1923년 3월 20일 방정환에 의해 창간된 순수 아동문학 잡지 『어린이』는 아동문학 발전에 적지 않은 영향을 주었다. '개벽'에서 간행된 이 잡지는 방정환과 일생을 같이하면서 동화문학이 뻗어 나갈 수 있는 귀중한 무대가 되어 주었을 뿐 아니라, 어린이에 대한 주체적 인식을 높이는 역할을 담당했다.

방정환은 1917년 열아홉 살의 나이로 천도교 제3대 교주인 의암 손병희 선생의 딸과 결혼하게 된다. 결혼으로 인연을 맺게 된 천도교의 인내천(人乃天) 사상은 방정환의 실천적 길잡이 역할을 하게 된다. 그는 1921년 김기전과 함께 〈천도교 소년회(天道教 少年會)〉를 조직하여 "씩씩하고 참된 소년이 됩시다. 그리고 늘 사랑하며 도와 갑시다"라는 표어 아래 본격적으로 소년운동을 전개해 나갔다. 1922년 〈천도교 소년회〉에서는 5월 1일을 '어린이날'로 정하고 아동운동을 범사회적 차원에서의 운동으로 전개하였다.

『어린이』의 창간 목적과 방향은 짓밟히고 학대받고 쓸쓸하게 자라는 어린 혼을 구원하고, 어린이들에게 민족 의식을 고취시켜 항일운동의 기반을 마련하기 위한 것이었다. 이 잡지는 창간호에서부터 조선총독부의 원고 검열로 민족적 성향의 작품이나 기사가 삭제되는 바람에 창간 예정일이었던 1923년 3월 1일을 훨씬 넘긴 3월 20일에야 발행될 수 있었다. 『어린이』의 이러한 민족주의적 경향은 1926년 이후부터 보다 적극적인 모습을 띠게 되었고, 방정환이 작고한 1931년까지 계속되었다.

방정환이 『어린이』지의 표제어로 내세운 '어린이'라는 명칭은 이전과 다른 새로운 의미를 지닌 것으로, 창간 7주년 기념호에 나타난 방정환의 증언에서 보다 분명한 개념으로 정립되기에 이른다. 즉 1910년대 최남선이 사용한 소년과 아동은 새로운 세대를 이끌어 갈 주체이되, 집필자들의 목적을 들어 줄, 계몽의 대상으로서의 아동인 데 비해(이중적 주체), 1920년대 방정환의 "어린이는 일원적 주체성을 지닌 대상"이었다.

■ 주요작품 : 방정환 「만년 샤쓰」(1927. 3), 『칠칠단의 비밀』(1926~
　　　　　 1927).

(3) 어린이날 제정 및 행사

우리 나라에서 어린이날 행사는 1922년 5월 1일 〈천도교 소년회〉를 중심으로 열렸다. 그러나 '어린이날' 행사는 천도교내의 행사로만 그쳐서는 안 된다는 방정환을 비롯한 〈색동회〉 등 여러 단체(40여 개)의 주장으로, 1923년 5월 1일 전국적인 행사로 제1회 어린이날 행사가 열리게 된다. 이날 행사는 동아일보, 조선일보 후원으로 천도교당에서 천여 명의 어린이들이 참석한 가운데 성대히 치러졌다. 그날 4시에 50여 명이 한 조가 되어 모두 4개 조로 나눈 어린이들은 선전지 12만 장을 시내에 배부하고, 오후에는 천도교당에 모여 기념 소년연예회를 개최했으며, 8시에는 수송동 각황사(지금의 조계사)에서 기념회를 개최하였는데, 당시 시내에 뿌려진 선전지 전문은 다음과 같다.

1. 취지

젊은이나 늙은이는 일의 희망이 없다. 우리는 오직 나머지 힘을 다하여 가련한 우리 후생(後生)되는 어린이에게 희망을 주고 길을 열어 주자.

2. 소년운동의 기초 조건

본 소년운동회는 '어린이날'의 첫 기념이 되는 5월 1일인 오늘에 있어 고요히 생각하고, 굳이 결심한 끝에 감히 아래와 같은 세 조건의 표방을 소리쳐 전하여 이에 대한 형제 천하의 심심한 주의와 공명과 또는 협동 실행이 있기를 바라는 바이다.

어린이를 재래의 윤리적 압박으로부터 해방하여 그들에게 대한 완전한 인격적 대우를 허(許)하게 하라

어린이를 재래의 경제적 압박으로부터 해방하여 만14세 이하의 그들에게 대한 무상 또는 유상의 노동을 폐하게 하라

어린이 그들이 고요히 배우고 즐거이 놀기에 족한 각양의 가정 또는 사회적 시설을 행하게 하라 〈계해 5월 1일 소년운동협회〉

3. 어른에게 드리는 글

어린이를 내려다보지 마시고 치어다 보아주시오.

어린이를 가까이 하시어 자주 이야기하여 주시오.

어린이에게 경어를 쓰시되 늘 보드랍게 하여 주시오.

이발이나 목욕, 의복 같은 것을 때맞춰 히도록 하여 주시오.

잠자는 것과 운동하는 것을 충분히 하여 주시오.

산보와 원족 같은 것을 가끔가끔 시켜주시오.

어린이를 책망하실 때에는 쉽게 성만 내지 마시고 자세 자세히 타일러 주

시오.

어린이들이 서로 모여 즐겁게 놀 만한 놀이터와 기관 같은 것을 지어 주시오.

대우주의 뇌신경의 말초는 늙은이에게 있지 아니하고 오직 어린이들에게만 있는 것을 늘 생각하여 주시오.

4. 어린이날의 약속

오늘이 어린이날, 희망의 새 명절 어린이날입니다.

5. 어린 동무들에게

돋는 해와 지는 해를 반드시 보기로 합시다.

어른에게는 물론이고 당신들끼리도 서로 존대하기로 합시다.

뒷간이나 담벽에 글씨를 쓰거나 그림 같은 것을 그리지 말기로 합시다.

꽃이나 풀을 꺽지 말고 동물을 사랑하기로 합시다.

전차나 기차에서는 어른에게 자리를 사양하기로 합시다.

입은 꼭 다물고 몸은 바르게 가지기로 합시다.

어린이날을 5월 첫째주 일요일로 제정했을 때의 선전지.

(4) 동요 황금기

초창기 창가에서 벗어나 어린이를 의식하고 창작된 동요는 방정환의 『어린이』를 중심으로 활발히 이루어졌다. 1924년 윤극영(1903~1988)이 「반달」을 작곡하고, 〈다알리아회〉를 조직하여 동요를 창작·보급하면서 동요 황금 시대를 열었다. 1926년에는 동요곡집인 『반달』을 발간하기도 했다. 여기에는 「설날」과 「고드름」 등 10편의 동요가 실렸다. 이 무렵 발표된 서덕출의 「봄편지」는 상징적이면서도 참신한 발상으로 눈길을 모았다.

이어 박태준이 최순애의 「오빠 생각」과 윤석중의 「오뚜기」를 작곡하여 발표하였고, 1927년 홍난파는 윤석중의 「낮에 나온 반달」 「퐁당퐁당」 「달마중」, 이원수의 「고향의 봄」을 작곡 발표하였다. 1929년에는 『조선동요 100곡집』 상편이 발간되었다. 윤석중은 리듬적이면서도 낭만적인 작품을, 이원수는 서민적이면서도 사실주의적 세계를, 윤복진은 자연친화적인 동요를 썼으며, 박영종과 강소천은 향토적인 작품을, 한정동은 애상적 작품 경향을 보여주었다. 이밖에 김성도, 정지용, 박영종, 임원호, 김영일이 활동하였으며, 1931년에는 우리 나라 최초의 개인 동시집 『잃어버린 댕기』(윤석중)가 나왔다.

『아이생활』 1933년 5월호에 실린 윤석중 동시집 『잃어버린 댕기』의 광고.

(5) 카프(KAPF) 아동문학의 출현

1930년대는 일제에 의한 만주 침략과 중국 본토 침략과 더불어 한국에 대한 식민지 정책이 한층 강화되던 시기였다. 1938년 무렵부터 일제가 주도한 조선어 사용 금지, 언론사 통폐합 등과 같은 한국 문화 말살 정책이 실시됨에 따라 문학 활동은 암흑기로 접어든다.

1930년대 초에는 아동문학도 성인문학에서 전개되던 프로문학의 영향을 받았다. 방정환이 타계한 이후 『어린이』 역시 9권 12호(1931년 12월호)부터 프로문학 경향을 띠었으며, 『별나라』 『신소년』은 프로문학을 선도적으로 이끌어 나갔다. 이들 가운데 마해송, 이원수, 노양근, 최병화, 임화는 현실주의로, 박세영, 정청산, 박아지, 이주홍, 송영, 송완순 등은 계급주의 경향을 띠었다. 이들은 식민지 현실 속에서 고통받는 아이들의 모습을 작품에 담아내려 했지만 지나치게 목적성을 앞세워 문학적인 형상화에는 미치지 못했다.

이 중 이주홍의 「청어뼉다귀」, 안평원의 「북극의 밤」, 적파의 「꿀단지」와 『신소년』에 실린 동요 등은 어린이의 현실을 이해하려는 의지를 보여주고 있다는 점에서 작은 성과로 주목된다. 카프의 이러한 경향은 1930년대 중반에 프로문학 단체가 해산되면서 함께 소멸하고 말았다. 카프 아동문학의 성격은 이후에 전개되는 자유동시가 성장하는 요인이 되었지만, 아동문학이 지닌 본질보다는 절망적 현실을 어린이에게 이해시키는 데 편중된 한계를 드러냈다. 그리고 열악한 환경과 아동문학에 대한 작가들의 인식 부족은 이후 상상력이 뻗어 나갈 수 있는 터전을 저해시킨 요인이 되었다.

3) 통속·혼미기(1945~1959)

(1) 시대적 개관

1945년에 찾아온 조국 광복은 아동문학에도 영향을 주는 듯했으나, 6·25 한국전쟁은 또다시 아동문학 창작의 침체를 몰고 왔다. 이 시기 작가들은 전쟁이라는 비참한 생활 체험을 바탕으로 민족 상잔의 비극성을 부각하고 반공 사상을 고취하는 작품을 창작하기도 하였다. 이원수, 강소천을 비롯하여 한정동, 박경용, 박홍근 등 월남한 작가들이 남한 동화 문단에 합류하여 나름대로 동화 발전에 이바지하였다.

1945년 해방 전후기는 정치적으로 혼미한 상태로 좌우익의 극심한 대립은 문학 전반에 많은 영향을 끼쳤다. 좌익 계열은 해방이 되던 해에 〈조선문학건설본부〉와 〈조선프롤레타리아 문학동맹〉을 조직했다가 김태준에 의해 〈조선문학가동맹〉으로 통합했다. 우익에서는 윤석중, 조풍연, 심은정 등이 〈조선아동문화협회〉를 결성, 『소학생』을 발간하여 고군분투하였다. 그러나 38도선에 의해 남북 분단이 확정되고 1950년 전쟁이 발발하는 와중에 이념에 따라 문학인들이 남북으로 갈라졌다.

전후 아동문단은 대체로 통속적인 대중성 성격이 강했다. 특히 성인 문학 인기 작가들이 대거 아동문학에 참여함으로써 이런 경향은 심화되었다. 그러나 이러한 상황에서도 마해송의 「떡배단배」(1948), 『사슴과 사냥개』(1955), 이원수의 「숲속나라」(1949) 등은 민족의 자주 독립 의식을 고취시키는 내용을 발표, 동화문학의 명맥을 유지시켰다. 동시 작가로는 권태응, 최계락, 이종택, 이종기, 조유로 등의 신인이 등장하였고, 한정동, 박화목, 윤석중, 박경종, 목일신, 임인수, 어효선, 박홍근 등이 재기하였다.

(2) 다양한 작품 세계 구축

이 시기의 전반적인 특징은 동시의 퇴조와 산문문학의 발달을 들 수 있다. 산문문학의 특징으로는 소설 구조를 기반으로 한 아동소설의 등장, 마해송·이원수에 의한 장편동화 탄생, 구성의 합리성과 환상을 중시하는 작품 경향을 토대로 다양한 작품 세계의 구축 등을 꼽을 수 있다. 대표적인 작가로는 마해송, 강소천, 이원수, 이주홍 등이 있다. 이들은 저마다 독특한 작품 세계를 형성하며 우리 나라 아동문단을 형성해 나갔다. 특히 마해송은 우의적 서술에 의한 풍자(「토끼와 원숭이」, 『모래알 고금』)의 동화 세계를, 강소천은 꿈의 기법으로 분단 비극과 인간의 꿈(「꿈을 찍는 사진관」 「인형의 꿈」)을 동화적으로 승화시켰다. 한편 이주홍은 서민 의식을 바탕으로 한 휴머니즘(『아름다운 고향』 『피리부는 소년』) 동화를, 이원수는 역사적 사실(「메아리 소년」 「호수 속의 오두막집」)을 동화에 수용하기도 하였다.

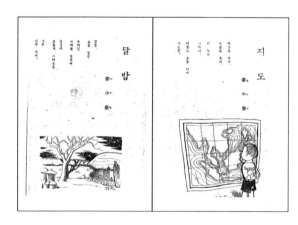

『아이생활』 1939년 2월호 (14권 2호, 12∼13쪽)에 발표한 강소천의 동시.

4) 발전기(1960년 이후~)

(1) 시대적 개관

1960년을 전후로 하여 사회가 안정되고 어린이 교육에 관심을 돌리자 동화문학은 무리한 교육적인 요소를 주입함으로써 문학성이 결핍되는 현상을 초래하였다. 1960년을 전후하여 창간된 잡지들은 이른바 순수문학으로 회귀하려는 전기(轉機)를 마련하였다. 문단의 풍토가 개선되기 시작했으며, 동인 중심으로 문학 단체가 결성되고, 아동잡지가 복간되거나 창간되면서 작품 발표 지면이 확대되었다.

이 시기의 가장 큰 특징은 동인회를 중심으로 한 동시 분야의 활성화를 꼽을 수 있다. 산업화·도시화라는 변화에 의해 자유로운 시형의 동시가 운문의 중심에 자리잡았고, 일부에서는 동시도 시여야 한다는 자성적 목소리가 높아져 신현득, 유경환, 최계락, 조유로 등에 의한 실험적인 시운동이 전개되었고, 이종기, 김사림, 윤부현, 석용원, 김종상 등이 활약하였다.

동화작가로는 김성도, 김요섭, 최효섭, 박홍근, 이영희, 신지식 등 중

동시·동요 발전을 위해 힘썼던 〈새싹회〉 주최 「동시의 마을 어린이 시화전」에서 함께한 신현득·이철하·윤석중·김종상 시인(왼쪽부터, 1959년 겨울 서울 중앙공보관).

견 작가를 중심으로 이준연, 이현주, 조대현, 권용철 등 신인 작가들이 활동하였다. 아동소설에 대한 새로운 시도 역시 이 시기의 한 특징이라고 할 수 있는데, 이영호, 오세발, 손춘익, 권정생 등이 활약하였고, 이어 강정규, 송재찬, 정채봉, 김병규 등이 등장하였다.

1970년대 들어 동시 부분에서는 오순택, 이해인, 권오삼, 노원호 등의 신인이 등용되었으며, 박경용, 이상현, 김완기, 김녹촌, 엄기원, 최춘해, 강준영, 문삼석, 윤이현, 이준관 등이 활동하였다. 한편 『아동문학사상』과 『아동문학평론』『아동문예』는 침체한 아동문학 비평 활동에 활력을 불러일으켰다. 한편 이 시기는 아동문학 평론에 대한 논쟁이 아동문학 사상의 새로운 전기를 마련하기도 했는데, 이원수, 김요섭, 이재철, 이오덕이 중심을 이루었다. 이후 예술성을 내세운 동화의 지나친 난해성 문제가 제기되고, 상업성에 힘입은 기성 문학인들의 창작 활동이 만연하였다. 이러한 상황 속에서도 어린이의 건강한 성장과 미래를 염려하는 사회 분위기 속에 동화문학에 대한 중요성이 점차 확대되면서, 기법에 있어서 현실과 환상의 새로운 방향을 모색하려는 자각이 아동문단에 확산되었고, 비평과 연구를 통해 아동문학의 정체성을 찾으려는 신진들의 진지한 탐색과 활발한 움직임이 이루어지고 있다.

아동문학비평 전문 잡지 『아동문학평론』 제1호와 2호.

2. 세계 아동문학의 흐름

1) 영국의 아동문학

영국은 어느 나라보다 어린이들의 교육에 관심을 많이 가진 나라였다. 중세기에 어린이들에게 예의를 가르치는 교본이 나왔으며, 영국에서 최초로 인쇄를 시작한 윌리암 캑스톤이 1480년 『어머니는 어떻게 딸을 교육시켰는가』를 출판하였다. 이처럼 영국 아동문학사의 배경은 가정 교육을 위한 문제와 밀접하게 연관되어 있다.

1744년 존 뉴베리(John Newbery)는 런던 거리에 인쇄소를 겸한 서점을 내고, 세계 최초로 어린이 책 출판업을 시작하였다. 그가 출간한 200여 종의 책은 행상용 소책자가 주를 이루었다. 이로써 특권층의 전유물로만 여겨졌던 책이 서민에게도 가깝게 다가가 읽힐 수 있게 되었

오스카 와일드와 국내에서 출판된 동화집 『행복한 왕자』(창작과비평사, 2001).

다. 그가 출판한『귀엽고 조그마한 포켓북』은 아동문학의 시발점이 되었다. 그는 이어『플루타르크 영웅전』『작은 구두 두 켤레』등을 간행하여 많은 독자를 확보하였다. 물론 이전에 버니언의『천로역정』(1678), 데포의『로빈슨 크루소 표류기』(1719), 스위프트의『걸리버 여행기』(1726) 등이 나타나기도 했지만 이것은 처음부터 어린이를 대상으로 창작한 것은 아니었다. 그러나 이 책들은 내용이 어렵지 않고 흥미로워 어린이들로부터 많은 사랑을 받았다.

1807년에는 램 오뉘가『셰익스피어 이야기』를 펴내 어린이들이 문학과 가까워지는 계기를 마련하였고, 이어 스코프의 복면의 기사 이야기『아이반호』, 디킨즈의『올리버 트위스트』『크리스마스 캐럴』등이 나타났다. 1806년에 영국 아동문학 사상 획기적인 작품이라고 할 수 있는『이상한 나라의 앨리스』가 캐럴에 의해 선보였다. 이 작품은 기존의 교훈적인 면에서 완전히 탈피하여 어린이들에게 순수한 기쁨을 주는 내용으로, 아동문학의 기본 성격과 창작 방식에 있어 이후의 작품에 지대한 영향을 미쳤다. 이밖에 발렌타인의「산호섬의 세 소년」, 스티븐슨의『보물섬』, 키플링의『정글북』, 오스카 와일드의「행복한 왕자」, 헬멘 배너민의「꼬마 깜둥이 삼보」, J. M. 베리의『피터팬』등이 유명하다. 이 작품은 처음엔 희곡으로 발표된 것이지만, 1911년에『피터팬 웬디』라는 이름으로 출판되었다.

2) 프랑스의 아동문학

프랑스는 일찍부터 높은 문화의 수준으로 유럽 국가의 중심적인 위치에 있었다. 17세기 중엽인 1658년 코메니우스는 어린이를 어른들의 축소판으로 생각하던 당시의 정설을 뒤엎고, 독자적인 존재로 인정하자는 이른바 '아이의 발견'을 주장하여 분수령을 이루었다. 이 과정에서 아동기에 형성되는 성격과 지능은 인생의 밑거름을 이루는 중요한 시기임을 인증받게 된다.

17세기 프랑스에서는 샤를르 페로(Perrault Charles)가 '독수리 할머니 이야기'라는 부제가 붙어 있는 동화집 『옛날, 그리고 짤막한 이야기』(1697)를 출간하였다. 이 책은 민간에 전해 내려오는 이야기와 전설을 시대에 맞게 구성하여 교훈성과 풍자를 가미한 작품집이다. 이후 이를 계기로 옛 이야기집이 쏟아져 나오게 된다. "진리를 아는 능력이 부족한 유소년에게는 그들에게 적합한 재미있는 이야기에 의해 알지 못하는 사이에 인간 진리를 터득하게 된다." 이것은 샤를르 페로의 동화에 대한 신념이요 철학이었다. 그의 『옛 이야기 모음집』에는 세 편의 산문과 여덟 편의 옛 이야기가 수록되어 있었는데, 그 중에는 「잠자는 수풀의 공주」 「빨간 두건」 「푸른 수염」 「장화를 신은 고양이」 「신데렐라」 「다이아몬드의 개구리」 「엄지손가락 아이」 등이 있다. 페로가 근대 아동문학의 아버지라고 불리는 이유는 옛날 이야기에다 인간의 약점을 배정하여 풍자하는 데 그치지 않고, 그의 교육관과 사회관을 반영하고 있기 때문이다.

1864년 에첼은 『교육과 재미의 잡지』를 펴냈는데, 이 잡지를 통해 등단한 쥘 베른의 『달나라 여행』 『해저 2만리』 『십오 소년의 표류기』 등이 유명하다. 『집없는 아이』를 쓴 말로와 『갈매기 바위』를 쓴 산드 역시 이 잡지를 통해 등단한 작가들이다.

샤를르 페로 동화집 『샤를 페로가 들려주는 프랑스 옛이야기』(웅진닷컴, 2001).

3) 독일의 아동문학

프랑스의 샤를르 페로에 의해 시작된 옛 이야기 모음은 그림 형제(형 야콥, 아우 빌헬름)에 의한 『어린이와 가정을 위한 동화집』으로 이어졌다. 그림 형제의 동화집은 1812년 제1권에 이어 1815년 제2권이 출간되었다. 제1권에는 그림 형제의 고향에서 모은 85편이 실렸고, 다시 이를 규합하여 200여 편을 제2권에 실었으며, 1919년에는 열 편의 종교 이야기가 덧붙여 출간되었다. 이 속에 담긴 이야기들은 그림 형제가 창작한 것이 아니라, 민중들 사이에 전해 내려오던 이야기들을 모아 놓은 전래동화이다. 이 이야기책 속에는 민족의 꿈과 희망이 형태를 달리하며 나타나고 있는데, 이 속에 담긴 풍부한 마법들은 억압받는 민중들에게 현실을 해방시켜 주는 수단으로 작용하였다.

이외 부렌타노의 「곳켈이야기」, 호프만의 「호두까기 인형」, 샤미소의 「그림자를 잃은 사나이」 등이 유명하다. 스위스 출신인 스피리의 「하이디」는 『알프스 소녀』로 세계적으로 널리 알려진 작품이다.

왼쪽부터 독일 아동문학의 아버지 그림 형제(형 야콥, 동생 빌헬름)와 안데르센의 동화 『인어공주』를 모델로 만든 인어공주 동상(덴마크 코펜하겐의 랑글라니 해변).

4) 덴마크의 아동문학

서구에서도 동화의 발달은 전래동화의 정착 과정뿐만 아니라 창작동화의 등장 및 발달을 통해 이루어지게 된다. 창작동화의 선구자로 불리는 안데르센, 한스 크리스티안(Andersen, Hans Christian: 1805~1875)은 일생 동안 150여 편의 동화를 썼는데, 대표적인 작품은 「인어공주」「눈의 여왕」「미운 오리새끼」「성냥팔이 소녀」「벌거숭이 임금님」「백조왕자」「달님 아가씨」 등이다. 안데르센도 초기에는 민담을 개작하기도 하고, 소재를 민담에서 차용하기도 하였다. 그러나 그의 작품은 전승문학의 세계와 공상 세계를 융합하여 새롭게 재창조했다는 점에서 특징이 있다.

그의 작품에는 동심에 대한 애정과 미세한 감정 묘사, 풍부한 상상력, 시적이면서도 간결한 문장 등이 구성의 조화를 이루고 있는데, 이러한 구성 요건은 오랜 세월 동안 아동문학계에 지대한 영향을 끼쳤다. 그는 동심을 바탕으로 한 미세한 감정 묘사로 줄거리 중심의 설화문학 형태에 머물러 있던 기존의 동화를 예술적 차원으로 끌어올리는 데 공헌하였다.[3]

5) 아시아의 아동문학

(1) 중국의 아동문학

중국은 오랜 역사와 많은 역사적 인물을 가진 나라로, 중국의 설화문학은 물론 아동문학과 관련된 분야를 설명하는 것은 충분한 연구와 자

---

3) 서구 아동문학의 역사에 대한 간략하고도 명쾌한 정리는 『세계아동문학사전』(이재철 편, 계몽사, 1989)의 부록으로 실려 있는 「세계 아동 문학사」가 있다.

료에 의해서만 가능하다. 중국의 문학은 기원전 10세기를 전후하여 황화 유역에서 나온『시경』까지 거슬러 올라가 논할 수 있다.『시경』은 공자가 그때까지 전해 내려온 시 206편을 집대성하여 엮은 매우 귀중한 자료이다. 우리가 잘 아는『삼국지』와『수호전』은 14세기 민중을 위해 만들어진 작품으로 성인을 상대로 한 웅장한 소설이다. 그러나 이들 작품의 착상이 매우 기묘하고, 표현 방법에 있어 동화적인 면이 강해 지금까지 청소년들이 많이 읽는 작품으로 알려져 있다. 1550년에 쓰여진『서유기』역시 아동문학적인 요소가 많은 중국 고전소설로 평가되고 있다. 1910년대 말에 행해진 문학혁명은 중국의 아동문학에도 영향을 미쳤다. 사영심은「적막」(1921)과「어린 벗에게」등으로 기독교적 사랑의 정신을 고취시켰다. 한편 중국 창작동화의 개척자로는 엽소조를 들 수 있다. 그의 작품 중「허수아비」(1933),「고대 영웅의 석상」(1933)은 최초의 창작동화로 불리어지고 있다. 그 외 안데르센의 영향을 받은 진형철, 유둔안, 노사와「두꺼비 새끼」를 쓴 숙화,「해저몽」을 쓴 파금 등이 있다.

(2) 일본의 아동문학

일본의 아동문학은 명치기(1868~1912), 대정기(1912~1926), 소화기(1926~)로 분류하여 살펴볼 수 있다. 일본 아동문학의 선구적인 사람은 이와야 사자나미(巖谷小波)이다. 그의 대표 작품은『고가네마루(황금칼)』이다. 이 작품의 반응이 좋아 그는 일생을 아동문학에 바쳤다고 한다. 사자나미는『일본 옛날 이야기』『세계의 옛 이야기』등의 시리즈를 내면서 잡지『유년세계』(1898),『소년세계』(1906)의 주필을 겸하며 아동문학에 힘썼다. 아동소설에는 구니기다 돗보의「그림의 슬픔」「비범한 범인」「산의 힘」이 있다.

1912년에서 1926년까지는 일본의 대정기에 해당한다. 1918년 스즈끼 미에기찌의 잡지 『붉은새』의 발간은 일본의 근대 아동문학사를 바꾸는 계기가 되었다. 이때 처음으로 소년문학 연구가 생겼다. 대정기의 대표적 작가는 아시아 로손, 다께누끼 가스이, 아구다가와 류우노스께, 아리시마 다께오, 우노 고오지, 구에 마사오를 들 수 있다. 1920년 일본에서는 『동화』라는 잡지가 출간되었고, 1922년에는 『금메달』이라는 잡지가 나왔다.

　　1926년 소화기에 들어서 프롤레타리아 아동문학운동이 일어나 동심 수호적인 아동관을 탈피하게 되었고, 창작 방법이 리얼리즘 경향으로 바뀌었다. 대표적 작가로는 마끼모도 구스오, 이노쇼오조오, 가와사끼 다이지, 오가와 미메이 등이다. 이때 한편에서는 생활동화가 탄생하면서 동화와 소설의 절충적인 흐름이 일어났으며, 생활동화를 쓴 사람으로는 오오이시 마꼬도, 히라쓰까 다께지, 세끼 히데오 등이 있다.

일본 아동문학의 선구자인 이와야 사자나미(巖谷小波)와 그의 작품집인 『황금칼』(少年文學叢書 第1編, 博文館, 1891), 그가 주필로 활동했던 『소년세계』 창간호(1895. 1. 1).

3. 최남선과 한국 창작동화의 기원

아동문학을 공부하는 사람들에게 한국 최초 창작동화를 꼽으라면 아마도 마해송의 「바위나리와 아기별」(『새별』, 1923)을 떠올리는 데 주저하지 않을 것이다. 이러한 사실은 그 동안 많은 연구논문에도 인용되었을 뿐만 아니라 필자 역시 『한국동화문학연구』(2000)에서도 이를 그대로 따랐던 게 사실이다. 그러나 한국 초창기 아동문학 잡지를 살펴나가면서, 안타깝게도 이것은 작가와 주변인에 의한 증언을 토대로 한 것일 뿐, 자료로 확인할 수는 없었다.

아동문학이란 본질적으로 아동에게 들려주거나 읽히기 위한 문학으로, 그 핵심에는 '아동의 발견'이 전제되어 있다고 할 때, 한국 근대 창작동화의 출발선에 놓일 수 있는 작품은 무엇보다 아동 독자를 인식하고 쓰여진 최초의 작품, 전대의 이야기 형식에서 탈피한 것을 우선적으로 들 수 있을 것이다. 그런 관점에서 최근에 『새별』에 실린 이광수의 「내 소와 개」(1915)를 한국 최초 근대 창작동화로 '발견'해야 한다는 주장이 제기되기도 했었다.

그러나 필자는 이보다 앞서 1914년 『아이들보이』에 발표된 「센둥이와 검둥이」(최남선)를 한국 최초 창작동화로 주목하고자 한다. 이 작품은 근대 창작동화로 거론된 바는 있으나, 작품 전문이 아직까지 공개된 적이 없었다. 그러다 보니 작품에 대한 평가 역시 "전래적 형식과는 다른 작품", "동화체의 짧은 이야기", "구성이 엉성하고 주제가 약한 지루한 작품"이라는 피상적인 해석으로만 일관하고 있다. 이에 작품 전문을 공개하여 이 작품이 지니는 문학사적 의미를 재조명해 보고자 한다.

「센둥이와 검둥이」는 우선 주인공을 '아이'로 설정한 점, 기존의 단편적인 평가와는 달리 흥미로운 이야기 전개, 새로운 주제 지향, 어린이를 존중하려는 의도에서 시도된 '습니다'의 경어체 문장 사용 등 한국 최초의 근대동화로 내세우기에 손색이 없다. 형식면에서도 「센둥이와 검둥이」의 첫부분을 살펴보면, "캄캄흔 쌍밋헤서 나온 검둥이와 환흔 달 누리에서 나려온 센둥이가 어느 숩 속에서 맛낫슴닉다. 검둥이허고 센둥이허고 벌서부터 이약이를 흐는대 환흔 달 누리에서 이리 캄캄흔 숩 속에 온지라 센둥이 눈에는 검둥이가 분명히 보이지 아니흡닉다"와 같이 이전 전래동화와는 아주 다른 새로운 구성을 확인할 수 있다. 이처럼 「센둥이와 검둥이」는 내용과 형식에 있어서 한국 근대 창작동화가 지녀야 할 요건을 두루 갖추고 있어 이제라도 한국 최초 창작동화로 올바른 위치에 자리매김되어야 한다. 이 작품의 작가인 최남선 역시 한국 근대 아동문학이 형성할 수 있는 배경을 조성하고, 어린이 잡지(『붉은저고리』『아이들보이』『새별』)를 발간, 세계 명작동화를 번안·번역하여 소개하는 등 아동문학사에서 그가 차지하는 비중이 결코 가볍지 않다는 사실 또한 이 작품이 아동문학사에 지니는 의미를 더해 준다고 하겠다. 참고로 작품을 살펴보기에 앞서 최남선이 한국 아동문학사에서 지니는 위치를 점검해 보자.

최남선은 본격적인 의미(기존의 전래동화를 아동관이 변화되지 않은 상태에서 형성된 전래동화와 구별하기 위한 것)의 전래동화를 형성시켰을 뿐만 아니라 우리 나라 전설·민담 등을 어린이들에게 맞도록 개작한 개작동화의 시초를 마련한 사람이다. 그는 1908년 『소년』 창간호에 「이솝 이야기」 3편을 「이솝이약이」라는 제목으로 싣고, 영국의 『걸리버 여행기』 중 '거인국 표류기(巨人國 漂流記)'를 2회에 걸쳐 연재할 만큼 동화에 대한 남다른 관심이 컸다. 그는 이 작품의 '소인국(小人國)'편을 『소년』 창간호 앞표시 뒷면에 재미있다고 소개하였으며, 『로빈슨크루소』를 「로빈손 무인절도표류기(無人絶島漂流記)」라는 제목으로 제2권 2호부터 6회에 걸쳐 연재하기도 했다. 명작동화에 대한 최남선의 남다른 관심은 『소년』 이후 그가 주관한 『붉은저고리』『아이들보이』『새별』과 같은 잡지의 방향을 동화 중심으로 편집하도록 만들었다. 물론 이러한 그의 행적은 민족운동의 일환으로 시작되었고, 이후 아동문학에 대한 보다 지속적인 관심으로 발전시키지는 못했지만, 그 당시 '소년'으로 상징되는 어린이에게 읽을거리를 마련하여 그들을 계몽하고, 조국의 미래를 염려했던 그의 공적은 어떠한 형태로든 아동문학사에 중요한 족적을 남겼다고 본다. 그는 잡지『어린이』를 통해 동화 문장에도 큰 변화를 가져왔는데, 쉬운 우리글 사용이 그것이다. 문장에 한자성어를 많이 사용했던 당시에 최남선은『붉은저고리』『아이들보이』『새별』 등에서 우리말을 골라 썼다.『소년』에서 많이 사용했던 문어체와 하오체가 이들 잡지에서는 점차 경어체인 '습니다'체로 바뀌게 된 것이다. 아동문학, 특히 동화에서 문장의 종결어미를 이처럼 경어체로 한 것은 1920년대 방정환이 주축이 된 어린이 운동을 거치면서 동화 표현상 하나의 규범으로 자리잡게 된다. 이는 아동문학 발생 초기 아동의 인권(아동에 대한 배려 또는 존중)을 존중하고자 하는 의식적인 노력인 동시에, 아동 독자에 대한 성인 작가의 특별한 존중심을 나타낸 것이라고 할 수 있다.

근대 아동문학 개념이 '아동에게 적합한 이야기', 즉 '아동'이라는 독자 대상에 대한 보다 뚜렷한 인식에서 비롯된 것임을 상기할 때, 이 '아동'이라는 대상에 대한 자각은 근대 창작동화의 중요한 전제 조건이라는 것은 앞에서도 언급한 바 있다. 이런 관점에서 최남선의 「센둥이와 검둥이」는 주인공이 '센둥이'와 '검둥이'라는 아이로 설정되어 있는 점, 그 당시 전래동화의 전형이라고 할 수 있는 권선징악적인 주제, 이른바 우연성의 남발에서 상당히 비껴 서 있다는 점, 한글 중심의 쉬운 문장으로 씌어 있어 어린이가 읽기 쉽도록 아동 독자를 배려한 점 등은 근대문학이 지녀야 할 일반적 기준에 상당히 가깝게 다가서고 있다고 평가된다. 그럼 실제 작품을 살펴보기로 한다.

「센둥이와 검둥이」는 제목으로 붙인 "센둥이"를 어떻게 해석하느냐에 따라 그 내용이 달라질 수도 있는데, '세다'는 '머리칼이 세어졌다'의 '세'처럼 '흰' 또는 '하얀'으로 해석할 수 있다. 이런 측면에서 제목을 풀이하자면 '흰둥이와 검둥이'가 된다. 간략하게 작품 줄거리를 요약하면 다음과 같다. 밝은 세상에서 살던 흰둥이와 땅 밑 어두운 세상에서 살던 검둥이란 아이가 자기가 살던 곳에 싫증을 내어 고향을 떠나 이리저리 돌아다니다 캄캄한 숲속에서 만났다. 캄캄한 세상에서 살았던 검둥이는 어두운 숲속에서 흰둥이를 잘 볼 수 있었으나, 밝은 세상에서 살았던 흰둥이는 검둥이를 알아볼 수 없었다. 흰둥이는 어두운 숲속을 벗어나 밝은 세상으로 가면 검둥이를 볼 수 있으리라 생각하고 촛불이 켜진 신당(마을 수호신을 모신 집)으로 검둥이를 데리고 간다. 주위가 환해져 흰둥이 세상이 되자, 이번에는 검둥이가 흰둥이를 볼 수 없었다. 바람이 불어 주위가 캄캄해지자 제 세상이 된 검둥이는 밝은 세상을 만나기 전에 자기 세상(검은 세상)으로 돌아가려는데 밝은 세상이 된다. 신당을 지키던 당직이가 신당에 불이 꺼진 것을 발견하고 들어와 촛불을 켰기 때문이다. 당직이는 흰둥이와 검둥이란 아이가 서로 자기 주장만을 내세우며 싸우는 것을 보고, 그들의 좁은 생각을 바꾸어 놓는다.

이 작품은 경험된 좁은 세상 너머 보다 넓은 세상이 있다는 사실을 전혀 알지 못하는 검둥이와 흰둥이를 풍자하여, 아이들이 좀더 크고 넓은 세상을 찾아 나서길 바라는 염원으로 가득 차 있다. 이러한 내용은 우선 대부분 결말이 뻔히 드러나는 이른바 권선징악의 교훈을 담고 있는 이전의 전래동화와 뚜렷하게 구별된다고 하겠다. 「센둥이와 검둥이」의 겉으로 드러난 주제는 고향을 버리고 떠나 보았자 고생만 더 한다는 회귀 의식으로 해석된다. 그러나 조금만 더 꼼꼼하게 작품 내면을 들여다보면, 검둥이와 흰둥이로 상징되는 이 땅의 아이들이 보다 큰 눈으로 세상을 넓게 바라보아야 한다는 메시지를 함축하고 있다. '소년'으로 하여금 근시안적인 사고에서 벗어나 새로운 세상을 열어 가길 소망했던 최남선은 동화 「센둥이와 검둥이」를 통해 그의 오롯한 의지를 나타내고자 했던 것이다.

「센둥이와 검둥이」가 실린 『아이들보이』 역시 '아이들'과 '보이(보소, 보아라)'라는 낱말을 결합시켜 순수한 우리말을 표지화한 것으로, 이를 풀이하면 "아이들이여, 보아라" "아이들이 보는 잡지"이다. 이 잡지는 목차부터 일체 한자를 사용하지 않고 순 한글로 편집한 것이 특징이다. 여기서도 그 당시 어린이 독자를 생각한 최남선의 세심한 배려를 읽을 수 있다. '아동문학'이란 용어가 『아이들보이』(1914)에 처음 등장하고, 그가 주관한 잡지에 자주 사용된 사실 또한 쉽게 간과할 수 없는 일이다.

사실 이런 용어를 처음 도입하고, 자주 사용하였다는 것은 아동문학에 대한 인식이 처음 싹트기 시작했던 시기가 언제인지, 그리고 그 성격은 어떠했는지를 보여주는 중요한 의미를 갖는다. 물론 이 용어들이 지금의 개념과 동일하게 사용되었다고 볼 수는 없다(이에 관한 분석은 『아이들보이』에 실린 소설과 동화 내용을 분석한 필자의 졸고 「아동문학 용어 고찰」에서 최남선이 아동문학 장르나 범주에 대한 본격적인 인식이 부족했음을 확인한 바 있다). 그렇다 하더라도 그 당시 최남선이 편집했던 잡지에는 일본을 거치기는 했지만 서양 동화의 소개, 전래동화를 비롯한 서양 동화 개작, 창작동화 발표 등 한국 동화문학을 형성시키는 데 중요한 역할이 되었다는 것은 부인할 수 없다.

뿐만 아니라 1925년 8월 4일 안데르센 50주기를 맞아 8월 12일자 동아일보에 최남선은 「동화와 문화—안데르센을 위함—」이라는 제목의 칼럼을 발표하여 자신의 아동관을 밝힌 바 있다. 이런 점으로 미루어 그가 어떤 방법으로든 동화에 대한 필요성과 그 가치에 남다른 인식을 가지고 있었다는 것을 알 수 있다.

  최남선의 이러한 선구적인 노력은 창작으로도 이어져 『아이들보이』에 남을 잡으려다 저를 잡는다는 「남잡이가 저잡이」라는 동화요를 출현시키고, 창작동화 「센둥이와 검둥이」를 '동화'라는 이름으로 발표했다고 추론할 수 있다. 결국 최남선의 이러한 선구적인 시도와 노력은 이후 방정환으로 이어지는 한국 근대 창작동화가 싹트고 줄기를 세워나가는 길을 열어 주는 중요한 역할이 되었다. 이러한 점을 종합해 볼 때, 한국 아동문학사에서 창작동화 「센둥이와 검둥이」는 재평가되어 한국 아동문학사에 올바로 자리매김되어야 한다.

센둥이와 검둥이(원본 전문)

최남선

캄캄흔 쌍밋혜서 나온 검둥이와 환흔 달 누리에서 나려온 센둥이가 어느 숩 속에서 맛낫습늬다.

검둥이허고 센둥이허고 벌서부터 이약이를 흐는대 환흔 달 누리에서 이리 캄캄흔 숩 속에 온지라 센둥이 눈에는 검둥이가 분명히 보이지 아니흡늬다.

『자네 소리는 잘 들리나 쓸은 보이지 아니흐네그려. 소리로 보아서는 나보담 자네 나가 만흔듯흐니 자네 나가 이제 얼마나 되엇나.』

센둥이가 이말을흐니 검둥이가 얼골은 농그라니 눈은 똥그라니 귀는 발죽흐니 왼 몸둥이에 털은 새카마케 난것이 마치 괴가치 생겨가지고

『흐흥. 나는 이러케 잘 보는대 자네게는 아니보이는가. 나는 늘 쌍 밋 캄캄흔 곳에만 잇서 셰샹 구경은 잇대지못흐얏네마는 자네 가튼 거북살스러운 사람이 이 셰샹에 잇는줄은 아주 몰랏네. 도도지 엇더케흐면 자네게 내 쓸이 보이겟나.』

흐얏습늬다. 센둥이는 쏘 하야코 동그란 얼골에 눈 입 눈섭이 다 가는대 가지고 뱅글뱅글 우스면서

『엇더케는 엇더케 환흐기만 흐면 내게 보이지. 이째지 달 누리 환흔

곳에만 잇섯스니까 자네 처럼 쌍 밋혜 두더지와 한가지 사는이허고는 다르니.』

흐고 쌔냇습니다.

『실업슨 소리는 그만두게. 두더지와 가치 보니 버릇 업네. 이러케 아모리 어둔대서라도 나는 자네 얼골이며 몸을 보는대 자네는 나를 보지 못흔다흐니 그리 거북흘대가 웨 잇슬가.』

검둥이가 이 말을 다 맛지 못흐야

『그런 소리 말게. 그거는 매 한가지지. 무슨 자네 눈이 내 눈보다 나흔것 아니니 대개 말흐면 어두은대서니까 자네 눈이 무엇을 보지 환흔대만 나가보게, 또한 아모것도 보이지 아니흐리.』

『응 그럴 리가 잇나. 내 눈은 캄캄흔대서도 이리 보이니 환흔대 나가면 더 잘 보일것 아닌가.』

『그래 그래 환흐면 잘 보이겟다니 그러면 저긔 작은 달님의 등불이 잇스니 그리 가서 보세그려.』

센둥이가 압장 섯습니다. 검둥이는 이제까지 단 한번도 환흔 곳에 나와 본 적이 업슴으로 엇던댄지는 모르나 엇재든지 캄캄흔대서도 잘 보이니까 아모대를 가서라도 보이지 아니흘리는 업스리라고 쉽게 알고 센둥이를 짜라나섯습니다.

암만 가도 캄캄흔대쑨이오 센둥이가 말흔 환흔곳에는 나오지 아니흡니다. 검둥이는 이재까지 제가 쌍밋 캄캄흔대만 들어 잇섯슴으로 제 소견것 짐작흐얏습니다.

『응 이 세계란것이 캄캄흐게 생겨 아모대를 가도 환흔 대가 업는것이라』고 질에 짐작흐고

『여보게 이사람. 암만 가도 캄캄흔 대 쑨이오 자네 말흔 환흔 대가 어대 나서나.』

『응 조곰 기다리게. 나를 좀 더 짜라오게. 오늘 저녁은 공교히 하늘

도 캄캄ᄒ고 우리 누리 달님의 환ᄒ심도 나타나지아니ᄒ나 니웃에 별님은 환홈을 나타냇네.』

『하늘이니 별님이니 그게 다 무슨 말인가. 나는 도모지 알아 들을수 없네.』

검둥이가 야릇ᄒ게 듯고 이러케 무럿습늬다.

『홍 그것을 모른단 말인가 고이치 아니ᄒ이. 이때까지 ᄯᅡᆼ밋 캄캄ᄒ 대에만 잇섯스니싸 여보게 저 하늘을 보게 하늘이래서 모르면 목아지를 당긔어 줌세 저 놉다란 우를 보게 무엇이 만히 반작반작ᄒ지. 저것이 우리 니웃 별님일세.』

검둥이가 함부로 센둥이에게 목을 싀니어 앏하서 견딜수가 업것마는 참고 놉다란 우를 올려다 보니 과연 놉다란 놉다란 우에 반작반작 알롱알롱 빗난것이 만히 잇습늬다. 저런대서 반작거림도 야릇ᄒ지마는 엇더케 저리 놉흔대를 갓슬는지 그저 이상ᄒ게만 생각ᄒ얏습늬다.

『응 다 알앗네. 이상ᄒ것일세. 우리 ᄯᅡᆼ 밋헤는 저런것이 한아토 업네. 글 자네 저리로서 나려왓나 여보게 센둥이 엄청 나게 놉흔대서 나려왓네 그려.』

『님 누리에서 왓다지 아니ᄒ얏나. 인제 얼마아니ᄒ야 작은 달님 겻흐로 갈 터일세.』

센둥이가 시침이 ᄶᅦᆫ고로 검둥이 생각에는 아주 멀듸 먼 다른 나라에나 다려가는듯ᄒ야 무서운 마음이 덜석낫습늬다.

『그러나 저러나 배가 앏하서못견듸겟네. 센둥이 나는 별안간 배가 앏하서 환흔대까지 갈것 갓지 아니ᄒ이.』

검둥이가 별안간 겁이 나서 쇠 배를ᄒ야 배를 쥐어짜고 동그란 눈에서 동그란 눈물이 쪽쪽 써러집늬다.

『그게 무슨 소린가. 그러나 모처럼 여긔까지 왓다가 돌아가서 쓰겟나. 조곰만 참게 좀 더 가세.』

『저리 놉다란 환흔대를 가면 배가 더 앏흐지나 아니홀는지.』

『관계치 안흐이. 내가 가지 가니까 아모 념려업네.』

센둥이가 이리 말흐면서 억지로 잡아 쓰는고로 실죽흐나 홀수 업시 뒤를 짜라갓습늬다.

얼마 아니흐야 어느 숩 속에 들엇습늬다.

거긔 작은 당집이 잇고 무슨 검님인지 모르되 밀초 한아를 켜고 그 안에 검님을 모셧습늬다.

『자 여긔일세. 내가 환흔 대라 흐던대가 참 작은 달님이시지마는 환흐지.』

센둥이가 밀초 불이 밝음으로 달님으로만 알고 작은 달님이라흠이 잘 형용흐얏다 홀것이외다.

그러나 이 검둥이는 아주 캄캄흔대서는 큰체를 흐얏지마는 환흔대 나와서는 눈이 거슴치레흐야 무엇이 무엇인지 보이지 아니흡늬다.

『달님인지 별님인지 하늘님인지 모르겟지마는 이를 엇지홀가 나는 여긔를 오니 눈이 거슴치레흐야 아모것도 보이지 아나흐네.』

여내 동그란 눈을 부비면서 이 말을 흐니 센둥이가 『네 보아라』고 생각흐얏스나 말은 아니흐고

『배가 앏흐니 눈이 엇더니 그런 소리는 다 그만두게. 환흔대 가면 더 잘 보리라고 큰체흔지가 얼마 되엇나. 나는 환흐니까 잘 보이네.』

『자네는 잘 보는지 모르겟네마는 나는 아모것도 볼수 업네. 캄캄흔 대서는 잘 보이던 자네 쓸이 여긔서는 아주 보이지 아니네. 내가 내 쓸도 볼수 업네. 이래서 엇지흐나. 나는 환흔대가 실흐이 캄캄흔 대로 가세.』

검둥이가 긔운을 내어 이리 말슴흡늬다.

『그럼 자네가 요전에 환흔대서면 더 잘 보겟다흠은 거짓말일세그려. 거짓말이야 엇지흐겟나마는 여보게 누리가 크지 아니흔가. 그러나 우

리 사는 달 누리에를 가보면 이보다 더 이상흔 일이 잇느니.』

　이말을 흐는 동안에 쫘 불어들어오는 바람에 초 불이 획 꺼졋습늬다.

　숩 속에 잇는 당 집이라 초 불이 꺼지매 아주 캄캄흐야졋습늬다. 한참 풀이 죽엇던 검둥이가 벙긋 우스면서

『웅 다시 내 누리가 되엇고나 인제는 잘 보이네.』

흐고 검둥이는 긔운이 나는대 센둥이는 빗츨 노친고로 물고기가 뭇헤 나온것 갓흐야 침침흐야 엇지를 못흐얏습늬다.

　『이를 엇지흐나 작은 날님으로 알앗더니 아니던가 그러나 이상흔 초 불도 보앗네. 금시에 켜잇던것이 별안간 꺼지는것은 웬 일인고.』

　초불이 엇던것인지 아지 못흐는 센둥이가 매오 이상흐야흡늬다.

　『여보게 이사람 자네는 환흔 대서는 잘 보나 나는 쏘 캄캄흔 대가 아니면 모르니 엇지흔 일인가. 내가 멈츳멈츳흐다가 다시 환흐야지면 꼼작 못흐리니 얼는 쌍밋흐로 돌아가겟네.』

흐고 센둥이에게 말도 아니흐고 다라나려흘 즈음에 당직이가 와서 셕냥을 득긋더니 초 불을 켯습늬다. 근쳐가 금시에 환흐야져서 한참 다라나려흐던 검둥이가 꼼작 못흡늬다.

　『이를 엇지흐나 이를 엇지흐나 쏘 환흐야졋스니 이를 엇지흐나.』

　쇠 멱 싸는 소리를 흐매 당직이가 듯고 놀라 다라들어 보니 동그란이 생긴 검둥이와 센둥이라 손이며 발이며 몸둥이 생김생김이 다 짐승 가트나 얼골은 분명흔 사람이외다.

　『도모지 엇지흐야 여긔를 왓나냐.』

흐니 센둥이가

　『네 그런게 아니오라 나는 저 달 누리에 사는 센둥이란 아이온대 달 누리에 살기가 퇴가 나는고로 오늘 잠시 우슨 마음으로 이 누리에 나려왓다가 건너 숩 속에서 이 검둥이를 맛낫습늬다. 그런대 내가 생각흐기를 아몯를 가든지 달 누리처럼 환홀줄로만 알앗더니 참 놀낫습늬다.』

센둥이가 말을 미처 다 마치지 못ᄒᆞ야 검둥이가 한치도 압흘 보지 못ᄒᆞᄂᆞᆫ 눈을 치쓰고 손으로 더듬더듬ᄒᆞ야 당직이 겻헤 갓가히 와서

『나는 검둥이란 ᄯᅡᆼ 밋헤 사는 아이옵더니 ᄯᅡᆼ 밋치 퇴가 나서 잠시 무슨 마음으로 ᄯᅡᆼ 우에 나왓더니 아주 긔가 막힘닉다. ᄯᅡᆼ 우도 ᄯᅩ한 ᄭᅡᆷᄭᅡᆷᄒᆞᆯ줄만 녁엿더니 환ᄒᆞᆫ 대가 만하 압흘 조곰도 못보겟습ᄂᆞᆫ다.』

『그러들 ᄒᆞ냐 오 알겟다. 들어 보니 둘이 다 잘못이 잇다. 첫재 센둥아, 네가 이것을 작은 달님이라ᄒᆞ나 이것이 달님이 아니다. 이것은 초라ᄒᆞᄂᆞᆫ것이니 ᄭᅡᆷᄭᅡᆷᄒᆞᆯᄯᅢ에 켜ᄂᆞᆫ것이니라.』

『그럼 리 날님과 다름닛가.』

『다르고 말고 여간 다른 것이 아니다. 너의들 말을 드르니 둘이 다 잘못 생각ᄒᆞ얏다. 달 누리에 사던 아이가 이 누리에 와 살수 잇슬리가 업고 ᄯᅩ ᄯᅡᆼ 속에서 다니던 아이가 ᄯᅡᆼ 우에 와 살수가 잇겟느냐. 늘 ᄭᅡᆷᄭᅡᆷ ᄒᆞᆫ 곳에만 사던이가 환ᄒᆞᆫ대를 알리 업고 늘 환ᄒᆞᆫ 곳에만 사던이가 ᄭᅡᆷᄭᅡᆷ ᄒᆞᆫ대를 알리가 잇스랴. 그러니 눈이 보이겟느냐. 그것보다도 먹기가 어려우리니 이제까지 무엇을 먹엇ᄂᆞᆫ지는 모르겟스되 이 누리 것을 능히 먹겟느냐.』

이 말을 드르매 검둥이 센둥이가 다 ᄭᅡᆷᄶᅡᆨ 놀랏습ᄂᆞᆫ다. 다만 한ᄶᅢ 무슨 생각으로 오래 살던 고장에서 ᄲᅱ어나와 무심히 나그네로 나온터이라 먹을것까지야 언제 생각ᄒᆞ얏습ᄂᆞᆫ가.

둘이 다 머리를 득득 긁고 센둥이는 당직이에게서 초를 어더가지고 검둥이는 ᄭᅡᆷᄭᅡᆷᄒᆞᆫ 속으로 밧비 돌아가 이뒤에는 둘이 다 살던 고장에 가만히 잇서서 각각 져의 직분을 힘쓰고 다시 이런 다톰을 ᄒᆞ지 아니ᄒᆞ얏다 홉ᄂᆞᆫ다.

— 『아이들보이』(1914)

■ 참고문헌 ─────────────────────────────

김상옥, 『숲에서 어린이에게 길을 묻다』, 창작과비평사, 2000.

김용희, 『동심의 숲에서 길 찾기』, 청동거울, 1999.

석용원, 『아동문학원론』, 학연사, 1987.

원종찬, 『아동문학과 비평 정신』, 창작과비평사, 2001.

이상현, 『아동문학강의』, 일지사, 1991.

이원수, 『한국아동문학소사』.

이재복, 『우리 동화 바로 읽기』, 한길사, 1995.

이재철, 『한국현대아동문학사』, 일지사, 1978.

──── , 『세계아동문학사전』, 계몽사, 1987.

──── , 『한국아동문학연구』, 개문사, 1988.

존 로 타운젠트, 『어린이 책의 역사』, 시공사, 1996.

최지훈, 『어린이를 위한 문학』, 비룡소, 2001.

제3장
아동문학 창작과 지도

1. 동화

1) 동화의 개념

동화(童話, fairy tale, nursery tale, juvenile story)는 아동문학(큰 집)의 범주 속에 포함되는 것으로 동화(작은 집)의 개념을 이해하기 위해서는 먼저 아동문학에 관한 보다 명확하고 구체적인 개념이 정리되어야 한다.

아동문학에 대한 관점은 "작가가 아동이나 동심의 고향으로 돌아가고 싶은 어른에게 읽힐 목적으로 창조한 시, 동화, 소설, 희곡 등의 총칭"이라는 견해와 '어린이를 위한 문학'이라는 주장이 지배적이다.

두 견해 모두 궁극적으로는 '독자 대상'의 측면에서 아동문학의 본질을 파악하려는 관점에서 출발하고 있다. 바로 이 독자층의 '특수함'이 아동문학의 개념을 이해하기 위한 기본적인 전제가 된다. 아동문학이 자신의 독자적인 영역을 구축하고 하나의 장르로 정립된 것은 이 '아동'이라는 특수한 독자층을 독자 대상으로 삼았기 때문이다. 한국 근대 아동문학의 아버지라고 불리는 방정환이 "동은 아동이란 동이요, 화는 설화의 화인즉 결국 동화는 아동설화라고 할 것입니다. 그러니 아동 이상의 사람이 많이 읽거나 듣거나 하는 경우에라도 그것이 아동을 상대로 하는 것이 아니면 안 됩니다"라고 주장하는 것도 이와 같은 맥락에서이다.

동화의 사전적 의미는 '어린이를 상대로 들려주거나 읽히기 위해 만들어진 이야기'이다. 이는 동화를 이해하는 독자의 특수성이 중요하다는 것을 확인시켜 준다. 그러나 오늘날 동화의 개념은 그보다 더 복잡하고 다양하다. 동화라는 개념을 둘러싸고 다양한 이론(異論)이 나타나는 것은 동화가 역사적인 변모 과정을 거치면서 그 속에서 다양한 특질을 스스로 발현해 왔기 때문이었다. 즉 동화라는 개념은 시대와 지역, 해석 방법에 따라 그 범위와 의미를 달리하게 된다.

기존의 동화를 규정하고 있는 다양한 관점들을 두루 살펴볼 때, 그 관점들은 그들간에 공통된 부분도 있지만, 다소 상이한 내용을 동화의 본질로 설정하고 있음도 알 수 있다.

① 순수한 동화는 사실적(事實的)인 소설과는 다른, 공상적인 이야기를 말한다. 현대 동화에는 현실적인 이야기가 공상적인 이야기와 서로 결합된 것이 많지만 그래도 판타지(Fantasy)가 있는 것, 공상적인 것, 초자연적인 이야기가 있는 것을 동화라 규정한다.[1]

② 동(童)은 아동(兒童)이란 동(童)이요, 화(話)는 설화(說話)의 화(話)

---

1) 이원수, 「동화 창작법」, 『아동문학사상』 제2집, 보진재, 1970, 49쪽.

인즉 결국(結局) 동화(童話)는 아동설화(兒童說話)라고 할 것입니다. 그러니 아동(兒童) 이상의 사람이 많이 읽거나 듣거나 하는 경우(境遇)에라도 그것이 아동(兒童)을 상대(相對)로 하는 것이 아니면 안 됩니다.[2]

③ 어린이들에게 들려주기 위해서 하는 이야기를 동화라 한다. 그러나 동화의 정의는 그리 간단한 것이 아니다. 영어로는 페어리 테일(Fairy tale)이라고 하는데, 그 본래의 뜻은 요정담(妖精譚), 이른바 선녀들이 나오는 이야기이다. 독일에서는 메르헨이 여기에 해당하지만 이것은 본래 설화문학의 한 형태를 취한다. 동화의 본래적 의미는 옛날 이야기나 민화 중에서 그 형식을 취하고, 그림과 안데르센을 고향으로 하는 상징적인 문학 형태로서, 인간 일반의 보편적 진실을 소박한 내용으로 한 시에 가까운 산문문학이다.[3]

④ 동화는 현실에서 해방을 꿈꾸는 문학이다. 그것은 결코 현실 사회의 개조나 현실적·구체적 인간을 탐구, 창조하여 우리에게 새로운 인간상이나 인간 해석의 새로운 국면을 보이려는 것이 아니다. 그것보다는 공상 속에 펼쳐지는 꿈의 세계를 보여주는 것이다.[4]

위에 인용한 주장들은 각각 동화에 대한 개념 규정에 있어서 조금씩 다른 입장을 보이고 있다. 이원수(①)는 사실적이지 않은, 공상적이고 초자연적인 이야기를 동화의 가장 중요한 속성으로 보고 있으며, 방정환(②)은 아동을 독자 대상으로 한다는 것을 강조하고 있다. 석용원(③)은 동화의 역사적 원류와 그 양식적 특성을 동화의 본질로 이야기

---

2) 방정환, 「동화 작법─동화짓는 이에게─」, 동아일보, 1925. 1. 1.
3) 석용원, 『아동문학원론』, 학연사, 1989, 246쪽.
4) 박목월, 「동화와 소설」, 『아동문학』 제2집, 23쪽.

함으로써 설화문학과의 관계를 중요하게 부각시키고 있고, 박목월(④)은 이원수(①)와 마찬가지로 동화의 개념을 이야기하는 데 있어 환상을 중요하게 여기고 있으나, 그 기능에 초점을 맞추어 동화의 개념을 파악하고 있는 것이다. 이렇듯 독자 대상의 특수성이 아동문학을 구성하는 주된 요소 중 하나라고 하더라도 이것만으로는 동화의 본질을 입체적으로 설명하는 데 한계가 있다. 이는 또한 동화의 개념이 논자마다 일정한 부분에서 상이하게 나타나는 원인이 되기도 한다.

좁은 의미에서 동화는 예술성을 의식하고 씌어진 창작동화만을 지칭한다. 그러나 이러한 규정 자체의 정밀성도 문제가 될 뿐만 아니라 동화문학의 계보를 살펴보면 신화, 전설, 민담 등을 아동문학의 자산으로 받아들이고 있기 때문에 아동문학이 설화에서 파생된 것임을 부인할 수 없다. 따라서 오늘날 동화의 정의는 넓은 의미에서 설화(신화, 전설, 민담), 우화, 소년소설, 그림동화까지를 포함시키고 있다. 이와 같이 현대에 일어나고 있는 동화 영역의 확장은 동화의 개념 규정을 더욱 어렵게 만들고 있다.

여기서 서구의 동화 개념과 그 발생 역사를 간략하게 살펴보는 것은 우리의 동화 개념을 이해하는 데 보탬이 될 수 있을 것이다. 보통 우리가 알고 있는 독일의 메르헨(märchen)이라는 개념으로 대표되는 동화는 원시 민족이 신의 행적을 읊은 서사시의 일종이었다. 십자군에 의해 서구로 옮겨진 이러한 이야기는 민중들 사이에 널리 퍼져 있는 설화로 프랑스의 Conte Populaire, 독일의 Voiksmärchen, 영어의 Folk tale에 대응되는 개념이라고 할 수 있다. 우리 나라에서도 동화를 메르헨과 동일시하는 경향이 있다. 이는 독일의 그림 형제가 전국에 흩어져 있는 설화 등을 수집하여 아동들에게 읽히기 위해 널리 보급시키면서 설화의 아동문학화가 이루어진 데에서 비롯된 결과의 소산이라고 생각된다.

그러나 메르헨의 참뜻은 어린이를 대상으로 하는 이야기라는 데에 국한된 것은 아니다. 즉 메르헨은 일반적으로 민중들 사이에 전해지는 소화(小話, Voiksmärchen)와 우화까지 포함하는 산문으로 된 서사문학이다. 그러므로 동화라 불리는 서구의 메르헨의 개념은 동화보다는 오히려 설화의 동의어에 가깝다. 따라서 서구의 메르헨 개념은 '좁은 의미에서의 우리 나라 동화 개념'과는 약간의 차이가 있다고 하겠다. 좁은 의미에서의 동화 개념은 창작동화를 가리키는 것으로, '아동을 대상으로 한다'라는 기본 속성에 묶여 있기 때문이다.

서구에서도 현대에 들어와서는 아동문학의 자산으로 메르헨을 받아들이면서도 아동문학의 범주 속에서 동화와 메르헨을 무조건 동일시하지는 않고 있다. 이것은 점차 아동문학의 개념이 정교화되는 데서 연유하는 결과이다. 다시 말해, 아동문학 속에 포함되어 있는 다양한 장르와 작품들을 분류하고 구분하는 기준들이 세분화되고 있다는 것이다.

이처럼 서구의 메르헨이라는 개념과 우리 나라의 동화의 개념은 공유하고 있는 부분도 있으며, 공유하지 못하는 부분도 있다고 할 수 있을 것이다. 그리고 우리 나라 동화 개념이 어떠한 것인가의 문제는 우리 나라 동화가 걸어온 길을 고찰하는 데에서 해결해야 한다.

한국에서 창작동화는 가장 먼저 '아동을 대상으로 하는 이야기'라는 개념으로부터 출발했다. 소파 방정환의 어린이 운동의 일환으로 시작되었던 동화운동은 한편으로는 창작, 다른 한편으로는 번역과 번안, 전래동화의 정리라는 방식을 통해 이루어졌다. 그리고 이 활동들을 하나로 묶어 줄 수 있었던 기준은 그것들이 모두 '아동이 읽을 수 있는, 아동이 읽기에 적합한 이야기'라는 데 있었다. 다시 말해 아동을 대상으로 한다는 것이 매우 중요한 특질로 이해되었다는 것이다.

이러한 대상의 특수성은 결국 동화의 미학적 특질이 무엇인가, 다른 장르와 구분되는 동화의 특질이 무엇인가 하는 데로 이어지고, 이것은 한국 동화의 역사를 거치면서 '동심을 나타내는 이야기'라는 것으로 귀결된다. 여기서 '동심'은, 다른 서사문학들과 동화를 구별지어 주는 가장 큰 특징이 된다. '어린이의 마음'이라는 것은 성인문학에서는 가능하지 않은 것이며, 아동문학의 고유한 특징이다. 그리고 동화에서 동심을 어떻게 표현하는 것이 좋은가, 올바른 동심상의 구현이란 어떤 것인가는 계속적인 탐구와 논쟁의 대상이 되고 있다. 성인 작가가 아동 독자의 시점을 빌려(또는 그것에 일치하여) 작품을 쓴다는 동화의 특성상 동심은 동화를 구성하는 매우 중요한 요소가 된다.

2) 동화의 특성

동화는 아동을 주요 독자로 삼고 있다는 점에서 다른 서사 장르와 지향점을 달리하며, 그 결과 창작 기법과 양식 측면에 있어 특수성을 갖는다. 다른 장르와 구분되는 독립된 장르로서 동화는 다음과 같은 특질을 가지며, 이 특질들은 동화의 개념을 형성하고 그 규범을 형성하는 중요한 요소가 된다. 이 동화의 규범들은 각 개별 동화작품들을 관통하여 지배하고 있으며, 궁극적으로는 동화 장르의 특질을 형성하고 있는 것이다. 동화의 개념을 더욱 깊고 풍부하게 만드는 동화의 다양한 특질들을 정리하면 다음과 같다.

동화는 환상이 지배적 요소로 작용하는 이야기 문학이다. 동화는 인간 상상과 교류하는 환상과 꿈과 동경이 있는 인류의 보고(寶庫)이다. 성인문학인 소설에서도 환상의 기법이 쓰이기는 하지만, 그것은 어디까지나 실존하거나 현실적으로 체험되고 상상될 수 있는 내용을 바탕으로 한다. 그러나 동화에서는 현실이나 실제로 경험될 수 있거나 상상될 수 있는 소재도 있지만 전체적으로 보아 비체험, 비현실적 환상의 세계를 더 많이 담고 있다는 점이 다르다.

환상이란 인간에게 상상의 날개와도 같은 것으로, "현실을 보는 눈으로는 보아낼 수 없는 또 다른 인간의 진실과 세계의 진실에 관한 인식에서 비롯하고 있다." 보다 구체적으로 소설과 동화에서 환상이 차지하는 위상의 차이점을 이야기하자면, 소설에서 환상은 하나의 기법이며 선택적인 것이지만, 동화에서의 환상은 창작 원리이며 필연적인 것이라고 할 수 있다.

인간은 환상을 통해 상상한 세계에 자신의 염원과 자신이 지향하는 바를 투사한다. 그리고 그것을 현실로 전환시키는 방법을 생각하여 그 가능성을 탐구하게 된다. 환상을 통해 현실 밖에 상정된 세계는 실제 현실을 극복하고, 또 다른 세계를 만들어낼 수 있는 가능성을 인간에게 부여하는 것이다. 그래서 인간은 현실에 뿌리내리고 있으면서도 자신의 고유한 능력인 상상력을 통한 환상 세계를 창조하려는 속성을 가지고 있다.

현실 세계에 뿌리를 두면서도 환상 세계를 탁월하게 그려낸 필리파 피어스의 『한밤중 톰의 정원에서』의 삽화(존 로 타운젠트, 『어린이책의 역사 2』, 시공사, 1996, 419쪽에서 재인용).

특히 어린이는 심리적으로 애니미즘(Animism) 세계에서 자기를 둘러싼 세계와 끊임없이 이야기를 주고받기를 원하며, 현실 생활에서 이룰 수 없는 현상까지 환상적으로 그려 보기도 하고, 그것을 현실보다 더 가깝게 느끼기도 한다. 어린이가 속한 현실 세계는 기본적으로 성인에 의한 것이며, 그 속에서 어린이는 때때로 소외되고 그 현실 세계의 법칙을 고스란히 이해할 수 없다. 현실 세계와 겪는 충돌과 갈등을 어린이는 자기들만의 세계―자신들이 생각하는 법칙이 통용되고 자신들이 소외받지 않는―를 구축함으로써 극복하려고 한다. 따라서 동화에서 다루어지는 환상은 현실과 상관성을 가지며, 현실의 문학적인 미화라고도 할 수 있다.

환상이 현실을 떠나 제2의 세계를 창조하는 것이라고 보았을 때, 현실과 환상은 상치되는 개념이다. 그러나 그것이 상보적으로 미화될 때 각각은 그 생명력을 발하며, 환상의 궁극적인 기능은 현실에서의 도피가 아니라 현실과 어린이간의 충돌과 거기서 발생하는 어린이들의 상처를 완화하고 치료하는 것이라고 할 수 있을 것이다.

동화는 주요 독자가 성장기에 놓여 있는 아동이라는 점에서 최대한 이상성을 추구한다. 동화는 아동들의 미래 생활에 정신적인 구심점을 마련하는 역할이 중요하다. 즉 어린이가 장차 어떠한 사람이 될 것인가를 생각하게 하고, 어떻게 살아야 하는가에 대한 가치관을 정립시키는 데 기여해야 한다. 그리고 동화가 추구하는 이러한 이상성은 독자의 특수성을 고려하는 작가들의 배려이기도 하다. 아직 미성숙 단계에 있는 아동에게 현실의 모습을 그대로 보여준다는 것은 정서적으로나 가치관의 형성 측면에서도 단순한 일이 아니다.

성인문학은 이미 성장한 대상이 주요 독자이기 때문에 작품의 주제나 가치 선택을 그들 스스로에게 맡길 수 있지만 아동은 그렇지 않다. 따라서 동화에서 현실 수용은 동심의 눈으로 여과된 것이어야 한다.

위에서 밝혔듯이 성인의 세계인 현실이 가지고 있는 추악한 면이나 어린이들로서는 이해할 수 없는 법칙들은 어린이에게 상처를 주게 된다. 따라서 동화적 세계에서의 현실은 불행한 현실이나 사실 그 자체를 보여주기보다는 시련과 고통을 슬기롭게 극복하는 모습으로 제시되어야 한다. 또한 단순한 고발 자체보다는 예술적 승화와 함께 꿈을 심어 주는 차원으로까지 연결되어야 한다. 인격 형성 과정에 있는 아동들에게는 가능한 한 정서적·교육적 측면을 고려해, 추악하거나 거짓된 모습보다는 아름답고 참다운 모습을 형상적으로 제시하는 것이 바람직하다.

동화는 자유롭게 자연과 교감하는 양상을 띤다. 아동의 의식 세계에 있어서 자연의 사물은 인격화되며, 자연과의 조화에서 삶의 가치관을 추구한다. 동화문학은 자연이나 사물을 인격화하거나 생명을 불어넣어 어린이로 하여금 인간이 속한 자연과 함께 하는 삶의 의미를 깨닫도록 해준다. 이렇게 자연과 인간이 동등한 위치에서 자유롭게 교감하는 양상이 가능한 것은, 동화에서 환상이 지배적인 요소로 자리잡고 있기 때문이다.

환상을 통해 구현된 동심의 세계에서는 모든 사물과 대화가 가능해진다. 인간과 자연의 경계가 사라지게 되는 것이다. 이것 역시 동심을 구현하고, 그것이 통용 가능한 세계를 만들고자 하는 동화의 지향을 보여주는 것이다.

동화는 간결하고 단순하면서도 그 사상에 있어서 심오함을 가지고 있다. 동화는 아이들이 이해할 수 있도록 간결하고 단순한 구조로 되어 있지만, 문학이라는 관점에서 심오한 예술성을 내포하지 않으면 안된다. 구조가 단순하고 간결하다는 것과 주제가 심오하다는 것은 상호 대립적이기보다는 오히려 상호보완적인 관계로 보아야 할 것이다.

동화가 간결성이나 단순성을 요구하는 까닭은 한편으로 그것이 옛이야기에 근원을 두었기 때문이다. 아동의 심리적 측면을 고려할 때

동화의 문장은 지루하거나 장황하기보다는 짧고 간결해야 한다. 쉽고 아름다운 단어들을 활용하여 묘사해야 한다. 하지만 성인문학에 비해 동화가 간결하고 단순하다는 것은 미학적인 결함이 아니라 그 고유한 특성이며, 그런 간결함 안에서도 인생에 대한 나름의 깊은 사상을 가지고 있는 것이다. 동심을 통해 세상을 본다는 것은 세상을 단순화시키고 일면화(一面化)시키는 측면도 있지만, 한편으로는 성인의 눈으로 볼 수 없는 측면을 타자의 입장에서 발견할 수 있는 장점을 지니고 있기도 하다.

소재면에서 동화는 자연 지향성이 강하다. 동심의 세계에 있어 자연이나 우주는 무엇보다 신기한 관심의 대상이며, 자연과 우주와의 만남을 통하여 아동들은 생명적 존재로서 그들의 존재 의미를 알게 될 것이며, 미래를 향한 꿈을 키워 나가게 될 것이다. 동화가 전래동화의 유산을 계승하고, 상당 부분 그것에 의존하고 있는 것도 동화의 향토성(鄕土性)을 강화하는 요인이 된다. 곧, 산업화 시대의 빠른 속도를 거부하고 자연의 흐름에 맞추고자 하는 지향성을 동화는 지니고 있는 것이다.

동화는 또한 주제면에서 사랑과 모험, 권선징악을 보편적으로 수용함으로써, 아동들에게 진(眞)·선(善)·미(美)의 가치를 내재화하도록 하고 있다. 이는 동화의 독자가 어린이며 작가가 성인이라는 차이에서 발생하는 결과라고 할 수 있을 것이다.

창작 기법면에서 동화에는 의인법과 우화적 수법을 많이 활용한다. 의인화는 아동들에게 사물에 대하여 애정과 친근감을 갖도록 함으로써 작품의 의미를 쉽게 이해하도록 해주는 효과를 지니고 있다. 우화 형식 역시 아동들에게 흥미를 제공하는 가운데 즐거운 감동 속에서 작품의 주제를 잘 전달해 주는 효과적인 방법이 된다. 또 이러한 특징은 동화가 환상을 주로 도입하는 데서 빚어지는 결과라고 할 수 있을 것이다.

동화는 이중적 독자를 수용한다. 동화는 일차적으로는 어린이에게 주로 읽히고, 그렇게 기대되는 것이 상례이나 어른들에게도 읽혀질 수 있으며 큰 감동을 주기도 한다. 동화에 표현되고 있는 시공을 초월한 무한한 우주 공간과 자연 현상은 어린이뿐만 아니라 모든 인간의 심연에 내재해 있는 원초적인 세계이기 때문이다.

우리가 이해하고 있는 '어린이적'인 것은 단순히 어린이들에 의해서만 의식되는 데 그치는 것이 아니라 인간이면 누구나 마음속 어딘가에 살아남은 어린이적 요소를 뜻한다. 따라서 동화는 이중적 독자 수용 구조를 갖는다. 기본적으로 동화는 어린이를 주된 독자로 상정하고 있지만, 어른도 독자로 받아들임으로써 스스로 영역을 확장하고 가치를 높인다. 이처럼 동화는 이중적인 독자를 수용함으로써 동화에 고유한 '아동의 시점'을 통해 동화를 읽는 성인으로 하여금 성인의 세계와는 또 다른 동심의 세계에 편입될 수 있게 한다.

3) 동화 창작

서사문학으로서 동화는 '어린이에게 들려주거나 읽히기 위한 것'으로, 아동이 이해하기 쉬운 형식과 언어로 쓰여지는 것을 전제한다. 따라서 아동문학 작품 창작은 일반 문학 창작과 조금 다른 마음의 자세가 필요하다. 먼저 동화를 쓰기 전 동화의 특성과 기본 요건에 대해 올바른 이해가 필요하다. 기본적으로 바른 문장법을 익히고 좋은 작품을 많이 읽어 쓰는 방법을 배우는 것 또한 작품을 창작하는 데 도움이 될 수 있다.

(1) 마음 자세

동화를 쓰기 전의 마음 자세는 먼저 어린이에 대한 사랑과 발달 단계를 살펴보는 것이 중요하다. 자기가 쓰고자 하는 작품이 어떤 어린이를 대상으로 하는가에 따라 작품 구성과 언어 선택이 달라진다. 독자 대상이 어릴수록 구성은 단순하고, 시간 순서에 따라 사건을 서술하며 사건 전개가 빠른 것이 좋다. 다음으로 대상에 대한 문제 못지않게 '문학'에 대한 끊임없는 탐구 자세가 필요하다. 아동문학 역시 문학임을 깊이 새겨 문학의 진정한 가치와 독자에게 감동을 줄 수 있는 요소가 무엇인지를 끊임없이 탐구해 나가야 한다. 릴리언 스미드(『아동문학론』)는 문학의 가치로 '작가가 지닌 생각의 질, 구성의 견고성, 표현력'을 꼽았다. 나아가 인간 사회에서 벌어지는 일을 동식물이나 자연물과 연관시켜 보는 것도 작품 창작에 도움이 된다. 또 쓰고자 하는 동화가 사실적 동화인지 환상동화인지 동화 유형을 고려하는 자세도 필요하다. 마지막으로 쓰려고 하는 작품이 표절이 아닌지 다른 작품을 많이 읽고, 단편(10~40매)과 중편(70~90매), 장편(450매 이상)을 고려해 길이를 조절한다.

(2) 기본적으로 좋은 동화와 좋지 않은 동화의 요건을 숙지한다.

좋은 동화의 효과는 문학작품의 일반적 가치와 다르지 않다. 일반적으로 좋은 동화는 어린이에게 감동을 통해 정의와 불의를 판단하게 하고, 남과 협동하는 생활의 가치를 지니게 하며, 악에 대결하는 용기와 어려움을 이겨내는 인내력을 기르게 한다. 성실하고 근면한 자세의 고귀함과 사랑의 중요성을 깨닫게 하고, 환상을 통한 초자연적 세계의 경험으로 현실에서 억눌린 감정을 해소하기도 한다. 그러나 좋지 않은 동화는 이러한 감동과 재미를 주지 못한다. 참고로 좋은 동화와 좋지 않은 동화의 조건을 제시하면 다음과 같다.

좋은 동화는 어린이의 현실을 고려하여 어린이의 경험을 확대시키고 감동을 주는 작품이다. 내용이 보편적이고 영원한 가치관이 담긴 작품, 성장의 이야기를 담고 있는 작품, 상승 모티프가 있는 작품, 보잘 것 없는 인물이 열심히 노력하여 훌륭한 인물이 되어 가는 과정을 그린 작품, 탐색 스토리를 담고 있으며 독서 치료에 기여할 수 있는 작품, 단순 명쾌한 구성, 평이한 언어, 문장이 정확하고 아름다워 미적 질서를 느끼게 하는 작품, 남녀 불평등이 없는 작품 등이다.

좋지 않은 동화는 어린이의 현실과 발달 단계를 고려하지 않은 작품, 줄거리가 뚜렷하지 않고 감동이 없는 작품, 구성이 엉성한 작품, 동식물의 생태가 잘못 표현된 작품, 전체적으로 인과성이 부족한 작품, 관념적인 어투, 사건 전개에 개연성이 부족한 작품, 다른 사람이 공감하기 힘든 묘사나 비유를 한 작품, 전체적으로 일관성이 없고, 누구나 뻔히 아는 이야기를 담은 작품이 여기에 속한다.

어린이와 어른 독자 모두에게 경험 확대의 기쁨을 맛보게 하는 좋은 동화의 예, 선안나 글, 방정화 그림 『떡갈나무 목욕탕』(파랑새어린이, 2002).

(3) 창작의 실제

가) 전체적인 설계도 짜기

어떤 사람은 작품을 쓸 때 생각나는 대로 단번에 써내려 간다고 한다. 그러나 이러한 사람의 말은 믿을 게 못 된다. 작품을 쓰기 전에는 글이 산만해지지 않도록 먼저 창작 계획을 면밀하게 짜는 게 유리하다. 무작정 생각나는 대로 글을 쓰는 것은 좋은 글쓰기 습관이 아니며 좋은 글이 될 가능성도 적다. 창작에 앞서 구체적인 계획을 세우는 것은 글쓴이의 의도와 목적을 가장 효과적으로 구현할 수 있다.

무엇을(주제) 어떠한 방법(구조)으로 형상화(문체)했나? 이것은 창작의 기본 요소이다. 다른 장르와 마찬가지로 아동문학 작품 창작 단계는 대상과 주제를 설정하고, 소재를 모은 다음, 구상하여 서술하는 절차를 거쳐, 퇴고하는 과정으로 이어진다. 다음에 고려해야 할 문제는 독자 대상의 연령을 고려한다. 동화의 독자가 성장기 어린이라는 점에서, 연령별로 어린이에 대한 발달 과정과 심리, 그들의 관심사에 대한 올바른 탐구가 필요하다. 표현 방법과 문장 역시 대상에 맞게 설정해야 한다.

나) 주제 설정하기

'어떠한 내용을 담을 것인가?' 이것은 창작에서 대상 설정 다음으로 중요하게 생각해야 할 일이다. 주제란 작품을 통해서 보여주려고 하는 작가의 중심 사상이다. 주제가 일관성과 통일성을 갖기 위해서는 치밀한 구성이 필요하다. 좋은 글은 어느 부분을 펼쳐도 전체의 단면을 보여주며, 하나의 정점을 향해 긴밀하게 연결되어야 한다. 보다 좋은 내용을 담기 위해서는 ①인간과 자연과 현실에 대한 올바른 이해 ②인생에 대한 참된 가치관 ③인간적 정서를 풍부하게 할 수 있는 것 ④생명의 소중함 ⑤우리 민족에 대한 자긍심 ⑥진취적이고 건강한 삶을 구현하는 것이 좋다.

다) 관찰과 호기심의 문을 최대한 활용한다.

사물에 대한 관찰과 무한한 호기심은 상상력을 신장시켜 소재를 모으는 데 도움을 준다. 하찮은 것이라도 자세히 관찰해 보면 의외로 좋은 글감이 될 수 있다. '만약'이라는 생각은 대상에 대한 이해를 높여주어 글쓰기에 도움이 된다. 일상적 사물을 그대로 보지 말고 다른 시각에서 바라보는 것도 동화 쓰기의 한 방법이다.

라) 구성의 문제

인물, 사건, 배경이 적절하게 조화되어야 한다. 인물은 개성 있는 캐릭터를 설정하도록 하고, 사건은 치밀하면서도 인과성을 부여할 수 있어야 한다. 배경 역시 인물과 사건에 적합하도록 설정한다.

① 발단
발단은 이야기가 시작되는 부분이다. 이 부분에서 독자의 마음을 사로잡는 것이 작품의 성패를 좌우한다. 어린이는 인내심이 강하지 않아 재미 없으면 책을 쉽게 덮어 버린다는 사실을 기억해야 한다. 또 이미 앞부분에서 주제가 드러난다면 누가 끝까지 작품을 읽으려 하겠는가. 따라서 동화에서 문제 해결은 결말에 두는 게 낫다. 발단에서는 등장인물의 특성과 배경을 소개하고 사건의 성격을 암시한다. 흥미와 호기심을 자극할 수 있도록 문장은 간결하면서도 명료해야 된다. 되도록 인물의 행동이 동적이고, 의외의 사건이나 충격적인 내용을 앞에 설정하는 것도 좋다.

또 멍순이가 나타났다. 멍순이는 보름 만에 나타나기도 하고, 한 달 만에 나타나기도 한다. 그 동안은 어디서 무엇을 하는지 잘 모른다.

— 장문식, 「멍순이」

방금 낳은 알이 굴러 내려 철망 끝에 걸렸다. 잎싹은 핏자국이 약간 있고 윤기 없는 알을 슬픈 얼굴로 바라보았다.

잎싹은 이틀 동안 알을 낳지 못했다. 그래서 결국 알을 못 낳는 암탉이 된 줄 알았다. 하지만 오늘 또 낳고 말았다. 그것도 작고 볼품없는 알을.

— 황선미, 『마당을 나온 암탉』

나는 문제아다. 선생님이 문제아라니까 나는 문제아이다. 처음에는 그 말이 듣기 싫어 눈에 불이 났다. 지금은 상관없다. 문제아라거나 말거나 상관

황선미 장편 동화 『마당을 나온 암탉』(사계절, 2002) 과 박기범 동화집 『문제아』(창작과비평사, 1999).

100

없다. 어떤 때는 그 말을 들으니까 더 편하다.

— 박기범, 「문제아」

꽃씨 한 알이 땅에 떨어졌습니다. 개미가 지나다가 꽃씨를 보았습니다. 개미가 꽃씨를 물었습니다. 개미는 꽃씨를 물고 굴속으로 들어갔습니다. 개미네 창고 속에는 다른 꽃씨도 들어 있었습니다.

— 강정규, 「아기가 된 꽃씨」

도깨비는 사람들을 곯려주는 재미로 살았습니다.

그래서 사람들을 골탕먹이기 위해 온갖 궁리를 다했습니다.

도깨비네 서당에서도 사람의 얼을 빼는 방법만 가르쳤습니다.

— 김병규, 「도깨비 똥」

② 전개

사건을 폭넓게 발전시키고 다양한 인물을 등장시킨다. 이때 독자의 추리를 따돌릴 수 있어야 한다. 조금 읽다 보니 다음 내용이 뻔히 드러난다면 읽고 싶은 욕구가 반감될 것이다. 등장인물의 갈등을 더욱 지속시켜 호기심을 증폭시켜 나간다.

③ 절정

갈등이 최고조에 달하여 긴장이 해소되는 부분이다. 상황에 따라 이 부분이 결말이 되기도 한다. 과연 등장인물의 운명이 어떻게 될지 호기심이 나면 독자는 다음 이야기에 계속 흥미를 가지게 될 것이다.

④ 결말

갈등이 완전 해소되는 부분이다. 가능한 마무리를 짧게 하고 쓸데없는 부연 설명을 피한다. 강력한 결말, 침착한 결론으로 '작가의 의도가 이런 것이었구나' 하고 감탄할 수 있도록 한다. 원하는 결말이 되지 못하면 어린이는 실망하게 된다. 일본의 니시모토 게이스케는 『세계 걸작동화로 배우는 동화창작법』에서 어린이의 심리는 대부분 주인공이 행복한 결말을 맞기를 원한다고 말한다. 결말을 쓸 때 주의할 점은 독자를 가르치려는 태도를 버려야 한다는 것이다. 동화는 도덕 교과서가 아니라 문학작품이기 때문이다.

마) 수정하기

호기심을 불러일으킬 수 있는 제목인가? 바른 문장, 적절한 비유, 사건과 사건의 인과성, 서술어의 통일성 등을 살핀다. 시작이 장황한 배경 묘사가 되지 않도록 한다. 문장은 단순 명쾌하고 통일성을 고려한다. 작가의 지나친 개성은 자제한다. 사투리는 지문보다 대화글에 쓴다.

4) 동화 지도

(1) 지도 목표를 정한다.

어린이에게 동화 지도는 주입식보다 놀이식으로 하는 게 효과적이다. 그러기 위해서는 작품과 연관된 배경 지식을 최대한 활용한다. 사전에 책에 대한 안목을 길러 두는 것도 동화 지도를 하는 데 도움이 된다. 먼저 저자의 의도가 무엇인지 파악하도록 한다. 다음으로 무슨 이야기인지 내용을 한두 문장으로 요약하게 한다. 이때 읽은 작품을 표어로 만들어 보거나 광고하는 방법을 적용해도 재미있어한다. 표현 방법을 서로 이야기해 보기, 어휘력 향상을 위해 좋은 문장 찾아 적기, 한 작품을 공동으로 읽고 의견을 발표하기 등을 목표로 정한다.

(2) 지도 방법

읽기 전에 배경 지식을 충분히 활용한다. 개인이 가지고 있는 지식의 구조, 또는 우리 기억 속에 저장되어 있는 경험과 연관시켜 본다. 글의 의미 구성은 독자의 배경이나 지식, 읽는 목적, 읽는 상황에 따라 달라진다. 글을 읽고 의미를 해석하는 것은 문자의 단순 번역이나 글자 그대로의 해석이 아니라, 독자들의 기존 지식, 문화적 배경, 흥미 스키마에 크게 영향을 받는다는 것을 이해한다.

배경 지식을 개발하는 전략으로는 첫째, 이야기 전개나 중심 생각과 관련 있는 상황에 대해 토론해 보게 한다. 둘째, 배경 지식을 생성하는 활동인데, 어떤 이야기에 대해 학생들이 알고 있는 모든 정보를 생각해 보는 기회를 제공하는 것이다. 셋째, 사전 질문이나 목표 설정, 활동 범위를 계획하게 한다.

실제로 그림책이나, 제목, 지은이에 대한 질문을 만들어 보자.

■ 그림책

그림에서는 앞으로 어떠한 사건이 일어날까?

그림은 무엇을 말해 주나?

그림만을 보고 주인공에게 어떤 일이 일어날지 말해 보기.

■ 제목

제목만 보고 누가 이 이야기의 내용을 말해 볼까?

제목이 뜻하는 바는 무엇인가?

제목을 보고 생각나는 것이 있는가? 예전에 읽은 이야기, 또는 경험.

■ 지은이
이 이야기의 지은이에 대하여 어떻게 생각하는가?
지은이가 쓴 다른 작품을 읽어 본 적이 있는가?
이야기의 내용과 학생의 경험 관련짓기.
이야기의 인물이나 사건에 대하여 아는 것 이야기하기.
이 이야기 내용과 비슷한 경험을 해본 적이 있는가?
이 이야기의 인물을 통해 특별히 생각나는 사람이 있는가?

어떤 책인지 알 수 있는 방법으로는 책표지, 출판사, 인쇄 상태, 머리말, 작가 후기 등을 살펴보게 한 다음 작가에 대해 알아보도록 한다. 내용을 확인하는 방법으로는 중요한 일부 사항을 알아보거나 등장인물을 파악하게 한다. 이때 마인드 맵, 등장인물 사전 만들기, 그림으로 그리기 등을 활용한다. 배경을 알기 위한 방법으로는 시간적, 공간적, 사회적, 역사적 배경을 살피도록 한다. 사건을 파악하는 방법으로는 마인드 맵, 사건 지도, 글 그림으로 나타내어도 좋다. 등장인물이 처한 문제 해결 방법을 알아보기 역시 동화 지도의 한 방법인데 이를 위해 나와 성격 비교해 보기, 주위에서 비슷한 유형의 인물을 찾아본다. 바른 표현 지도를 위해서는 좋은 문장에 밑줄 긋기, 노트에 옮겨 쓰기, 다른 낱말로 바꾸기, 모르는 말 사전을 만들어 보게 한다. 동화를 통해 어휘력을 기르는 것이 목적이라면 의문나는 단어나 문장을 사전에서 찾기, 짧은 글짓기, 연상되는 낱말을 찾아 적기, 관계 있는 말 채우기 등을 해본다. 효과적인 동화 지도 방법으로 토의하기도 도움이 된다. 이때는 막연한 토의보다는 적절한 발문을 준비하는 것이 좋은데, 예를 들면 등장인물의 생각이나 문제 해결 과정을 나와 비교해서 말하기,

작품을 통해 새롭게 깨닫거나 배운 점이 무엇인지 구체적인 문제를 가지고 토의를 진행한다. 마지막으로 정리하기에서는 독서 감상화 그리기, 독서 달력 만들기, 책 소개글 쓰기, 책표지 만들기, 독서 감상문 쓰기 등을 실행한다.

2. 동시

1) 동요·동시의 개념

동화가 이야기로 다양한 삶의 세계를 경험하게 하여 감동의 세계를 연출한다면, 동요·동시는 압축된 언어와 리듬감으로 문학 예술의 묘미를 살려내는 장르라고 할 수 있다. 일반적으로 동시는 시가 가지는 모든 요소와 특성을 그대로 가지고 있지만, 소박한 감정의 표현과 언어 사용의 제한성 때문에 '동시'라는 말로 부르고 있다. 동시는 설명이 아닌 비유나 이미지로 정서를 표현하며, 의미 작용이나 운율에 의해 행과 연을 구분하고, 언어를 최대한 절약한다는 점에서 산문과 구별된다.

아이들은 무언가를 느끼고 감동하고 기뻐하고 슬퍼하고 동정하는 모든 과정 속에서 자란다. 동요·동시는 아이들로 하여금 이 세상을 보다 풍부하게 경험하도록 만든다. 이야기를 통해 아이들이 받는 감흥과 이미지와 리듬을 통한 동요·동시에서 얻는 정서적 감동은 다를 것이다. 동요(童謠)와 동시(童詩)의 차이를 간단히 말하면 동요는 곡(노래)을 붙이기 쉽도록 리듬이 선명한 정형시이며, 동시는 동요의 성격을 이어받은 자유시라고 할 수 있다. 동요는 정형시로서 외형률을 엄격하게 지키고 있는데, 대표적인 외형률은 3·4조, 4·4조이다. 그러나 1920년대에 들어 창작동요가 나타나기 시작하면서 7·5조, 6·5조, 8·5조의 폭넓은 율조를 가지게 된다.

해야 해야 나오너라
구름 속을 나오너라
앞 뒤문을 열어 놓고
물 떠 먹고 나오너라

—경북지방, 「해」

가자 가자 갓나무
오자 오자 옷나무
김치 가지 꽃가지
맨드라미 봉숭아

—경기지방, 「가자 가자 갓나무」

귀뚜라미 귀뚜르르 가느다란 소리,
달님도 추워서 파랗습니다.

울 밑에 과꽃이 네 밤만 자면,
눈오는 겨울이 찾아온다고.

귀뚜라미 귀뚜르르 가느다란 소리,
달밤에 오동잎이 떨어집니다.

—방정환, 「귀뚜라미 소리」

자주꽃 핀 건 자주 감자
파보나 마나 자주 감자

하얀꽃 핀 건 하얀 감자
파보나 마나 하얀 감자

— 권태응, 「감자꽃」

아기가 잠드는 걸
보고 가려고
아빠는 머리맡에
앉아 계시고
아빠가 가시는 걸
보고 자려고
아기는 말똥말똥
잠을 안 자고

— 윤석중, 「먼 길」

연못가에 새로 핀
버들잎을 따서요.
우표 한 장 붙여서
강남으로 보내면
작년에 간 제비가
푸른 편지 보고요
대한 봄이 그리워
다시 찾아오옵니다.

— 서덕출, 「봄편지」

푸른 하늘 은하수

하얀 쪽배엔

계수나무 한 나무

토끼 한 마리

돛대도 아니 달고

삿대도 없이

가기도 잘도 간다.

서쪽 나라로.

— 윤극영, 「반달」

위에서 살펴본 것처럼 동요의 형식은 3·4조, 4·4조에서 7·5조, 5·5조로, 다시 8·7조, 7·7조, 6·4조, 8·5조 등 형식을 달리하며 발전해 왔다. 다음은 동시의 특징에 대해 살펴보자.

이원수는 동시를 ①아동의 감정과 생각이 나타나 있는 시 ②아동이 느낄 수 있는 시 ③동심으로 씌어진 시라고 분류한 바 있다. 그러나 이중 어린이가 느낄 수 있는 것이라고 해서 내용과 형식을 무시하고 동시의 범주에 포함시키는 것은 아무래도 무리가 있어 보인다. 어린이에게 읽힐 수 있는 것과 동시의 개념으로 묶일 수 있는 것과는 구별이 필요하다고 하겠다. 동시는 동화와 마찬가지로 주요 독자가 '어린이'라는 고유 특성으로 존재한다. 따라서 동시 역시 어린이가 읽고 이해할 수 있도록 표현되어야 한다. 우리 나라에서 '동시'라는 용어가 처음 나타난 것은 1926년 『어린이』 신년호에 실린 손보태의 「옵바 이제는 돌아오서요」로 알려져 있다.

눈빛도 희고

달빛도 희고

마을도 그림 같고
집도 그림 같고

눈빛도 화안하고
달빛도 화안하고

누가 이런 그림 속에
나를 그려 놓았나

— 강소천, 「새하얀 밤」

얼음 어는 강물이
춥지도 않니?
동동동 떠다니는
물오리들아.

얼음장 위에서도
맨발로 노는
아장아장 물오리
귀여운 새야

나도 이젠 찬바람
무섭지 않다
오리들아, 이 강가에서
같이 살자

— 이원수, 「겨울 물오리」

참새네 말이란 게
'짹짹' 뿐이야.
참새네 글자는
'짹' 한 자뿐일 거야
참새네 아기는
말 배우기 쉽겠다.
'짹' 소리만 할 줄 알면 되겠다.
사투리도 하나 없고
참 쉽겠다.

참새네 학교는
글 배우기도 쉽겠다.
국어책도 "짹짹짹……"
산수책도 "짹짹짹……"
참 재미나겠다.

— 신현득, 「참새네 말 참새네 글」

강소천 동시집
『지구는 누가누
가 돌리는 팽이
일까』(교학사,
2002), 신현득
동시선집 『참새
네 말 참새네
글』(창작과비
평사, 1982).

그 동안 동시에 대한 인식은 '동심'과 '시'라는 이중적 주장으로 일괄해 온 경향이 짙다. 그러나 어느 한쪽으로 치우치기보다는 이 두 가지 속성을 적절하게 조화시켜 나가는 것이 바람직하다고 본다. 그런 의미에서 일반적 개념으로서 시의 특성을 살펴보는 것도 동시를 이해하는 데 도움이 될 수 있다. 시는 개인의 감정과 정서를 그리는 창작물로서의 서정문학이다. 따라서 관념적이고 추상적인 대상이나 정서를 구체적이고 개성적인 것으로 표현한다. 시는 시적 인식을 통한 새로운 세계를 지향한다. 즉, 일반적 인식은 어떤 대상이나 현상을 단순하게 지각하는 것이지만 시적 인식은 대상에 대한 새로운 인식을 의미한다. 시는 표현 매체로서의 시의 언어이다. 언어와 관련된 다양한 경험을 시는 구체적으로 보여준다. 시는 자아와 세계의 동일성을 지닌다. 시는 동화(同化)와 투사(投射)를 통해 주관적 감정을 이입한다. 시의 의미는 유기적으로 형성되는 것으로 사물이나 세계의 인식을 새롭게 재창조한다. 그러므로 대상이나 현실을 새롭게 보아내는 것을 시적 인식이라고 하며, 자아와 세계의 일체화를 시적 세계관이라고 한다. 시는 이러한 시적 인식과 시적 세계관에 의해 상호 유기적인 내적 조직으로 인식하는 대상을 새롭게 창조해낸다. 따라서 일상적 글쓰기와 시적 글쓰기는 다르다. 일상적 글쓰기가 추상적인 언어를 통해 상식과 논리를 기초로 한 것이라면, 시적 글쓰기는 상식과 논리에서 벗어나 사물이나 체험을 구체적으로 그리는 것(이미지화)이라고 할 수 있다. 김녹촌은 시란 "자연과 사회와 사람과 어울려 살아가는 삶 속에서 어느 때 어느 곳에서 돌발적으로 강하게 느낀 순간적인 생활 감동이나 오랫동안 계속 느끼고 생각해 온 주제(主題)로서의 묵은 생활 감동을 리듬이 있는 응축된 언어로 눈에 보이게 형상화해서 표현한 것"이라고 비교적 구체적으로 시를 정의하기도 했다.

2) 동시의 특성―이미지를 중심으로

동시의 특성을 이미지 중심으로 살펴보기로 한다. 이미지(image)는 언어의 그림(word picture)이라고도 하는데, 덧붙이자면 작품 속에 구성된 언어 조직이 마음속에서 일으키는 영상(심상)을 일컫는다. 일반적으로 이미지는 크게 정신적 이미지, 비유적 이미지, 상징적 이미지로 분류할 수 있는데, 정신적 이미지는 다시 시각·청각·후각·촉각적 이미지 등으로 나누어 볼 수 있다.

(1) 시각적 이미지

산마루를
기어 넘는
꼬불길 가에
송이버섯 같은
초가집 하나

―김종상, 「외딴집」

이른 새벽
아무도 모르게
동구 밖으로 멀어져 간
발자국 두 줄

바스슥바스슥
소리는 따라갔어도
두 줄 발자국은

의좋게 남아 있네

— 윤이현, 「눈 내린 아침」

김종상의 「외딴집」은 산마루에 있는 초가집 하나를 멀리서 바라본 느낌을 송이버섯 이미지로 구체적이면서도 정겹게 그려내고 있다. 「눈 내린 아침」 역시 마찬가지이다. 서로를 의지하며 새벽길을 걸어간 두 발자국의 모습이 눈 내린 아침을 포근하게 감싸 준다. 이 작품은 시각적 이미지 외에 눈을 밟고 지나갈 때 나는 청각적 이미지도 같이 느낄 수 있다.

(2) 청각적 이미지

실핏줄이 다 드러나 보이는
풀잎

그 속으로
햇볕이
졸
졸
졸
초록물을 몰고 갑니다.

맑게 덮인
풀벌레 소리도
함께 몰고 갑니다.

— 손동연, 「비 갠 뒤」

수천의 아이들이
달려나와 웃는다

제각기 마음을 풀어
등과 등을 맞대고

즐거움, 반가움을
물보라로 흩어내며

서로서로 깔깔대고
비비적거린다

물줄기 하나하나
가슴을 열며
하고 싶은 얘기를
모두 쏟는 곳

개학 첫날 운동장
아이들 소리다

— 노원호, 「폭포」

　　대체 얼마나 맑은 눈을 가졌으면 풀잎에 도는 물 소리를 들을 수 있을까. 실핏줄을 따라 흐르는 초록물까지 투영할 수 있는 작가의 심미안이 경이롭다. 수천 개의 물방울을 뛰어 노는 아이들에 비유한 「폭포」 역시 폭포의 거칠 것 없이 시원하고 경쾌한 느낌을 청각적 이미지로 잘 표현해냈다.

(3) 후각적 이미지

물새알은
간간하고 짭조롬한
미역 냄새
바람 냄새

산새알은
달콤하고 향긋한
풀꽃 냄새
이슬 냄새

— 박목월, 「물새알 산새알」

감꽃 피면 감꽃 냄새
밤꽃 피면 밤꽃 냄새
누가누가 방귀 뀌었나
방귀 냄새

— 김용택, 「우리 교실」

이 두 작품은 별다른 설명이 필요 없을 만큼 후각적 이미지를 통해 새의 특성과 소박하면서도 꾸밈없는 시골 교실 풍경을 떠올리게 한다.

(4) 촉각적 이미지

처마 밑에
시래기 다래미

바삭바삭
추워요

길바닥에
말똥 동그래미
달랑달랑
얼어요

—윤동주, 「겨울」

　겨울의 차가운 이미지를 바삭바삭 떠는 시래기 다발과 언 말똥으로
구체화시켰다. 추운 기운이 마치 살갗에 와닿는 듯하다.

3) 동시 창작

(1) 동시를 쓰는 자세

　동시는 동화와 마찬가지로 '아동'을 주된 독자로 상정하는 장르라는
점에서 먼저 아동에 대한 끊임없는 탐구와 이해가 선행되어야 한다.
동시에 쓰이는 언어는 일반 시어의 법칙을 따르지만, 아동이 이해할
수 있는 쉬운 언어, 순화된 언어로 쓰는 것이 원칙이다. 동시는 산문과
달리 설명이 아닌 비유나 이미지로 표현하는 것이므로 먼저 기본적으
로 시적 훈련을 통해 다양한 비유법을 숙지하고, 이미지가 선명하게
나타나도록 한다. 특히 동시는 다른 작품을 많이 읽어 모작과 표절에
도 유념해야 한다. 동시를 쓰는 순서는 사람마다 다 다르겠지만, 대체
적으로 ①소재와 제재 고르기 ②임시 제목 정하기 ③시상 잡기(산문으
로 써보기) ④초고 쓰기 ⑤읽으면서 수정하기 ⑥제목 확정하기 등으로

진행된다. 그러나 이러한 방법은 어디까지나 일반적인 법칙이지 절대적인 것은 아니다. 사람마다 글쓰는 습관이나 방법이 다를 수 있어 제목을 미리 정해 두고 작품을 쓰는 경우도 있다. 따라서 동시 창작은 다른 장르의 글쓰기와 마찬가지로 글쓰기의 기본적인 바탕 위에 자기에게 가장 적합하고 편한 방법을 찾아 꾸준하게 써보는 것이 제일 좋은 방법일 것이다.

(2) 소재 고르기

글을 쓰는 사람 중에 소재가 없다고 걱정하는 사람이 더러 있다. 그러나 눈을 조금만 주변으로 돌려 자세히 관찰하면 소재는 얼마든지 찾을 수 있다. 풍부한 소재를 찾기 위해서는 평소 모든 것을 자세히 관찰하고 가까운 곳에서부터 찾는 버릇을 들이는 것이 좋다. 예를 들어 발을 생각해 보자. 발은 위치에 따라 발등, 발가락, 발뒤꿈치, 발목, 발바닥 등으로 나누어지고 느낌도 다 다르다. 막연하고 추상적인 하늘, 달, 별 같은 소재보다는 살고 있는 집, 학교, 골목, 놀이터, 물건, 꿈, 어린이다운 무한한 상상, 이웃 사람들 같은 소재가 더 구체적이고 생생한 글감이 될 수 있다. 또 소재 찾기는 작고 사소한 것, 눈에 띄지 않으나 중요한 것, 일상 생활에서 흔히 볼 수 있으나 그 소중함을 잊고 살았던 것, 일상적인 현상과 사실에 의문을 가지는 것이 글쓰는 데 도움이 될 수 있다. 지나치게 한 소재에만 집착하면 상상력이 줄고 자칫 소재주의에 빠지기 쉽다. 한 작품의 일부를 감상해 보자.

철삿줄을 휘감고 오르는
나팔꽃 덩굴을 보면,

이것도 저것도 모두
오른쪽으로 오른쪽으로
휘감고 올라간다.

짓궂은 장난 삼아
덩굴을 풀어
반대쪽으로 감아 두어도

그 이튿날 보면
또다시
똑바로 바로 잡아 놓는다.

누가 가르쳐 준 오른쪽일까?
나팔꽃이 대를 이어 가며
꼭 고집을 부리는 오른쪽

— 김녹촌, 「오른쪽」 일부

위 작품은 반대쪽으로 감아 놓아도 오른쪽만을 고집하는 나팔꽃 덩굴의 생태를 잘 발견하여 시로 형상화한 것이다. 이러한 시는 평범한 것 같아도 주변을 자세히 관찰하지 않으면 결코 얻을 수 없는 것이다. 자연 현상이나 동식물의 생태를 관찰하다 보면, 거기서 자연의 법칙이나 원리를 발견하고 값진 지혜를 얻을 수 있다.

(3) 시어의 선택과 언어 훈련

얼마 만큼 참신하고 적절한 시어를 찾아냈는가에 따라 동시의 의미와 이미지는 달라진다. 동시를 잘 쓰기 위해서는 평소에 많은 어휘를 익히는 기본적인 훈련이 필요하다. 동작어나 시늉말, 색채어 등을 찾아보고, 적절하게 활용하는 것도 시를 잘 쓸 수 있는 힘이 된다. 어휘력을 기르기 위해서는 말꼬리 잇기나 단문짓기, 연상 단어 훈련 등을 꾸준하게 실행해 보는 것이 좋다. 또 시적 표현을 위한 어휘 변용을 시도해 보는 것도 좋다. 예를 들면, 개나리가 샛노랗게 피었습니다→샛노랗게 핀 개나리→샛노란 개나리, 별이 반짝인다→눈짓하는 별→멀리서 깜박깜박 눈짓하는 별, 시계가 돈다→해바라기도 돈다→시계처럼 도는 해바라기→해바라기 시계, 하늘→푸른색 도화지→구름배가 떠다니는 바다, 단추→문은 집의 단추→우리 몸의 단추는 배꼽 등으로 표현할 수 있다. 그리고 시어를 선택할 때는 쉬우면서도 순화된 언어, 대상의 특성을 집약할 수 있는 것을 고른다. 그렇게 되기 위해서는 대상물에 대한 세밀한 관찰과 비유가 적절해야 한다.

하도
맑아서
가재가 나와서
하늘을 구경합니다.

하도
맑아서
햇빛도 들어가
모래알을 헵니다.

― 문삼석, 「산골 물」

위의 시는 일상적인 언어를 사용했지만 '산골 물'의 맑고 청아한 이미지를 아주 선명하게 보여주는 데 성공하고 있다.

(4) 필연적인 행과 연의 구분

시를 시답게 만드는 요건 중 하나가 행과 연으로 구분되는 표면적 얼개이다. 행(줄)과 연(마디, 절)은 시가 갖는 울림을 효과적으로 이루어 내는 역할을 담당한다. 시에서 행과 연의 구분은 리듬 및 의미의 단락, 상징에 의한 경우가 많다. 행과 연은 때때로 시에 긴장감과 함축미를 줄 뿐만 아니라 상상과 이미지 효과로 시적 감동을 높여 준다. 그렇다고 행과 연만 구분해 놓는다고 다 시가 되는 것은 물론 아니다. 행과 연을 나눌 때는 전체와 어떤 조화를 이루는가를 살피는 것이 중요하다.

넣을 것 없어
걱정이던
호주머니는,

겨울만 되면
주먹 두 개 갑북갑북

— 윤동주, 「호주머니」

이 시를 만약 한 줄로 '넣을 것 없어 걱정이던 호주머니는' 하고 붙여 썼다면 어땠을까. 독자에게 전달하려는 정서적인 효과가 훨씬 떨어졌을 것이다. 행을 잇지 않고 끊어 놓음으로써 호주머니에 대해 한 번 더 생각할 여지를 주고, 행과 연을 가름으로써 의미를 달리하고 있다.

(5) 비유법 활용

① 직유법(similie)
 두 가지 사물 또는 관념을 '~같이' '~처럼' '~인양' '~듯이' 등의
연결어를 써서 시상의 효과를 꾀하는 방법이다.

 산 위에서 보면
 바다는 들판처럼 잔잔하다.
 그러나 나는 안다
 새싹처럼 솟아오르고 싶은
 고기들의 설렘을

— 김원기, 「산 위에서」 1연

 새도 나처럼
 누군가를 좋아하고
 있나봐

 저것 좀 봐.

 새도 나처럼
 팔딱팔딱 가슴이
 뛰고 있잖아

— 힌명순, 「새」

② 은유법(metaphor)
 동일성으로 인식하는 비유이다. 원관념과 보조 관념의 결합 상태가

직접적이고, 그로 인해 새로운 이미지를 창출하는 힘이 생긴다.

깊은 밤
혼자
바라보는 별 하나

저 별은
하늘 아이들이
사는 집의
쬐그만
초인종

문득
가만히
누르고 싶었다.

— 이준관, 「별 하나」

하늘에 떠 있는 별을 하늘 나라 아이들이 사는 집의 초인종으로 비유한 점이 신선하다. 이 시에서 별은 초인종이라는 전혀 다른 낱말과 결합하여 분리될 수 없는 의미를 나타내고 있다. 하나의 사물이 다른 사물로 바뀌어진 것이다.

③ 상징과 의인법
상징은 비유할 때 원관념을 숨기고 보조 관념만을 드러내는 것이고, 의인법은 사물을 인간과 동일시하여 인격을 부여하는 비유법이다.

편지를 달고 있다.
푸른 편지

겨우내 땅 속에서
들은 옛 얘기
바람 속에 반짝이는 잎들

나무들이 편지를 달고 있다.
그러면서 누군가를 기다리고 있다.

— 유경환, 「나무 편지」

나는 발이지요.
고린내가 풍기는 발이지요.
하루 종일 갑갑한 신발 속에서
무겁게 짓눌리며 일만 하는 발이지요.
때로는 바보처럼
우리끼리 밟고 밟히는 발이지요

— 권오삼, 「발」 1연

④ 도치법

어떤 부분을 강조하거나 정서적인 반응의 강도를 적절히 조절하기 위해 문장의 정상적인 배열 순서를 바꾸어 주는 기법이다.

벽기둥에
자를 만들어 놓고
키를 잰다

날마다 날마다

형제들이

그것도 재어보았니?

생각의 키

— 김구연, 「키를 재다」

(6) 제목 붙이기

작품을 창작하는 데 있어 제목을 붙이는 일은 생각 만큼 쉬운 일이 아니다. 제목을 보면 그 시의 좋고 나쁨을 어느 정도 가늠할 수 있는데, 대체로 추상적이고 막연한 제목의 시는 내용 역시 추상적이고 막연한 경우가 많다. 시의 제목을 붙일 때는 주제를 압축한 것이나 중심 소재를 따서 붙인다. 이때 너무 광범위하거나 평범한 제목은 피하는 게 좋다. 다음 제목들은 구체적이면서도 평범하지 않은 것들이다.

예) 엄마의 런닝구
    콩, 너는 죽었다
    나만 따라다니는 해님
    까치네 학교

(7) 수정하기

하나의 완성된 작품을 탄생시키기 위해서는 작품을 쓰는 것 못지않게 수정하는 것이 중요하다. 수정할 때는 이런 점에 유의해야 한다. 여러 번 읽어 보고 설명하는 부분을 생략하여 언어를 절약한다. 이미지가 선명한지, 행과 연은 올바로 구분되어 있는지를 살핀다. 추상적이고 통속적인 표현이나 단어는 구체적이면서도 독창적인 묘사가 되도록 한다. 제목을 다시 한번 제고한다.

4) 동시 지도

(1) 어린이에게 시를 접하게 하는 의미

아동의 시각에서 바라보고 느낀 것을 형상화한 동시는 그 소박함과 간결성으로 어린이뿐만 아니라 일반인에게도 많은 감동을 줄 수 있다. 특히 성장기 어린이에게 시를 접하게 하는 의미는 생활의 아름다움과 지혜, 상상력과 삶에 대한 직관력, 올바른 가치관 형성 등 전인적 인간으로 변모시켜 나가는 힘이 된다. 인간 형성의 교육적 효과로 모국어의 아름다움을 느끼게 하며, 시의 리듬과 운율을 통해 감각적인 즐거움을 느끼게 한다. 자연 세계, 인간 세계, 사물에 대한 날카로운 직관력과 관찰력을 기르게 한다. 시를 많이 경험한 어린이는 자연히 감정이 풍부해지고, 자신의 감정을 자연스럽게 표현할 수 있는 능력이 생긴다.

(2) 좋은 동시의 조건

올바른 동시 지도를 위해서는 먼저 좋은 동시의 기준을 알고 있어야 한다. 좋은 동시 조건으로는 사랑의 마음이 담긴 동시, 어린이의 생활과 경험이 일치하는 작품으로 공감이 큰 것, 시의 내용이 구체적이고 생생하며 이미지가 선명하고 생동감이 있는 동시, 리듬감이 있는 동시는 낭송하기 좋고 외우기도 좋다. 독창적이며 상상력이 풍부한 시, 자연과 인간이 하나로 어우러진 시, 이밖에 교훈이 지나치게 밖으로 드러나지 않는 동시, 상투적이고 추상적이지 않은 시가 좋은 동시이다.

(3) 지도할 동시 선택

지도하는 교사가 먼저 그 시를 좋아해야 하고, 선택한 동시가 좋은 시의 요건을 갖추고 있는지 살펴본다. 처음 어린이에게 시를 지도할 때는 기왕이면 쉽고 재미있는 시를 고른다. 이러한 시는 사물의 움직임이나 사람의 어떤 행위를 묘사한 것, 진실한 삶을 소박하게 나타내고 운율과 리듬감이 있는 시이다. 이런 시를 선택해야 어린이가 시 쓰는 것을 어려워하지 않고 흥미를 가질 수 있다. 아이들의 정서와 여러 아이들의 취향을 고려하여 오래된 시와 현대시를 함께 선택하는 것도 좋다. 남다른 호기심과 알고 싶은 욕구가 강한 어린 시기에는 시의 주제가 색다르거나 일상 생활에 새로운 의미를 부여하는 것이 시 지도에 알맞다. 이밖에 감각적이고 함축적이며 명백한 시, 기억될 만한 시어를 사용한 것을 고른다. 시대가 변하여도 공감이 되는 시를 선택한다.

(4) 시를 읽어 주는 데 필요한 사항

동시 지도는 쓰기 지도에 앞서 좋은 시를 많이 들려주고 감상하게 하는 것이 무엇보다 중요하다. 좋은 시를 많이 접하게 되면, 자연의 아름다움과 생활의 질서를 발견하고 다른 사람의 좋은 시 쓰기 방법을 터득하게 된다. 따라서 어린이에게 동시 지도는 많은 시를 들려주고 읽히는 것이다. 처음부터 시를 분석하는 것은 시 지도의 좋은 방법이 아니다. 시를 감상하는 과정은 크게 준비 단계와, 읽어 주는 단계로 나누어 살펴볼 수 있는데, 준비 단계에서는 시를 자유롭게 조용히 여러 번 읽고 스스로 느껴 보도록 한다. 그리고 어디서 쉬는 것이 가장 좋은 효과를 내는지 결정하면서 혼자 크게 여러 번 읽도록 한다. 한 생각이 시작되어 끝날 때 쉬면 좋은데, 시를 미리 읽어 보고 쉴 곳을 표시해 두면 편리하다. 자신의 시 낭송을 녹음해서 들어 본다. 읽어 주는 단계에서는 시에 적절한 감정을 넣으면서 읽도록 한다. 그러나 시를 자연스러운 목소리로 읽게 해야지, 노래 같거나 과장된 목소리로 읽지 않도록 지도한다. 어린이가 단어를 음미할 수 있도록 어린이를 적극 참여시키고 어린이가 쓴 시를 준비하여 읽게 하는 것도 좋다.

(5) 지도의 실제

지도자는 모든 사람이 시를 좋아한다고 판단해서는 안 된다. 따라서 시에 대한 관심과 흥미를 불러일으키는 동기 유발이 중요하다. 시에 대한 친근감과 즐거움을 느끼도록 분위기를 조성하고 시를 큰 소리로 자주 읽어 준다. 읽을수록 맛과 느낌이 달라지는 시의 분위기를 느끼게 한다. 동시가 담긴 그림책이나 시를 녹음한 테이프 등 여러 매체를 활용하여 다양한 시를 경험하도록 한다. 시의 내용과 비슷한 경험을 이야기하게 하고 시 쓰는 것을 격려한다. 어린이가 쓴 시에 잘못된 표

어린이가 동시를 읽고 느낀 점을 그림으로 표현하게 하는 것도 동시에 친숙해지게 하는 좋은 방법이다 (『참동무 깨동시』, 청동거울, 2002).

현이 있더라도 지나치게 지적하면 오히려 역효과가 난다. 따뜻하게 격려하여 용기를 가지게 하는 자세가 필요하다. 시를 쓰기에 앞서 단원에 맞추어 또는 현장학습을 다녀온 뒤, 그 느낌을 재현해 보게 하는 것은 시 쓰는 것에 대한 두려움을 없애고, 시에 대해 흥미를 가지게 하는데 효과가 있다. 지도교사는 어린이들이 하는 말을 글로 옮겨 써서 편집해 본 후 말과 글의 관련성을 이해시킨다. 문답 형식의 시를 함께 읽도록 격려한다. 시에 그림을 곁들인 시화를 자주 전시해 본다. 이러한 시는 글로만 쓰여져 있는 시보다 생동감을 부여한다. 시를 독서 카드 형태나 또는 주제별로 모아 두면 주제별로 적절하게 활용할 수 있다.

주의할 점

어린이에게 처음부터 시를 해부하면서 도입하지 않는다. 즉 주제, 소재, 음보율 등을 논하면서 지도하지 않는다. 시를 해부하거나 분석하면 시를 어렵게 여기고 두려움을 심어 줄 수 있다. 몇 번 강조하지만 시는 들으면서 느끼는 것이 동시 지도에서는 무엇보다 중요하다. 교사가 읽는 연습을 많이 하기 전에 시를 지도하지 않는다. 어린이를 위한 시와 어린이에 관한 시를 혼동하지 않는다. 어린이에 관한 시라고 해서 모두 어린이를 위한 시가 아니기 때문이다. 그리고 어린이가 시를 외우도록 강요하지 않는다. 글자 익히기나 읽기 연습으로 시를 사용하지 않고 어린이에게 동시 쓰기를 지도할 때는 처음부터 시를 짓게 하는 것보다 쓰기 차원에서 단계적으로 접근해야 한다.

(6) 어린이 시

올바른 글쓰기 지도에 앞장서 온 김녹촌은 살아 있는 좋은 어린이 시의 요건으로, "어린이의 현실적 삶을 중시하는 인간 중심, 생활 중심의 시, 실감나는 시, 가슴에 와닿는 시, 화려한 겉치장보다는 삶의 진실성을 추구한 시, 고정관념이나 고정된 틀을 무너뜨린 시"를, 반대로 죽어 있는 좋지 않은 시로 "어린이의 현실을 외면한 시, 현실 도피, 언어 장난이 강한 시, 가슴에 와닿지 않는 시, 삶의 진실성보다 외형미에만 신경쓴 시, 감각적이고 기교적이고 고정관념의 틀에 얽매인 시, 손끝과 머리로만 쓴 시"를 꼽았다. 다음에 제시한 시는 어린이가 쓴 좋은 시의 본보기가 된다.

> 삼촌이 돌아가실 적에/나는 엉엉 울었다./누가 죽었는지도 모르고 어른들이/울길래 따라 울었다.//그러나 숟갈을 놓을 적에/일곱 개를 놓다가 여섯 개를 놓으니/가슴 속에서 /눈물이 왈칵 났다.
>
> —「삼촌」(충남 성신초등학교 6학년, 김병동)

이 시는 자기가 겪은 사실을 소박하게 썼지만 우리에게 감동을 준다. 특히 이 시는 죽음이란 충격을 표현할 때, '슬프다'란 관념적인 말을 쓰지 않고, '어른들이 울길래/따라 울었다. 숟갈을 놓을 적에/일곱 개를 놓다가 여섯 개를 놓으니'와 같은 체험으로 자기의 느낌을 사실 그대로 정직하게 표현했다.

> 아침에 백로가 다섯 마리/날아갔다./뒤에 한 마리 뒤떨어져 쫓아간다./늦잠을 잔 것일까?/"너, 빨리 달려라. 학교 늦을라."/새하얀 종이 붙인 것처럼/날개 반짝이며 날았다./빛의 나라 학교의/빛의 숙제/손에 들고 날았다.
>
> —「백로」(일본 소학교 2학년, 야마구치 야스오)

아침에 날개를 반짝이며 날아가는 백로가 마치 빛의 나라 학교의 빛의 숙제를 손에 들고 날아가는 것처럼 보였다는 주제의 시다. 대상을 관찰한 느낌이 세밀하면서도 그것의 이미지를 종이→공책→숙제 등으로 아주 절묘하게 비약시켜 나간 점이 놀랍다.

작은 누나가 엄마보고/엄마 런닝구 다 떨어졌다/한 개 사라 한다.// 엄마는 옷을 입으마 안 보인다고/떨어졌는 걸 그대로 입는다.// 런닝구 구멍이 콩만하게/뚫어져 있는 줄 알았는데/대자비만하게 뚫어져 있다./아버지는 그걸 보고/런닝구를 쭉쭉 쨌다.// 엄마는/와 이카노!/너무 째마 걸레도 못 한다 한다./엄마는 새걸로 갈아입고/째진 런닝구를 보시더니/두 번 더 입을 수 있을 긴데 했다.

— 「엄마의 런닝구」(경북 경산초등학교 6학년, 배한권)

우리 나라 어머니의 몸에 밴 절약 정신을 진실하면서도 사실적으로 그린 시이다. 아무런 꾸밈이 없는데도 가슴을 뭉클하게 하는 것은 이 시에 담긴 진실성 때문이다. 아버지가 찢은 런닝구를 보고 두 번 더 입을 수 있다며 아쉬워하는 엄마의 말에서 힘들고 가난한 생활을 엿볼 수 있지만, 한편으로는 가족간의 허물없는 단란함을 느끼게 한다. 이처럼 어린이에게 동시 쓰기 지도는 자기 생활을 돌아 보고 강하게 느낀 씨앗으로 소박하면서도 솔직하게 쓰는 것에서부터 출발되어야 한다.

비 맞아도/눈 맞아도/벼락 맞아도// 인자하게/웃으시는/돌부처님// 바보,/ 부처님 화나실 땐/얼굴 찡그리세요.

— 「돌부처님」(서울 월계초등학교 4학년, 김명현)

봄에는 큰집에서/여름에는 우리집으로/가을에는 고모집으로/겨울에는 작은집으로// 옮겨 다니는/우리 할머니는/철새입니다// 짐꾸러미 한 번/마음놓고 풀어 볼/겨를도 없이/이리저리/옮겨 다니는/고단한 철새입니다.

— 「철새」(여수 중흥초등학교 5학년, 유서린)

　엄마가 부엌에서 김치를 담근다./엄마, 아—./엄마는 김치 조그만 거 준다/다시/엄마, 아—./물 씬다. 그만 무라./엄마, 딱 한 번만./한 번 더 주고/이제는 진짜 안 준다./나중에 금방 한 김치를/밥상에 내놓아도/잘 안 먹는다./쪼그리고 앉아서/엄마가 준 게 더 맛있다.

— 「김치」(신아름)

　자기가 보고 느낀 것을 솔직하게 쓴 시이다. 별다른 꾸밈이 없는데도 어린이가 쓴 이 시들이 감동을 주는 것은 무엇인가? 그것은 어떤 형식에 얽매지 않고 누구의 것을 모방하지 않고 자기식대로 진실을 표현하고 있기 때문이다. 웃을 상황이 아닌데도 웃고 있는 부처님의 모순, 자식이 많지만 이 집 저 집으로 떠돌아다니는 할머니의 쓸쓸한 처지, 김치 담그는 엄마 옆에서 김치를 얻어먹는 즐거움이 작품 속에서 그대로 전해 온다. 자기 생활을, 어떤 대상을 자세히 들여다보게 하는 것 그것이 어린이 시의 생명이다.

■ 참고문헌 ─────────────────────────

국어 교육을 위한 초등교사 모임, 『동화수업』, 우리교육, 2000.

겨레아동문학 선집 1, 『엄마야 누나야』, 보리, 1999.

겨레아동문학 선집 2, 『귀뚜라미와 나와』, 보리, 1999.

김경중, 「동화의 특성과 교육적 기능에 관한 연구」, 『한국 아동문학 연구』 창
　　　간호, 한국아동문학학회, 1990.

김녹촌, 『어린이 시 쓰기와 시 감상 지도는 이렇게』, 온누리, 1998.

김상옥, 『시의 길을 여는 새벽별 하나』, 푸른나무, 1998.

김승종·이희중, 『글읽기의 즐거움』, 전주대학교 출판부, 2000.

김원석, 『우리 나라 전래 동요·동시』, 파랑새어린이, 2000.

니시모토 게이스케, 『세계 걸작동화로 배우는 동화창작법』, 미래M&B,
　　　2001.

리와인담, 이상금 역, 『동화 쓰는 법』, 보성사, 1988.

신현득, 『한국동시사 연구』, 단국대 대학원 박사논문, 2001.

유경환, 「동시와 성인시」, 『동시, 그 시론과 문제성』, 신진출판사, 1975.

유창근, 『현대 아동문학의 이해』, 동문사, 1997.

이오덕, 『시 정신과 유희 정신』, 창작과비평사, 1977.

─────, 『어린이를 지키는 문학』, 백산서당, 1984.

이원수, 『아동문학 입문』, 웅진출판사.

이재철, 『아동문학개론』, 서문당, 1983.

이준관, 「동시 창작론」, 『아동문학 창작론』, 학연사, 1999.

임원재, 『아동문학교육론』, 신원문화사, 2000.

최경희, 『동화의 교육적 응용에 관한 연구』, 한국교원대 대학원 박사논문,
　　　1993.

한국글쓰기연구회, 『글쓰기 이론과 실제』, 온누리, 1993.

제4장
아동문학의 활용

1. 동화구연

1) 동화구연의 정의

동화구연은 동화 내용을 말을 통해 들려주는 행위이다. 즉, 목소리의 높고 낮음, 길고 짧음, 호흡 처리, 몸짓과 기구 등을 사용하여 이야기 속 인물들의 감정을 표현하는 것이다. 이때 이야기를 들려주는 사람은 내용을 그대로 전달하거나, 이야기를 재구성하여 들려줄 수 있다. 흔히 일상 생활에서 동화구연과 구연동화를 같이 사용하는 경우가 많은데, 이는 엄밀히 구분되어야 한다. 동화구연은 동화 내용을 목소리로 연기하는 행위이며, 구연동화는 동화구연을 할 수 있도록 연출된 동화나 대본을 일컫는다. 구연(Oral Interpretation, Oral Narration)의 사전적 의미는 '문서에 의하지 않고 입으로 사연을 말하는 것'으로 어떤 사연이나 이야기를 연출하여 표현하는 것을 말한다. 따라서 구연동화라는 용어는 동화를 전달하는 방법적인 측면에서 구분할 때 '문장동화'의 대립어로 사용할 뿐이다.

동화구연은 음조, 표정, 몸짓 등의 보조적인 방법을 사용하여 시청자들에게 이야기를 보다 흥미로우면서도 입체적으로 전달하는 효과를 준다. 물론 이야기를 보다 실감나게 하기 위해 인형이나 그림 등을 사용하기도 한다. 동화구연의 목적은 첫째, 어린이로 하여금 바른 언어 표현을 습득하게 한다. 둘째, 아름다운 정서를 심어 주고, 긍정적인 사고와 자신감을 갖게 한다. 따라서 동화구연은 아동에게 동화를 전달해 주는 가장 효과적인 전달 방법으로 평가되고 있다. 동화구연을 하기 위해서는 기본적으로 누가(구연자), 누구에게(청취자), 무엇을(구연 재료, 즉 동화나 시) 등의 요소를 필요로 한다.

2) 동화구연의 역사

석용원(『유아교육과 구연 교육』, 1986)은 우리 나라 동화구연의 흐름을 노변 동화, 주일학교 동화, 유치원 동화, 소파의 동화구연 활동, 라디오 동화 등으로 나누었다.

(1) 노변 동화(fire sidem story)

한 이야기가 몇백 년 동안 내려온다는 것은 강한 생명력 탓도 있지만 그것을 꾸준히 전해 주는 사람을 도외시할 수 없을 것이다. 따라서 동화구연의 효시를 누가, 언제, 어디서부터라고 단정하는 사람은 없다. 그러나 가정에서 할머니 또는 이웃 형님이 누구에게 이야기했을 것으로 보고, 가정에서 이런 동화를 노변 동화라고 부르기도 한다. 또 마을에서 옛날 이야기를 잘하기로 이름난 사람도 있었을 것이다. 따라서 마을 이야기꾼이 생겨나고 그들은 이야기를 흥미롭게 하기 위해서 조금씩 이야기를 개작하거나 이야기를 할 때 약간의 제스처(손짓, 몸짓)를 썼을 것으로 생각한다. 그런 의미에서 동화가 가정에서 할머니나 부모로부터 구연되는 이른바 노변 동화의 시대는 끊어질 줄 모르고 영구히 계속되고 있다고 하겠다.

(2) 주일학교 동화

우리 나라에 기독교가 들어오고 제일 먼저 주일학교가 시작된 것은 1890년이다. 1907년에 이르기까지 평양에 5개의 주일학교가 설립되고, 1919년 말에는 전국에 생긴 주일학교 수가 1만을 넘었다고 한다. 이때 주일학교 프로그램은 노래와 이야기를 중심으로 이루어졌다. 1922년 여름 아동성경학교가 시작되자 선천의 마포 삼열 목사 부인이 처음으로 이야기를 들려주었다. 그후부터 주일학교 교육 내용으로 동화를 중요하게 다루었음을 문헌을 통해 찾아볼 수 있다. 주일학교에 나오는 사람에게 가장 큰 즐거움은 이야기를 듣는 동화 시간과 노래 시간이었다. 이 시간에는 어린이들도 마음껏 소리지르고 웃을 수도 있었기 때문이다. 1년에 한두 차례 있는 동화대회도 어린이들에게 특별한 관심의 대상이었다(『한국 기독교 교육사』). 이러한 상황으로 미루어볼 때 그 당시 주일학교 교사가 어린이들에게 동화구연을 해주고, 어린이들도 직접 참가하는 동화구연대회가 있었음을 알 수 있다. 그 당시 동화구연에는 1926년에 창간한 아동 잡지 『아이생활』에 발표된 동화들이 많이 구연되었고, 1944년 일제의 탄압으로 잡지가 폐간되기까지 주일학교 동화는 동화구연의 중요한 역할이 되었다.

(3) 유치원 동화

1907년에 간행된 한국 법령집에 '보통 교육 및 유치원에 관한 사항'이 들어 있는 것으로 보아, 이때에 이미 유치원이 있었다고 추측된다. 그러나 기록에 남아 있는 것으로는 1913년 이화(梨花)에서 일본의 다시마 여사를 초청하여 유치원을 처음 시작한 것으로 되어 있다. 한국 최초의 유치원은 1913년 백인기가 서울 인사동에 세운 경성유치원이다. 1914년 서울 정동의 젠센 기념관에서 시작한 이화학당 부속 이화유치원은 한국 기독교 최초의 유치원으로 발전한다. 초대 교사로는 당시 신시나티 보육학교에 재학중인 브라운 리(1876~)였으며, 어린이 16명이 전부였다. 뒤를 이어 조 랠리스, 최경숙 등이 교사로 일했고, 1919년에 부임한 하복순은 이화유치원에서 10년 동안 일했다. 후에 이 유치원은 서은숙이 주관한 이화보육학교 설립의 발판이 되었고, 육아법의 새 기원을 이룩하는 계기가 되었다. 그후 학교와 교회 부설로 중앙유치원(1916), 아현유치원(1917), 영화유치원(1917), 태화여자관 유아 보육 사업(1920), 일신유치원(1923), 영생유치원(1930), 새문안유치원(1930), 제천유치원(1931)이 차례로 설립되었다. 1924년에 숭의보육과가 설치되어 교육 과정에 동화법(童話法)이 들어 있는 것으로 미루어 보아 유치원 교사가 될 학생들에게 동화구연법 강의를 하고, 중요하게 여겼음을 알 수 있다.

(4) 소파의 동화구연 활동

우리 나라에서 동화구연의 선구적 인물은 소파 방정환이다. 방정환은 1917년(당시 18세) 천도교 소년분회에서 활동하며 천도교 강당에서 어린이를 모아 놓고 동화를 들려주기 시작했다. 동화구연과 '동화구연가'라는 호칭 역시 방정환이 처음 사용하였다. 1919년 3월 1일 독립운동 선언문을 뿌리다 체포된 방정환은 투옥되었다가 석방 후 일본으로 건너간다. 1923년 동경에서 유학생을 모아 〈색동회〉를 조직하면서 동화구연이 본격화된다. 방정환은 동화구연으로 어린이들을 즐겁게 해주었으며, 이를 통해 아동문화운동을 활발하게 펼쳐 나갔다. 소파의 장남인 방운용 선생은 "동화구연이 두 시간 이상 계속되는 일이 보통이었고, 어떤 때는 어린이들의 간절한 요청에 마이크도 없이 4시간 동안 목청을 돋우며 이야기했다. 몸이 뚱뚱한 아버지는 남달리 땀을 많이 흘렸고, 몇 시간 동안 동화구연을 하는 날에는 대여섯 장 준비해 간 손수건에 땀과 코피가 섞여 물걸레가 된 것을 어머니가 밤새 빨아 말리고 다리면서 아버지를 걱정하였다. 그러나 아버지가 제일 행복을 느끼고 모든 고민과 시름을 잊은 시간은 어린이들을 즐겁게 해주기 위해 전국을 돌며 동화구연을 하던 때라고 생각한다"고 술회하였다. 방정환이 죽은 후 1958년 소년한국일보와 〈새싹회〉 공동으로 어른 구연대회가 열렸고, 1964년 동아일보사가 주최한 동화대회의 입상자들 모임인 〈이야기 동산〉이 결성되었다. 현재는 1977년에 창립된 〈색동회동화연구회〉가 동화구연대회를 열어 동화구연가들의 활발한 활동을 돕고 있다.

(5) 라디오 방송 동화

1927년 2월 16일, 첫 방송을 시작한 경성방송국에서는 어린이 시간을 마련하여 새동요 보급과 함께 동화구연에 대단한 열의를 보였다. 라디오에 모인 아이들에게 듣는 즐거움을 준 사람은 방정환, 고한승, 진장섭, 정홍교, 연성흠, 장무소, 이정호, 윤석중, 최인화, 정규환, 전상진, 김복진, 이순이, 홍은순 등이다. 라디오 동화는 몸짓 없는 목소리로만 동화를 들려주었기 때문에 주로 목소리의 고저와 강약으로 동화의 분위기와 감정을 전달하였다.

3) 동화구연의 교육적 가치

동화는 어린이들이 그들의 삶에 있어 처음 만나는 문학이다. 따라서 동화에 대한 흥미와 관심을 불러일으키는 노력이 필요한데, 그 중 동화구연은 어린이로 하여금 동화에 대한 관심과 흥미를 유발시키는 좋은 매개체이다. 어린이는 듣는 동화를 통해 어른으로 성장해 가는 데 필요한 중요한 과제와 삶의 가치를 발견한다. 이러한 가치는 어린이가 성장해 가는 데 많은 영향을 준다. 동화는 과거와 현재, 미래를 어린이에게 보여주고, 그들에게 즐거움을 줄 뿐만 아니라 이야기 내용을 이해하는 능력을 키우게 한다. 따라서 어려서부터 동화를 많이 듣거나, 읽고, 직접 구연하는 경험은 언어 수용 능력과 언어 표현 능력을 자연스럽게 터득하게 하는 가치를 지닌다. 많은 학자들의 연구에 의하면 언어 발달과 인지 능력은 서로 밀접하게 영향을 주며 풍부한 언어 환경을 발달시키는 역할을 한다고 했다. 그러므로 동화구연은 일차적으로 어린이의 언어 발달에 중요한 역할을 한다. 동화구연을 통해 어린이는 예민한 감수성을 올바르게 이끌어 갈 수 있으며, 호기심을 유발시켜 상상력과 창조력을 기른다. 나아가 다양한 동화를 듣는 과정에서 자연스럽게 삶의 지혜를 터득하게 되어 이해력이 확대된다. 국어 교육의 기본인 이해 능력(듣기, 읽기)과 표현 능력(말하기)이 발달하면 생각을 논리적으로 표현하고, 독서에 대한 흥미를 유발시키며 독서 효과도 크게 나타난다. 또한 다른 사람에게 이야기를 들려주고 이야기를 들으면서 많은 사람 앞에서 자연스럽게 말할 수 있는 자신감을 키울 수 있다. 등장인물의 기쁨과 슬픔, 사랑과 분노, 용기와 인내, 정의를 통해 인성 교육이 이루질 수 있고, 듣고 말하고 이야기하는 과정에서 바른 예절 교육을 증진시킬 수 있다.

4) 동화구연 방법

(1) 구연의 자세

동화구연에서 가장 장애가 되는 것은 행동 습관과 언어 습관이다. 무의식적으로 팔, 다리, 목을 움직인다든지, 시선을 한 곳에만 머무르게 하는 버릇, 필요 없이 말을 반복하여 삽입하거나 듣는 사람에게 방해가 되는 뜻 없는 소리를 하는 언어 습관은 고쳐야 한다. 사람들 앞에서 이야기를 하는 것은 그리 쉬운 일이 아니다. 그러나 충분히 연습하고 준비하면 누구나 동화를 잘 구연할 수 있다는 자신감과 용기를 가져야 한다. 이야기를 듣는 사람 앞에서 불안한 태도를 보이지 않도록 보이는 것도 중요하다. 구연자가 불안한 모습을 보이면 듣는 사람의 자세도 금방 산만해진다. 따라서 차분하게 마음을 가라앉히고 구연하는 자세를 기른다. 그렇게 하기 위해서는 동화를 구연할 때 이야기 내용을 완전히 이해하도록 여러 번 읽어 보고 주제와 등장인물, 줄거리를 충분하게 소화하고 있어야 한다. 그렇지 않으면 불안감이 생겨 자기도 모르게 좋지 않은 버릇이 나올 수 있다. 그리고 이왕이면 동화를 고를 때 계절에 맞는 소재를 선택하고, 장소에 알맞은지 살펴본다. 동화를 듣는 어린이의 연령에 따라 구연하는 시간도 조절해야 한다. 세부적으로는 목적 의식이 분명하게 서 있고, 구연하는 동화의 주제가 뚜렷해야 듣는 사람에게 전달되는 효과가 크다. 그러므로 동화를 구연하기 전에는 시기와 장소에 알맞은 동화를 선택하고 내용을 충분히 이해한 다음, 무엇을 응용하여 구연할 것인지를 사전에 미리 준비해 두어야 한다. 구연자의 옷차림은 안정감을 주면서도 소박한 것이 좋다.

(2) 구연할 때 주의사항

이야기 효과를 잘 나타내기 위해서는 처음부터 듣는 사람에게 재미
있겠다는 기대감을 불러일으키는 것이 중요하므로 도입 과정을 최대
한 잘 살린다. 구연을 하면서 듣는 사람의 반응을 살피는 재치도 필요
한데 만약 듣는 사람이 지루한 반응을 나타내면 이야기를 빨리 마무리
하고, 흥미를 잃은 듯한 반응을 나타내면 상황을 새롭게 환기시킨다.
이야기를 시작할 때는 머뭇거리지 말고 과감하게 밀고 나가는 것이 자
신감 있어 보이게 한다. 동화가 세밀하거나 수식어가 많을 경우, 과감
하게 생략하며 구연한다. 문장동화는 눈으로 읽는 동화이기 때문에 간
접 화법이 많다. 그러나 동화를 구연하기 위해서는 이것을 직접 화법
으로 고쳐야 한다. 접속어를 대폭 줄여 문장이 짧아지면 내용이 보다
선명해진다. 이야기 도중에 구연자의 자기 수정은 분위기를 흐리게 하
고 이야기에 대한 믿음을 주지 않으므로 하지 않는 것이 좋다. 잘못 말
한 것이 있거나 빠뜨린 내용이 있을지라도 그 내용이 꼭 필요한 것이
아니라면 그대로 이야기를 진행시킨다. 동화구연 마지막에 훈화하는
것은 사족이 될 수 있으므로 생략한다. 이밖에 목소리를 분명하게 하
고 표준말을 쓴다. 음성은 자연스러우면서도 명확하게 표현하도록 하
고, 변화 있는 음성으로 의성어와 의태어를 사용하여 생동감을 불어넣
는다.

(3) 구연할 동화 선택

　동화구연은 대상이나 시간, 구연 환경(계절)과 듣는 이의 요구에 따라 달라질 수 있기 때문에 이를 세밀하게 분석한 다음 동화를 선택하는 것이 좋다. 이왕이면 듣는 사람에게 흥미를 끌 수 있는 쉽고 재미있는 동화를 선택한다. 쉽고 재미있는 동화는 줄거리가 단순하고 등장인물이 적으며 적당한 반복과 유머, 구체적인 행동이 들어 있는 것이다. 따라서 구연동화는 주인공 중심으로 이야기가 빠르게 진행되는 것을 고르는 것이 독자에게 보다 쉽게 전달된다. 상상력의 폭을 넓혀 줄 수 있는 동화를 고르는 것도 중요한데 어린이가 알고 싶은 미지의 세계, 경이적인 사건이 들어 있는 내용을 고른다. 대체로 이야기 시작은 동적이면서도 직접적인 것이 좋고 일상 생활을 소재로 한 동화는 아동에게 친밀감을 느끼게 한다. 결말은 아동에게 정서적으로 안정감과 만족감을 줄 수 있는 것이어야 한다. 성장기의 어린이들은 심리적으로 등장인물이 행복해지길 바라고 있다는 연구 결과도 있으니 이를 참고해 보는 것도 좋을 것이다.

이호백 글·이억배 그림, 『세상에서 제일 힘센 수탉』(재미마주, 2002). 그림을 보면서 구연자가 어린이에게 동화를 들려줄 수 있도록 구성되어 있다.

5) 동화의 개작(재구성)

동화가 선택되었으면 이제 구연을 위해 읽는 동화를 듣거나 말하는 동화로 바꾸어야 한다. 즉 문어체(문장 동화) 동화를 구어체(듣는 동화)로 바꾸는 것이다. 그렇다고 작품에서 작가가 전달하려고 하는 내용의 본질이나 예술성까지 무시하고 내용을 마음대로 바꾸어서는 안 된다. 동화 개작은 아동 심리, 동화 작법, 아동문학에 대한 기초를 바탕으로 전문성이 요구되는 작업이다. 따라서 올바른 동화 개작을 위해서는 아동 심리, 동화 작법, 아동문학에 대한 기초 지식을 익혀 놓아야 한다. 동화 개작에서 가장 기초적인 부분을 실제 연습해 보자.

① 읽는 동화(낭독체 동화)를 듣는 동화, 말하는 동화(구어체 동화)로 바꾼다. 즉 낭독체 동화는 구어체로 바꾼다.

> 했습니다→했어요, 했군요, 했지요, 하는 거예요. 했답니다.

② 설명이 많은 부분은 대화체로 바꾼다.

> 아버지에게 식사 준비가 다 되었다고 말씀드렸더니 곧 오신다고 하셨다.
> →"아버지, 식사 준비 다 됐어요."
> "오냐, 알았다. 내가 곧 가마."

③ 지루함을 주지 않기 위해서 과장법, 반복법, 감탄법을 사용한다.

> 강아지가 따라왔습니다→강아지가 쫄랑쫄랑 따라왔어요.

④ 어려운 낱말은 쉬운 낱말로 고친다.

> 청명한 날씨→맑은 날씨
>
> 힘든 노동→일하기가 너무 힘들었어요.
>
> 학식이 많은 노인→할아버지는 아는 게 참 많아요.

⑤ 어린이들의 발달 단계를 고려하여 긴 이야기를 짧게 줄이거나 길게 늘이는 연습을 꾸준하게 한다. 길이를 늘이거나 줄일 때는 말을 빠르게 할 곳과 느리게 할 곳을 미리 정해 둔다. 내용에 따른 표정과 몸짓도 미리 정해 두는 것이 좋다.

⑥ 외국 작품의 경우에는 우리 나라 어린이들의 정서에 맞게 고친다.

⑦ 교훈을 강요하지 않는다.

6) 동화 개작의 실제

권정생의 『강아지똥』은 많은 어린이들에게 잘 알려진 동화이다. 어린이들은 자기가 알고 있는 동화를 이야기하면 친근감을 느끼고 보다 적극적으로 이야기를 들으려고 한다. 뿐만 아니라 『강아지똥』은 주제가 뚜렷하고 흥미로운 이야기를 담고 있어 구연하기에 좋다. 다음에 제시한 것은 『강아지똥』의 도입부이다. 이것을 구연체의 동화로 바꾸어 보자.

■ 『강아지똥』

 돌이네 강아지 흰둥이가 누고 간 강아지똥입니다.

 추운 겨울, 참새 한 마리가 포르르 날아와 강아지똥 곁에 앉더니 주둥이로 콕! 쪼아 보고, 퉤퉤 침을 뱉고는,

 "똥, 똥, 똥…… 에그 더러워!"

 쫑알거리며 멀리 날아가 버립니다.

권정생 글·정승각 그림, 『강아지똥』(길벗어린이 1996).

■ 개작의 예 1

 추운 겨울, 돌이네 강아지 흰둥이가 똥을 눴어요.

 참새 한 마리가 포르르 날아와 강아지똥을 주둥이로 콕콕 쪼더니,

 "똥이잖아. 에이 더러워, 퉤!"

하면서 멀리 날아갔어요.

'돌이네 강아지 흰둥이가 누고 간 강아지똥입니다'는 설명 부분이다. 이 부분을, '추운 겨울 돌이네 강아지가 똥을 누었다→참새가 주둥이로 쪼았다→침을 뱉고 날아갔다'는 식으로 행동 중심으로 바꾸어 본다.

■ 개작의 예 2

추운 겨울, 돌이네 강아지 흰둥이가요, 똥을 눴어요.
참새 한 마리가 포르르 날아와서요, 강아지똥을 주둥이로 콕콕 쪼더니,
"똥이잖아. 에이 더러워, 퉤!"
하면서 멀리멀리 날아갔어요.

윗부분은 좀더 친근감을 주기 위해 옆에서 말하는 식으로 고쳐 본 것이다. 즉, 서술어를 '흰둥이가요, 똥을 눴어요'라고 짧게 두 번 끊어 주었다. 다음엔 '퉤' 하고 단어 하나를 삽입하여 더럽다는 행위를 구체적으로 보일 수 있도록 했다. 문어체인 '습니다'는 '눴어요', '날아갔어요'와 같이 구어체로 바꾼다. 이러한 방법을 여러 번 연습한 다음에 『강아지똥』을 개작해 보자.

■ 전체 개작 작품

추운 겨울, 돌이네 강아지 흰둥이가요, 똥을 눴어요.
참새 한 마리가 포르르 날아와서요, 강아지똥을 주둥이로 콕콕 쪼더니,

"똥이잖아. 에이 더러워, 퉤!"
하면서 멀리멀리 날아갔어요.
"내가 똥이라니? 그리고 더럽다구?"
옆에 있던 흙덩이가,
"하하하, 넌 똥 중에서도 제일 더러운 개똥이야, 개똥. 하하하."
이 말을 들은 강아지똥은 울음보를 터뜨렸어요.
"내가 잘못했어, 괜히 그래 본 건데……. 아이, 강아지똥아, 하느님은 쓸데없는 물건은 하나도 만들지 않으셨어. 너도 무엇엔가 귀하게 쓰일 거야."

아지랑이가 피어오르는 따뜻한 봄날, 엄마 닭이 병아리들을 몰고 와 강아지똥을 갸웃갸웃 들여다보더니,
"얘들아 가자, 저 강아지똥은 모두 찌꺼기뿐이구나."
"나는 역시 아무 데도 쓸 수 없는 찌꺼기인가 봐."

봄비가 촉촉이 내렸어요. 강아지똥 바로 앞에 파란 민들레 싹이 얼굴을 내밀었어요.
"넌 뭐니?"
"나는 예쁜 꽃이 피는 민들레란다."
"네가 어떻게 예쁜 꽃을 피울 수 있니?"
"그건 하느님께서 비를 내리시고, 따뜻한 햇빛을 비추시기 때문이야."
"역시 그럴 거야. 하지만 나하고는 무슨 상관이 있을라고……."
"네가 거름이 돼 주면 좋겠어."

"내가 거름이 되다니?"

"네가 거름이 되어 고운 꽃이 피어난다면 내 온몸을 녹여 네 살이 될게."

비는 사흘 동안 계속 내렸어요. 강아지똥은 비에 맞아 땅속 뿌리로 스며 들어가 줄기를 타고 올라와 꽃봉오리를 맺었어요.

봄이 화창한 어느 날, 민들레는 한 송이 아름다운 꽃을 피웠어요. 방긋방긋 웃는 꽃송이엔 귀여운 강아지똥의 눈물겨운 사랑이 가득 어려 있답니다.

7) 호흡과 발성법

(1) 호흡

개작된 동화를 보다 효과적으로 구연하기 위해서는 올바른 호흡과 발성법을 익혀야 한다. 호흡이란 모든 생명체에 기본이 되는 신진대사로, 살아 있다는 증거가 된다. 그러나 화술상으로 호흡은 발성(소리를 내는 것)을 보다 잘하기 위한 기본 수단으로 쓰인다. 구연시 긴 문장을 표현하거나 감정을 효과적으로 나타내기 위해서는 반드시 호흡법을 제대로 익혀야 한다.

호흡은 크게 복식 호흡과 흉식 호흡으로 나누어지는데, 복식 호흡은 배로 숨쉬는 호흡이며, 흉식 호흡은 가슴으로 호흡하는 것이다. 흉식 호흡으로 숨을 쉴 경우, 몸 안에 충분히 숨을 담을 수 없으므로 깊이 있는 감정 표현이 어렵다. 가슴으로 쉬는 숨에는 들숨과 날숨이 있다. 들숨은 흡 하고 숨을 들이마시는 것으로, 우주의 온갖 신선한 것, 아름다운 것을 몸에 담는다는 기분으로 들이마신다. 날숨은 호 하고 숨을 내뿜는 것으로 몸속에 남아 있는 노폐물과 정신적인 노폐물이라고 할 수 있는 불손함, 나태, 분노, 짜증, 교만, 음란한 생각들을 배출하여 깨끗하게 해야겠다는 마음으로 숨을 내뿜어야 한다. 이러한 호흡은 발성과 깊은 관계를 가지고 있는데 부드러우면서도 힘있는 소리, 안정된 소리를 발성하기 위해서는 흉식 호흡에서 복식 호흡으로 바꾸어 나가야 한다. 호흡을 깊게 머금고 있으면 의식은 뒤로 혹은 아래로 가라앉으며 여유가 생겨 자기 말을 객관적으로 느낄 수 있게 된다. 따라서 감정 조절이 가능해진다.

그렇다면 호흡은 어떻게 해야 할까. 먼저 바른 자세를 취하고 마음을 편히 갖는다. 숨을 들이마실 때에는 가슴을 펴고 배에 힘을 준 다음 배가 부풀어오르도록 최대한 들이마시는 것이 중요하다. 숨을 내쉬는 방법은 될 수 있는 대로 고르게, 천천히 오랜 시간 동안 숨을 밖으로 내뿜는다. 그러나 처음 호흡을 바꾸려면 숨의 감각을 못 느끼는 경우가 있다. 숨이 배 밑까지 들어왔는지, 몸 밖으로 완전히 나갔는지 확실하지 않을 때는 들숨은 1에서 10까지 숨을 꿀꺽 삼켜 아랫배가 불룩하게 하고, 날숨은 1에서 10까지 발성으로 악! 하며 숨을 모두 토해내며, 배를 등에 붙인다.

호흡의 2단계는 머금은 숨을 연습하는 것인데, 이때는 숨을 천천히 깊이 들이마신 다음 일단 숨을 멈춘 뒤, 앞에서 섭취한 산소가 몸속에 녹아들게 한다. 다음에는 숨을 천천히 고르게 일정한 간격으로 내뿜는다. 이러한 방법을 반복한다. 연기를 할 때의 호흡은 머금은 숨이 있어야 자연스럽고 안정감이 있다.

(2) 발성법

소리를 내는 것을 발성이라고 하는데, 좋은 소리를 내기 위해서는 발성법을 익혀야 한다. 방법은 깊게 들숨 후 날숨 때 배 밑에서부터 위로 힘차게 발성한다. 예를 들면 1에서 15까지 셀 동안 들숨 후 날숨을 쉬고 다시 1에서 15까지 들숨을 쉰다. 날숨을 쉴 때는 하, 히, 후, 헤, 호로 연습한다. 이때 입 모양을 크고 정확하게 벌리고 아, 이, 우, 에, 오로 연습한다. 골반까지 들어온 호흡은 날숨으로 내보내면서 발성을 하게 되면 배 밑에서부터 배와 가슴을 지나 뒷골을 거쳐 코끝까지 몸 전체가 하나의 소리통으로 되어 힘차고 생명력 있는 소리를 내게 된다. 발성 연습을 할 때는 바른 자세로 심호흡 후 입을 크게 벌리고 낮은 소리부터 호흡이 끊어질 때까지 소리낸다. 실제 신체 부위에 따른 발성법을 연습해 보자.

■ 신체 부위에 따른 발성법
① 할아버지 소리는 배 아래에서 내는 소리이다.
　연습) 호랑이 소리(어흥)

> 배 아래에서 올라와 코로 울린 소리로,
> 안녕하세요, 우리 손녀 착하기도 하지.

② 할머니 소리는 배 아래에서 내는 소리이다.
　연습) 염소 울음소리(음메헤헤)

> 배 밑에서 올라와 가슴부터 조음하여 목을 떨며 코로 울린 소리로,
> 안녕하세요, 어서 오너라, 많이 컸구나!

③ 아버지 소리는 배 전체에서 나는 소리이다.
　연습) 개 짖는 소리(멍 멍 멍 멍)

> 배 전체가 힘차게 움직이며 가슴, 목, 코 등의 소리로,
> 안녕하십니까. 오늘 제가 여러분에게 하고 싶은 말은……

④ 어머니 소리는 배 전체에서 내는 소리이다.

연습) 아―(50도 높이의 발성)

> 배, 가슴, 목, 코 등의 소리를 감싸안는 동그란 느낌으로 조음하며,
>
> 안녕하세요. 얘들아, 식사 시간이다.

⑤ 오빠 소리는 가슴에서 내는 소리이다.

연습) 개구리 울음소리(개굴개굴)

> 가슴에서 나오는 소리를 눌렀다 위로 올림으로써 젊은 느낌이 들
>
> 도록 하면서,
>
> 안녕하세요. 난 요리 만드는 것을 좋아해.

⑥ 언니 소리는 가슴으로 내는 소리이다.

연습) 새 소리(쪼로롱 쪼로롱)

> 가슴에서 소리를 위로 올리며 조음 후 굴리면서,
>
> 안녕하세요. 난 그림 그리는 것을 좋아해.

⑦ 남자아이 소리는 목에서 누르면서 조음하는 소리이다.

연습) 골 골 골

> 안녕하세요. 엄마, 밥 주세요.

⑧ 여자아이 소리는 입술에 힘을 주고 목에서 가늘게 나오는 소리이
다.

연습) 병아리 소리(삐약 삐약 삐약)

> 안녕, 우리 집에 놀러 오지 않을래?

2. 그림책 활용

1) 그림책(Picture book)의 정의와 특징

그림책은 이야기가 담겨 있는 그림으로 된 책(문학적인 요소와 미술적인 요소를 갖춘 책)을 말한다. 이러한 그림책은 인쇄술과 함께 발달해 왔다. 목판→나이테 목판→석판→사진판으로 이어지는 인쇄술의 발달에 힘입어 챕북, 토이북, 기프트북 등이 개발되고 그림책이 발달하게 된다. 최초의 그림책은 17세기 헝가리의 모바리안 교회의 주교인 코메니우스(John Amos Comenius)가 『Orbis Pictus(word in pictures)』를 만들었다. 코메니우스는 어린이가 책 속에 들어 있는 그림을 통해 더 많은 것을 배울 수 있다고 믿었다. 단어를 깨우치기 전의 아이들은 그림을 보고 이야기를 예측할 수 있다. 따라서 좋은 그림책은 아동의 독서 흥미와 독서 습관을 만들어 주는 데 적지 않은 영향

위에서부터 유아 그림책 『우리 순이 어디 가니』『심심해서 그랬어』『바빠요 바빠』『우리끼리 가자』(보리, 1997)의 본문. 계절의 순환을 그림에 담아 우리 자연의 아름다움을 어린이들이 생생하게 느낄 수 있도록 했다.

을 준다. 그림책은 그림 하나만으로도 독자적인 이야기를 만들어내기 때문에 대부분의 어린이들은 그림책을 좋아한다. 아직 문자를 알지 못하는 아이들은 그림책을 통하여 사고력과 상상력을 키워 나갈 뿐만 아니라 그림과 글자를 연결하고 읽어 가면서 자연스럽게 문자를 터득해 나간다. 어린이에게 있어 그림책은 최초의 독서 경험이 될 수도 있기 때문에 친근감이 들 수 있도록 어른들의 보다 세심한 배려가 요구된다고 하겠다.

그림책에는 그림이 본문과 단어를 지배하는 형태이거나, 본문과 그림이 똑같이 중요하게 생각되어지는 책이 있다. 그림은 이야기의 분위기와 인물 묘사를 더 잘 드러낼 수 있어 작가가 이야기하고자 하는 것을 보다 잘 나타낼 수 있다.

2) 그림책의 효용성

좋은 그림책은 어린이의 감각과 정서가 담긴 것이다. 이러한 그림책은 어린이들의 호기심을 충족시켜 커다란 즐거움을 주게 된다. 뿐만 아니라 시각적인 영상을 통해 그 그림이 담고 있는 의미와 분위기로 그림의 내용이 전개되는 상황을 알게 하여 지식을 구체화시킨다. 그러나 무엇보다 중요한 역할은 언어 습득에 도움을 준다는 것이다. 글자를 모르는 어린이라도 내용을 몇 번 들려주면 그림을 보며 혼자 읽는 흉내를 내게 되고, 이것이 곧 언어를 습득하게 만든다.

그림책을 어른이 읽어 줄 경우, 아동은 어른과 함께 책을 보는 경험을 하게 된다. 부모와 함께 그림책의 세계를 함께 여행하고, 즐거움을 공유함으로써 갖는 정신적인 공동 체험은 서로의 사랑을 확신할 수 있게 한다.

3) 그림책의 기준

어린이가 정말로 좋아하는 그림책은 어른에게도 즐거움을 준다. 그림책을 고를 때는 어린이의 세계를 잘 알고, 어린이의 발상이나 기분으로 그려낸 그림책이 좋다. 그림책은 글자를 먼저 읽는 책이 아니라 그림을 읽는 책이다. 어린이는 그림을 보고 어른이 글자를 읽어 준다면 그림책 전체의 모습은 아동의 머릿속에 선명하게 그려진다. 이것이 그림책을 제공하는 좋은 방법이며 그림책을 살리는 길이다. 또 그림책의 이야기를 생각할 때 중요한 것은 '언제' '어디서' '누가' '무엇을' '어떻게' '어찌 되었는가'라는 순서로 명확하고 알기 쉽게 씌어져야 한다. 이야기의 발단에서 언제(시간), 어디서(장소), 누가(주인공) 등 세 가지 요소가 분명하게 제시되어야 하며, 이야기를 전개하는 데 가장 중요한 '무엇을' '어떻게' '어찌 되었다'는 눈에 보이듯 생생하게 서술되어야 한다. 필요한 자리에 정확한 세부 묘사를 하는 것은 이야기를 보다 실감나게 만들어 준다. 아무리 훌륭한 주제를 담고 있더라도 '어떻게 전달하는가'의 표현 방법이 어린이가 납득할 수 있게 그려져 있어야 한다.

4) 어린이가 좋아하는 그림책

일본에서 조사한 어린이에게 인기 있는 그림책의 공통적인 특징은 다음과 같다.

① 만화 같은 선으로 된 움직이는 그림을 좋아한다.
② 유머가 있는 것을 좋아한다.
③ 표정이나 행위가 분명하게 나타나 있거나 과장된 표현을 좋아한다.

④ 시리즈로 된 그림책을 좋아한다.

⑤ 그림을 말로서도 읽을 수 있도록 되어 있는 그림책을 더 좋아한다.

⑥ 외국 작가보다 국내 작가의 그림책을 더 좋아한다.

5) 그림책의 유형과 지도

그림책에는 그림 자체가 의미를 전달하는 모든 수단이 되기 때문에 그림만 있거나, 글이 있어도 단어나 사물의 명칭 등에 그친다. 페이지마다 다른 사물이나 개념이 소개되므로 각각의 페이지에 나타난 개념들이 반드시 줄거리를 가지고 순서 있게 연결될 필요는 없다. 간혹 그림작가의 스타일에 따라 이러한 것들을 연결시키는 경우도 있지만 아주 드물다.

① 문장이 조금 있거나 전혀 없이 그림만으로 된 책

글자가 없고 그림만 있는 책은 읽기 위한 책이라기보다는 책에 대한 관심을 불러일으키는 데 도움이 되는 것으로 읽기 학습을 준비하는 데 효과적이다. 아이들은 그림만으로 된 책을 통하여 책은 왼쪽에서 오른쪽으로 이어지고 페이지를 넘기면서 이야기가 이어진다는 것, 책이 보는 즐거움을 준다는 것을 알게 된다. 그림책의 삽화에는 글자가 인쇄되어 있지 않아도 그 속에는 나름대로의 이야기를 함축하고 있기 때문에 어린이는 이야기에 반응하는 법을 저절로 익히게 되고, 나름대로 상

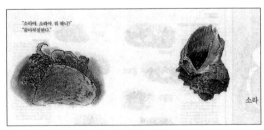

글자가 거의 없이 그림으로만 된 책의 예. '세밀화로 그린 보리 아기 그림책' 『얘들아, 뭐 하니』 중에서(보리,1999).

상력을 키워 나가게 된다. 이러한 것을 반복하다 보면 자신을 둘러싸고 있는 세계나 개념들을 이해할 수 있다. 따라서 이야기가 포함되어 있지만 글자가 없는 그림책은 아이들에게 적극 권장할 만하다. 아이들은 이러한 그림책을 봄으로써 상상력을 개발하여 다음 이야기를 만들어 가거나 예측하게 된다.

② 그림과 글이 동일한 비율로 구성된 책

그림과 글이 동일한 비율로 구성된 책을 그림이야기책(picture storybook)이라고 한다. 이러한 그림책은 글과 그림이 모두 중요하다. 간혹 그림이야기책을 선택할 때 글의 내용에 중점을 두고 그림은 쉽게 생각하는 경우가 많은데, 이것은 바람직하지 않다. 어린이가 그림이야기책을 읽으려고 하는 것은 그림을 보고 복잡한 상황을 한눈에 이해할수 있고, 그림이 있기 때문에 다음에 나타나게 될 장면도 볼 수 있기 때문이다. 그러므로 그림과 글이 동일한 비율로 구성된 책은 이야기에 나타나는 등장인물과 배경 등이 글 속에서와 마찬가지로 그림에서도 서로 밀접하게 연결되어야 하고, 다음 장면까지도 예상할 수 있도록 그려져야 한다. 그렇게 되기 위해서는 각 페이지에 나타나는 그림 하나하나가 이야기를 종합하여 전달할 수 있도록 세심한 주의를 기울여 그려져야 한다. 이러한 그림책의 평가 기준에서 제일 중요한 것은 인물의 성격을 꼽을 수 있다. 인물이 지닌 독특한 성격이나 행위는 그림이야기책을 보는 재미를 주어

그림과 글이 동일한 비율로 이루어진 책의 예. 이미애 장편동화. 『똥보면 어때, 난 나야』(파랑새어린이, 2001, 140~141쪽).

흥미를 북돋운다. 그러나 이러한 인물들의 강조된 특성이나 행위가 신뢰감을 주고, 일관되게 그려지고 있는지를 살펴야 한다. 다음에 평가기준으로 내세울 수 있는 것은 전체와 조화된 미적 아름다움이다. 이러한 기준을 만족시키는 우리 나라 그림책으로는, 정승각이 그리고 권정생이 쓴『강아지똥』과 이태수가 그리고 윤구병이 쓴『심심해서 그랬어』등을 꼽을 수 있다. 그림이야기책의 소재로는 가족들의 생활을 포함하여 생활에서 겪는 경험이나 친구, 동물, 자연에 관한 이야기, 공상적인 이야기 모두 가능하다. 이야기의 내용과 잘 조화된 그림과 간결한 언어는 아동들에게 커다란 즐거움을 준다. 어른들이 되풀이해서 읽어 주면 아이들은 그 문장을 외울 수 있게 되고, 혼자서도 읽을 수 있는 기쁨을 경험하게 된다.

그림이야기책 이외 그림보다 더 많은 비율로 구성된 책이 있는데, 이것은 연령이 많은 아이들이 볼 수 있는 그림책으로 이야기가 조금 더 복잡하고 그림이 적다.

3. 독서지도

1) 독서지도의 필요성

독서지도(reading guidance)는 독서교육의 방법과 실천적 접근을 중심으로 한 독서 태도, 지식, 기술, 흥미, 습관을 형성하여 그 능력을 개발시켜 나가는 것을 말한다. 그러나 넓은 의미에서 독서지도는 독서를 통한 인간 형성이라는 독서교육과 같은 뜻으로 사용되기도 한다. 독서지도는 ①책을 읽지 않는 습관을 방지하고, 자발적인 독서 습관을 형성하게 하고, ②잘못된 독서 습관으로 독서 흥미의 편향성을 방지하며, ③독서 내용을 실생활에 응용할 수 있도록 돕고, ④독서 장애 문제를 예방하고 치료하기 위해서이다.

"독서와 마음의 관계는 운동과 몸의 관계와 같다"는 말이 있다. 이는 몸을 건강하게 하기 위해서 운동을 하듯이, 마음을 건강하게 하기 위해서는 책을 읽어야 한다는 말이다. 현대 사회에서 독서는 마음의 건강을 위해서뿐만 아니라, 정보화 시대의 사회 구성원으로서 요구되는 올바른 비평의 안목을 가지도록 하는 데도 중요한 역할을 담당한다. 특히 어린 시기는 세상을 살아가는 기본적인 습관이나 성격, 행동이 형성되는 중요한 시기라는 점에서, 사고력과 창의력을 길러 주는 독서를 소홀히 할 수 없다. 그러나 얼마 전「독서교육과 동화」(『한국아동문학』제7호)에 발표된 최근 어린이 독서 통계 자료는 우리에게 충격을 던져 준다. '독서가 귀찮고 흥미가 없다'고 한 어린이가 46%나 되었다. 이와 같은 수치는 어린이 독서 실태의 심각성을 드러낸 것이라 할 수 있다.

『책을 어떻게 읽을 것인가』의 저자로 유명한 미국의 철학자 모티모 애틀러 박사는 "10대 초반의 어린이들은 좋은 책을 골라 읽을 만한 능력이 없으므로, 그 나이 때부터는 부모나 어른들의 지도에 따른 독서 습관을 기르지 않는다면, 영원히 책을 가까이 할 수 없게 될지도 모른다"고 경고하고, 어린이들의 독서 습관에 대한 어른들의 관심을 강조한 바 있다. 어린이들은 아직 자신의 행동을 자제할 수 있는 힘이 부족하다. 어린이에게 올바른 독서 습관을 길러 주기 위해서는 어린이 스스로 책 읽는 즐거움을 깨달을 수 있도록 어른들이 좋은 독서 환경을 조성해 주는 것이 중요하다. 아이들 눈이 쉽게 닿는 곳에 좋은 책을 놓아 두는 방법도 좋을 것이고, 부모가 책을 읽는 모습을 보여주는 방법, 아이와 함께 도서관이나 서점을 찾아보는 것도 어린이가 책과 친해질 수 있는 방법이 될 수 있다. 어린이에게 책을 선정해 줄 때는 어린이의 발달 단계를 고려해 보는 것도 도움이 된다. 이러한 일을 보다 효과적으로 실천하기 위해서는 체계적인 독서지도가 필요하다.

2) 독서지도의 목적

어떠한 것이든 목표가 분명하고 동기 부여가 확실하면 학습 효과는 배가된다. 따라서 독서 방법을 지도하는 사람은 목표를 분명히 하고 지도하는 대상에게 강한 동기를 부여해야 한다. 그렇게 되기 위해서는 독서를 지도하는 사람이나 받는 사람 모두가 보람 있고 즐거워야 한다. 독서에 대한 가치와 즐거움을 체험하게 되면 독서 의욕은 저절로 솟아오른다. 그러므로 어린이에게 책에 대한 즐거운 체험을 많이 하도록 돕는 것이 중요하다. 책 속에 들어 있는 다양한 즐거움, 즉 새로운 것을 알아 가는 재미나 상상 세계로의 여행, 정의, 용기, 사랑, 우정, 속임수, 희생 정신 등을 터득하게 하고, 보다 많은 가치를 부여한다. 두 번째로 독서지도를 하는 이유는 어린이의 사고력을 향상하기 위해서이다. 독서를 하는 동안 자신도 모르게 내용과 인물의 성격을 파악하게 되고, 그로 인해 사고력이 향상된다. 세 번째는 스키마(Schema: 인간의 기억 속에 저장되어 있는 모든 경험의 총체)의 확장을 위해서이다. 독서는 작가가 써 놓은 글을 수동적으로 읽는 행위가 아니라 독자의 스키마로 글을 해석하는 능동적인 행위로, 스키마가 축적되고 그것이 확장될수록 사물에 대한 이해력이 빨라진다. 네 번째는 어린이의 감성과 지능 향상을 위해서이다. 어릴 때부터 책을 읽으면 기본적으로 감정 조정이 학습되어 세상을 살아가는 데 유리하며, 인간의 감정을 정화시켜 나쁜 감정을 몰아낼 수 있다. 다섯 번째는 올바른 가치관 형성을 위해서이다. 자기가 읽은 책의 종류와 내용에 따라 가치관이 다르게 나타나는데, 책을 많이 읽으면 인간과 사회, 나아가 세계에 대해 깊이 이해하고 풍부한 인간성 형성에 도움을 준다.

3) 발달 단계에 따른 독서지도

독서지도 역시 어린이의 발달 단계를 고려할 때 보다 큰 효과를 기대할 수 있다.

발달 단계에 따른 독서지도를 살펴보자.

① 아기 이야기기(0~4세)

자기를 중심으로 하는 주위의 사람과 사물의 명칭, 성질, 관계 등을 이야기로써 재확인하는 것을 배우는 단계. 주어진 환경을 그대로 모방하는 시기로 바깥 세상에 대한 강한 호기심으로 언어 능력이 급속히 성장한다. 긍정적인 가치관을 형성하는 시기.

도토리 지음, 심조원 그림, 『누구야 누구』(보리, 1999)에서.

이야기를 반복해서 듣기 좋아한다.

리듬이 실린 전래동요나 의성어와 의태어가 들어 있는 이야기가 적합.

책과 가까이 할 수 있는 습관을 길러 주는 것이 좋다.

② 옛날 이야기기(4~6세)

모든 행동과 표현을 자기 중심적으로 이끌고 가는 시기. 신변의 생활을 소재로 하여 이것을 상상에 의하여 재구성한 이야기에 흥미를 가지는 단계. 이야기의 시작과 끝이 명확하게 전개되는 이야기가 적합하다.

자신을 주인공과 동일시하는 경향이 강하므로, 모방적인 이야기나 단순한 전래동화를 읽어 준다. 상상의 세계를 즐기는 성향이 강하므로 환상적 이야기를 들려준다. 그림책을 함께 읽고, 이야기를 그림으로 나타내 본다. 여러 책을 골고루 읽어 준다.

③ 우화기(6~8세)

새로운 생활 장면에서의 행동의 규범에 관심을 가지는 단계. 글을 읽기 시작하지만 그림의 보조가 필요하다. 사회 생활에 대한 적응에 관심이 많아 행동 규범을 무조건 따르는 시기이다. 환상동화와 구성이 복잡하지 않은 단편동화를 읽힌다. 책을 읽은 후의 느낌을 그림 일기로 표현하도록 유도하는 것도 좋다.

④ 동화기(8~10세)

자기 중심적 심성에서 탈피하여 현실의 재구성을 즐기는 단계이자 타인의 경험을 통하여 새로운 현실을 배우려고 하는 단계. 좋지 않은 것을 판단하고, 그 판단에 따라 자기 경험을 축적해 나가는 시기이다.

환상동화, 구성이 복잡하지 않은 동화를 읽힌다. 책 내용을 다른 사람에게 전달하며, 혼자서 읽는 것을 즐긴다. 등장인물의 행동을 평가한다.

⑤ 소설기, 역사 이야기기(10~12세)

논리적 사고력이 발달하여 새로운 행동 영역을 적극적으로 개발해 가려는 단계. 어른에게 의존하기보다는 친구에게 의존하는 경향이 강하고, 우정이나 사회적 책임을 중시하는 시기. 모험과 탐험을 즐기고 시야를 넓혀 인간 관계의 의미를 추구하는 시기이다.

신화, 전설, 현실성 있는 이야기를 즐긴다. 영웅담이나 모험의 세계를 동경한다. 스스로 책을 선정하고, 여러 책을 많이 읽으려 한다.

⑥ 전기기(12~15세)

생활 속에서 현실에 당면하는 여러 가지 저항에 대하여 반발하며, 그것을 타개하는 방법을 모색하는 단계. 사춘기적인 생리 변화로 수치심과 혐오감을 가지고 내적인 심리를 추구하는 경향이 강함. 자아 폐쇄적인 태도에서 벗어나 사실과 진실을 구별하고, 이성에 대한 올바른 이해를 갖도록 유도한다.

지적 호기심을 충족시킬 수 있는 책—권장 공상과학소설이나 사회 예술 분야의 책도 권장할 만함. 우정과 사랑, 자연을 노래한 시나 인간의 역사를 그린 역사소설도 흥미를 불러일으킨다. 논리적 전개가 기쁨을 제공할 수 있는 탐정·추리소설을 권장한다.

위의 내용을 바탕으로 아동의 독서 단계를 나누어 보면 다음과 같다.

> 저학년(1~2학년)—그림이 있는 전래동화, 우화 환상동화
> 중학년(3~4학년)—환상동화, 창작동화 중 우정, 가족간의 이야기
> 고학년(5~6학년)—창작동화, 모험적인 이야기, 인물 이야기
> 중학생(1~2학년)—탐정·추리소설, 전기물, 역사소설

4) 학년별 독서지도

독서지도의 궁극적인 목표는 어린이의 삶을 풍요롭게 하고 바른 삶을 살게 하는 데 있다. 대체로 책을 많이 읽은 사람은 생각이 깊고 사물에 대한 이해력이 깊다. 이런 사람은 책을 읽지 않은 사람에 비해 정서적으로도 안정되어 있고, 모든 일에 자신감을 갖는다. 따라서 어린이가 책을 좋아하게 이끄는 것은 어른들이 해야 할 의무이다. 어린이에게 보다 효과적으로 독서지도를 하기 위한 방법의 하나로 발달 단계에 기초한 학년별 독서지도를 살펴보자.

(1) 저학년 독서지도(1~3학년)

저학년 어린이들은 책에 익숙하지 않다. 따라서 아이들의 경험과 흥미, 그들의 알고 싶은 욕구를 충족시키는 것에서 독서지도를 출발해야 한다. 저학년 어린이에게 처음부터 이해 중심의 지도나 일정한 틀의 수업 방식(지식 위주, 작품 분석 위주의 평가)은 자칫 책에 대한 친화력을 떨어뜨리고 자발적 독서를 가로막을 수 있으므로, 신중하게 접근한다. 저학년에게 지도할 책을 고를 때는 단순하고, 대화글이 많으며 상상력을 넓힐 수 있는 작품을 선택한다. 또 아이들마다 독서 성향과 받아들이는 속도가 다를 수 있으므로 그들의 독서 성향과 단계를 사전에 세밀하게 파악하여 독서지도 방향을 정한다. 저학년 독서지도를 할 때에도 문학작품은 주로 원문으로 된 동화를 감상하게 하여 본래의 예술적 질서를 맛보도록 한다.

첫번째 단계 지도
독서에 대한 두려움을 없애고 강한 동기를 부여하는 데 중점을 둔다.
① 동화책 읽어 주기를 통해 듣기와 이야기를 종합하는 훈련을 기른다.
② 자유 독서 시간을 조성하여 자유롭게 읽도록 한다.
③ 자기가 읽은 책 목록을 만들어 본다.
④ 첫 느낌 나누기나 줄거리를 이야기해 보도록 한다.
⑤ 등장인물(주인공에게)이 되어 편지를 쓰게 한다.
⑥ 짧고 줄거리가 분명한 이야기를 듣고 비슷한 자기 경험을 말해 보도록 한다.
⑦ 퀴즈나 질문을 만들어서 내용을 파악하도록 한다. 이때 퀴즈나 질문은 어렵지 않은 것으로 고르는 게 좋다. 자기가 대답할 수 없는 질

문이 많이 나오면 어린이는 책 읽는 것을 싫어하고 두려워한다.

두 번째 단계 지도

짧은 이야기 내용을 요약하고 상상력과 이해력을 기르는 데 중점을 둔다.

① 주요 장면을 그림이나 만화로 나타낸다.

② 한 장면을 읽게 하고, 다음 이야기를 이어가게 한다.

③ 제목으로 이야기를 상상하게 한다.

④ 등장인물과 비슷한 인물을 주변에서 찾아보게 한다―등장인물의 행위를 구체적으로 이해할 수 있다.

⑤ 의인화된 등장인물을 실생활의 인물로 바꾸어 본다―동식물의 생태적 특징을 잘 알 수 있다.

세 번째 단계 지도

두 번째 단계 지도의 심화에 중점을 둔다.

① 작품과 관련된 경험을 이야기해 본다.

② 작품 속에 나오는 단어를 통해 연상되는 낱말을 찾아보도록 한다.

　예) 시험―머리가 아프다. 두렵다, 어머니가 떠오른다

③ 작품 속 인물의 성격이나 행동을 파악하고 자기 느낌을 말해 보도록 한다.

④ 사건의 원인과 결과 찾아보기- 원인과 결과 이해하기.

(2) 고학년 독서지도(4~6학년)

어느 정도 자의식이 형성된 어린이들은 자기가 좋아하는 것과 싫어하는 것의 차이를 분명히 한다. 따라서 고학년 독서지도는 개별적 능력과 수준에 따라 학습 능력과 속도를 조절하는 데 중점을 둔다. 고학년은 환상적인 이야기보다 주변에서 보고 경험할 수 있는 것에 공감도가 높기 때문에 현실에서 있음직한 이야기를 선택하도록 한다. 일반적으로 묘사와 서술이 많은 것보다 대화글이 많고, 서두의 사건 진행이 빠른 동화를 골라 끝까지 읽는 것에 중점을 둔다. 읽어 주기 수업보다 읽기 수업으로 진행하여 스스로 읽는 것과 작품을 음미하면서 감상하는 즐거움을 느끼게 한다. 이때 지도하는 사람이 직접 작품을 들려준 후 읽도록 하는 것도 독서 효과를 높여 준다. 지식의 습득, 감수성을 심화시키고, 경험을 확대할 수 있는 이야기도 이 시기에 알맞다. 인물의 심리가 섬세한 이야기, 모험, 유머가 있는 이야기도 권한다.

첫번째 단계 지도

이야기가 조금 길어진 작품 내용과 흐름을 파악하는 데 중점을 둔다.

① 사건과 사건의 관계, 등장인물의 행동 등 이야기가 진행되는 흐름을 파악한다.

② 다음 내용이 어떻게 이어질지 유추해 본다.

　　예) 그후 몽실언니는 어떻게 되었을까?

③ 동물과의 경험을 이야기해 본다(왜 좋아하는가? 특성은 무엇인가?).

④ 낱말로 동화 알아맞추기.

　　예) 첫번째—씨름, 두 번째—뿔, 세 번째—옛날 이야기, 네 번째—혹부리 영감. 이것들과 연관된 이야기는?

⑤ 중심 생각을 파악해 본다. 핵심 단어 적기 등을 적용한다.

두 번째 단계 지도

적극적 읽기 중 저자의 의도 찾기에 중점을 둔다.

① 등장인물의 행동 동기나 문제점 찾아보기.

② 주인공 심리 인터뷰하기―등장인물의 생각을 좀더 넓게 이해하도록 한다.

③ 작품 주제로 표어를 만들어 본다. 이야기의 중심 생각을 붙들 수 있다.

④ 느낌을 살려 읽고 이야기해 보기―자세히 읽기의 시작.

⑤ 인상적인 표현 찾아보기―어휘력을 신장시킨다.

⑥ 주인공의 별명을 지어 본다. 작품을 자세히 관찰해야 가능해진다.

⑦ 작품 광고해 보기(뉴스로 정리해 보기)―좋은 점과 감동받은 것이 무엇인지 알게 한다.

세 번째 단계 지도

자기 주체적 읽기에 중점을 둔다. 저자의 의도보다는 자기의 주관적인 느낌에 중점을 둔다.

① 스스로 이야기를 만들어 본다.

② 속담으로 이야기의 내용을 말해 본다.

　예) 고슴도치도 제 자식은 예뻐한다.

③ 배역을 정하여 동화를 읽어 보게 한다.

④ 역할극 만들어 보기, 각자 주인공이 되어 독백해 보기.

⑤ 등장인물의 속마음을 말해 보도록 한다.

⑥ 내용을 몸짓 언어로 나타내 보게 한다.

5) 꼼꼼하게 읽는 방법

작품을 읽는다는 것은 사고작용을 통해 그 의미를 이해한다는 것이다. 그것은 내가 책이라는 매체를 통해 세계 현상과 만나서 그 의미를 찾아내는 일이다. 즉, 나는 작품에서 무엇을 만났고, 어떻게 인식했으며, 무엇을 얻었는가의 문제와 연결된다. 단순히 작품의 내용이나 사상, 어떤 가치를 찾아내어 맛보는 것뿐만 아니라, 작가가 마련해 놓은 짜임을 찾아 그 의미를 생각하고 찾아보는 것도 의미 있는 일이다.

문학 텍스트는 문학작품의 공간에서 일어나는 일체의 징후(묘사 행위나 사건, 정황)들을 자세히 바라보고 따지려 드는 독자에게 각별한 의미를 전달해 준다. 문학작품은 그것을 보는 관점이나 시각에 따라 다른 해석과 평가를 내릴 수 있는 입체적인 특성을 가지고 있는데, 그것은 모든 문학작품은 복합적이고 중층적인 구조로 이루어져 있기 때문이다. 그래서 작품을 조금 더 꼼꼼하게 읽고자 할 때는 먼저 어떠한 관점을 세워 두고 접근하는 것이 유리하다. 하나의 작품을 개별적인 관점에서 접근한 다음, 이를 종합하여 해석하면 작품의 특성이 더욱 구체적이고 선명해질 수 있다. 즉, 작가는 왜 이러한 인물을 작품에 등장시켰을까? 하는 의문점을 풀기 위해서는 작가의 삶과 비교하면서 읽어보기, 또는 비슷한 종류의 경험과 연관시켜 보는 것도 좋을 것이다. 소재가 같은 다른 작품과 비교해서 각각의 의미를 찾아보는 연습도 작품을 꼼꼼하게 읽을 수 있는 눈을 틔워 줄 수 있다.

(1) 어떻게 하면 잘(제대로) 읽을 수 있을까?

먼저 꼼꼼하고 치밀한 독서 계획을 세워 본다. 책을 읽기 전 옆에 메모지를 놓고 중요한 부분을 기록하면서 읽는 방법도 내용을 정확하게 파악할 수 있게 한다. 구성, 문체, 인물의 성격 등 좋고 나쁨, 옳고 그름을 따져서 평가해 본다. 그 다음에는 여러 가지 기준에 의해 분석된 것을 바탕으로 대상의 정당성, 적절성, 가치 및 우열에 대해 평가한다. 이것은 기본적으로 도서에 대한 다양한 정보와 지식이 축적되어 있어야만 가능하다. 한 측면에서 집중적으로 작품을 평가해 보는 것도 작품을 꼼꼼하게 따져 볼 수 있는 눈을 키워 줄 수 있다. 즉, 문학작품은 그것을 창작한 작가의 정신적인 창조 행위의 소산물이라는 점에서 문학작품의 심리적인 측면에서 접근해 본다. 문학작품은 모든 문화적 생산물과 마찬가지로 당대 시대적인 상황을 담고 있다는 점에서 문학작품의 사회·역사적인 측면에서 접근해 본다. 문학작품은 비문학적 글쓰기 양식에 비해 고도로 순화된 언어를 담고 있는 구조물이라는 점에서 문학작품의 심미적인 측면과 형식적인 차원(구조, 문체, 주제, 시점 등)에서 접근해 본다. 문학작품은 작가의 계급적 이데올로기의 투영이라는 점에서 문학작품의 계급적인 측면에서 접근해 본다.

> **참고**
>
> ■ 비판적 이해 방법(박영목)— 전문적 텍스트 읽기
> ① 단어의 선택 및 문장의 구조 측면에서 내용 및 표현의 정확성과 적절성을 판단한다.
> ② 문단의 구조, 글 전체의 내용 구조의 논리적 전개 측면에서 내용 및 구성의 정확성을 분석한다.
> ③ 글 전체의 통일성, 일관성, 강조성 측면에서 분석한다.
> ④ 글의 주제나 목적 측면에서 내용의 타당성과 목적을 분석한다.
> ⑤ 건전한 상식이나 사회 통념, 윤리적 가치 및 미적 가치의 측면을 분석한다.

(2) 동화 비평의 실제

아동문학과 관련된 곳에서 일하는 선생님들 중에 의외로 좋은 동화를 고르는 것이 어렵다고 호소하는 사람들이 많다. 그도 그럴 것이 좋

은 동화를 고르기 위해서는 먼저 동화에 대한 가치 기준과 평가할 수 있는 안목이 있어야 하는데, 이러한 안목은 단시간에 이루어지기보다 꾸준한 독서와 지속적인 훈련에서 얻어질 수 있기 때문이다. 그러므로 평소 독서 토론을 통해 작품을 바라보는 안목을 키워 두는 것이 중요하다. 동화를 읽고 그저 재미있다, 재미가 없다고 말하는 것은 지도자로서 결코 자랑스러운 일이 아니다. 그렇다면 동화는 어떻게 평하는 게 좋을까? 동화는 다른 문학 장르와 마찬가지로 그것을 읽는 사람의 연령과 목적(창작 기법 측면, 주제적인 측면)에 따라 각기 다를 수 있다. 따라서 비평에 앞서 동화에서 가장 중요하게 생각하는 요소가 무엇인지 좋은 동화 요건을 바탕으로 기준을 세워 둔다. 첫째, 동화는 어린이를 대상으로 한다는 점에서 이야기의 주체가 어린이이어야 한다. 아동 중심의 이야기 즉, 아동 시점에서 씌어져야 한다. 동화가 성인문학과 다른 점은 아동 시점에서 이야기를 전개하는 것으로, 비록 등장인물이 어른일지라도 그것이 아동의 시각에서 서술되었다면 그것은 아동문학의 범주에 속한다. 따라서 성인 작가의 무리한 개입 여부를 살펴본다. 둘째, 읽을 만한 재미나 감동이 있는지, 있다면 그것이 무엇인지를 찾아본다. 셋째, 구조의 완결성을 살핀다. 구체적으로 살필 것은 이야기의 시작과 중간, 끝이 있는가, 이야기가 안정감을 주고 전체적으로 통일성이 있는가, 상황 설정이나 동식물의 생태가 바르게 되어 있는지를 살핀다. 넷째, 문장이 평이하면서도 정확한지를 따져 본다. 마지막으로 정서가 안정적이고 믿음이 가는 결말이 되었는지 살펴본다.

(3) 작품 분석의 실제

이러한 방법으로 우리에게 잘 알려진 마해송의 「바위나리와 아기별」을 비평해 보자. 비평이란 말이 너무 무겁다면 작품의 좋고 나쁨을 따져 읽는다고 이해해도 된다. 독서 감상문 역시 소박한 비평이 될 수 있으므로 먼저 작품의 줄거리를 정리해 본다. 이 작품은 줄거리를 바위나리와 아기별의 두 측면에서 정리해 볼 수 있고, 또 바위나리와 아기별 중심으로 요약도 가능하다. 요약할 때는 인물에게 일어난 사건을 중심으로 생각하면, 줄거리가 보다 뚜렷하게 잡힌다.

■ 「바위나리와 아기별」

> 나무도, 풀 한 포기도 없는 바닷가에서 바위나리 하나가 검정 돌 위에서 피어났다. 바위나리는 친구도 없고 외로워서 울었다. 남쪽 하늘에서 맨 먼저 뜨는 아기별이 울음소리를 듣고 하느님의 허락도 없이 땅으로 내려와 바위나리와 함께 놀았다. 아기별은 바위나리와 실컷 놀다가 새벽에야 하늘로 올라가곤 했다. 그러다 바위나리가 바람과 물살로 병을 얻었다. 아기별은 바위나리를 간호해 주다가 시간이 늦어져 하늘 문이 닫혀져 버렸다. 몰래 성을 넘어 들어가던 아기별은 임금님에게 불려 갔다. 아기별은 임금님에게 다시는 땅으로 내려가지 않겠다고 다짐했다. 이후 바위나리의 병은 악화되어 물속으로 휩쓸려 버렸다. 아기별은 혼자 남은 바위나리를 생각하며 울었다. 하느님은 매일 밤 울어서 별빛이 약해진 아기별을 하늘 밖으로 쫓아냈다. 아기별은 아래로 떨어져 바다에 빠졌다. 그런데 아기별이 빠진 그곳은 바위나리가 빠진 바로 그 자리였다.

① 줄거리 정리가 끝난 후에는 본격적으로 작품 내용을 한두 개의 문장이나 핵심 단어 몇 개로 나타내 본다.
　예) 바위나리의 외로움과 아기별의 사랑과 우정

바위나리의 울음, 아기별, 임금님, 하늘문, 바다, 쫓겨나다

② 중심이 되는 틀을 중심으로 읽는다.

   예) 넓은 바닷가에 홀로 핀 바위나리의 슬픔.

     친구의 슬픔을 외면할 수 없는 아기별과 하늘나라의 엄격한 계율.

이 작품은 서두에 바위나리의 외로움을 자세하게 소개한 반면 아기별에 대해서는 그다지 자세하게 형상화하지 않았다. 그러나 후반부로 갈수록 하늘나라 임금님과 아기별 이야기가 자세하게 그려지고 있다. 따라서 이 작품의 중심틀은 바위나리와 아기별이라는 이중적 구조라는 것을 알 수 있다.

③ 세부적인 중심틀을 중심으로 읽는다.

   예) 혼자 피어난 바위나리―친구를 만나고 싶은 열망.

     바위나리의 울음소리를 듣는 아기별―호기심 많은 아동기의 상징.

     임금님(아버지의 상징, 구세대)과 아기별의 갈등.

     아기별의 선택―전보다 맑아진 물빛의 의미.

④ 전체적으로 생각을 종합해 본다.

   예) 어린이에게 복종만을 강요하는 당대 사회의 모순을 비판했다.

     환상을 통해 현실의 문제(삶의 진실)를 해결하려는 의지가 담겨 있다.

     개인(바위나리)의 고독과 외로움에 대한 세세한 묘사가 돋보인다.

     아기별의 자아 회복을 위한 자각을 통해 부당한 것에 저항성을 기르게 한다.

     아기별의 숭고한 희생에서 문학적인 기품을 느낄 수 있다.

     리듬감 있고 쉬운 문장으로 이야기를 구체적으로 형상화했다.

그렇다면 이 작품이 지닌 한계는 없는가?

화자는 이 작품을 통해 어린이를 억압하는 세력에 대한 비판력을 키워 주려는 의도를 보이고 있다. 그러나 그것이 자연 발생적으로 이루어지는 것이 아니라 아동보다 높은 위치에서 그런 의식을 부여하려고 했다. 그런 측면에서 이 작품은 아동의 현실과 세계가 반영된 것이 아니라 성인이 바라보는 아동의 세계를 그린 한계를 드러낸다. 인물의 성격 역시 약자의 입장에서 수동적으로 그리고 있어 진취적인 아동상을 형상화하지는 못했다.

(4) 작품 분석의 세부적인 조건

이 부분은 작품을 꼼꼼하게 읽기 위해 보다 구체적인 질문으로 접근해 보는 방법이다.

① 어떤 인물들이 등장하고 등장인물의 성격은 어떠한가?
삶의 태도, 외모, 직업, 말투, 특이한 행동이나 버릇은 무엇인가?
주인공은 그가 당면한 문제에 대하여 어떠한 방식을 취했는가?
갈등의 요인은 무엇인가?
② 문체는 어떠한가?—지루한가? 역동적인가? 간결한가?
재미있는 부분은 무엇인가?
제목의 참신함, 소재의 특이함.
문체의 탁월함, 구성의 묘미(드라마틱한가? 희극적인가?).
정확한 정황 묘사, 반전의 묘미, 묘사의 묘미.
인간 심리나 인물 성격 탐구, 새로운 지식의 정보 등.
③ 내가 작품 속의 인물과 똑같은 상황에 처해 있다면 어떻게 행동했을까?

④ 언어미(美)―지나친 단순화나 감상이 드러나 있지 않은가?

⑤ 삶에 관한 의문 유추하기, 또는 다른 작품과 관련지어 비교해 보기.

　예) 자유, 죽음, 삶, 자아, 자연의 존재 등.

6) 학년별 책 고르기

어린이의 인지 발달과 독서 발달 단계를 참고로 학년별로 책을 골라 보자.

1학년

7세까지 엄마가 그림책을 읽어 주다가 1학년이 되었다고 갑작스럽게 혼자서만 읽으라고 하면 아이들은 당황하게 된다. 1학년 어린이들이 글자를 술술 읽을 줄 안다고 해서 문장에 담긴 뜻을 모두 알 것이라고 오해하면 안 된다. 아직은 듣고 즐기며 상상의 세계에 푹 젖어 있을 때이다. 이러한 감성을 자극하고 상상력을 한층 풍부하게 펼쳐 나갈 수 있도록 도와주어야 한다. 우리 창작동화가 우리말의 아름다움을 잘 지니고 있기에 우선 권한다. 1학년들이 읽기에 좋은 책들은 유아나 2학년 단계의 책에서도 고를 수 있다.

2학년

자기 주장이 강해지고 미래를 상상하고 꿈을 꾸며, 무엇이 옳은 것인지, 누가 착한지에 관심을 보이는 시기이다. 그러나 아직은 논리보다는 감각과 직관으로 느끼고 표현하는 때이므로, 이때 생긴 호기심과 상상력을 책읽기로 이끌어 주는 것이 좋다. 독서를 통해 간접 경험의 폭을 넓게 하면 기쁨이 커진다. 책 읽는 즐거움을 알게 되어 평생 즐거운 독서를 하게 될 것이다.

3학년

3학년이 되면 어린이들이 독서 습관이 생긴다. 이 시기에 책을 좋아하는 어린이와 책을 싫어하는 어린이의 구분이 생긴다. 초등학교에서는 다양한 책읽기를 통해 생각의 폭을 넓혀 주어야 한다. 책읽기가 한쪽으로 치우치지 않도록 도와주어 다양한 분야의 책에 재미를 느끼게 도와주는 것이 중요하다. 동화의 내용도 가족을 비롯한 생활 주변의 이야기, 사회의 모습과 자연과 생명을 사랑하는 이야기들로 폭을 넓힐 수 있다. 이런 책들은 세상을 참되게 바라볼 수 있는 마음을 키워 준다. 전 단계의 책읽기가 되어 있지 않은 경우는 글이 많아져 책읽기가 부담스러울 수도 있다. 그런 어린이는 먼저 전 단계의 책을 읽히고 재미를 붙이면 서서히 단계를 높이는 것도 하나의 좋은 방법이 될 수 있다.

4학년

4학년은 거의 글로 된 책에 익숙해지며, 문장이 길고 줄거리가 복잡한 장편동화도 즐겨 읽는 학년이다. 나와 가족 중심의 세계에서 벗어나 이웃과 사회를 볼 수 있는 시각이 생겨나며, 역사에 대한 이해가 시작되는 시기이기도 하다. 그러므로 시간과 공간 개념의 폭을 넓힐 수 있는 여러 분야의 책을 소개한다. 같은 4학년이라도 개개인의 독서 능력에 맞추어 책을 골라 주는 것이 좋다. 경우에 따라서는 위아래 단계의 책을 읽힐 수도 있다.

5학년

이 시기 어린이들은 자기 주장을 강하게 표시하고 책읽기가 된 어린이들과 책읽기가 되지 않은 어린이들의 격차가 심해지는 시기이기도 하다. 이 시기는 좋아하는 책과 싫어하는 책의 구분이 뚜렷해지는 경향이 있기 때문에 아이들에게만 책을 고르도록 맡긴다면 한 가지 종류의 책으로만 치우치게 될 수 있으므로 부모가 아이들과 대화를 통해 책을 고르도록 한다. 만일 아이가 좋지 않은 책을 고를 경우 아이의 관심을 다른 책으로 끌 수 있도록 사전 정보를 주어야 하기 때문이다. 또한 이 시기는 독서 수준 차이가 많이 벌어지는 때이므로 전후 단계의 책을 잘 이용하는 것이 좋은 방법이라 하겠다.

6학년

6학년 어린이를 위한 책은 저학년에 비해 분야가 다양해진다. 이 시기의 어린이들은 생각이 깊어지고, 미래에 대해서도 구체적으로 생각하게 된다. 우리 역사, 사회, 문화, 위인에 대한 관심도 확대되며, 따라서 이 시기에는 이러한 아이들의 폭넓은 관심을 채워 주고 올바른 가치관을 세우는 데 도움이 되고 현대 사회를 살아가는 데 필요한 전문적 지식을 얻을 수 있는 책을 권해 주어야 한다. 6학년이면 어느 정도 독서 습관이 몸에 밴 때이지만 그렇지 못한 어린이는 단계를 낮추어 단편동화나 옛 이야기를 읽으며 점차 독서의 폭을 넓혀 가는 것이 좋다.

7) 어린이 독서지도에 참고가 될 수 있는 책

평소 아동문학 강의를 듣는 학생과 독서지도 선생님들로부터 좋은 책을 권해 달라는 부탁을 받곤 했다. 그때마다 그들에게 권해 준 것을 모은 것이 여기에 실린 책들이다. 이 책들은 그 동안 시립도서관과 평생교육원에서 실제 어린이 독서지도를 담당하고 있는 선생님과 어린이도서연구회의 최근 3년간 권장도서 목록을 바탕으로, 꾸준히 읽혀지고 작품을 학년에 따라 가려 뽑은 것이다.

■ 유아·저학년 그림책

마루크스 피스터 지음, 공경화 역, 『무지개 물고기』, 시공사.
마셍 지음, 홍성예 역, 『숫자랑 놀자』, 마루벌.
사토와키코, 『도깨비를 빨아버린 우리 엄마』, 한림출판사.
엘즈비에타, 『시냇물 저쪽』, 마루벌.
우크라이나 민화, 『장갑』, 한림출판사.
윤구병, 『심심해서 그랬어』, 보리.
이태수 그림, 『보리 아기 그림책』, 보리.
정승각, 『까막나라에서 온 삽살이』, 통나무.
주느비에브 위리에, 『산토끼 가족의 이사』, 두산동아.
질 바클렘, 『찔레꽃 울타리』, 마루벌.
하이더 홀더, 『까마귀의 소원』, 마루벌.
헬린옥스버리, 마이클 로젠, 『곰 사냥을 떠나자』, 시공사.
하야시 야키코, 『달님 안녕』, 한림출판.
다다 히로시, 『사과가 쿵』, 보림.
베르너 홀츠바르트, 『누가 내 머리에 똥 쌌어』, 사계절.
박은영, 『기차 ㄱㄴㄷ』, 비룡소.
허은미 글, 이혜리 그림, 『우리 몸의 구멍』, 돌베게어린이.
최숙희, 『열두 띠 동물 까꿍놀이』, 보림.
레오 리오니, 『으뜸 헤엄이』, 마루벌.

■ 저학년 동화책

권태웅, 『김자꽃』, 창작과비평사.
김영주, 『짜장 짬뽕 탕수육』, 재미마주.
김옥, 『학교에 간 개돌이』, 창작과비평사.
김향이, 『내이름은 나답게』, 사계절.

노경실, 『동화책을 먹은 바둑이』, 사계절.

이춘희, 『똥떡』, 언어세상.

이미애 글, 이억배 그림, 『반쪽이』, 보림.

오진희, 『짱뚱이의 나의 살던 고향은』, 파랑새어린이.

백석 글, 유애로 그림, 『개구리네 한솥밥』, 보림.

권정생, 『훨훨 간다』, 국민서관.

문선, 『양파의 왕따일기』, 파랑새어린이.

베시 더피, 『수학천재』, 크레용하우스.

소중애, 『거짓말쟁이 최효실』, 채우리.

조성자, 『나는 싸기 대장의 형님』, 시공주니어.

원유순, 『까막눈 삼디기』, 웅진닷컴.

유니세프, 『나는 평화를 꿈꿔요』, 비룡소.

이원수, 『엄마 없는 날』, 웅진.

일본 어린이 시 1·2학년, 김녹촌 역, 『새끼 토끼』, 온누리, 2000.

조애너 콜, 『신기한 스쿨버스 키즈』, 비룡소.

존 버닝햄, 『지각대장 존』, 비룡소.

채인선, 『내 짝꿍 최영대』, 재미마주.

토미 드 파올라, 『오른발 왼발』, 비룡소.

현덕, 『너하고 안놀아』, 창작과비평사.

황선미, 『나쁜 어린이표』, 웅진닷컴.

_____, 『초대받은 아이들』, 웅진닷컴.

로버트 먼치 글, 안토니 루이스 그림, 『언제까지나 너를 사랑해』,
    북뱅크.

샘 맥브래트니 글, A.제람 그림, 김서정 옮김, 『내가 아빠를 얼마
    나 사랑하는지 아세요』, 프뢰벨.

로버트 먼치 글, 마이클 마첸코 그림, 김태희 옮김, 『종이 봉지 공
    주』, 비룡소.

베빗콜, 고정아 옮김, 『엄마가 알을 낳았대』, 보림.

브렌다 기버슨, 이명희 옮김, 『선인장 호텔』, 마루벌.

수지 모건스틴, 『조커, 학교 가기 싫을 때 쓰는 카드』, 문학과지성
    사.

■ 고학년 동화책

강숙인, 『마지막 왕자』, 푸른책들.

권정생, 『몽실 언니』, 창작과비평사.

고정욱, 『아주 특별한 우리 형』, 대교.

김중미, 『괭이부리말 아이들』, 창작과비평사.

김향이, 『달님은 알지요』, 비룡소.

미카엘 엔데, 『마법의 설탕 두 조각』, 소년한길.

바스콘셀로스, 『나의 라임오렌지 나무』, 동녘.

김회경, 『똥벼락』, 사계절.

모니카 페트, 김경연 옮김, 『행복한 청소부』, 풀빛.

박기범, 『문제아』, 창작과비평사.

서정오, 『언청이 순이』, 지식산업사.

손연자, 『마사코의 질문』, 푸른책들.

손연자, 『까망머리 주디』, 지식산업사.

손춘익, 『땅이 그리는 무지개』, 창작과비평사.

송재찬, 『돌아온 진돗개 백구』, 대교.

수지 모건스턴, 『조커』, 문학과지성사.

아스트리드 린드그렌, 『산적의 딸 로냐』, 시공주니어.

안미란, 『씨앗을 지키는 사람들』, 창작과비평사.

앤드루 클레먼츠, 『프린들 주세요』, 사계절.

요시모토 유키오, 『왜 나를 미워해』, 보리.

위기철, 『생명이 들려준 이야기』, 사계절.

이금이, 『너도 하늘말나리야』, 푸른책들.

이미옥, 『가만있어도 웃는 눈』, 창작과비평사.

이문진 엮음, 『앞날을 내다보는 그림(세계 명작동화)』, 일과놀이.

이원수, 『나무야 나무야 겨울나무야』, 웅진닷컴.

일본 어린이 시 3·4학년, 김녹촌 역, 『개미야 미안하다』, 온누리, 2000.

일본 어린이 시 5·6학년, 김녹촌 역, 『거꾸로 오르기』, 온누리, 2000.

주디 블룸, 『별볼일 없는 4학년』, 창작과비평사.

필리파 피어스, 『한밤중 톰의 정원에서』, 창작과비평사.

황선미, 『내푸른 자전거』, 두산동아.

박완서 글, 한병호 그림, 『자전거 도둑』, 다림.

로알드 달, 『찰리와 초콜릿 공장』, 시공주니어.

이금이, 『유진과 유진』, 푸른책들.

엘윈 브룩스 화이트, 『샬롯의 거미줄』, 시공주니어.

러셀 에릭슨 글, 김종로 그림, 『화요일의 두꺼비』, 사계절.

린다 수 박, 『사금파리 한 조각』, 서울문화사.

■ 참고문헌 ──────────────────────────────

김세희, 『유아문학교육』, 양서원, 2000.

김지도, 『초등학교 독서교육』, 교학사, 1999.

김자연, 「전자매체가 어린이 독서에 미치는 영향」, 아시아 아동문학세미나, 대
　　만시립도서관, 1997.

김현희·홍순정, 『아동문학』, 한국방송대학교출판부, 1993.

남미영, 『엄마가 어떻게 독서지도를 할까』, 대교출판, 1997.

마쯔이 다다시, 이상금 역, 『어린이와 그림책』, 샘터, 1999.

석용원, 『유아동화의 구연 교육』, 학연사, 1998.

신헌재 외, 『독서지도의 이론과 방법』, 박이정, 1993.

양재원 외, 『어린이 독서지도의 이론과 실제』, 태일사, 2001.

어린이도서연구회, 『어린이 권장도서 목록』, 1999~2001.

엄기원, 『동화구연 교실』, 지경사, 1997.

유창근, 『현대아동문학의 이해』, 동문사, 1997.

이규원, 『동화구연의 이론과 실제』, 유아문화사, 2002.

캐시. A. 제일러, 최이정 역, 『독서를 좋아하는 아이로 기르기 위한 50가지 방
　　법』, 문원, 1999.

한효석, 『이렇게 해야 바로 쓴다』, 한겨레신문사, 1994.

제5장

아동문학의 다양한 모색

1. 동화에서 '환상'의 문제

1) 환상문학의 의미와 일반적 논의

근래 들어 환상,[1] 환상문학에 대한 관심과 진지한 논의는 문학인들 사이에서뿐만 아니라, 학계에서도 점차 증폭되고 있는 실정이다. 이러한 변화의 요인에는 여러 가지 요소가 있을 수 있겠지만, 그 중 하나로 현실사회주의 붕괴 이후 급변하는 현실을 리얼리즘이 제대로 포착할 수 없게 되었다는 것과 모더니즘이 퇴조하면서 대두된 포스트모던적 인식의 도입을 들 수 있을 것이다. 현실은 예전과 같이 지각되고 있으

---

[1] 여기서 사용한 환상이란 말은 문학에서의 환상을 지칭하는 것으로, 일반적 개념의 'Fantasy'와는 구별하고자 한다. 그리스 어원인 'Fantasy'는 우리말의 상상, 환상으로 번역되지만 이 단어 안에는 상상, 환상 이외에 들뜬 마음, 희망, 공상, 백일몽의 뜻도 포함되어 있기 때문이다. 참고로 아리스토텔레스는 'Fantasy'를 감각, 견해, 과학의 범주로 구분하여 독립된 영역으로 생각했으며, 에피쿠로스는 'Fantasy'를 '시뮬라크르'에 의한 표상으로 다루기도 하였다.

나 지각 행위 그 자체가 현실을 이해할 수 없도록 만드는 것, 현실에 대해 알면 알수록 더욱더 할 말이 없게 되는 상태, 지각하는 행위 자체가 불확실하고 모호한 현실을 표현하는 수단이, 인식을 초월한 세계, 환상적 영역의 도입을 부추겼다고 볼 수 있다. 이는 가시적이고 인지 가능한 현상을 객관적으로 접근하여 그 본질을 파악한다는 사실적 인식 방법에 대응된 총체적 인식 태도이다. 현대 사회에서 이러한 환상의 부각은 이제 하나의 문학적 혹은 문화적 현상으로 다가서고 있음에 주목할 필요가 있다.

환상과 문학작품의 관계에 대한 연구는 구미 문학에서 그 역사가 깊다. 구미 문학사에서 환상은 우리 현대 문학에서의 빈약한 흐름과는 달리 매우 중요한 요소로서 폭넓은 이론적 논의와 연구[2]가 활발하게 전개되어 왔다. 이에 대한 입장은 크게 환상을 하나의 장르로 보고자 하는 견해와 문학의 본질, 혹은 창작 원리로 이해하고자 하는 견해로 나누어진다. 전자에 속하는 대표적인 사람이 구조주의자 토도로프를 비롯한 아나 바레네체아, 크리스틴 브룩—로스 등이고, 후자의 견해로는 J. R. R. 톨킨, 에릭 S, 랩킨, 캐서린 흄을 꼽을 수 있다.

토도로프에 의하면 환상이란 초자연적 사건에 대해 독자나 작중 인물이 갖는 지각의 애매성 또는 망설임으로 정의된다. 초자연적인 출현이 합리적으로 설명되면 괴기, 즉 설명된 초자연이 되고, 합리적인 것이 불가능한 경우는 경이, 즉 수용된 초자연이 된다. 그는 "환상문학은 독자로 하여금 낯선 성격에 대해 머뭇거리고 주저하도록 한다"[3]라고 주장했는데, 이때의 주저함은 작중 인물이 경험할 수도 있다. 여기에는 특정의 독서 방식, 예를 들면 시적(詩的)이나 알레고리적 해석 태도

---

2) 그러나 우리가 이러한 외국의 문학이론을 대할 때는 비판적 수용이 전제되어야 하며, 환상의 논의 또한 전체적 흐름 속에서 파악될 때 더욱 선명해질 수 있다.
3) Tzvetan Todorov, 『The fantastic』, Cornell University, New York, 1968. 1, pp. 158~159.

를 거부하는 방식도 포함된다. 토도로프의 이러한 논지는 현대의 환상, 환상문학에 관한 고전적인 정의로 환상의 경계와 범주, 미학적인 토대가 되어 왔다.

그러나 장르적 접근을 시도한 그의 『환상성: 문학 장르에 관한 구조적 접근』이 출간된 이후, 토도로프의 정의는 많은 반론과 수정이 제기되었다. 보르헤스 연구가로 이름이 높은 바레네체아는 「환상문학의 유형에 관한 논문」이라는 글에서 환상문학에 대한 새로운 견해를 내놓았는데 이것은 토도로프의 정의를 약간 수정한 것으로, 환상문학과 시, 환상문학과 알레고리에 대한 토도로프의 대립적 구조를 부정한 것이다. 그러나 바레네체아의 논지는 토도로프의 이론적 범주를 크게 벗어나지 않고 있다. 크리스틴 브룩—로스는 토도로프의 장르론적 접근 방식에 대한 문제를 제기했다. 그녀는 토도로프의 환상에 대한 장르 설정 이론이 보편적 법칙들의 설정을 토대로 한 것이 아닌, 역사적 장르에 기대어 환상문학을 정의한 사실을 반박하면서, 토도로프가 환상문학에서 제외시킨 시와 알레고리가 문학의 경계 안에 포함할 수 있음을 증명해 보이기도 했다.

또한 『환상문학의 본질』에 대해 쓴 만러프 역시 토도로프의 환상문학 정의는 지나치게 한정적이어서 18세기 후반과 19세기의 고딕 소설에만 적용될 뿐, 장르의 혼용이 심화되고 있는 현대 환상문학의 특징을 밝히는 데는 적용되지 않는다고 반박했다.

한편 환상을 문학의 본질, 창작 원리로써 이론을 전개시킨 사람 중에 주목되는 사람이 톨킨과 캐서린 흄이다.

톨킨에 따르면 환상이 이루어지려면 2차 세계의 성공적인 창조가 이루어져야 하고, 그 2차 세계는 나름대로의 리얼리티를 가지고 있어야 한다. 즉 그는 환상은 그럴 수밖에 없는 믿음을 안겨 주는 것이 무엇보다 중요하다고 강조한다. 그에 의하면 2차 세계 안에서 2차 창조자가

J. R. R. 톨킨 장편동화, 최윤정 옮김, 『호비트의 모험』 1·2 (창작과비평사, 1988).

말하는 것은 진실한 것이다. 왜냐하면 그것이 그 세계의 법칙과 일치하기 때문이다. 의문이 일어나는 순간 주문은 깨어지고, 마법, 아니 예술은 실패하게 된다. 이 2차 세계는 그와 더불어 독자에게 압도적 기이함의 느낌이 일어나도록 만들어야 하고, 그렇게 해서 그것은 우리로 하여금 잠시나마 1차 세계에서 자주 경험하는 낡은 실존에서 탈출하여 1차 세계에 대해 새롭고 신선한 시각을 유지하도록 만들어 주어야 한다.[4] 톨킨의 이러한 정의는 토도로프의 환상문학 정의에서 결여된 환상의 효용성을 드러내 보인 것이다. 결국 톨킨에게 있어 환상이란 '토도로프가 제시한 환상 및 경이로 구분한 두 개의 경계를 모두 포함하는 경계를 뜻한다'고 볼 수 있다. 톨킨의 이러한 정의는 이후 조아르스키와 보이어에 의해 이어졌다.

최근 들어 환상과 환상문학에 대한 파격적 이론을 제시한 사람이 캐서린 흄이다. 그는 환상을 미메시스(모방)와 더불어 문학을 구성하는 2대 요소라고 주장한다(『환상과 미메시스』). 그는 이어 환상은 문학적 충동의 또 다른 얼굴이며, 일반적으로 인정하고 있는 합의된 리얼리티로

---

4) J. R. R. Tolkjen, On Fairy-Stories, The Tolkjen Reader(New York : allantine), 1974, p. 37.

부터 벗어나고자 하는 충동이라고 정의한다. 이러한 견해는 기존의 환상문학에 대한 장르 이론(토도로프를 중심으로 한)을 전면 부정한 것이다. 장르적 접근에 의한 환상문학의 정의는 환상을 문학의 본질이 아닌 주변적이고 이차적인 특성으로 간주하고 있다는 것을 의미한다. 그러나 캐서린 흄은 환상은 문학 창조 안에 들어 있는 모방만큼이나 중요한 충동이며, 문학은 결코 그 둘 중 하나로부터 완전히 벗어날 수 없다고 한다. 이러한 주장은 환상이 문학의 주변적 특성이 아닌 문학의 본질 그 자체라는 믿음에서 제기된 것이다.

그렇다면 이러한 이질적이고 다양한 정의들을 아동문학, 특히 동화문학에서는 어떻게 받아들여야 할 것인가? 이 혼란스러운 이론을 선별해내기 위해서는 환상이 문학의 속성인지, 아니면 장르로서 파악할 것인지를 먼저 구분할 필요가 있다. 그런 다음 문학의 개념과 아동문학의 특성이 무엇인지에 대한 본질적인 정의가 정립되어야 한다.

2) 장르적 특수성과 적용상의 문제

환상문학이란 무엇인가? 환상과 동화의 관계는? 이러한 문제에 효과적으로 접근하기 위해서는 먼저, 문학이란 무엇인가? 문학은 어떻게 소통되는가? 실재란 무엇이며, 허구적 세계란 무엇인가? 등 문학에 대한 원론적인 개념 정립이 필요하다. 문학에 대한 이러한 본질적인 논의 없이 환상문학에 대한 실체를 구명하는 데는 한계가 있기 때문이다. 또한 기법 및 형식의 측면에서 볼 때, 특정의 장르에는 어떤 특수한 면, 그 형식을 정의하고 특징짓는 데에 필요한 특수한 면이 있기 때문에, 어떠한 개념을 도입할 때는 무엇(장르)을 다루려고 하는가를 명백히 해야 한다. 이 글은 동화문학에서 환상의 문제를 중심으로 시도되었다.

동화에서 환상은 일반 문학에서의 환상과 같은가, 다른가? 다르다면 그 변별성은 무엇인가? 일반 문학에서의 환상 이론을 동화문학에 적용하는 데는 문제가 없는가? 적용한다면 어떤 이론이 타당한가? 성인문학을 분석하는 도구들이 동화를 분석하는 데 있어 그것이 동일한 차원에서 이루어진다면, 이는 동화문학의 특수성을 은폐하는 것이 된다. 따라서 환상 역시 성인문학을 분석하는 개념으로 이해될 때와 동화문학을 분석하는 개념으로 이용될 때는 차이를 지닐 수밖에 없다.

현대 문학 연구가들은 환상이 실제와 더불어 문학을 구성하는 중요한 요소라는 사실에는 동의하고 있다. 앞에서도 언급했지만, 캐서린 흄에 의하면, 문학을 구성하는 두 속성은 미메시스와 환상[5]이다. 문학은 이러한 미메시스와 환상의 양 축에 걸쳐 있는 스펙트럼에 위치하는 것으로, 시대에 따라 미메시스가 중심점에 놓이고 환상이 가장자리로 놓이고, 그 반대 현상도 있어 왔다. 이러한 견해는 문학의 본질적 특성을 이해하는 데 중요한 요소이다. 그 동안 우리 사회의 문학 풍토는 보이지 않게 현실 세계를 반영한 문학은 훌륭한 것이고, 그렇지 않은 것은 거짓이라는 편견에 사로잡혀 있었다. 그러나 19세기 서구에서 유입된 사실주의는 환상문학을 변방으로 내몰았지만, 동서양을 막론하고 환상문학의 역사는 사실주의 역사보다 훨씬 길다. 이제 문학에서의 환상과 사실주의(리얼리즘)는 가치의 문제가 아니라, 상보적 존재 양식으로써 이해되어야만 한다. 문학은 현실의 반영인 동시에 현실의 변형에 대한 욕망을 담고 있는 것으로, 환상은 바로 이러한 현실의 변형에 대한 욕망에서 생성된 것이라고 할 수 있다. 이런 측면에서 본다면 비현실적 세계를 인간의 상상력과 관련지어 가는 환상문학은 문학의 영역을 꾸준하게 확장시키는 데 기여해 왔다고 할 수 있다.

---

5) Kathryn Hume, Fantasy & Mimesis(London: Methuen, 1984), p. 23.

환상은 인간의 잠재된 욕망으로, 의식적이거나 무의식적으로 유동적이고 자유롭게 나타난다. 이는 꿈처럼 왜곡되기도 하고, 비사실적·비합리적인 특성을 가지며, 억압에서 벗어나기 위한 자기 방어적 기제로도 작용한다(그러나 문학에서 환상은 환상을 정신병적 증세의 하나로 본 프로이트의 견해와는 구별됨). 융에 있어서 환상은 정신의 자유스러운 놀이이고, 그것은 문학적 환상과 매우 유사하다. 특히 신화, 동화, 로망스에는 이러한 정신적으로 자유로운 놀이가 잘 투영되어 있다. 특히 언어를 매개로 하는 문학에서의 환상은 창조적 상상력에 의해 비현실적 세계를 텍스트 안의 내적 질서를 바탕으로 하나의 구체적인 현실로 바꾸는 작업이다. 여기에 내재된 환상성은 현실의 문제를 가상의 영역에서 연출함으로써, 현재의 문제를 극복할 수 있는 방법과 대안적 삶의 모습을 보여줄 수 있다. 문학적 상상력을 발휘하여 읽기의 재미를 획득할 수 있을 뿐만 아니라, 사실적인 사고를 넘어서 다음의 세계를 구상할 수 있게 해주는 힘이 있다. 환상을 실제 일어난 사실과 반대되는 개념, 즉 광의의 개념으로 본다면, 서사문학은 시대를 막론하고 환상성을 주축으로 하고 있다고 해도 과언이 아니다. 문학과 예술에서 재현해낸 세계란 현실 그대로의 세계가 아니라 창조된 환상의 세계이기 때문이다.

이러한 견해를 토대로 환상의 개념을 한 마디로 표현하자면, 현실적이지 않은 것, 또는 '현실을 뛰어넘는 어떤 것'이라고 정의할 수 있다. 그러나 엄밀하게 말하자면, 현실을 뛰어넘는 환상이 존재할 수 있을까? 작가에 의해 구현된 환상 역시 현실에서 파생된, 주관적 가공물이라는 측면에서 볼 때, 환상 또한 현실을 바탕으로 생성된다고 볼 수 있다(현대 동화의 경우). 이러한 논지에서 생각할 때 환상문학은 일반적인 문학이 제공해 줄 수 있는 일상적인 대상이나 관계들에서 벗어난 문학, 예외적인 특이한 사건을 설명하는 것이 아니라, 그 특이한 사건,

그 자체로 전개되어 가는 질서를 서술하는 것[6]이다.

3) 일반 문학과 동화에서 환상의 차이

문학에서 '환상'의 방만한 의미가 갖는 장르적 혼란을 해결하고, 그 범주가 확정된 것은 토도로프에 의해서이다. 그는 환상을 현실과 비현실, 실재와 가상의 세계를 넘나들며 화해시키고 종합시키는 것으로 보았다. 그의 이러한 정의는 이후 환상문학에 대한 다양한 토대가 되어 왔다. 또한 그는 문학의 환상성, 환상문학이 가져다 주는 기능을 세 가지로 보았는데, 독자를 감동이나 놀라움으로 이끄는 실용적 기능, 초자연적인 것이 스스로를 나타낼 수 있는 장소라는 의미적인 기능, 초자연적 사건이 스토리 전개 속으로 들어간다는 구문적 기능이 그것이다. 이 중 구문적인 기능은 토도로프가 가장 강조하고 있는 것으로, 환상적인 요소는 사회적이고 개인적인 검열과 싸우는 수단일 수 있으며, 초자연적인 요소가 서술 속에 개입함으로써 사건 진행은 급변하게 되고, 안정적 면모를 보여주던 서술 상황은 파괴되기에 이른다. 이러한 안정과 균형을 깨뜨리는 것이야말로 문학의 존재 양식이며, 서술적 측면에서 '낯설게 하기' 효과를 보여주는 것이다.

그러나 토도로프가 말한 이와 같은 환상에 대한 정의와 기능이 아동문학, 특히 현대 동화문학에 그대로 적용된다고 보기는 어렵다. 왜냐하면 환상에 의해 현실과 매개된 초현실을 받아들이는 방식이 성인문학의 독자들과 아동문학의 독자들 사이에는 차이가 있기 때문이다. 성인문학의 독자들이 환상을 통해 자연과 초자연적인 것 모두를 받아들

---

6) 이탈로 칼비노(Italo Calvino)는 이탈리아 문학계에서 많은 평론과 작품으로 주목받아 온 인물이다. 그의 행동과 사고는 자유를 위해 어떤 고정된 문학 규범이나 틀에 속하는 것을 의식적으로 거부하는 경향을 보이는데, 이러한 문학적 경향은 환상문학의 범주에 속한다고 평가된다.

이게 된다면, 아동문학의 독자인 어린이들은 제2의 현실(환상이 실재와 연관성을 가지더라도 그것은 또 다른 세계를 나타낸다는 의미)로 만들어진 동심의 세계를 자신들의 세계로 고유화하여 수용한다. 어린이들에게 있어 초현실은 현실과 대립된 것이라든가 현실과 융화해야만 하는 어떤 것, 현실 밖의 것이 아니라 그 자체로 그들만의 현실이 된다.

'나'의 세계의 강고함을 무너뜨리고 '너'의 세계를 받아들이도록 하는 것이 환상의 또 다른 기능이라고 할 때, 성인 세계에서 '나'와 '너'의 간격을 없애는 주저함과 두려움이 아동 세계에서는 훨씬 약하고 무의미하다. 성인의 세계에서는 주저함을 통해서만 인정될 수 있는 낯선 세계가 동화에서는 아무런 주저함 없이 인정될 수 있기 때문이다. 그러므로 동화에서의 환상 이론은 성인문학과 차이를 가지며 문학에서 보다 본질적인 것, 창작 원리로 작용한다.

어린이는 성인과 다른 코드로 세상을 이해하고 꿈꾼다. 따라서 그들이 생

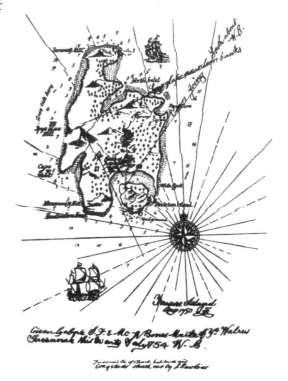

영국 작가 로버트 루이스 스티븐슨이 직접 그린 환상동화 『보물섬』의 지도. 소설에 나오는 주요 지명이 표시되어 있다(존 로 타운젠트 지음, 강무홍 옮김, 『어린이책의 역사 1』, 시공사, 1996, 79쪽에서 재인용).

각하는 현실은 성인이 생각하는 현실과 다르다. 그들의 물활론적인 특성은 오히려 환상을 현실보다 가깝게 생각하는 속성이 있다. 어린이는 현실적 갈등을 환상의 힘으로 풀어낸다(에릭슨의 『아동인지 발달』). 즉 갈등을 겪는 어린이들은 현실 속에 없는 힘을 환상 세계에서 쉽게 끌어온다. 또 그들은 현실 생활에서 억눌린 욕구나 소원을 작품 속의 환상적 인물을 통해 해소하며 정화시켜 나가기도 한다. 조앤 롤링의 『해리포터와 마법사의 돌』의 경우, 별로 내세울 것 없는 주인공 해리포터가 종횡무진 행하는 신기한 마술은 어린이에게 무한한 자유의 꿈과 일상 탈출의 통쾌한 기쁨을 안겨 준다. 주인공이 하나의 마술을 행할 때마다 독자들은 마치 게임을 하는 것과 같은 정신적인 놀이의 기쁨을 맛볼 수 있다. 작품을 읽는 즐거움 중의 하나가 우리를 우리 자신으로부터 끌어내어 다른 누군가가 된 것처럼 상상하도록 하는 것이라고 말한 페리 노들먼의 주장처럼, 이 동화는 독자들로 하여금 작품 속 인물인 해리포터가 된 것 같은 착각을 불러일으킨다. 독자는 이러한 환상 인물을 통해 현실에서 억압된 욕구와 불만을 자연스럽게 해소할 수 있다. 이처럼 동화에서의 환상은 '가려진 것·표현하기 어려운 것을 표현하게 하고, 보이지 않는 내면을 환상의 자유로움으로 보이게 하는' 마력을 지니고 있다. 따라서 현대 후기 산업사회에서 자유 정신을 바탕으로 하는 이러한 '환상'은 현대 동화에서 매우 중요한 역할이 될 것이다.

4) 현대 동화에 나타난 환상의 형태

현대 환상의 특징을 담고 있는 작품으로, 황선미의 『샘마을 몽당깨비』와 채인선의 「그 도마뱀 친구가 뜨개질을 하게 된 사연」을 들 수 있다. 물론 이 두 작품이 현대 동화에 나타난 환상의 모든 특징을 다 나타내고 있는 것은 아니지만, 최근의 작품 중에서 비교적 환상문학 요소를 잘 갖추고 있다는 점에서 분석 대상으로 삼았다. 먼저 이 두 작품에 나타난 환상은 자유 정신을 바탕으로 한 일상 탈출과 놀이를 주축으로 삼고 있다. 서술적 측면에서는 '낯설게 하기'를 통해 인간과 자연의 공존, 인간의 근원적 존재 의미를 새롭게 탐색하고 있다. 그러나 두 작품에서 환상을 구현하는 방식에는 약간의 차이를 보이는데, 『샘마을 몽당깨비』가 화해와 융화를 지향하는 전통 방식의 환상을 구현하는 것이라면 「그 도마뱀 친구가 뜨개질을 하게 된 사연」에서의 환상은 개인의 존재 의미를 탐색해 가는 서구적인 방법을 취하고 있다.

전래동화에 흔히 등장하는 도깨비를 현대적으로 성격화하여 자연과 인간의 관계를 모색하고 있는 『샘마을 몽당깨비』에서 인간과 자연을 매개하는 샘마을 몽당깨비는 초자연적 인물이다. 반인간이라고 할 수 있는 몽당깨비의 파격적인 탄생은 독자에게 신선한 충격으로 다가온다. 버들이에게 몰래 샘을 준 대가로 대왕 도깨비의 노여움을 산 몽당깨비는 천 년 동안 은행나무 밑둥에 누워 있어야 하는 벌을 받지만, 도시 개발로 은행나무가 뽑히면서, 삼백 년 만에 구

황선미 장편동화 『샘마을 몽당깨비』(창작과비평사, 1999) 외 채인선 동화집 『그 도마뱀 친구가 뜨개질을 하게 된 사연』(창작과비평사, 1999).

덩이에서 깨어난다. 낮에는 몽당빗자루였다가 밤이면 생명을 부여받아 사람처럼 행동하는 몽당깨비는 사람을 사랑하여 벌을 받고, 생명의 본질에 대해 고민하며, 인간의 편의를 위해 자기 생명을 기꺼이 희생하는 인물이다. 삼백 년 전 도깨비를 현실의 공간에 태어나게 하여 오늘의 문제를 되짚어 보는 서술구조는 일상적 시간 개념의 균형을 깨뜨려 현실 질서에 충격을 가한다. 이러한 장치는 작품내에서 긴장을 유발시켜 독자로 하여금 읽는 즐거움을 느끼게 한다. 작품에서 서술되는 사건 또한 철저하게 작품의 내적 질서를 유지시킴으로써 그 즐거움은 배가된다. 초자연적 인물이 서술 속에 개입함으로써 안정적 변모를 보여주었던 작품 속의 상황은 반전되고, 사건은 빠르게 진행된다. 잃어버린 샘을 복원시켜 가는 과정에서 얻게 되는 자연과 인간의 동질성 발견은 환상의 또 다른 기능이 되고 있다. 인간이 자연과 다른 형태의 모습을 가지고 있다고 하더라도 자손을 통해 자연처럼 순환적 삶을 살아가는 존재라는 것, 자연과 인간이 이질적인 것이 아닌 하나의 존재라는 이러한 논리는 인간과 자연의 공존의 필요성을 강하게 부각시켜 주제에 다가선다.

"은행나무는 너와 한 몸이야. 너는 은행나무 잎사귀로 숨쉬고 은행나무는 너의 힘으로 살 수 있었어. 은행나무가 죽으면 너도 연기처럼 흩어진다는 것을 모르니?"

도깨비로 상징되는 인간과 은행나무인 자연과의 관계를 상징적으로 형상화하고 있는 이 작품에서 환상은 초현실의 인물인 도깨비로 하여금 비현실의 세계(도깨비의 세계)와 가상의 현실(은행나무가 사는 현실)을 자유롭게 넘나들며, 상반된 두 세계의 질서를 종합시키고 화해하도록 유도하고 있다. 전통적인 방법으로 구현되는 이러한 환상은 몽당깨비가 진정한 자기 존재 의미를 찾는 과정에 이르러서는 점차 그 기능이 서구적 방식으로 전이되고 있음이 발견된다. 이 작품에서 환상의 주된 기능은 마치 수수께끼를 풀어 가는 듯한 놀이적 기쁨이라고 할 수 있다.

「그 도마뱀 친구가 뜨개질을 하게 된 사연」역시 화자와 독자가 현실 이탈의 꿈꾸기를 통해, 인간 존재 의미를 구현하고 있는 동화이다. 작가는 현실의 일상적 행위를 환상을 통해 낯선 것으로 새롭게 창조해낸다. 그러면서도 작품에서 환상과 현실의 경계가 놀라울 정도로 자연스럽게 구현되고 있다. 이것은 가공적 인물이 처한 공간이 현실과 유기적으로 관계를 맺고 있기 때문이다. 예를 들면 도마뱀이 사는 환상적 '그 섬'의 공간을 마치 화자인 '나'가 살아가는 공간이 되도록 하는 것과 같다.

화자는 일상적인 사고로부터의 탈출을 통해 인간 존재 의미를 찾아가는 여정을 시작한다. 「그 도마뱀 친구가 뜨개질을 하게 된 사연」의 경우, 쓰레기통을 뒤지는 도마뱀의 행위는 아무 생각 없이 기계처럼 반복하는 인간의 행위를 상징한다. 흥미 있는 일(변화된 삶)을 갖지 못하는 것은 가치 없는 삶이라고 단정한 화자는, 무료한 일상 생활을 이탈하기 위한 방법으로 도마뱀에게 뜨개질을 가르친다. 여기서 뜨개질은 삶의 변화, 달리 말하면 보람 있는 일을 상징한다. 인간의 실존적 가치를 구체화시킨 「모자」에서는 모자가 바다에 떠서 그저 자유롭게 움직이는 것(삶을 즐기는 것)보다 도마뱀 머리 위에 앉아서 햇빛을 가리는 존재(쓸모 있게 사는 것)가 되었을 때 비로소 자기 존재의 가치를 느끼게 됨을 그리고 있다. 「아버지의 아버지의 아버지의 아버지의 아버…… 지를 찾아서」에서는 자기 뿌리의 추적을 통해 자기의 존재 가치를 재확인하고 있다. 거북이와 토끼를 패러디한 「거북이 아줌마와 토끼 아줌마」에서는 '느림'과 '빠름'의 이질적인 질서를 조화시키는 기능이 되고 있으며, 「구불구불 뱀과 깡충깡충 토끼, 그리고 떡갈나무」에서는 나의 존재는 너의 존재를 인식하면서 비로소 더 큰 의미를 발견할 수 있다는 진리에 다다르게 한다. '내 옆에 네가 있어 주는 것, 그것은 나를 나답게 하는 소중하고 고마운 일'이 된다.

이처럼 자유 정신을 바탕으로 한 놀이적 기능과 낯설게 하기를 통한 새로운 가치 창조는 톨킨과 흄이 말한 환상의 미학적 '기쁨'을 느끼게 한다. 톨킨은 환상의 본질이 '기쁨' 또는 '즐기는 것', 즉 작가와 독자가 다같이 즐기는 세계를 창조하는 일이라고 말한 바, 이는 환상이 실재 경험적 사실에서 풀려난 유희적 정신 작용을 수반한다는 것을 전제한다. 이처럼 두 동화에서 발견되는 환상은, 구현 방식에는 약간의 차이를 보이더라도 환상의 본질적 측면에서는 서로 궤를 같이한다. 즉이 두 작품에서 나타난 환상은 독자에게 기이한 느낌을 주어 1차 세계에서 자주 경험하던 낡은 실존에서 탈출하여 1차 세계에 대해 새롭고 신선한 감각을 견지할 수 있도록 한다는 톨킨과, 작품의 성격에 따라 알레고리도 환상을 창출한다는 바레네체아와 브룩—로스의 견해를 뒷받침해 주고 있다. 현대 동화에서 나타나는 이러한 놀이 정신으로서의 폭넓은 정신의 자유, 새로운 세계에 대한 작자와 독자의 꿈꾸기는 21세기 현대 동화문학에서 환상이 추구해 나가야 할 중요한 역할이다.

5) 현실을 바탕으로 한 환상 추구

지금까지 환상, 환상문학에 대한 논의의 전개 과정, 적용상의 문제, 문학으로서의 환상, 일반 문학과 동화에서 환상의 차이, 현대 동화에 나타난 환상의 양상을 통해 동화문학과 환상에 관한 문제를 탐색해 보았다. 이를 종합하여 정리하면 다음과 같다.

환상과 문학작품의 관계에 대한 연구로 역사가 깊은 구미 문학사에서 환상은 우리 현대 문학에서의 빈약한 흐름과는 달리 매우 중요한 요소로서 폭넓은 이론적 논의와 연구가 활발하게 전개되어 왔다. 그에 대한 입장은 크게 환상을 하나의 장르로 보고자 하는 견해와, 문학의 본질, 혹은 창작 원리로 이해하고자 하는 견해로 나누어진다. 전자에 속하는 대표적인 사람이 구조주의자 토도로프를 비롯한 아나 바레네체아, 크리스틴 브룩—로스 등이고, 후자의 견해로는 J. R. R. 톨킨, 에릭 S, 랩킨, 캐서린 흄 등이다. 이 중 현대 환상문학 이론을 정립하는 데 많은 영향을 미친 토도로프의 환상에 대한 고전적 장르 이론은 근래의 환상 연구자들에 의해 수정되고 비판받아 왔다. 특히 현대 문학연구가들은 환상이 현실과 더불어 문학의 중요한 요소라는 사실에 거의 동의하고 있다.

아동문학에서 성인문학의 이론을 수용할 때는 적용상의 문제점을 고려할 필요가 있다. 그것은 성인문학을 분석하는 도구들이 동화를 분석하는 데 있어 그것이 동일한 차원에서 이루어진다면, 이는 동화문학의 특수성을 은폐하는 요소가 되기 때문이다. 환상이 성인문학을 분석하는 개념으로 이해될 때와 아동문학을 분석하는 개념으로 이용될 때는 차이가 있음을 생각해야 한다. 환상의 고전적 정의라고 할 수 있는 토도로프의 환상 이론 역시 아동문학 연구에서는 적용상의 한계가 드러난다.

현대 동화작품 분석을 통해 나타난 환상의 경향은 독자에게 기이한 느낌을 주어 1차 세계에서 자주 경험하던 낡은 실존에서 탈출하여, 1차 세계에 대해 새롭고 신선한 감각을 견지할 수 있도록 한다는 톨킨과 작품의 성격에 따라 알레고리도 환상을 창출한디는 바레네체아와 브룩—로스의 견해에 가까운 경향을 보여주고 있다. 이처럼 현대 동화 분석에서 나타난 놀이 정신으로서의 폭넓은 정신의 자유, 새로운 세계에 대한 작자와 독자의 꿈꾸기는 21세기 현대 동화문학에서의 환상이 추구해 나가야 중요한 역할이다. 이제 현대 사회에서 환상은 사실주의(리얼리즘)의 대타로 형성되는 것이 아닌, 이미 설정된 우수한 문학적 장치이고 요소이며, 미학이라는 점이 긍정되어야 한다. 나아가 오늘날 문학에서의 환상이 현대 동화 형태에서 고찰된 것처럼 현실의 도피가 아닌, 현실에서 성찰되고 탐색되는 것일 때, 그 의미와 가치는 더욱 커질 것이다.

2. 동화에서의 남녀평등 문제

1) 성 역할의 고정관념과 동화

아직도 우리 사회 곳곳에서는 남녀 성차별이 이루어지고 있다. 남녀 성비의 불균형이 심각한 사회 문제로 대두된 현 시점에서도 남아선호사상이 여전히 사라지지 않고 있으며, 알게 모르게 성 역할의 정형화 또한 이루어지고 있다. 이러한 원인은 복합적이지만, 보다 근원적인 이유로는 사회의 고정관념을 꼽을 수 있다. 그 동안 우리 사회는 생물학적인 차이를 근거로 남녀에게 각기 다른 역할을 부여하고, 이를 사회 통념으로 정형화시켜 왔다. 성에 따른 이러한 차별적 사회 통념은 남녀 불평등을 지속시키는 요인으로 작용하고 있다. 그 동안 교육의 기초 공간이라고 할 수 있는 학교는 교육 과정과 교사의 행동, 교재 등을 통해 남녀 아동에게 각기 다른 삶을 제시해 온 것이다. 교사는 아동이 성장해 감에 따라 남녀 아동이 가지는 관심과 능력은 각기 다르며, 다른 종류의 성 역할을 해야 한다고 기대한다. 남아에게 대해서는 바람직한 특성으로 자기 주장을 내세우는 것, 경쟁심, 모험심, 자신감 등과 같은 인성을 내세우고, 여아에게는 단정하고 조용하며, 인내와 협

조하는 것을 기대해 왔다.[7]

성 역할에 대한 이러한 차별적 인식은 동화를 쓰는 작가들 역시 예외는 아니다.

동화책 『반장 부반장』[8]을 내고 얼마 지나지 않아 낯선 편지 한 통을 받은 적이 있다. 편지를 보낸 사람은 대전에서 약국을 하며 두 딸아이를 키우고 있는 엄마였다. 내용인즉, 아이가 사온 책을 읽었는데 왜 아직도 반장은 남자가 해야 되고, 부반장은 여자가 맡도록 그려지는지 모르겠다며, 글을 쓰는 분들(특히 어린이를 위한 글을 쓰는 사람)은 앞으로 이러한 문제에도 세심한 주의를 기울여 주었으면 고맙겠다는(항의?) 편지였다. 그 편지는 무의식적으로 자행되었던 성에 대한 편견을 깊이 자각하게 했지만 이를 작품 속에 형상화하지는 못했다. 아직도 많은 사람들은 곳곳에서 무의식적으로 학습되고 주입되는 성 역할에 대한 편견에서 자유롭지 못하다.

동화는 단순한 이야기 전개 속에서도 그 자체가 가지고 있는 다양한 특성으로 인해 어린 시기 아동들의 인식과 태도에 적지 않은 영향을 미칠 수 있다. 셀리(1996)는 초등학교 1학년에서 5학년까지의 남녀 아동에게 비전통적인 직업에서 성차별성과 성공적으로 투쟁하여 승리한 인물을 다룬 책을 읽은 후, 직업과 사회 활동에서 성에 대한 고정관념적 태도가 경감되었다고 보고한 바[9] 있다. 그런 측면에서 인간이 최초로 접하게 되는 동화문학에서 남녀는 공평하게 다루어져야 한다. 서구에서는 아동문학 분야에도 페미니즘이 확대되어 있고, 『꽁지머리 줄리엣』[10] 『슬기로운 아리테 공주』[11] 등 우수한 동화들이 성인문학과 똑

7) 이인호, 「초등학교 학생의 성 역할 사회화에 대한 교사의 영향」, 고려대학교 대학원 석사논문 (1983), 65쪽.
8) 김자연, 『반장 부반장』(윤진, 1996).
9) 한국교육과정평가원, 『제7차 교육 과정에서 양성 평등 교육 실현 방안』(양성평등 교육자료집, 1999), 55쪽 재인용.

같이 여성문학상을 받기도 했다. 그러나 우리의 현실은 그렇지 못하다. 아니 아동문학이 발아하여 발전해 온 오늘까지, 페미니즘 주제에 진지하게 접근한 동화가 몇 편이나 될까.

여성이 올바로 자아를 인식하고 자기 삶을 주체적으로 헤쳐 나가는 것이 페미니즘이 지향하는 것이라면, 현대 사회에서 어린이의 가치관 형성에 영향을 미치는 아동문학의 역할은 더욱 커질 수밖에 없다. 어렸을 때 인지된 개념은 성인이 되면 쉽게 고쳐질 수 없기 때문에 양성 평등 의식은 아동기부터 시작되어야 한다. 특히 아동들은 동화 속에 등장하는 인물에 자신을 동일시하거나 투사하는 성향이 짙기 때문에 어린이를 대상으로 하는 아동문학에서는 평등한 성 역할과 미래지향 적인 여성 이미지 형상화에 세심한 노력을 기울이지 않으면 안 된다. 학자들은 미래의 정보 사회는 기존의 성 역할을 강조해서는 적응이 쉽지 않으리라는 전망을 내놓고 있다. 그런데도 우리의 현실은 남성과 여성이라는 이분법 속에서 고정적 성 역할에 대해 자유롭지 못하다. 어린이를 대상으로 하는 동화에서도 성에 대한 불평등과 정형화가 암묵적으로 이어지고 있다. 이 절은 이러한 것에 문제 의식을 가지고 접근되었다. 그렇지만 이 절은 동화에 나타난 남녀평등에 관한 문제를 본격적으로 분석한 것이라기보다는 동화에 나타난 성의 고정관념 실태를 제시하고, 작가와 독자의 의식 변화를 모색해 보고자 하는 성격이 더 강하다. 따라서 이 절은 어린이의 인성과 정서를 함양시키는 데 지대한 영향을 미치는 동화문학에 나타난 성차별적 요소를 교과서에 나타난 성차별 실태 자료를 통해 정리하고, 실제 작품에 나타난 양성 평등[12]에 대해 탐색해 보고자 한다.

---

10) 엘렌느 레이, 김용숙 역, 『꽁지머리 줄리엣』 1·2(풀빛, 1987).
11) 다이애너 콜즈, 김경숙 역, 『슬기로운 아리테 공주』(소학사, 1990).
12) 많은 동화에서 성의 불평등과 성 역할의 정형성을 담고 있기 때문에 남녀평등 문제를 다루고 있는 작품을 찾기가 더 어려웠다.

2) 교과서 동화에 나타난 남녀평등의 실태

초·중등학교 교육 과정은 우리 교육이 지향하는 교육 이념, 교육 목적을 담고 있을 뿐만 아니라, 이를 실현하기 위한 구체적 교육 내용과 교육 과정을 담고 있다는 점에서 교육의 핵심이라고 할 수 있다. 특히 교육 내용은 학교 교육을 통해 실현하고자 하는 가치와 지식, 경험의 총체로서, 사회적인 측면에서 바람직한 인간상과 사회상을 규정짓는다. 학생들은 이야기 속에 묘사된 사건을 상징적으로 경험하거나 스스로 연습하는 것으로 생각하며, 실생활에서 그런 일이 벌어질 때 사건의 결과를 결정하는 원칙과 똑같은 원칙이 책 속에서도 작용하는 것이라 생각하므로,[13] 나라마다 주요한 연구의 관심사가 되어 왔다. 교육 과정에 따른 교과서가 성 역할의 고정관념에서 벗어나서 남녀평등 교육 체제로 전환될 때만이 창조적 대응력 배양이 가능해질 수 있다.

여성개발원의 제6차 교육 과정 분석, 「교과서에도 여성차별」[14]을 살펴보면, 초·중·고 교과서에 실린 문학작품의 저자가 여성인 경우는 6.3%에 불과하며, 교과서에 등장하는 역사적 인물 가운데 여성은 2.9%에 불과한 것으로 나타났다. 또 사진·삽화를 포함한 교과서 전반에서 여성들의 등장 비율이 남성에 비해 훨씬 낮으며, 그 묘사도 주로 가사일이나 하는 전통적인 여성상이어서 시대적 상황에 걸맞지 않다는 지적도 나왔다. 대부분의 교과서에서 여성의 비전통적인 역할이 남성에 비해 많이 묘사되고 있어 운동을 하거나 모험을 하는 여성은 찾아볼 수 있으나, 아이를 돌보거나 부엌에서 일하는 남성의 모습은 찾아보기 힘들다.

---

13) 권성아, 「교과서와 아동의 성 역할 사회화, '연구노트'」 제8권(행동과학연구소, 1978), 6~11쪽.
14) 한국여성개발원, 『제6차 교육 과정 운영 및 교과서 분석』, 1998.

문학작품에 나타난 성차별적 요소를 점검해 보면, 동화를 비롯한 동시, 수필, 논설 등 저자가 명기되어 있는 경우 성별이 확인된 저자는 총 701명인데, 이 중, 여자는 44명(6.3%), 남자는 657명(93.7%)으로 절대 다수가 남성들에 의해 집필되었다. 문학작품에 나타난 등장인물의 성 구성 관계에서도 성비의 불균형은 심하다. 초등학교의 경우, 남녀 혼성 비율은 53.0%로 낮고, 남자만 등장하는 단원이 44.0%에 달하고 있으며, 여자 주인공 비율은 초등학교가 23.5%에 그치고 있다. 이러한 통계는 중학교 39.7%, 고등학교 30.9%에 비해 가장 낮은 수치이다. 문학작품에 등장하는 남녀 인물들의 출현 장소를 보면, 일반적 기술에 등장하는 인물들보다 더 정형적인 경향을 보이는데, 작품에서 여자가 가정을 배경으로 출현한 비율이 44.6%로 나타났다. 이는 남자가 '야외'를 배경으로 출현한 비율(61.6%)과 비교하면 훨씬 낮다. 이 같은 사실은 한국여성개발원이 초등학교 교과서 1백 2권, 중학교 26권, 고등학교 23권 등 1백 51권의 제6차 교육 과정 교과서를 1년 동안 분석한 『제6차 교육 과정 운영 및 교과서 분석』연구보고서[15]에서 밝혀진 사실이다. 이 보고서에는 초등학교 여학생들이 남학생들보다 자신의 성별에 불만이 높으며, 성차별도 더 많이 받는다고 생각하고 있는 것으로 나타났다.[16]

경북 안동지역 어린이 신문인 『키즈뉴스』가 지역 초등학생 295명을 상대로 성별 만족도를 조사한 결과, 자신의 성별에 불만이라고 대답한 경우가 남학생은 3.8%였으나 여학생은 10.9%에 달했다. 여학생들의

---

15) 한국여성개발원, 『제6차 교육 과정 운영 및 교과서 분석』, 1998.
16) 그러나 이 보고서는 제6차 교육 과정에 의거해 집필된 교과서 초·중등학교 교과서는 과거에 비해 여성 등장인물의 출현 비율이 향상되고, 여성 인물이 가정에 제한되지 않는 비교적 다양한 장소를 배경으로 출현하고 있다는 점, 남자의 가사 노동 참여나 여자의 직업 활동을 다루는 의도적인 단원들과 양성 평등이나 여성의 지위 변화를 기술한 단원들도 눈에 띈다는 점에서 지난 5차 교육 과정기에 비해 긍정적인 진전을 보여주었다는 결론에 도달하고 있다.

불만 이유는 '임신을 해야 하는 것' '남자보다 힘이 약한 것' 등 신체적인 제약과 '부모님이 남자만 좋아한다' 등이었다. 또 남학생들은 '군대에 가야 하기 때문'과 '남자이기 때문에 여자보다 더 세게 맞는다'는 이유를 꼽았다. 성차별을 받은 적이 있느냐는 질문에 남학생은 21.7%, 여학생은 33.3%가 그렇다고 응답했으며, 주로 부모님과 선생님으로부터 남녀의 역할 분담 등을 이유로 성차별을 받았다고 답했다. 1975년 교육과학부의 「남녀 교육 과정의 차이」에서는 "아동의 성이 다르면 성인기에 수행할 역할 또한 다르므로, 각 성에 맞는 역할을 준비하고 성에 따라 구분하는 것을 정상적인 것으로 기대하도록 학교가 구조화되어 있다"며 아동기의 성 역할의 정형화된 학습을 지적하기도 했다.

이러한 자료를 통해 알 수 있는 것은 가장 성차별적 요소가 적어야 할 초등학교 교과서에서의 성비의 불균형과 성 정형화가 중학교나 고등학교보다 오히려 높다는 사실이다. 특히 초등학교 문학작품에 나타난 성비의 불균형과 정형성은 어린이의 의식을 도식화하고 성적인 편견을 학습하게 만들 수 있다는 점에서 문제의 심각성을 안고 있다. 어린 시기부터 인식되는 성차별과 성 역할의 고착화는 어른이 되면 이미 습관화되어 바꾸기 어렵고, 이를 변화시키는 데는 몇 배의 노력을 요한다는 점에서 양성의 평등 문제는 어린 시기부터 보다 세밀하게 다루어져야 한다.

3) 성 평등을 다룬 동화

그 동안 남성 중심 시각에서 이루어져 온 문학작품에 대한 비평은 동화에서도 예외는 아니다. 올바른 비평이란 남녀평등 감각을 전제로 할 때 더 큰 의의를 지닌다고 할 것이다. 변화하는 사회에서 왜곡된 여성상을 형성하지 않기 위해서라도 여성 시각에서의 작품 해설은 앞으로 확대되어야 한다. 서구에서 여성 시각에서의 비평은 '여자는 여자로 태어나는 것이 아니라 여자로 만들어진다'는 시몬느 드 보봐르의 『제2의 성』[17]에 대한 자각에서 출발한다. 즉 생물학적인 성이 사회적·문화적으로 고정된 성 역할로 고착되어, 여자는 한 인간으로서가 아니라 남자에 의존하고 예속되는 타자적 존재로 양육되고 길들여진다는 것이다. 흔히 "여자의 본질적 특성인 양 오인되는 연약함, 수동성, 침묵 역시 여자에게 어릴 적부터 강요하여 형성하는 사회 제도에 의한 특질일 뿐 여성 고유의 기질이 아니"라고 심리학자들은 말한다. 동화에서 남녀평등성 고찰은 이러한 여성 이미지(여성 시각) 비평에서 출발한다.

동화에서 남녀평등을 다룬 작품의 조건으로 남녀의 불평등한 현실 인식에 초점이 맞추어져 있는 작품, 여성 주인공이 적극적·주체적으로 자기 삶을 이끌어 가는 작품, 외부 세계가 자기에게 요구하는 역할을 거부하고 자기 생각을 관철하는 인물을 그린[18] 작품을 들 수 있다. 그러나 우리 동화 중 이러한 시각에서 남녀평등을 다룬 작품을 만나기란 쉽지 않은 일이다. 이것은 1980년대 이전까지만 해도 한국 아동문단에 여성 작가가 드물었다는 데에도 원인이 있다. 그나마 몇몇 작품이 남녀평등 문제를 다루고 있어 위안이 된다. 남녀의 대립구조를 표면화하지 않고 여성이 처한 억압 상태를 그린 작품으로는 「인형의 꿈」「엄마는 파업 중」『아빠가 길을 잃었어요』 등을, 남녀 성 역할의 평등을 다룬 작품으로는 「꿈을 찾아 한 걸음씩」『레나는 축구광』, 여성의 자아 의식을 형상화한 작품으로는 『삐뚤빼뚤이 오말숙』「고은별 이고 은별」 등을 꼽을 수 있다. 그러나 작품에서 이러한 유형이 한 가지로 나타나는 것은 아니다.

17) 시몬느 드 보봐르, 최용식 역, 『제2의 성』(을유문화사, 1973).
18) 이덕주, 「중학교 국어 교과서의 문학작품에 나타난 성차별적 요소 분석」, 고려대 교육대학원, 1999, 75~78쪽 참조.

(1) 여성이 처한 억압적 현실에 대한 자각

「인형의 꿈」[19]은 1958년에 발표된 강소천의 작품으로, 현실에 안주하지 않는 주인공 정란이의 적극적인 삶의 태도를 살필 수 있는 작품이다.

화가 아버지를 둔 정란이는 가난한 생활에 불만을 가지고 있는 소녀이다. 부유한 생활을 동경하는 정란이는 아버지가 그린 그림이 잘 팔리기를 고대하지만 가난한 생활은 좀처럼 나아지지 않는다. 이런 정란이와 달리 그녀의 어머니는 순종과 인내심으로 현실을 극복해 나간다. 아버지의 미술 전람회 성공으로 정란이네 가족은 전셋집을 얻어 서울로 이사를 가게 된다. 이사 도중에 정란이 엄마는 평소 가장 소중하게 여겼던 불란서 인형을 잃어버린다. 그 인형은 정란이 엄마가 아가씨였을 때, 젊은 미지의 작곡가에게서 받은 선물이었다. 훌륭한 성악가가 되면 작은 인형보다 더 큰 인형을 보내 준다는 편지와 함께 받은 선물이기 때문에 정란이 엄마는 그 인형을 찾는 데 매우 적극적이다. 마침내 잃어버린 불란서 인형을 찾게 되고, 정란이와 정란이 엄마는 꿈을 이루고 평화로워진다.

「인형의 꿈」은 어른의 내면적인 꿈에 대한 성취 과정을 어린 정란이의 적극적인 행동으로 이루어 나가는 과정을 담고 있다. 특히 이 작품은 가난한 생활고를 이겨내고 성악가의 꿈을 실현하는 정란이와 정란이 엄마·아빠의 꿈, 명애와 명애 아버지의 꿈이 씨줄과 날줄로 엮어져 흥미를 더해 준다. 화자는 등장하는 인물들이 꿈을 실현하기 위해서는 개인의 의지 못지않게 가치관이 서로 다른 세대와 세대간의 이해, 사회와의 융화가 전제되어야 함을 강조한다. 이러한 화합을 도모하기 위한 방법으로 사회 구성의 기초가 되는 가족과의 융화를 내세운다. 작

---

19) 강소천, 「인형의 꿈」, 『꿈을 파는 집』(배영사, 1963).

1987년 10월 17일에 어린이 대공원에 세운 강소천문학비.

품에 등장하는 주인공 정란이는 주어진 삶에 안주하지 않고, 적극적으로 대응하는 인물이다.

1950년대에 이러한 여성 인물이 그려졌다는 점에서 작가의 열린 시각을 엿보게 한다. 그러나 이 작품에서 정란이 어머니는 전형적인 여성상으로 형상화되고 있다. 본래 정란이 어머니의 꿈은 성악가이다. 이 작품에서 어머니의 꿈은 유리 속에 갇혀 있는 불란서 인형의 운명과 병치되어 있다. 어머니의 꿈을 실현하기 위해서는 유리 상자를 깨뜨려야 한다. 이때 유리 상자는 가난, 또는 정란이 어머니가 지닌 여성의 현실을 상징한다. 그런 의미에서 유리라고 하는 장벽이 '아이들'에 의해 깨어지는 것은 매우 상징적이다. 유리 상자가 깨어지고, 그 속에 갇혀 있던 인형이 세상 밖으로 나오게 되는 것은 정란이 엄마가 자기 정체성을 발견하는 과정으로 이해해도 무방할 것이다. 페미니즘이 기본적으로 '성차별주의(sexism)'에 대한 인식에서 출발한다고 할 때, 그 이면에는 여성의 억압된 현실에 대한 자각을 드러내는 성격이 강하다.

그러나 작품에서 보다 중요시할 것은 다양한 형태로 가해지는 억압 상황에서 여성 인물이 그 상황을 어떻게 인식하고 대처했으며, 어떤 과정을 통해서 주체적인 모습으로 바로 서게 되었는가를 보여주는 것이다.

삶에 대응해 가는 정란이의 모습이 일관성을 지니지 못하고 어머니에 의해 흔들리는 모습을 보이는 것이 아쉽기는 하지만, 그러나 자신과 어머니의 꿈에 대해 적극적이며 진취적인 태도를 보이는 정란이의 태도는 기존의 동화에서 나타난 말 잘 듣고 착하며, 참는 것을 미덕으로 생각하는 여성의 모습과는 분명 다르다. 하지만 이 작품은 어려움의 극복 과정을 우연성과 결부시켜 주인공의 의지보다 타인의 도움으로 해결하고 있어 아쉬움을 남긴다.

「엄마는 파업 중」[20]은 어머니 입장(여성의 입장에서 여성 바라보기)에서 평등성을 생각해 보게 하는 동화이다. 대부분의 페미니즘 작품이 그렇듯 이 동화도 남성적 우월 의식이 팽배한 가정에서 억압된 여성의 실상을 그리고 있다. 예지네 식구들은 엄마에게 집안일을 몽땅 맡기고, 엄마를 매일 밥하고 청소하는 사람으로만 생각한다. 참다 못한 엄마가 주부 직업 파업을 선언하며 뒤뜰 원두막으로 올라간다. 예지네 식구들은 엄마가 하던 일을 하면서 엄마의 고충을 헤아리게 되고, 엄마의 입장에 대해 생각하는 계기를 마련한다.

> "엄마도 일 주일 내내 집안일에다 우리들 뒤치다꺼리에다 아빠 시중까지 드시느라고 피곤하신데 왜 엄마는 일요일에도 일해야 돼요?"
> "아, 그거야…… 음, 그러니까……, 아무튼 엄마는 엄마잖아. 엄마가 집안일하는 것은 당연하지."
> "뭐가 당연해요! 우리가 서로 집안일을 나누어서 돕지 않으면 엄마는 파업을 계속하실 거예요. 엄마가 파업을 계속하시면 아빠는 좋으세요?"

인용문은 예지가 아빠와 나누는 대화의 일부분이다. 예지 아빠는 엄마가 집안일하는 것을 '당연'하게 여긴다. 예지는 이런 고정된 의식을 가지고 있는 아빠에게 엄마의 역할에 대한 새로운 인식을 심어 주고

---

20) 김희숙, 「엄마는 파업 중」(『시와동화』, 2000년 봄호).

랑힐 닐스툰 장편동화 『아빠가 길을 잃었어요』(비룡
소, 1998).

있다. 인용문에 나타난 아버지와 딸의
대화를 통해서도 살필 수 있듯 성차에
대한 고정관념은 상당 부분 사회화에
의해서 후천적으로 습득된 것임을 보
여준다. 남성적·여성적이어야 한다는
이분법적 사고는 남성과 여성 모두를
억압시킨다. 즉, 집안일은 '엄마가 해
야 될 당연한 일'이기 때문에 아버지
는 엄마를 도와주지 않는다. 아버지와 엄마의 일, 집안일과 밖의 일 등
남성과 여성의 행동을 뚜렷이 구분짓는 성 역할 규범은 남성과 여성
모두의 행동을 인위적으로 제한하여, 좀더 융통성 있고 서로의 힘든
일을 나누어 할 수 있는 기회를 차단한다.

「엄마는 파업 중」은 엄마라는 존재의 소중함, 가사 노동의 신성함,
또 공동체 생활에서 협동과 분담이 얼마나 중요한 것인지, 또 후천적
으로 습득된 성 역할에 대한 고정관념을 일깨워 주는 데 일조하고 있
다. 그러나 아쉽게도 엄마가 파업을 하게 된 근본적 원인에 좀더 깊이
다가서지 못하고 있다. 집안일을 도와야 하는 것이 단지 엄마가 계속
'파업'을 할지 모르기 때문이라는 결론은 결국 엄마를 진정으로 이해
하고 가족이 노동을 공평하게 나누어 가져야 한다는 것보다 '식구들이
집안일을 계속하게 되기 때문'이라는 것이 된다. 이 작품과 조금 다른
각도(남성의 입장)에서 부모의 역할을 본질적으로 규명한 외국의 작품
으로『아빠가 길을 잃었어요』[21]가 있다. 칼바스티안젠의 아빠는 어느
날 출근길 버스 속에서 한 아이가 제 엄마에게 '아빠들이 왜 필요하냐'

고 묻는 것을 보고 충격을 받는다. 아빠들은 나가서 돈을 벌어 오고, 자동차를 몰고, 고장난 물건을 고친다는 등 여러 가지 대답을 들려주지만 아이는 '그건 엄마들도 하는 것'이라고 말해 우리의 아빠를 당황하게 한다. 이를 계기로 '아빠들만이 할 수 있는 게 뭘까'를 생각하게 된 아빠는 혼란에 빠지게 된다. 이 아빠는 이사하는 날, 아빠와 엄마 중 한 사람은 출근을 하지 못할 상황에 처하게 되자, 자기 일(아빠의 일)은 중요하다며 엄마에게 이사를 맡겼던 것이다. 그리고 이사한 집을 찾지 못해 길을 잃었다. 그 이유는 엄마가 이사를 하는 대신 아빠의 자동차를 쓰겠다고 해서, 평소 타지 않던 버스를 탔기 때문이었다. 아빠는 버스에서 우연히 한 아이가 대수롭지 않게 던진 질문을 통해 처음으로 자기 존재에 대해 깊이 생각해 보게 된다. 모두 열네 개의 장으로 구성되어 있는 이 작품은 각 장마다 아빠가 만나는 다양한 남자들의 모습을 통하여 가족의 필요성을 깨닫는다. 가족을 위해서는 가끔 천천히 자신을 되돌아 볼 필요가 있다고 생각하며.

"그럼 넌, 너의 아이들에게 한 번만이라도 물어 본 적이 있어?"
"어떻게…… 내가 필요한지……."[22]

그러나 이 작품은 남녀 성 역할의 평등을 여성의 입장에서만 조망하고 있는 여느 작품과 다르다. 남녀 성 역할의 문제를 여성과 남성이라는 이분법적 사고의 틀에 얽매이거나 대립적인 관계로 보지 않고 인간적인 차원에서 다가서고 있다. 그리고 남성의 입장을 대변하는 점도 서로의 이해를 도모한다는 점에서 긍정적으로 와닿는다.

이외에 여성의 자기 모순적 태도를 비판하는 작품으로 「고은별 이고

21) 랑힐 닐스툰, 김상호 역, 『아빠가 길을 잃었어요』(비룡소, 1998).
22) 앞의 책, 86쪽.

은별」을 주목할 수 있다. 이 작품은 부모의 성(姓)을 같이 쓰는 은별이의 눈을 통해 남녀평등성에 다가서고 있는 동화이다. 은별이는 일을 하는 엄마를 보고도 할머니 곁에서 이야기만 하고 놀고 있는 고모의 태도에 불만이다. 그래서 고모에게 직접 항의를 하고 엄마에게도 '왜 엄마만 일하냐?'고 물어도 보지만 별 신통한 대답을 듣지 못한다. 엄마의 모습을 매우 수동적으로 그리고 있어 답답하고, 집안에서 혼자만 성이 다른 엄마를 생각하여 자기 이름 앞에 엄마의 성을 붙이는 은별이의 태도가 다소 작위적이기는 하지만 여성의 자기 모순적 입장을 되짚어 보게 하는 동화라고 할 수 있다.

> "오빠네도 우리 집처럼 아들 하나는 있어야지. 엄마도 늘 그렇게 말했잖아. 그래야 오빠나 새언니도 노후가 편하다고. 또 여자들은 시집 가 버리면 그만이고……."[23]

> "고모들은 놀고 왜 엄마는 일해?"
> "고모들은 할머니 딸이잖니. 난 이 집 며느리고."
> "딸이면 어떻고 며느리면 어때? 모두 한 가족인데."[24]

작가는 이 작품을 통해 말하고 싶었는지도 모른다. 남녀평등에 관한 문제는 여성 억압의 실태를 드러내는 것도 중요하지만, 자기 모순적인 여성의 의식을 바꾸는 것에서부터 시작되어야 한다고. 딸만 가진 며느리와 아들을 둔 고모의 정형화된 의식도 이런 맥락에서 해석이 가능하다. 여성이 여성으로서의 주체적인 삶을 살지 못하고 타율적으로 살아가면서 남성과 사회만 변화되기를 바라는 것은 자기 모순적 행위이다. 진정

---

23) 김희숙, 「고은별 이고은별」, 『엄마는 파업 중』(푸른책들, 2001), 22쪽.
24) 앞의 책, 33쪽.

한 평등은 여성이 여성을 억압하지 않고 전통적 관습에 보다 깨어 있을 때 비로소 가능해지지 않을까. 관습적인 여성상보다는 미래의 여성상에 초점을 맞추고 새로운 인물 창조에 동화가 앞장서 나갔으면 한다.

김희숙, 「고은별 이고은별」(『엄마는 파업중』, 푸른책들, 2001, 30~31쪽).

(2) 성 역할의 평등성

성 역할이란 한 사람이 그가 속해 있는 사회에서 남자 또는 여자로 특징지어질 수 있는 여러 특성, 즉 행동 양식, 태도, 가치 및 인성적 특징을 의미한다. 이러한 성 역할은 남성의 행동과 여성의 행동에 대해 사회적으로 만들어진 기대로서 양성에 부여된 가족 역할, 직업 역할, 정치적 역할은 물론 자아 개념, 심리적 특성도 포함된다.[25] 그 동안 우리 사회에서는 남성은 남성다움,[26] 여성은 여성다움[27]을 이상적인 미덕으로 생각해 왔던 게 사실이다. 그러나 현대 사회에서 도식화된 전통적 성 역할 구분은 인간의 잠재력을 충분히 발휘하는 데 장애가 된다는 주장이 일면서, 남성적 특성과 여성적 특성이 한 사람에게 공존

---

25) J. Lipman-Blumen, Gender Roles and Power(Engle-Wood Cliffs: Prentice-Hall, 1984), p. 2.
26) 강하고, 이성적이고, 진취적이며, 사회적이고, 외향적이며, 적극적이고 주도적인 것, 신념이 강하고, 자립심이 강하며, 감수성이나 모성애적 역할이 없다는 것. 이러한 특징은 감정보다 행동에 많은 비중을 두고 있음을 알게 한다.
27) 순종적, 수동적, 의존적이며, 감성적, 감상적이고 타인의 감정에 예민하고, 매력적, 동정적이고, 이해심이 많으며, 온화함과 부드러움의 특성. 가정내에서는 자녀를 양육하고 가사일을 돌보는 것.

하는 '양성성'의 개념이 대안으로 떠오르고 있다. 남성적·여성적인 특성의 역할에 얽매이지 않고 상황과 능력에 따라 적절하고 융통성 있게 일을 수행해 나가는 것, 이것은 아동문학에서도 적극 수용해 나가야 할 일이다.

『꿈을 찾아 한 걸음씩』[28]은 삼성문학상을 받은 이미애의 장편동화이다. 주인공 손두본은 남자아이지만 요리사가 되는 게 꿈이다. 수학 선생님이신 아빠와 유명한 학원의 영어 강사인 어머니 사이에서 외동아들로 태어난 손두본의 장래 희망은 부모에게 큰 충격을 준다. 이는 그만큼 손두본이 자기 꿈을 펼쳐 가기 위해서 넘어야 할 장애물이 크다는 것을 반증한다. 그러나 엄하지만 사랑으로 자식의 꿈을 이해해 주시는 엄마, 아빠, 용기를 주는 삼촌, 여자 친구 나경이 등 주변 인물에 의해 세계적인 요리사의 꿈을 향해 한 걸음씩 다가간다.

> "누가 너더러 밥을 하랬어? 그 시간에 공부나 하고 있지. 사내 자식이 주걱 들고 국자 들고 설치는 거 난 못 본다. 보기 흉해."[29]

아직도 만연한 성 역할의 고정관념을 읽을 수 있는 부분이다. 다른 사람에게는 관대한 일도 정작 자기 문제, 자기 아들의 문제로 다가왔을 때는 용납할 수 없는 일이 되고 만다. 손두본의 어머니 역시 다른 사람의 꿈에 대해서는 관대하지만 자기 아들이 요리사가 되는 것에는 결사적으로 반대한다. 엄마가 반대하는 이유가 '무조건 싫다'는 식으로 이해가 가지 않는 것이어서 주인공은 더 절망한다. 그러나 이 작품은 그 꿈이 소중한 것일수록 어려움을 극복하고 꿋꿋하게 지켜 나가야 한다는 의미를 담고 있다. 고정된 편견 때문에 자기 꿈을 잃고 사는 것이 얼

---

28) 이미애, 『꿈을 찾아 한 걸음씩』(문학사상사, 2000).
29) 앞의 책, 23~24쪽.

마나 고통스러운 것인지, 또 자라는 아이들에게 부모의 진정한 역할은 무엇인지를 느끼게 하는 이 작품은 우리 사회에 만연되어 있는 성 역할에 대한 고정관념을 깨뜨려 주고 있다는 점에서 주목된다. 이와 더불어 성 역할에 대한 고정관념을 불식시키는 외국 작품으로 얼마 전에 출간된 『레나는 축구광』[30]을 꼽을 수 있다. 주인공 레나는 축구팀 정식 선수이다. 레나가 아주 어렸을 때 레나 아

키르스텐 보예 창작동화, 『레나는 축구광』(계림북스쿨, 2001).

버지는 딸에게 축구를 가르쳐 주었다. 레나가 다섯 살이 되어 남자아이들이 축구팀에 들어오게 되자 레나는 더 이상 축구팀에 있을 수 없게 된다. 그러나, 레나의 아빠와 축구팀 감독은 레나에게 축구를 계속하라고 말한다. 이 작품 어디에도 레나가 여자이기 때문에, 또는 남자아이들이 축구팀에 들어왔다는 이유로 레나가 축구를 그만두어야 한다는 목소리는 없다. 다만 레나가 수학 공부를 게을리하자 레나 엄마는 축구를 하지 말라고 한다. 그것은 레나가 학생으로서 자기 본분을 다하지 않았기 때문이지, 여자이기 때문은 아니다. 이처럼 이 작품은 남성의 역할, 여성의 역할을 따로 구분하지 않고 있다. 그들은 연습을 게을리하고, 자기 본분을 다하지 않을 때 제재를 가할 뿐이다.

---

30) 키르스텐 보예, 박종대 역, 『레나는 축구광』(계림북스쿨, 2001).

"우리 아빠가 늘 하시는 말씀인데 여자란 믿을 수가 없대. 여자들에게 좋은 자리를 주면 꼭 아이를 가졌다느니 뭐니 해서 남자들을 골탕먹이기만 한대. 그래서 여자들을 믿어서는 안 된대!"

"내가 아이를 가진 건 아니잖아!"[31]

인용문은 축구팀 선수로 같이 뛰고 있는 아르네가 레나에게 공격수로서의 책임감을 일깨워 주자 레나가 소신 있게 대응하는 부분이다. 정신분석학자이자 기호학자인 줄리아 크리스테바의 '인간의 성은 심리적으로 양성성을 띠고 있다'는 말을 굳이 들먹이지 않더라도 21세기의 바람직한 인간형은 남성성과 여성성을 조화롭게 발현시키는 양성적인 인간상이라는 데에 많은 사람이 동조하고 있다. 그러나 인용문에 나타난 남자아이들처럼, 21세기에 태어난 우리 아이들 역시 남성과 여성이라는 이분법적 사고에서 자유롭지 못한 게 사실이다. 한 예로 지금 거의 모든 산부인과에서는 딸을 낳은 산모에게는 분홍색 가방을, 아들을 낳은 산모에게는 하늘색 가방을 준다. 태어나면서부터 아이는 '색'으로 남자와 여자로 구분되고 있는 것이다. 그런가 하면 놀이를 성에 따라 나누고, 어머니는 요리나 빨래를 하고, 아버지는 회사에 다니거나 집안을 수리하는 모습을 통해 아이들은 고정된 성 역할을 학습받기도 한다. 학자들은 성 역할이 타고난 인간의 속성이 아닌, 문화적 소산임을 강조하여 어릴 때부터 보다 자유로운 성 역할을 강조하고 있다. 동화에서의 성 역할 역시 남녀간에 융통성 있게 상호 교환 가능한 평등성을 전제로 하지 않으면 안 될 것이다.

『삐뚤빼뚤이 오말숙』[32]은 딸만 셋인 집안의 막내로 태어난 말숙이를 통해 남녀평등 문제를 다루고자 한 작품이다. 할아버지, 할머니는 바

---

31) 앞의 책, 27쪽.
32) 정영애, 『삐뚤빼뚤이 오말숙』(예림당, 1993).

라던 아들이 태어나지 않자, 말숙이를 남자아이처럼 상고머리에다 바지를 입혀서 키운다. 덕분에 말숙이는 태권도가 2단인 데다가 성 역할에 대한 아무런 제약도 받지 않고 자란다. 그러나 학교에 들어가면서 말숙이는 자기 정체성에 대해 혼란에 빠지게 된다. 이 작품 역시 자기 정체성에 대해 갈등을 겪는 말숙이가 스스로 현실 벽을 슬기롭게 뛰어넘기보다는 자기 자신에 대하여 신념을 가지지 못한 점이 아쉬움을 던져 주고 있다. 남자아이와의 대결에서 이기는 것만이 진정한 여성의 위치를 확보하는 것은 아닐 것이다. 아이 스스로 여성으로서의 자부심을 가지고 현실에 굴하지 않고 살아가는 모습을 그려 나갔으면 더 좋았을 것이다. 그리고 동화에서 성 역할에 대한 변화가 여성의 역할을 중심으로만 이루어져서도 안 될 것이다. 남성의 역할이나 남성성에 대한 사회적·개인적 변화가 함께 이루어져야 진정한 성 역할의 평등이 실현될 수 있다. 그런 의미에서 남성의 입장을 대변할 수 있는 작품도 많이 형상화되어야 한다. 남성들의 새로운 역할에 대한 변화 없이 여성의 기대만 증가된다면 여성들은 새롭게 변화된 역할과 기존의 역할 모두를 담당해야 할 이중적 부담을 안게 될지도 모른다. 보다 성숙한 페미니즘은 남성과 여성의 지속적인 갈등과 모순, 편견과 부조화를 일으키지 않도록 여성과 남성의 화해와 협력을 도모하는 일이다. 따라서 남성과 여성이 동반자적 입장에서 서로를 이해하고, 책임을 다하는 모습이 동화에서 지속적으로 확대되어야 한다.

4) 양성 평등을 위한 노력

동화에서의 남녀평등의 문제를 교과서 문학작품 속에 내재된 남녀차별의 실태와 성 평등을 다룬 작품 분석을 통해 살펴보았다. 이를 종합하면 다음과 같다.

문학에 나타난 성차별적 요소를 교과서에 나타난 성차별 실태 자료를 통해 정리한 결과, 가장 성차별적 요소가 적어야 할 초등학교 교과서에서 성비의 불균형과 성 정형화가 중학교나 고등학교보다 오히려 높게 나타났다. 초등학교 문학작품에 나타난 성비의 불균형과 정형성은 어린이의 의식을 도식화하고, 성적인 편견을 학습하게 만들 수 있다는 점에서 경계해야 할 일이다. 어린 시기부터 인식되는 성차별과 성 역할의 고착화는 어른이 되면 이미 습관화되어 바꾸기 어렵고, 이를 변화시키는 데는 몇 배의 노력을 요한다는 점에서 양성의 평등 문제는 어린 시기부터 보다 세밀하게 다루어져야 한다.

성평등을 다룬 작품을 분석하기 위해 작품을 살펴보았지만 많은 동화에서 여성에 대한 정형적인 이미지가 그려지고 있음에 새삼 놀라움을 금치 못했다(교과서 동화를 살펴보려고 했지만 제7차 교육 과정 개편에 따라 작품 구하기가 용이치 않고, 또 연구가 이루어지고 있다는 소식에 기존에 발표된 동화와 최근 잡지에 발표된 작품에서 추렸으나 많지 않았음). 살펴본 동화에서는 여성이 처한 현실적 부당성을 부각시키고 있기는 하지만, 여성으로서 주체적 삶을 살아가는 인물을 발견하기는 어려웠다. 또한 남성과의 '차이'나 여성의 독특성을 지나치게 강조하는 성급함도 나타났는데, 이것은 극단적인 고립주의로 남녀평등성의 본질을 왜곡시킬 우려가 있기 때문에 경계해야 할 일이다. 남자든 여자든지 인간은 여성성과 남성성을 평등하게 공유해 나갈 때 가장 이상적인 인간으로 발전해 나갈 수 있으며, 동등한 관계에서 상호 이해가 가능한 것이다. 아이 스스로 여성으로서 자부심을 가지고 현실에 굴하지 않고 살아가는 모습을 구현해 나갔으면 더 좋았을 것이다.

인간의 정서에 지대한 영향을 미치는 동화에서 성차별은 더 이상 쉽게 간과해서는 안 될 문제이다. 동화는 단순한 이야기 전개 속에서도 그 자체가 가지고 있는 다양한 특성으로 인해 어린 시기 아동들의 인식과 태도에 많은 영향을 미칠 수 있다는 점에서 남녀를 공평하게 다루어야 한다. 그 동안 우리 사회에서는 무의식적으로 정형화된 성차별을 너무도 당연시해 온 경향이 짙다. 이에 대한 작가와 독자의 자각이 필요하다. 특히 동화를 쓰는 작가들이 양성 평등 문제에 대해 지금보다 진지하게 대처해 나가지 않는다면 여성 정형화에 대한 편견은 크게 달라지지 않을 것이다. 21세기를 살아가는 아이들에게 자기 삶을 주체적으로 살아가도록 하는 것보다 남편과 아이들을 위해 인내하고 희생한 할머니나 어머니를 단순 미화시키는 일은 깊이 생각해 보아야 한다. 여자아이의 등장을 균등하게 하고, 남자아이와 여자아이의 역할에 대해 자유롭게 형상화되어야 한다. 문구 역시 남성 중심적 언어를 자제하고, 양성 평등적 문구로 형상화해야 한다. 여성 인물을 창조할 때는 경험된 여성이나 여성의 현실을 그리기보다는 미래 여성의 현실이나 여성상을 형상화하는 것도 좋을 것이다. 특히 아동들은 동화 속에 등장하는 인물에 자신을 동일시하거나 투사하는 성향이 짙기 때문에 어린이를 대상으로 하는 아동문학에서는 평등한 성 역할과 미래지향적 여성 이미지 형상화에 세심한 노력을 기울여야 한다.

3. 평화를 위한 아동문학
—전쟁을 다룬 작품을 중심으로

1) 아동문학과 전쟁

냉전 시대가 가고 새로운 21세기를 맞아 평화를 기대했던 세계인들이 보는 앞에서 얼마 전 영화보다 더 충격적인 폭탄 테러와 전쟁이 벌어졌다. 이러한 일은 가장 극악한 생명 경시와 환경 파괴 행위로, 21세기 인류 평화를 위협하는 최대의 적이라 할 수 있다. 테러와 전쟁은 또 다른 테러와 전쟁을 부르고, 마침내 지구와 인류를 황폐화시킬 것이다. 인류의 평화를 위협하는 이러한 전쟁에서 가장 큰 피해를 볼 수 있는 것은 힘없는 어린이들이다. 세계 최대 강국의 화력이 집중되고 있는 아프가니스탄에서 부모를 잃고 거리를 떠돌아다니며 굶어 죽는 어린이와, 귀가 멀고 다리가 잘려 두려움에 떨고 있는 어린이들의 공포에 찬 눈동자는 21세기 아동문학이 지향해 나갈 바가 진정 무엇인지를 암시해 준다. 불특정 다수를 향한 테러와 전쟁이 얼마나 무서운 것인지, 이러한 일이 일어나면 죄 없는 사람이 얼마나 많은 상처를 받게 되는지, 또한 환경 파괴를 유발시켜서 발생한 생태계의 혼란으로 인간 생활에 얼마나 위협이 되고 있는지를 알아야 한다. 우리는 현재 남북으로 갈라져 있으며, 그로 인해 겪는 고통을 남북으로 헤어진 가족들이 만나는 모습에서 절실하게 느끼고 있다. 디지털 시대에 살고 있는 우리에게 무엇보다 중요한 것은 나라와 나라 사이의 다른 문화를 이해하고, 평화를 이루어 나가는 공존 의식이다. 그런 의미에서 전쟁을 다

한국전쟁의 참상을 그린 권정생의 장편 아동소설 『몽실 언니』(창작과비평사, 1984)와 이원수의 동화집 『꼬마 옥이』(창작과비평사, 1996).

룬 작품을 살펴보고, 평화를 위한 방향을 모색하는 일은 매우 의미 있는 일이 될 것이다.

2) 작품에 나타난 전쟁의 참상

(1) 한국 동화에 나타난 전쟁의 참상

한국에서 전쟁의 아픔과 상처를 밀도 있게 형상화시킨 대표 작가로 권정생을 꼽을 수 있다. 그는 장편 아동소설 『몽실 언니』(창작과비평사, 1984), 『점득이네』(창작과비평사, 1990), 『초가집이 있던 마을』(분도출판사, 1985)을 비롯하여, 단편동화 「무명저고리와 엄마」(『똘배가 보고 온 달나라』, 창작과비평사, 1977), 「꼬마 옥이」(『꼬마 옥이』, 창작과비평사, 1977), 「다람쥐 동산」(『하느님의 눈물』, 산하, 1991), 「똬리골댁 할머니」 「패랭이 꽃」(『사과나무밭 달님』, 창작과비평사, 1990), 「바닷가 아이들」 (『바닷가 아이들』, 창작과비평사, 1988) 등을 통해 전쟁으로 인한 한민족의 삶을 진솔하게 구현하고 있다. 이 중 『몽실 언니』는 한국 최대 비극인 6·25 전쟁의 참상을 사실적으로 보여주는 작품으로, 해방 후의 어수선한 농촌을 배경으로 하고 있다.

몽실이 어머니는 날품팔이도 제대로 못 하는 아버지 정씨를 따라 댓골 김 주사에게 시집을 간다. 한동안 편안한 생활이 이어지지만 새아버지의 구박을 받는 몽실이는 다리까지 다쳐 불구가 된다. 몽실이는 고모를 따라 친아버지에게 오게 되고, 집으로 온 몽실이는 새어머니 북촌댁을 만난다. 북촌댁은 몽실이를 아껴 주지만, 아버지가 전쟁터로 나간 후 난남이를 남겨 두고 죽는다.

어린 몽실이는 난남이를 업고 동냥을 하며 식모살이를 한다. 주인 최씨네 식구들은 난남이와 몽실이에게 잘해 준다. 어느 날, 몽실이는 쓰레기 더미에서 발견된 흑인 아이가 사람들의 냉대 속에서 죽어 가는 것을 보고 큰 충격을 받는다. 전쟁터에 나간 아버지가 다리를 다친 불구의 몸으로 몽실이를 찾아오고, 몽실이는 동냥을 해서 아버지와 동생을 먹여 살린다. 그런 와중에 친어머니가 죽었다는 소식을 듣는다.

몽실이는 아버지의 병을 고치기 위해 부산에 있는 병원으로 간다. 그러나 보름이 넘도록 길바닥에서 기다리던 몽실이 아버지는 진찰도 받지 못한 채 죽는다. 몽실이는 난남이를 데리고 양공주 집에 식모로 들어간다. 난남은 부잣집 양녀로 입양을 가게 된다. 30년이 흐른 후, 몽실이는 꼽추 남편과 결혼하여 남매를 낳고 시장에서 콩나물 장사를 하면서 살아간다. 동생 영득이는 집배원이 되고, 영순이는 시골로 시집을 가고, 난남이는 결핵 요양소에 입원하게 된다.

이 작품은 새아버지에게 구박을 받아 다리까지 다쳐 불구가 된 몽실이가 전쟁터에서 불구의 몸으로 돌아온 아버지와 어린 동생을 먹여 살리는 처절한 생활을 통해 전쟁의 아픔을 보여주고 있다. 전쟁으로 모든 것을 잃고, 온몸으로 현실에 맞서 나가는 몽실이의 비극적인 생활은 전쟁으로 유린된 생명과 고향, 그리고 가정의 몰락으로 개인의 삶이 얼마 만큼 비참해질 수 있는가를 총체적으로 보여준다. 우리는 주인공 몽실이의 눈물겨운 생활에서 화해와 용서의 진정한 의미를 배울 수 있다.

『초가집이 있던 마을』과 『점득이네』는 서로를 이해하지 못하는 상황에서 전쟁이 벌어지며, 그로 인해 고향을 빼앗기고 어린 시절 꿈까지 침탈당하는 비극을 담고 있다. 「바닷가 아이들」은 남쪽에 사는 동수와 북쪽의 태진이가 바닷가에서 만나 함께 목욕도 하고, 음식도 나누어 먹으면서 같은 민족임을 깨닫는 내용으로 되어 있다. 이 작품은 동심의 순수함이 갈등과 대립의 벽을 뚫고 화해의 다리를 놓을 수 있다는 희망을 가지게 한다. 「패랭이 꽃」은 전쟁이 전쟁으로 끝나지 않고 또 다른 상처를 남길 수 있다는 사실에 주목하고 있다.

(2) 외국 동화에 나타난 전쟁의 참상

　프랑스 단편동화 「전쟁」은 전쟁의 의미를 다시 한번 되새기게 하는 동화이다. 프랑스 작가 아나이스 보즐라드가 글을 쓰고 직접 그림까지 그린 이 작품은 제38회 이탈리아 볼로냐 국제아동도서전에서 유네스코상을 수상하여 화제를 불러일으킨 동화이기도 하다. 빨강 나라와 파랑 나라가 전쟁을 벌인다. 매일 아침 남자들은 전쟁터로 나가고, 저녁이면 사람들은 사망자와 부상자를 끌고 돌아왔다. 그들은 너무 오랜 기간 전쟁을 해왔기 때문에 왜 전쟁이 시작됐는지조차 알지 못했다. 그러던 중, 빨강 나라 왕자 쥘이 파랑 나라 왕자 파비앙과 결투를 벌이다 죽게 된다. 평소 전쟁을 싫어했던 파비앙은 겁에 질려 두 나라 왕에게 똑같은 내용의 편지를 썼다. "저는 노랑 나라로 왔습니다. 저에게는 이제 굉장한 군대가 있습니다. 내일 아침 전쟁터에서 기다리고 있겠습니다." 왕자 파비앙의 편지를 받은 두 나라 왕은 노랑 나라 군대가 자기 나라보다 강하면 어쩌나 하는 새로운 고민에 빠진다. 약속된 전쟁터로 나간 두 나라는 같은 시간, 같은 장소에서 만나 공동체 의식을 느끼게 된다.
　이 작품은 뚜렷한 이유도 없이 싸우는 인간의 어리석음을 통해 서로에 대한 이해와 공동체 의식이 평화를 가져다 준다는 주제를 함축하고 있다. 사람들은 누구나 평화를 사랑하고 원한다고 말한다. 하지만 지금 이 시간에도 총을 만들고 미사일을 만들어 전쟁을 하고 있는 나라가 있다. 전쟁 무기 생산으로 엄청난 수입을 올리고 있는 나라도 있다. 심지어 각종 전쟁 오락 게임을 만들어 어린이에게 폭력적인 파괴의 속성을 길러 주는 어른들도 많다. 그런 의미에서 이 작품은 분쟁과 파괴가 세상을 얼마나 어둡게 만드는지를 보여주며, 평화의 소중함을 깨닫게 해준다.

구드룬 파우제방이 쓴 『핵전쟁 뒤의 최후의 아이들』(유진, 1997)은 핵전쟁이 지닌 비극성과 비참한 인간의 모습을 어린이의 눈으로 잘 그려내고 있는 작품이다. 작가는 1928년 동보헤미아 지방 비하슈타틀에서 태어나 콜롬비아에서 살면서 평화와 환경에 관한 많은 책을 쓴 인물이다. 그는 이 작품에서 정말 핵전쟁이 일어나서는 안 되겠다는 것을 절감하게 한다. 이러한 의식이 세계인의 마음에 뿌려질 때 인류의 멸망을 자초하는 핵전쟁은 일어나지 않을 것이다.

전쟁의 실상을 가장 사실적으로 그린 동화로 『나는 평화를 꿈꿔요』(유니세프 엮음, 비룡소, 1994)가 있다. 이 작품은 실제로 옛 유고슬라비아 전쟁을 겪은 아이들이 자신이 받은 마음의 상처를 이겨 나가는 과정을 글과 그림으로 직접 나타낸 것을 모아 놓은 것이다. 아이들은 자신이 겪은 무섭고 슬픈 기억들을 이 그림책에 진솔하게 쏟아 놓았다. "너희들이 극장에 앉아 있을 때, 또는 멋진 음악을 듣고 있을 때 우리들은 급히 지하실로 달려가고, 또 대포알들이 날아오는 무서운 소리를 듣는단다. 너희들이 웃으며 재미있게 놀고 있을 때, 우리는 울부짖으면서 이 무

지구의 마지막 날을 어린이 눈으로 그려낸 『핵전쟁 뒤의 최후의 아이들』(구드룬 파우제방, 김두남 역, 유진, 1997)과 전쟁의 실상을 사실적으로 보여주는 『나는 평화를 꿈꿔요』(유니세프 엮음, 비룡소, 1994).

서운 공포가 빨리 사라지길 빌고 있어. 너희가 전기와 수도, 그리고 목욕을 즐기고 있을 때 우리는 하느님이 물 한 모금이나마 마실 수 있도록 비라도 내려 달라고 빌고 있어." 우리는 이 작품을 통해 전쟁이 아이들에게 남긴 상처가 얼마나 크고 깊은 것인지를 새삼 확인하게 된다. 자기 집에 폭탄이 떨어지는 것을 목격했던 아이들이 다시 쏟아지는 총알 세례를 피해 시체를 타고 넘는 장면에 이르러서는 전쟁은 어떠한 형태로든 결코 미화될 수 없는 인류 최대의 비극이라는 인식을 불러일으킨다. 특히 이 전쟁에서 여자와 어린이, 그리고 노인들이 인종을 몰살하기 위한 표적이 되었다는 사실은 우리에게 전쟁의 참혹함을 다시 한번 깨닫게 한다. 이밖에 전쟁을 소재로 다룬 그림책으로『시냇물 저쪽』(엘즈비에타 글·그림, 홍성혜 옮김, 마루벌, 1995),『여섯 사람』(데이비드 메키 글·그림, 김중철 옮김, 비룡소, 1997) ,『전쟁은 왜 일어날까』(질 페로 글, 세르쥬블로슈 그림, 다섯수레),『새똥과 전쟁』(에릭바튀

글·그림, 김경미 옮김, 시공사),『초록색 엄지 소년 티쭈』〔모리스 드리옹, 민음사(길벗어린이에서는『꽃 피우는 아니 티스루』로 나와 있음)〕 등이 있다. 이 중『시냇물 저쪽』은 금강이와 초롱이라는 토끼를 등장시켜 전쟁과 분단의 문제를 우화 형식으로 보여주고 있으며,『여섯 사람』은 전쟁으로 얼룩진 세계의 역사를 보여주는 그림책으로, 전

모리스 드리용 지음,『초록색 엄지 엄지소년 티쭈』(민음사, 1991).

쟁은 어느 한 편의 승리로 끝나는 것이 아닌 양쪽 모두에게 치명적인 아픔을 줄 수 있다는 것을 암시하고 있다. 『초록색 엄지 소년 티쭈』는 전쟁의 본질을 상징화한 것으로, 전쟁의 어리석음과 생명이 지닌 존엄성을 통해 평화를 확연하게 보여주고 있다. 사람을 죽이는 대포에서 총알이 아닌 꽃이 튀어나온다는 독특한 상황 설정은 평화의 위대함을 상징적으로 나타낸다. 이러한 그림책들은 전쟁을 모르는 어린이나 연령이 낮은 어린이들에게도 전쟁에 대해 함께 이야기할 수 있는 계기를 만들어 줄 수 있다. 우리는 이러한 책을 통해 평화를 사랑하는 마음을 키워 갈 수 있다.

3) 평화를 위한 방향 모색

지금도 무기 생산으로 엄청난 수입을 올리고 있는 나라들이 많이 있다. 각종 전쟁 오락 게임을 만들어 어린이에게 폭력적인 파괴의 속성을 길러 주는 어른들도 많다. 전쟁은 가장 극악한 생명 경시와 환경 파괴 행위이다. 그럼에도 불특정 다수를 겨냥한 전쟁을 위한 파괴 물량이 계속해서 쏟아지고 있다. 이것은 인류의 공존과 평화를 위협할 뿐만 아니라 지구의 생존권을 빠르게 단축시키며, 생명의 존귀함마저 빼앗아 간다. 우리가 적이 아닌 내 부모, 내 동생, 이웃으로 만나게 된다면 지구상 어느 곳에서도 폭탄을 퍼붓는 일은 일어나지 않을 것이다. 종교나 인종, 문화의 차이가 왜 사람을 죽이는 이유가 되어야 하는지 아이들은 이해하지 못한다. 한 나라가 겪는 갈등과 불행으로 전세계가 충격을 받는 글로벌 시대에 살고 있다는 점에서 국가간의 평화 문제는 지구인 모두의 문제일 수 있음을 깊이 인식해야 한다. 따라서 아동문학인들은 전쟁의 참상과 평화를 염원하는 작품 창작에 보다 적극적인 관심을 가져야 하겠다. 그리고 아이들 앞에서 함부로 전쟁에 대해 이야기하지 않아야겠다. 나라와 나라의 문화적 차이를 이해하고, 더불어 사는 공존 의식, 인류의 평화로운 삶을 받아들일 때만이 인류 역사도 지속 가능할 것이다. 이 지구상에서 전쟁은 결코 일어나서는 안 된다는 것을 어릴 때부터 깊이 심어 주고, 인간의 존엄성과 함께 평화를 사랑하는 마음을 키워 가도록 아동문학인들이 앞장서야 한다. 21세기 아동문학은 아동문학인만을 위한 아동문학이 아닌, 인류 사회에 기여하고 평화를 가꾸어 가는 아동문학으로 키워 가야 할 것이다.

■ 참고문헌 ───────────────────────────────

김자연, 『한국동화문학연구』, 서문당, 2000.

조앤. K. 롤링, 『해리포터와 마법사의 돌』 외 7권, 문학수첩.

채인선, 『그 도마뱀 친구가 뜨개질을 하게 된 사연』, 창작과비평사, 1999.

츠베탕 토도로프, 김치수 역, 『러시아 형식주의』, 이대출판부, 1988.

콜린 윌슨, 이경식 역, 『문학과 상상력』, 범우사, 1978.

황선미, 『샘마을 몽당깨비』, 창작과비평사, 1999.

C. G. Jung, 조승국 역, 『인간과 상징』, 범우사, 1981.

Peter Hunt, 『Children's literature—the development of criticism』, Routledge, 1990.

Tzvetan Todorov, 『The fantastic』, Cornell University, New York, 1968.

Nothrop Frye, Anatomy of Criticism(Princeton: Princeton University Press, 1957).

Christine Brooke-Rose, A Rhetoric of the Unreal(London: Cambridge University Press, 1981).

J. R. R. Tolkjen, On Fairy-Stories, The Tolkjen Reader(New York: Ballantine, 1974).

Kathryn Hume, Fantasy & Mimesis(London: Met, 1984).

1. 방정환(1899~1931)

소파 방정환은 1899년 서울 야주개(현재 당주동)에서 어물전과 싸전을 하는 방경주(方慶洙)의 맏아들로 태어났다. 일곱 살 때 학교에 다니고 싶어 머리를 자르고 돌아와 호되게 회초리를 맞기도 했다. 아홉 살 때 조부의 사업 실패로 집안이 기울어지자, 밥을 굶고 쌀을 꾸러 다니는 등 비참한 어린 시절을 보냈다.

1909년 매동보통학교에 입학하였으나 이듬해 미동보통학교로 전학하여 1913년에 졸업하였다. 그해 선린상업학교에 입학하였지만, 집안 사정이 어려워 이듬해 중퇴하였다. 그는 16세부터 육당 최남선이 발간한 『소년』『붉은저고리』『아이들보이』를 애독하면서 아동문학의 기틀을 마련하고, 많은 글을 쓰기도 한다. 천도교 3세 교주인 의암 손병희 선생의 셋째 딸인 손병화와 결혼한 방정환은 1918년 보성전문학교(고려대학교) 법과에 입학해 법률을 공부하면서 3·1 독립운동에 가담한다. 3·1 운동이 실패하자 장인과 보전 교장 모두 체포되는 시련을 겪게 되고, 방정환은 독립선언문을 배포하다 일본 경찰에 체포되어 고문을 받고 일 주일 만에 풀려난다.

1920년 일본으로 건너간 방정환은 도쿄대학(동경대학) 철학과에 입학하여 아동 예술과 아동 심리학을 공부하며 본격적으로 아동문학에 몰두한다. 이듬해 『개벽』이 창간되자, 그 잡지의 동경 특파원이 되었다. 그는 『개벽』에 번안 동시 「어린이 노래(불켜는 이)」를 발표하였는데, 이는 방정환으로서는 처음으로 '어린이'란 호칭을 사용한 것이다. 방정환은 소파(小派), 목성, 북극성, 물망초, 몽견초, 몽중인, 잔물, 삼산인, 허삼봉, 허문일, 파영생, 성서인, 길동무, 잠수부, 깔깔박사, 은파리, 금파리 등의 필명으로 개벽사에 많은 글을 발표하였다. 이 무렵 방정환은 우리 나라 어린이들이 봉건적 윤리 체계 속에서 얼마나 학대받고 자라는지를 깨닫게 된다. 그는 어린 시절을 존중해야 할 필요성, 어린이는 아직 어른이 되지 못한 불완전한 존재가 아니라 하나의 완전한 인격체로 대우해야 한다는 것을 깊이 통감하게 된다. 여름방학을 맞아 귀국한 방정환은 어린이에게 존댓말 쓰기 운동을 벌인다. 당시에는 아이들을 '아해놈, 어린것, 애녀석'이란 말로 낮추어 불렀는데, 이를 안타깝게 여긴 방정환이 '어린이'라는 말을 자주 사용하여, 어른과 마찬가지로 어린이들도 하나의 인격체임을 선언했다.

1921년에 귀국한 방정환은 천도교 조직을 기반으로 〈소년회〉를 조직하여 '씩씩하고 참된 소년이 됩시다. 그리고 늘 사랑하며 도와 갑시다'라는 표어를 만들고 본격적으로 소년운동을 전개하였다. 〈천도교 소년회〉를 중심으로 1922년 5월 1일에 처음으로 어린이날을 정하고

(단체 중심), 세계명작 동화집 『사랑의 선물』을 펴냈다. 1923년 3월에는 우리 나라 최초의 순수 아동 잡지 『어린이』를 창간하여 아동문학이 뻗어 나갈 수 있는 기반을 마련한다. 그는 〈소년회〉를 전국적으로 확산시켜 어린이들이 자발적으로 참여해 건강한 정신과 민족적 자각을 고취시켰고, 전국 순회 강연을 다닌다. 당시 일본에 소개된 어린이 명작 동화를 우리말로 중역(재번역)하여 『어린이』에 소개했는데, 놀라운 판매 기록을 세운다. 방정환은 『어린이』에 자기가 직접 창작한 동화를 많이 발표하는 것에 그치지 않고 그해 5월 1일, 도쿄에서 손진태, 윤극영, 진장섭, 고한승 등과 함께 아동문화운동 단체인 〈색동회〉를 조직한다. 〈색동회〉에서는 어린이날 기념 행사를 비롯해 전국 각지에서 어린이를 위한 여러 가지 행사를 벌였다. 1925년에는 어린이날을 기념하는 동화구연대회를 개최하였고, 1928년에는 세계 20여 개국이 참가하는 세계아동예술전람회를 개최하였다. 이후 방정환은 여러 어린이 단체에서 활동하였는데, 〈조선소년총동맹〉이 만들어져 어린이 운동의 방향이 달라지자 모든 단체 활동을 그만두었다. 그리고 오직 강연회와 동화구연대회, 그리고 라디오 방송 활동에만 전념하였다. 그는 전국 각지를 돌아다니며 동화구연을 하였는데, 어른 아이 할 것 없이 그의 이야기에 눈물을 흘리며 동화의 세계에 빠져들었다. 1928년 『어린이』에 송영의 「쫓겨 가신 선생님」을 실었다가 조선총독부 도서 검열에 걸려 서대문경찰서로 끌려가 있을 때에도, 죄수들을 모아 놓고 동화를 들려주었는데, 어찌나 이야기를 재미있게 하는지 담당 간수들도 이야기를 막기는커녕, 자기들끼리 보초를 서 가며 이야기를 들었고, 방정환이 출소할 때는 그를 '동화 선생'이라 부르며, 방정환이 니기는 깃을 몹시 섭섭해 하였다고 한다.

1930년대 들어 대공황과 함께 일제의 탄압이 거세지면서 독립운동에 가담했던 방정환에 대한 감시가 심해서 일본 경찰에 끌려가 고문을 받았다. 그해 방정환은 신장염과 고혈압, 과로 등으로 33세의 젊은 나이에 세상을 떠났다. 그는 죽어 가면서 "가야겠어, 문간에 마차가 왔군"이라고 말한 다음, "그럴 리가 없다"는 주위 사람에게 "아니야, 말도 새까맣고 마차도 새까매. 나는 저 마차를 타고 가야 해"라고 말한 뒤 세상을 떠났다.

1923년 5월 1일, 방정환에 의해 전국적인 행사로 진행된 어린이날은 1937년부터 해방까지 집회가 금지되어 어린이가 없는 어린이날을 되풀이하다가 1946년부터 5월 5일로 바뀌어 오늘날까지 이르고 있다. 한평생 오직 어린이들을 위해 살다 간 방정환의 뜻을 기리기 위해 1957년 소파상이 만들어졌다. 방정환이 지은 책으로는『소파전집』『소파 동화집』『까치옷』등이 있고, 대표작품으로『사랑의 선물』1·2,「만년셔츠」,『칠칠단의 비밀』,「사월 그믐날 밤」등이 있다.

작품 세계

『사랑의 선물』

어린이를 위한 동화집이 없었던 시기에 방정환이 다른 나라 동화들을 우리 나라 어린이의 정서에 맞게 고쳐 쓴 동화집이다. 이 동화집은 방정환이 1921년에 동경에서 만들어 1922년 6월 서울 개벽사에서 출판했고, 1986년 신구미디어에서 다시 나왔다. 일제 식민지 시절, 우리 나라 옛 이야기나 창작동화도 아닌 외국 동화를 번안했던 것은, 어린이를 위한 이야기가 아예 없었던 그 당시에 다른 나라 이야기를 통해서나마 세상을 넓혀 가고자 했던 의도에서라고 보여진다. 이것은 그가「새로 개척되는 동화에 대하여」(『개벽』, 1923년 1월호)에서, "우리는 아직 창작에 급급하는 일보다 한편으로는 외국 동화를 수입하여 동화의 세상을 넓혀 가고, 재료를 풍부하게 하는 노력을 기울여야 한다"고 강조한 것에서도 확인할 수 있다.

방정환이 번안한 이 동화집을 처음 읽는 사람은 그것이 다른 나라 동화인지 모를 정도로 완벽에 가까운 것이었다.

「만년셔츠」

방정환을 대표하는 작품이다. 주인공 창남이는 눈 먼 어머니를 모시고 가난하게 사는 소년이지만 성격은 시원시원하고 낙천적이다. 그는 동네에 화재가 나자 이웃 사람에게 옷을 다 벗어 주고, 추운 겨울에 홑저고리만 입은 몸으로 학교에 간다. 체육 시간이 되어 겉옷을 벗어야 할 때, 창남이는 선생님에게 만년셔츠(맨몸)도 괜찮냐고 묻는다. 그때부터 창남이의 별명은 만년셔츠로 불린다. 창남이는 유머가 넘치고 활달하지만 자기의 어려운 처지를 남에게 말하지 않는 과묵한 아이다. 눈 먼 어머니가 화재가 나서 입을 것이 없는 이웃 사람에게 옷을 다 벗어 주고 벌벌 떨고 있자, 아들 창남이는 어머니에게 자기 옷을 벗어 입혀 준다. 어머니는 창남이가 여덟 살 때 눈이 멀었기 때문에 아들이 옷을 입었는지 벗었는지 모른다. 이 작품 속에 등장하는 창남이와 어머

방정환 글·
김세현 그
림, 『만년샤
쓰』(길벗어
린이, 2002)
와 방정환이
펴낸 세계명
작 동화집
『사랑의 선
물』.

방정환 글·김병하 그림, 『칠칠단의 비밀』(사계절, 2001).

니의 모습은 눈물을 자아내게 하는 억지스러움도 보인다. 그러나 창남이는 주어진 환경에 순응하기보다 자기 삶의 주인으로 살아가는 적극적이고 개성적인 인물로 그려지고 있어, 그 당시 아이들에게 모범적인 인물을 보여주고자 했던 방정환의 의도를 엿볼 수 있다.

『칠칠단의 비밀』, 「동생을 찾으러」

『칠칠단의 비밀』은 식민지 시대의 불우한 환경에서 살아가는 우리 어린이들이 일본 사람과 청국 사람에게 팔려 갔다 쫓고 쫓기는 모험 끝에 악당들을 물리친다는 이야기이다. 탐정소설을 읽는 듯한 흥미로운 전개 속에서 상호와 순자 남매의 애틋한 혈육의 정을 느끼게 한다. 식민지 시대 우리 민족과 중국의 현실을 구체적으로 형상화한 이 작품은 어려움을 이겨 나가는 현실 대응 의지가 잘 나타나 있다. 방정환은 독립 일꾼을 키워내기 위해서는 어린이를 잘 키워야 한다고 생각했고, 이러한 작가 정신은 그의 작품 「동생을 찾으러」에도 고스란히 녹아 있다.

2. 마해송(1905~1966)

마해송은 목천 마씨 죽계공(竹溪公) 의경(義慶) 10대손으로 1905년 1월 8일 개성에서 7남매 중 여섯 번째인 넷째 아들로 태어났다. 본래 목천 마씨 가문은 고려 건국 초에 항복(降伏)하지 않아, 다섯 동물의 성을 주어 욕보인 이유로 마씨 성이 되었다는 백제의 후예다. 그의 10대조인 죽계공 의경을 비롯하여 의상, 상원 등은 이태조가 참봉, 후능참봉이라는 벼슬을 주었으나 사양한 집안으로, 개성의 큰 성씨인 허, 홍, 마 삼씨(三氏) 중, 마씨는 송마(松馬)라 하여 뼈대 있는 가문이었다. 그 당시 개성 사람들은 "창옷(道袍) 입고 가게를 벌린 선비의 손자들"이라 해서 이조의 벼슬은 하지 않는 것을 가문으로 생각하였는데, 해송의 부친도 이러한 가문의 전통과 가풍을 이어받아 벼슬보다는 옳고 청렴하며, 충성스럽고 의롭게 사는 것을 가훈으로 자녀를 훈도한 엄격한 선비였다. 이러한 가정 환경과 성장기(16세)에 그가 머물렀던 개성은 해송의 성격 형성에 어느 정도 영향을 미쳤다. 많은 사람들이 그의 인간성에 대해 "수필적 균형이 잡힌 인간미" "날카롭고 깔끔한 성품" "맑고 곧은 선비" "대나무처럼 곧고 훈훈한 인품" "어질고 바르고 조촐하게 사신 분" "새벽처럼 조용하고 소박한 생활과 철저한 신앙을 가지고 계신 분"이라고 말했는데, 공통된 의견은 '깨끗하고 곧고 바른' 이미지였다. 그의 이러한 이미지는 "웃는 낯으로 살자. 남을 아끼고, 즐거이 해주고, 도와줄 수 있는 사람이 되자"는 좌우명에서도 잘 나타나 있다.

해송은 그의 아호이며, 어릴 때의 본명은 창록이었다. 결혼 이듬해인

13살에 받은 관명은 마씨 손의 항렬자인 '규'자를 따라 상규였다. '해송'은 16세 때 일본으로 건너가 동우회 극단의 일원으로 환국(還國)할 때 프로그램에 쓰기 시작하여 일제의 창씨개명에 굴복하지 않고 평생을 지켜 온 이름이다. 그의 수필 「해송의 변」에는 해송이란 아호를 갖게 된 동기와 그 뜻을 소상하게 밝히고 있는데, 예로부터 소나무는 선비의 절개를 상징해 온 것으로 '조선 소나무'임을 강조한 것은 한국인의 절개를 중시한 그의 곧은 성품을 알 수 있게 한다.

그는 개성 제일공립보통학교를 거쳐 개성 공립간이상업학교를 졸업하고 서울에 와서 경성중앙학교를 다니다가 중퇴한 후, 1920년 보성고등학교에 재학하던 중 동맹휴학 사건으로 퇴학당하였다. 1920년 문예잡지 『월광』 동인으로 1921년 일본에 건너가 일본대학 예술과에 다니면서 극단의 일원으로 각지를 순회하기도 했다. 1922년 문학 클럽 〈청록회〉를 조직하면서 그는 본격적으로 문학 활동을 시작하였다. 1923년에는 박홍근 주간의 『샛별』에 창작동화 「바위나리와 아기별」 「어머니의 선물」 「복남이와 네 동무」 등을 발표하는 한편, 〈송도소년가극단〉을 도와 지방을 순회하면서 자신의 동화를 구연하였다. 1924년에 그는 〈색동회〉에 가입하여 방정환과 함께 어린이를 위한 문학 활동을 계속하면서 『어린이』를 통해 많은 동화를 발표하였다. 일본대학 예술과를 나온 후 문예춘추사에 들어가 초대 편집장, 선전부장 등을 역임하기도 하였다. 이후 일본의 문호 기꾸지강의 후원을 받아 1930년 26세의 나이로 모던 닛뽄사의 사장으로 취임, 발행 부수 10만을 초과하여 일본 문화계에서 명성을 날리는 한편 '조선예술상'을 마련, 모국의 문인들을 도왔다.

1935년에는 중편 「토끼와 원숭이」와 많은 단편을 발표하였고, 해방되던 1945년에 20년간의 일본 생활을 정리하고 귀국하였다. 귀국 후 그는 송도학술연구회 위원장, 자유신문 객원 논설위원(1945), 국방부

한국문화연구소장, 정훈국 편집실 자문, 승리일보사 자문 (1950) 등을 역임하였다. 또한 공군문인단 단장(1957), 한국문학가협회 대표위원 (1955), 한국소년단 이사 (1959) 등을 맡으면서 장편소설에 주력하여 1954년 『앙그리께』, 1959년 『멍멍 나그네』, 1957~1961년에 『모래알 고금』 등을 발표하였다. 그후 천주교 신앙 생활에 힘쓰다가 1966년 11월 6일 61세의 나이로 생을 마쳤다.

마해송 장편소설 『앙그리께』(1954).

일반 사회에서 해송은 아동문학가로서보다 수필가 또는 단아한 성품을 통해 더 잘 알려져 있다. "멋장이요 이름난 식도락가인 마씨는 민족주의적인 사고에 투철하면서 개성인의 합리주의가 체질적인 조화를 이루어 과격하지 않았고 소주를 즐겼으며 백양(白羊) 담배만 피웠다." 해송은 이렇듯 인간미가 담긴 균형 잡힌 인간으로, 박두진은 그를 "분명하고 째이고 알맞고 꽉찬, 깨끗하고 따뜻한 현대형의 노신사"라고 말한 바 있다. 그의 이러한 인간성은 어린이를 향한 애정에서도 엿볼수 있다. "어린이의 마음을 좀 알아 주도록 어른들에게 호소하고 싶었고, 어린이대로 모임을 가져서 널리 사귀고 마음을 닦아 착한 짓을 하며 즐거움을 가질 수 있게 했으면 좋겠다는 생각이 있었다. 곧 소년운동을 일으킨 동기였고, 어린 사람을 만나려면 쉬운 길이 예배당을 통하는 일이었다. 모일 곳이라고는 거의 그런 곳밖에 없었다."

1917년, 해송은 13세의 어린 나이로 첫 부인 김씨와 결혼하였으나 심리적인 압박감을 느꼈을 뿐이었다. 그후 기차에서 만나서 알게 된 소학교 선생 '순'과의 연애 사건으로 연금 상태에 놓이게 되는데, 이러한 일은 해송에게 오히려 기성 세대가 어린 세대에게 가하는 압박과 권위 의식으로 느껴졌던 것이다.

"나는 이미 불행하다. 그러나 이래서는 우리의 뒤를 따라오는 차대(次代)가 가엾다. 어린 사람이라도 그의 소견을 이해해 주지 않아서는 훌륭한 차대를 바랄 수 없다. 어린 때의 신교육이 일생에 활개를 펴지 못하게 한다. 이 사람들을 건져 줄 기회를 만들어야 되겠다." 해송은 '잃어버린 자아'를 찾으려는 소견을 가지고 동화를 썼으며, 그가 전 생애를 통해서 어린이에게 기울인 애정 또한 체험을 통해 얻은 깨달음이기 때문에 변함없는 진실성을 유지하였다. 그는 한국 아동문학 사상 최초의 창작동화를 출현시켰다는 큰 업적을 남겼다. 또 그는 〈색동회〉 회원으로, 아동문화운동가로서 어린이 존중 사상을 널리 보급시켰을 뿐만 아니라, 아동문학의 가치를 외부에 인식시켜 성인문학과 동등한 자리로 끌어올리는 데 공헌하였다. 그의 작품은 성인층에서도 널리 애독되어 자유문학상과 한국문학상을 수상함으로써 아동문학이 문단내에서 차지하는 지위를 크게 향상시키는 데 이바지하였다.

작품 세계

마해송은 그가 속해 있었던 시대와 늘 같이 호흡하며 살았다. 그의 작품 활동은 일제 식민 통치 기간의 대부분과 해방기와 1950년대를 거쳐, 이른바 개발 이념이 시대의 주류를 형성하던 1960년대 중반까지 전개된다. 일제 시대라는 시련과 충격들, 해방 후의 정치적·사회적 혼란의 가중, 전쟁의 처참한 현실과 어두운 시기를 그는 문제 의식을 가지고 접근한 작가였다. 때문에 그의 작품 세계는 시대적 환경에 따라 변모할 수밖에 없었는데, 이를 초기·중기·말기로 나누어 살펴보면 다음과 같다.

① 초기(1923~1930)

1923년 「바위나리와 아기별」과 「어머님의 선물」로 최초의 동화를 쓰기 시작하여 1931년 「토끼와 원숭이」를 쓰기 전까지에 해당한다. 이 기간 동안 그는 작품 창작에서 다양한 시도를 보여주고 있다.

그는 「바위나리와 아기별」「어머님의 선물」「소년특사」「홍길동」「마음의 극장」 등을 발표하고, 「복남이와 네 동무」「다시 건져서」「장님과 코끼리」「도깨비」와 같은 동극을 썼으며, 〈송도소년가극단〉을 조직하여 각 지방을 순회하면서 자작 동화를 구연하기도 하였다. 이 시기의 작품 경향은 「바위나리와 아기별」에서는 복합적 환상을 통한 탐미적인 경향을, 「어머님의 선물」에서는 학대받는 아동의 권리 회복을, 「소년특사」와 동극에서는 구태의연한 아동관에 대한 시정과 동심 개발에 역점을 두었고, 「장님과 코끼리」와 같은 외국 번안 동극에서는 세태를 풍자

마해송이 『어린이』(1925년 신년호)에 발표한 처녀작 「바위나리와 아기별」 원문.

하기도 했다. 그러나 이 시기에 발표한 동화는 탐미적인 경향이 강하다는 특징이 있다.

② 중기(1931~1960)

이 시기는 그가 문학에 대한 강한 의욕을 보여준 기간에 해당한다. 초기에 아동 애호 사상에 집중되었던 그의 시선은 시대적 상황에 머물게 된다. 그의 비판적 사고는 일제의 침략상을 밀도 있게 풍자하는 데서부터 출발하여 강대국들의 만행과 주체성을 잃은 국민들에 대한 행동에까지 확대된다. 이 시기에 발표된 작품은 「토끼와 원숭이」「떡배 단배」「물고기세상」『앙그리께』 등으로 모두 그의 대표작에 속한다. 이 시기에 가장 특징적인 것은 비판적인 풍자 정신을 동화 속에 끌어들인 점이라고 할 수 있다.

③ 말기(1961~1966)

시대적 상황에 집중되었던 시선이 말기로 와서는 인간의 본질적인 문제로 모아진다. 이 시기의 작품들은 우화적 수법을 차용하여 인간이 살아가면서 추구해야 될 교훈을 담고 있으며, 인간에 대한 그의 탐구적인 의지를 엿볼 수 있게 한다. 이 시기에 발표한 작품으로는 「멍멍나그네」「점잖은 집안」「길에서 사는 아이」「못먹는 사과」「학자들이 지은 집」「성난 수염」「생각하는 아버지」「순이의 호랑이」 등이다.

「바위나리와 아기별」

1923년에 발표한 마해송의 처녀작품이다. 하늘 나라 아기별이 바위나리를 사랑하지만 하늘 나라 임금의 뜻을 거역하여 하늘에서 쫓겨나 바다에 빠져 빛을 발한다는 내용이다. 천상의 아기별과 지상에 홀로 핀 바위나리의 사랑과 우정을 탐미적으로 그린 이 작품은 억압적인 봉건 사상과 기성 세대에 대한 비판 의식을 담고 있다. 작가는 아기별과 바위나리가 겪는 이별을 통해 아동이 지닌 인격을 진심으로 존중해 줄 것을 호소하고 있다. 그러나 성인에 의해 학대받는 아동의 모습을 한결같이 약자의 모습에서 보여줌으로써 어린이 세계를 역동적으로 그리지 못한 한계가 있다.

「떡배 단배」

자본주의 국가가 후진국을 경제적으로 침탈해 가는 과정을 풍자적으로 그리고 있다. 마해송은 자본주의의 노예로 변해 가는 갑동이와 섬사람들의 모습을 통해 주체성을 상실한 인간의 이중성을 통렬하게 비판한다. 갑동이는 섬사람들의 고통은 외면한 채 오직 자신의 부를 축적하기 위해 외세와 결탁한다. 반면 갑동이네 집 머슴인 돌쇠는 무상원조를 거부하고 자립의 중요성을 인식하는 인물이다. 돌쇠는 떡배와 단배의 교묘한 술책을 섬사람들에게 폭로하고, 그들과 힘을 합쳐 지배와 경제적 예속에서 벗어나게 된다. 마해송은 이 작품에서 외부의 힘에 의존하지 않고 우리 스스로의 힘으로 일어서야 한다는 자립의 중요성을 일깨워

마해송 동화집 『바위나리와 아기별』(길벗어린이, 2001)과 『떡배 단배』(신구미디어, 1997).

준다. 이처럼 마해송 동화의 출발은 대부분 사회와 현실의 풍자로 시작된다. 따라서 그의 동화는 주체적 민족주의를 지향하는 경향이 강하다. 그런 점에서 그의 동화는 「토끼와 원숭이」처럼 사회와 역사를 바탕으로 쓰여진 것이 많다.

「토끼와 원숭이」

토끼와 원숭이를 의인화하여 일제가 저지른 민족 말살 정책에 대한 저항 의식을 심도 있게 다루었다. 때문에 이 작품은 총독부의 검열에 걸려 3회분 원고를 압수당해 연재가 중단되었다가 해방 후 1946년에서 1947년에 걸쳐 완결되어 다시 발표되었다. 이 작품은 '뚱쇠'와 '센이리'로 상징되는 외세의 개입과 그들의 분할 통치를 받게 되는 과정이 상징적으로 그려져 일제의 조선 침략 실상을 알리는 한편, 강대국들의 약소국에 대한 침략을 고발하여 자주 독립의 중요성을 일깨워 준다. 그러나 우리 나라로 상징되는 토끼들이 원숭이에게 번번이 당하면서도 한 번도 적극적으로 대항하지 않고 있어 민족의 주체적인 모습을 제시하지 못한 점이 아쉽다.

「사슴과 사냥개」

1955년에 발표한 작품으로, 주인공인 사냥개 비호를 통해 권력에 억압당하는 사람들의 비굴한 삶을 상징적으로 묘사하고 있다. 비호는 주인의 사랑과 칭찬을 제일로 아는 개다. 그는 자기 주인을 위해 숲속에 사는 동물들의 위치를 알려 주며 충성을 다한다. 그러나 인간이 쳐놓은 덫에 걸린 사냥개 비호는 자기 주인이 아닌 사슴에 의해 목숨을 구하게 된다. 사슴의 용서와 사랑으로 다시 태어난 비호는 전과는 다른 모습의 베스가 된다. 그로써 인간을 위해 용맹스러웠던 자신을 버린다. 그러나 그런 베스의 변화된 모습은 인간에게는 짖지 못하고 싸울

줄 모르는 쓸모 없는 떠돌이 개로밖에 안 보인다. 베스는 자기에게 쉴 곳을 내주었던 염소를 죽이려는 사람들에게 달려들어 마침내 장렬한 죽음을 맞이하게 된다. 인격화된 사냥개의 여정을 통해 부패한 질서를 바로잡고, 잃어버린 주체성을 회복시키려는 의지가 담겨 있다.

『모래알 고금』

조그만 모래알 고금이가 주인공이 되어 1960년대 사회상을 사실적으로 보여주는 작품이다. 마해송은 사회와 역사를 꿰뚫는 통찰력을 가지고 당대 사회를 예리하게 비판한다. 또한 그의 동화는 무엇보다 민족의 주체성을 회복하는 데 초점이 모아져 있다. 그러나 그는 어린이의 삶을 구체적으로 형상화시키지 못했으며, 문제를 적극적으로 해결해 나가지는 못했다.

왼쪽부터 마해송 동화집 『사슴과 사냥개』(창작과비평사, 1977)와 장편동화 『모래알 고금』(우리교육, 2000).

3. 현덕(1909~?)

본명은 현경윤(玄敬允). 현덕은 1909년 서울 삼청동에서 현동철의 3남 2녀 중 둘째 아들로 태어났다. 부모님 사이가 조화롭지 못해 집안 분위기는 따뜻하지 않고 늘 어두웠다. 아버지는 가사를 돌보지 않고 사업을 꿈꾸며 타지로 돌아 집안은 어머니가 꾸려 나가야 했다. 자연히 집안 형편이 어려워 집을 옮기는 횟수가 많아졌고, 식구들도 뿔뿔이 흩어져 현덕은 인천 가까이에 있는 대부도 당숙집에 들어가 기거했다. 비록 그 기간이 3~4년에 불과했지만 현덕에게는 이때가 가장 행복했다. 그는 열등감과 수줍음이 많아 이 사람 저 사람 눈치를 보았고, 명절이나 잔치가 있는 날이면 남들의 눈을 피해 하루 종일 해변에 나가 있다가 날이 저물면 돌아오곤 했다. 대부공립보통학교 3년을 다녔고. 1924년 상경하여 중동학교 속성과 1년을 다녔다. 1925년, 제일고보(현 경기고등학교)에 입학했으나 어려운 집안 사정으로 같은 해에 그만두었다. 그후 그는 밖으로 나가는 것을 꺼리는 병으로, 낮이면 방 구석에 이불을 덮고 누웠다가 밤이 되어 어두워지면 컴컴한 골목을 걸어 보곤 하였다. 거리를 지나가면 그의 행색을 본 순사들에게 불심검문을 받기 일쑤였다. 이러한 칩거벽은 그를 아침 일찍 도서관으로 몰아 어두울 때까지 그곳에 머물게 하였다. 이후 어머니에게 시골 학원 선생으로 간다고 말하고, 수원 발안 근방의 공사장에서 토공 생활을 하기도 했다. 이어 그는 현해탄을 건너가 경도, 대판 등지를 돌며 신문 배달, 자유 노동, 뺑끼공 등 최하층의 생활을 경험하였다. 건강이 나빠 더 이상 일을 할 수 없게 되자, 그는 작가의 길을 선택하게 된다. 다시 귀경한 그는 김유정을 만나 더욱 뜻을 굳히고, 1938년 1월 8일 조선일보 신춘문예에 「남생이」가 당선되어 작품 활동을 시작한다.

현덕 글·신가영 그림, 『개구쟁이 노마와 현덕 동화나라』(웅진닷컴. 1999).

현덕은 동화 「하늘이 맑건만」(1938. 8), 「권투시합」(1938. 10), 「고구마」(1938. 11), 「군밤장수」(1939. 1), 「토끼 삼형제」(1939. 3), 「두포전」(1939. 4), 「집을 나간 소년」(1939. 6), 「잃었던 우정」(1939. 10), 수필 2편 「살구꽃」(1939. 6), 「할미꽃」(1941. 6), 평론 「신진 작가 좌담회」(1946), 「내가 영향을 받은 작가 '도스톱예브스키'」(1939. 3) 등을 발표했다. 해방을 맞이하자 현덕은 1946년 『집을 나간 소년』 『포도와 구슬』 『토끼 삼형제』 등 동화집 3권을 간행하였다. 해방 직후에는 〈조선문학가동맹〉에 참가한다. 1947년에는 소설 『남생이』를 발간하고, 1950년 6·25가 터지자 월북하였다.

<hr>

작품 세계

『너하고 안 놀아』

이 작품집에 실린 동화들은 무엇보다 아이들의 삶에 기초하여 캐릭터가 살아 있는 게 특징이다. 노마, 기동이, 똘똘이, 영이를 내세워 어린이의 세계와 심리를 사실적으로 그려냈다. 담백하고 명쾌한 문장과 감칠맛나는 대화말로 아이들의 세계를 눈에 보이듯이 형상화하고 있어, 동심의 세계에서는 어떤 허식이나 가식이 존재하지 않는다는 평범한 진리를 깨닫게 한다. 부잣집 아이 노마와 가난한 집 아이 기동이, 영이, 똘똘이가 산동네 골목을 배경으로 그들의 세계를 진솔하게 대변한다. 기동이는 장난감이나 먹을 것을 가지고 뽐내고, 나머지 아이들은 그것을 부러워하다 토라지고 다시 화해하여 함께 어울리는 모습이 정겹다. 대화말을 맛깔스럽게 구사하고 뚜렷한 주제 의식과 생동감 넘치는 등장인물의 행동은 동화의 묘미를 한결 북돋워 준다. 이 동화에서처럼 현덕의 동화에서는 어른들의 상투적인 설교나 훈화가 보이지 않는다. 그의 동화는 아이들이 처한 현실과의 갈등 극복이 자연스럽게 이루어지게 하는 데서 힘을 얻고 있다.

「나비를 잡는 아버지」

이 동화는 고학년 아이들을 대상으로 한 강한 사회성과 사실성이 뒷받침되어 있는 작품이다. 마름의 아들 경환이가 나비를 잡는다고 소작인 바우네 밭에 들어가 애써 가꾼 작물을 훼손시키자 바우는 경환이를

현덕 동화집
『너하고 안 놀
아』(창작과비
평사, 1995)
와 『집을 나간
소년』(산하,
1993).

240

나무란다. 그 일로 바우 아버지와 어머니는 경환이네 집에 불려 가 호된 책망을 듣는다. 아버지의 화풀이는 다시 바우에게 돌아온다. 바우는 경환이에게 가서 빌라는 아버지 말을 거부하고, 뒷산에 올라가 속상한 맘을 달랜다. 내려오는 길에 바우는 언덕배기에서 한쪽 다리를 절뚝거리며 나비를 잡는 아버지의 모습을 바라보게 된다. 부자간의 깊은 애정을 설명이 아닌 묘사로 끌어내고, 그 당시 농촌의 구조적 불평등 관계를 잘 형상화하였다.

『집을 나간 소년』

도시락을 싸오지 못하는 아이가 주머니에 넣은 누룽지를 교실 밖으로 나가서 먹다가 고구마를 훔친 범인으로 몰려 곤경에 처했다가 사실이 밝혀지는 과정을 그린 「고구마」, 따뜻한 인간애를 바탕으로 가난을 이겨 나가는 모습을 그린 「잃었던 우정」, 스케이트를 사기 위해 몇 달을 모아 두었던 돈을 월사금이 없어 학업을 중단하게 된 동무를 위해 내놓는다는 「월사금과 스케이트」 등 이 작품집에 실린 작품들은 그 당시 힘든 사회에서 어려움을 극복해 나가는 과정을 담아내고 있다.

4. 강소천(1915~1963)

본명은 강용률. 소천은 1915년 9월 16일 함경남도 고원군 수동면 미둔리에서 아버지 강석우, 어머니 허석윤의 둘째 아들로 태어났다. 미둔리는 대대로 강씨들만 모여 사는 두메산골로 일명 뫼뚜니라고 불렸다. 그곳은 산이 병풍처럼 둘러싸여 봄이면 진달래가 온 산을 덮었으며, 복숭아 과수원에는 복사꽃이 아름다웠다. 소천은 30대까지 이곳에서 시를 쓰며 살았다. 첫동시집 『호박꽃초롱』에도 나타나 있듯 그는 봄을 기다리며 사는 시인이었다. 소천의 할아버지 강봉규 씨는 소천이 태어나기 전부터 예수를 믿고 교회를 창설하고, 밭에 과수를 심어 과수원을 만든 개화된 인물이었다. 때문에 소천의 어린 시절은 경제적으로 유복하고 자유로운 생활을 할 수 있었다. 그는 어린 시절, 주요한의 시집 『아름다운 새벽』에 있는 시들을 외우길 좋아했는데, 나중에 그가 16세 때 동시 「민들레와 울애기」로 문단에 데뷔한 것은 이러한 사실과 무관하지 않다. 그의 필명인 소천은 '작은 샘'이란 뜻이다.

소천의 작품에는 어머니가 자주 등장하는데, 그의 어머니 허석윤 씨는 소천에게 특별한 존재였다. 그의 어머니는 다정다감한 성격으로 그녀를 닮은 소천을 끔찍이 사랑했다. 소천 역시 어머니를 몹시 따랐는데, 도시에 나가 학교에 다닐 때에는 어머니를 보기 위해 토요일이면 30리 길을 뛰어 달려갔을 만큼 모자 관계가 각별하였다. 6·25로 인해 어머니를 만날 수 없게 되자, 소천은 「어머니의 얼굴」과 「포도나무」라는 작품에서 마음속에 담긴 그의 어머니의 모습을 형상화하기도 했다.

강소천은 동요와 동시로 아동문학에 처음 발을 내딛은 사람이다. 1930년 동요 「버드나무 영매」가 『아이생활』에 실리고, 1936년 『소년』에 동요 「닭」을 발표하였고, 16세에 동시 「민들레와 울애기」가 조선일보 신춘문예 차석으로 당선됨으로써 문단에 데뷔하기에 이른다. 그후 1941년 첫동시집 『호박꽃초롱』을 박문서관에서 출간하였다. 그가 동화를 쓰기 시작한 것은 1938년 동아일보에 「돌멩이」를 발표하면서부터이지만, 본격적으로 동화를 쓰기 시작한 것은 1950년 이후부터이다. 1952년에는 그에게 첫동화집이라고 할 수 있는 『조그만 사진첩』을 출간하였으며, 그의 동화 쓰기는 1963년 5월 6일 49세의 나이로 세상을 떠나기 전까지 계속되었다.

"그게 아마 1938년—내 나이 스물셋이었다고 기억된다. 10년 가까이 동요와 동시를 써 왔지만 나는 그것으로 만족하지 못했다. 그때 정말 하고 싶은 많은 이야기가 있었기 때문이다. 나는 동화를 써야겠다고 생각했다. 동화에다 나는 일본 사람들이 우리 나라를 빼앗은 이야기며, 그 때문에 우리들이 고생하는 이야기를 써 보고 싶었다."

이 글에는 동시를 써 오던 그가 동화를 창작하게 된 요인이 잘 나타나 있다. 소천은 나라 잃은 슬픔과 고뇌를 솔직하게 이야기하고 싶었고, 동화가 그 역할을 충분히 소화해 주리라 믿었다. 1952년 첫동화집 『조그만 사진첩』이 간행된 이래 거의 모든 창작집이 1950년대에 간행되었다. 곧 6·25의 체험과 분단의 영향이 동화문학을 시작하게 만든 배경이 된 것이다.

그는 함흥 영생고등보통학교를 졸업하고, 1939년 고향 미둔리에서 결혼한 뒤, 고원중학교, 청진여자고급중학교, 청진제일고급중학교에서 교편 생활을 하다가 6·25를 당했다. 소천은 1951년 흥남철수 때 고향에 부모와 처자식을 남겨 둔 채 단신으로 월남하였다. 6·25 전쟁은 남북을 갈라 놓은 휴전으로 종결되고, 시간이 흐를수록 일시적 피난처로 여겼던 남한 땅이 그에게 현실적 삶의 공간이 되었다.

소천에게 1950년대는 특별한 의미를 지닌다. 모든 것을 잃은 소천에게 순간순간 자신이 살아가는 문제와 자신의 의미를 찾는 근원적인 문제를 어떻게 받아들여야 하는가의 고통스런 인식이 뒤따랐다. 그는 생계를 이어가기 위해 피난민 수용소 생활, 생선 장사, 막노동자와 같은 생활을 체험하기도 했다. 글을 쓰면서도 이북에 두고 온 아내와 세 아이를 그리워하며 괴로움을 달랬다.

"골목길에서 이북에 두고 온 내 아이와 모습이 흡사한 아이를 만난 적이 있다. 나는 달려들어 부둥켜안고 싶은 충동을 느꼈다. [⋯중략⋯] 때때로 사진이라도 한 장 있었으면 하는 생각을 가져 본다. 그런 생각이 이번 나로 하여금 「꿈을 찍는 사진관」이란 작품을 쓰게 했는지도 모른다." 이 글은 그가 얼마나 그리움을 부둥켜안고 살아왔는지를 짐작케 한다.

작품 세계

「꽃신」

1953년 5월 『학원』에 발표한 작품으로 6·25 전쟁으로 행복이 무너져 내린 한 가정의 비극을 형상화하였다. 전쟁은 한 아기의 희망적이어야 할 탄생마저 비참하게 짓밟아 버린다. 아버지는 멀리 떨어져 있는 아내에게 아기에게 줄 꽃신 한 켤레를 사 보낸다. 아내는 그 꽃신을 소중하게 간직하지만 아기는 아버지와 만나지 못한 채 죽고 꽃신만 남는다. 전쟁이 얼마나 인간 생활의 질서를 파괴하는지를 한 가정의 불행을 통해 여실히 보여주는 작품이라 하겠다.

「인형의 꿈」

1958년에 발표된 중편동화로, 등장인물들이 꿈을 실현시켜 가는 과정을 그리고 있다. 주인공 정란이는 현실에 안주하지 않고 적극적으로 삶을 이끌어 가는 인물이다. 가난한 화가 아버지를 둔 정란이는 궁핍한 자기 생활에 불만을 가지며 부유한 생활을 동경한다. 아버지가 그린 그림이 잘 팔리기를 고대하지만 사정은 조금도 나아지지 않는다. 이런 정란이와 달리 그녀의 어머니는 순종과 인내심으로 현실을 극복해 나간다. 그러나 가족을 위해 꿈을 포기하고 살아가는 정란이 어머니의 꿈은 어머니가 아닌 어린 정란이의 적극적인 행동으로 마침내 빛을 발하게 된다. 여기에 가난한 생활고를 이겨내고 성악가에 대한 꿈을 실현하는 정란이와 정란이 아빠의 꿈, 명애와 명애 아버지의 꿈들이 씨줄과 날줄로 엮어져 있다. 개인이 꿈을 실현하기 위해서는 개인의 의지 못지않게 가치관이 서로 다른 세대와 세대간의 이해가 우선되어야 함을 강조하고 있다. 그 중에서도 가족과의 융화와 여성의 역할을 부각시키고 있는

왼쪽 위부터 강소천 동화집 『어머니의 초상화』(지경사, 2001), 『돌멩이』(교학사, 2002), 강소천 동화를 표제로 삼은 한국 아동문학선집 『꿈을 찍는 사진관』(상서각, 2002).

점이 특징이다.

「꿈을 찍는 사진관」

입몽의 환상 세계를 통해 인간이 지닌 내면적 꿈을 실현시키는 동화이다. 이 작품은 이야기 도입과 결말 부분이 「이상한 나라의 앨리스」와 비슷하다. 나는 따뜻한 봄날, 뒷산에 올라 때이른 살구꽃을 보게 된다. 살구꽃을 보기 위해 다가서니 꿈을 찍는 사진관으로 가는 표지판이 나온다. 꿈을 찍는 사진관에 도착한 나는 꿈을 찍는 방에서 어릴 때 같이 자란 순이의 꿈을 찍는다. 사진관 주인이 찍어 준 꿈 사진에는 이미 다 커 버린 나와 어릴 적 순이 모습이 찍혀 있다. 다시 살구꽃 아래에서 꿈 사진을 바라보게 되는데, 그것은 사진이 아니라 순이가 즐겨 입던 노란색 저고리 색깔의 카드였다. 꿈이라는 가상적 공간에서 현실의 불가능을 실현함으로써 불균형했던 현실은 새로운 질서를 찾게 된다. 이 작품은 오늘의 시점에서 볼 때 내용이 다소 작위적으로 느껴질 수도 있으나, '꿈'이라는 장치를 통해 집요하게 작품 세계를 구축해 나간 그의 문학적 특성은 남다른 의미를 지닌다고 하겠다.

「잃어버린 나」

변신 모티프를 통해 자아발견의 꿈을 주제화한 중편동화이다. 이 작품은 현실 세계가 아닌 심리적 상상 공간에서 또 다른 자기 모습을 들여다보는 과정을 담아내고 있다. 타인의 눈으로 자기 자신을 들여다보는 이러한 행위는 자기 모습을 구체화시켜 타인과의 관계를 보다 효율적으로 촉진시킨다. 따라서 이러한 변신 모티프는 다른 사람과 공존하려는 자세에서 비롯되며, 이는 강소천이 동화에서 추구하고자 하는 주제이기도 하다.

5. 이주홍(1906~1987)

향파 이주홍은 1925년 『신소년』에 「뱀새끼의 무도」로 등단하여 1986년 작고할 때까지 아동문학뿐만 아니라 수필, 희곡, 시, 평론, 그림 등에 뛰어난 재능을 보인 사람이다. 1929년 조선일보 신춘문예에 단편소설 「가난과 사랑」이 입선되면서 등단한 그는 시나리오 「청춘」, 동화집 『못난 돼지』 『피리 부는 소년』 등을 발표하며 왕성한 창작 활동을 펼쳤다. 경상남도 합천읍의 중심지에서 약간 벗어난 영창동에서 태어났다. 이곳은 비록 시골이긴 하지만 서부 경남의 유서 깊은 곳 합천에서도 그때는 문화적 신기운이 돌았다고 선생은 간혹 말하곤 했다.

가난한 시골 촌부의 아들인 이주홍은 열두 살에 고향에서 당시 신교육의 남상(濫觴)이었던 보통학교를 졸업하게 된다. 그는 졸업 후 서당에서 한문을 공부하며 세월을 보내다가 3·1 운동을 만나 열네 살의 나이로 고향을 박차고 사고무친(四顧無親)한 서울로 떠났다. 고학의 시작이자 혹독한 가난과의 싸움이 비롯되었던 것이다.

단성사 극장 앞에서 담배를 팔고, 늦은 밤 호떡통을 짊어지고, 또는 군밤을 팔기 위해 골목을 누비고 다니는 등 그의 고난은 끝이 없었다. 그는 어차피 고생할 바엔 서양 문화를 먼저 받아들인 곳에서 하자고 결심하고 일본으로 건너갔다. 그후 토복공사장에서 막일, 탄광에서 채탄 작업, 철물점 점원, 과자점 직공, 문방구 공장 등을 전전하면서도 주경야독(晝耕夜讀)을 게을리하지 않았다. 1958년 〈부산문학회〉를 창립하고, 1978년에는 부산지역 9명의 작가로 구성된 동인지 『갈숲』을 창간하는 등 부산 문학 발전을 위해서 힘썼다.

그의 작품들은 우리 아동문학이 갖추어야 할 첫번째 조건이라고 할 수 있는 '재미'를 갖추고 있다는 점에서 높이 평가된다. 또한 그의 작품들은 풍자적이면서 기지와 재치가 넘치며, 한편으로는 강한 역사 의식과 민족성을 담고 있다.

「메아리」

이주홍 단편동화 중 가장 서정적인 작품으로 꼽는다. 1950년대 깊은 산속 외딴집에서 아버지와 누나와 같이 사는 소년 돌이. 누나를 향한 애틋한 마음과 그 누나가 시집 간 뒤 절망스런 쓸쓸함 속에 새로 태어난 송아지에 대한 기쁨을 서정적이면서도 아름답게 묘사하고 있다. 시집 간 누나를 찾아 나섰다가 길을 잃은 돌이의 아픔은 그날 밤 태어난 털이 빨간 송아지로 인해 치유된다. 누나가 넘어가던 산마루로 올라가 반대편 산을 향해 외치는 돌이의 모습에서 당시의 단조로우면서도 정감이 넘치는 산골의 일상을 느낄 수 있다.

「청어뼉다귀」

어린 순덕이의 눈을 통해 계층간 갈등과 대립을 사실적으로 그리고 있다. 순덕이는 자기 아버지가 나이가 어린 김 부자 앞에서 머리를 조아리고 쩔쩔매는 현실이 가슴아프다. 순덕이의 아픔과 갈등은 논을 떼인 아버지가 겪는 갈등과 맞물려 팽팽한 긴장감을 더해 준다. 지주를 대접하기 위해 사온 청어. 지주가 살을 다 발라 먹고 남은 청어뼉다귀를 씹어 먹는 순덕이의 처절한 모습이 아버지의 분노로 이어져 순덕이 어깨를 덮고 있는 종기를 내리치는 극한 상황으로 전개된다. 이를 계기로 아버지와 순덕이는 새로운 돌파구를 찾는다.

『아름다운 고향』

삼대에 걸쳐 고향에 대한 끈질긴 집착을 형상화한 장편이다. 이 작품은 일제의 만행 정치와 그 밑에 기생하는 친일분자들의 행각, 지긋지긋한 가난 등 이중 삼중의 고난 속에서도 결코 굴하지 않고 자신의 꿈을 키우는 어린 소년의 모습을 담고 있다. 노비 신분으로 3·1 운동을 주도하다가 죽게 되는 할아버지 김동이와 고향에 돌아와 젊은이 교육에 몸바친 아버지 김현우의 고향에 대한 애정과 집착이 고향을 쉽게 잊고 사는 현실의 우리에게 많은 것을 시사해 준다. 노비라는 신분과 종의 자식이란 놀림 속에도 고향을 버리지 못하고, 오히려 그 고향을 위해 몸을 바친 할아버지와 아버지. 이들에게 고향은 단순히 태어나고 자란 곳이 아닌 원초적 그리움이요, 자유에 대한 갈망이기도 하다. 아

이주홍 글·김동성 그림, 『메아리』(길벗어린이, 2001)와 이주홍 소년소설 『아름다운 고향』(창작과비평사, 1981).

이주홍 동화소설집 『못나도 울엄마』
(창작과비평사, 1977).

들 영재는 할아버지와 아버지의 희생으로 되찾은 고향에서 이들을 회상하며 그리워한다.

「못나도 울엄마」

명희 아버지는 명희에게 장난삼아 다리 밑에서 주워 왔다고 말한다. 가족들은 한쪽 눈이 없고, 입이 삐뚜름하고 한쪽 팔까지 못 쓰는 데다 더러운 옷을 입고 있는 떡장사 할머니가 진짜 명희 엄마라고 놀린다. 명희는 다리 밑 할머니가 며칠째 장사를 나오지 않자 궁금하게 여기다가 꿈을 꾼다. 꿈에 할머니가 혼자 앓아 누운 것을 보고 돌보아 주면서, 명희는 남들이 꺼려하는 초라한 할머니가 진짜 자기 엄마라도 괜찮다고 생각한다. 가난한 이웃을 통해 자기 것을 소중히 여기는 마음을 나타내었다.

「가자미와 복장이」

겉으로는 친하게 지내면서 자기 잇속 챙기기에 급급한 가자미는 배가 납작해지고 복장이는 배가 불룩하게 되었다는 우화적인 작품. 두 물고기가 싸우는 익살스런 모습을 통해 서로 돕고 사는 공존 의식의 필요성을 강조한다. 이외, 돈이나 권력의 노예가 되어 남을 괴롭히고 허세를 부리는 인간의 모습을 비판한 「외로운 짬보」, 지배층에게 짓밟혀 사는 서민의 아픔을 다룬 「청개구리」도 그의 해학적 작품 세계를 엿보게 한다.

6. 이원수(1911~1981)

호는 동원(冬原). 동시인, 동화작가, 아동 문학 평론가. 1911년 음력 11월 17일 양산시 북정동에서 목수인 아버지 이문술과 어머니 진순남의 7남매 중 다섯째, 외아들로 태어났다. 아버지는 아이가 없었던 전처와 헤어지고 재혼하여 50살에 이원수를 얻었다. 외아들인 그는 아버지의 각별한 사랑을 받으며 자랐고, 오래 살라는 뜻에서 원수(元壽)라는 이름을 지어 주었다고 한다. 그러나 이원수는 어렸을 때 친구들에게 원수(敵)라고 놀림을 많이 당했다. 양산초등학교 1학년 재학 중 아버지의 일 때문에 마산으로 이주하여 다시 창원, 김해, 함안, 대구 등으로 옮겨 다니며 살았다. 그의 집은 가난하여 누나들은 보통학교를 마치고 집을 나가 여공으로 일했으며, 보통학교 4학년 때 아버지가 돌아가시자 집안의 살림은 더욱 어려워졌다. 아버지를 여의고 슬픔에 잠겨 있던 이원수는 〈신화소년회(新化少年會)〉에 가입하여 민족의식에 눈을 뜨게 된다. 이 소년회는 천도교 조직을 배경으로 방정환의 아동문화운동의 일환으로 만들어진 조직이다. 소년회는 일 주일에 여러 번 함께 모여 운동을 하고, 동화를 듣거나 노래와 연극을 하였다.

1925년 3월, 이원수(15살)는 방학 중 잠시 귀국하여 〈신화소년회〉를 찾은 방정환과 처음 만나게 된다. 일본인 교장은 학생들에게 이 〈신화소년회〉에 들어가지 말라고 당부할 정도로 일제의 감시 대상이 되었고, 지도자가 체포되기도 했다.

1925년 말에 「고향의 봄」을 『어린이』에 투고하였다. 이 동요는 1926년 방정환에 의하여 입선되고, 『어린이』 4월호에 다시 실렸다. 이후 마산 창신학교 음악 교사 이일래에 의해 작곡되어 마산지역에서도 불리게 되었다. 그러나 「고향의 봄」이 널리 알려진 것은 당시 서울 중앙보육학교 교수였던 홍난파가 작곡한 뒤 1929년 『조선 동요 100곡집』이 발표되면서부터이다. 이 동요 작곡집은 일본의 동요를 부를 수밖에 없었던 조선의 아이들을 위해 홍난파가 윤석중에게 시의 선택을 의뢰하여 작곡한 것이다.

그는 윤석중의 권유로 〈기쁨사〉의 동인이 되었다. 〈기쁨사〉는 『어린이』를 통해 등단한 동요 시인들의 모임으로, 윤석중에 의해 창립(1924년 8월)되었다. 윤석중과 〈기쁨사〉 동인이 되어 작품 활동을 시작한 이원수는 외형률 중심의 재래식 동요에서 내재율 중심의 현실 참여 동시를 개척하여, 「헌 모자」 「보리방아 찧으며」 「교문 밖에서」 「찔레꽃」 「이삿길」 「양말 사러 가는 길」 「종달새」 「너를 부른다」 등 자유동시를 확립하였다. 이 무렵 이원수는 방정환에게 편지를 보내 '앞으로 힘이 미치는 데까지 어린이를 위한 작품을 공부하고 쓰겠다'고 결심을 밝히

1996년, 수원에 있는 「고향의 봄」 노래비를 찾은 이원수와 이원수 아동문학전집 1 『고향의 봄』(웅진출판. 1983).

고, 1928년에는 『어린이』 집필 동인이 되었다. 1929년 마산상업고등학교 3학년 때 광주학생독립운동이 일어나 전국으로 퍼졌다. 마산 상업학교에서도 전단이 준비되고, 1월 13일 동맹 휴교와 시위가 계획되었으나 그 전날 밤에 발각되어 주도자가 검거되었다. 1930년 마산상업학교를 졸업하고, 함안 가야금융조합에 근무하다가 상경하여 1945년에 경기공업학교 교사가 되었다. 이어 출판계로 전직하여 박문출판사 편집국장(1947), 삼화출판사 편집장(1960) 등을 역임하고, 경희여자초급대학 강사(1965)를 지내기도 하였다. 문학 단체에도 적극 참여하여 한국문인협회 이사, 한국문인협회 아동문학분과 위원장, 한국아동문학가협회 회장 등을 역임하였다. 장편동화 및 아동소설을 확립하는 데도 선구적 업적을 남겼는데, 『숲속 나라』(1948)는 최초의 장편동화의 시도이며, 『해와 같이 달과 같이』 『오월의 노래』 『애들아, 내 얘기를』 등은 본격적인 소설적 구성으로 창작한 작품이다.

그는 시나 소설 중 어느 한 쪽으로 치우치지 않고 아동문학에 대한 끊임없는 비평 활동으로 비평 부재의 아동문학계에 아동문학 이론의 기초를 마련하였다. 1950년대 말부터 1960년대에 걸쳐 신문·잡지를 통하여 시평·월평·작가론을 계속 발표하며 아동문학의 본질에 관한 기초 이론을 전개하였고, 1966년 『교육자료』에 10회에 걸쳐서 「아동문학 입문」을 연재하였다. 1970년 '고마우신 선생님상'을 받았고, 1973년 한국문학상·대한민국 문화예술상, 1978년 예술원상(문학부문), 1980년 대한민국문학상(아동문학본상)을 받았다. 1981년 1월 24일 구강암으로 세상을 떠났다. 죽기 한 달 전에 쓴 동시가 「겨울 물오리」이다. 1968년 마산 산호공원에, 그리고 1986년 양산 춘추공원에 「고향의 봄」 노래비와 1984년 서울 어린이대공원에 문학비가 건립되었다. 대표 작품으로는 장편동화 『오월의 노래』 『민들레의 노래』 『잔디 숲속의 이쁜이』 『호수 속 오두막집』 『숲속 나라』 『메아리 소년』이 있고, 창작집 『엄마 없는 날』 『나무야 나무야 겨울나무야』 『밤안개』 『도 깨비와 권총왕』 등이 있다.

이원수는 15세가 되던 해 우리가 누구나 즐겨 부르는 노래 「고향의 봄」 노랫말을 쓴 이후 1985년 작고하기까지 평생 동안 296편의 동요·동 시와 160여 편에 이르는 동화를 남겼다. 그는 동요, 동시, 옛 이야기, 수 필, 평론에서 뚜렷한 자기 세계를 확보하고, 어린이가 처한 현실을 진솔 하게 그려 나갔다.

『숲속 나라』

해방 후 외세를 배격하고 독립된 나라를 꿈꾸는 장편 환상동화. 숲속 나라는 마음씨 고운 아이들이 자립하며 돈과 권력을 멀리하고, 서로 돕고 사랑하며 스스로의 힘으로 살아가는 이상적인 나라이다. 반면 숲 속 밖의 나라는 거지 아이나 일에 지친 가난한 아이들의 세계다. 그러 나 숲속 나라에도 행복만 있는 게 아니다. 그곳에는 외세와의 싸움, 현 실 세계로 돌아가는 부잣집 아이와의 슬픈 이별도 있다. 이원수는 「아 동문학프롬나드」에서 이 작품은 자주적 독립을 지향하고, 민족의 눈을 속이는 경제적 침략 등을 경계하는 정신에 있다고 말한 바 있다. 그는 환상의 자유로움 속에서 그의 인생관과 가치관을 여지없이 보여주고 있다. 이상적인 숲속 나라를 동쪽에 세운 까닭은 남과 북이 함께 살 수 있는 또 다른 공간으로도 해석이 가능하다.

『호수 속의 오두막집』

6·25 때 북으로 간 아들을 기다리는 할머니와 숙희의 아픔을 그린 이야기이다. 이 작품은 남북 분단의 아픔을 담백한 묘사와 소설적인 구성을 통해 감동적으로 그렸다. 댐 공사로 마을이 호수 속에 잠기게 되자 숙희 할머니는 월북한 아들이 집을 찾아오지 못하게 된다며 완강하게 저항한다. '간첩이 되어서라도 돌아오라'는 할머니의 절규는 정치 체제를 초월한 어머니의 사랑으로 다가온다. 아버지의 얼

이원수 단편동화집 『엄마 없는 날』(웅진출판, 1997).

굴도 모른 채 자라는 숙희는 그런 할머니 마음을 이해한다. 할머니가 돌아가시자 숙희는 호수 속에 푯말을 세워 그곳이 숙희네가 살던 집이라는 사실을 알린다. 분단의 슬픔이 어른들의 고통이 아닌 다음 세대로 이어지고 있다는 점에서 통일의 당위성을 일깨워 준다.

『잔디 숲속의 이쁜이』

우리에게 친숙한 개미가 주인공으로 등장하여 규범으로 얽매인 삶을 벗어나 자유와 사랑이 넘치는 나라를 찾아가기 위해 온갖 고난을 겪는 모습이 드라마틱하게 펼쳐진다. 특히 여자 개미 이쁜이가 온갖 위험을 이겨내고 사회에 맞서 나가는 모습이 인상적이다. 남자 개미 똘똘이는 그런 이쁜이를 보면서 세상을 다시 배우며 이쁜이를 사랑한다. 이쁜이는 죽음을 무릅쓰고 자유와 사랑을 선택한다. 그녀를 이해하는 똘똘이와 같이 살기 위해 끝까지 몸과 마음을 지킨다. 개미의 생태나 삶의 모습이 정확하게 그려져 있어 개미에 대한 지식까지 함께 얻을 수 있다.

『민들레 노래』

주인공 현우는 학살된 시체 더미 속에서 어머니 품에 안겨 기적적으로 탈출한 소년이다. 그의 아버지는 학살 현장에서 죽고, 어머니는 4년 전에 병사했다. 현우는 유복한 정이 아버지 집에서 신세를 지며 산다. 그러나 정이 아버지는 4·19 직후 부정 축재 혐의로 경찰의 추궁을 받자 시내로 잠복하고, 그의 가족들은 작은 집으로 이사를 간다. 현우는 서울에 나타난 삼촌으로부터 정이 아버지가 양민학살의 현장 책임자였다는 사실을 알게 된다. 자기에게 도움을 준 사람들이 부모를 죽인 원수임을 알게 된 현우는 혼란에 빠지게 되고, 정이와의 갈등이 빠르게 전개된다. 그러나 현우와 정이는 부모 세대들의 모순과 갈등을 슬기롭게 극복하고 우정을 다진다. 이야기의 치밀한 전개와 세세한 심리 묘사가 작품성을 더해 주고 있다.

「불새의 춤」

현실의 부조리를 극단에서 사육되는 두루미에 투영시켜 고발한 이 작품은 젊은 노동자 전태일의 삶을 소재로 한 것으로, 자유당 정권의 부정 선거를 규탄하는 젊은 학생들이 자유당 정권에 항거하여 일어났던 4·19 의거를 소재로 한 「벚꽃과 돌멩이」와 함께 부조리한 사회 현실을 풍자하여 정의가 살아 있는 사회를 지향하는 이원수의 현실 인식을 살필 수 있다.

7. 권정생(1937~)

본명은 권경수. 1937년 9월에 일본 도쿄 혼마치(本町)의 헌옷 장수집 뒷방에서 태어났다. 아버지는 거리 청소부였고, 어머니는 삯바느질, 큰누나는 사탕 공장에 다녔다. 그는 가난하여 학교에 들어가지 못했고 항상 외톨이로 골목길에서 지내야 했다. 1944년 겨울 폭격을 피해 군마켕(群馬縣) 쓰마고이로 이사를 갔는데, 그곳에서 아버지가 모아 온 쓰레기 더미 속에 있는 그림책과 동화책을 찾아내어 읽으면서 자랐다. 삯바느질을 하시던 어머니는 저녁때면 5전짜리 동전을 주면서 심부름을 시켰다. 그때 권정생은 따뜻한 사람들을 많이 만났다.

1946년 해방 이듬해 권정생은 조선으로 돌아왔다. 그때, 〈조선인연맹〉에 가입했던 형님 두 분은 돌아오지 않았다. 동백꽃이 피던 3월에 후지오카의 버스 정류장에서 차에 오르지 않으려 애를 썼지만 끝내 떠밀려 태워졌다. 그는 "만 8년 6개월 동안 어렵지만 정들어 자라 온 땅을 떠난다는 것은 가슴이 쓰리고 서러운 일이었다"라고 그때의 심경을 털어놓았다. 1946년 극심한 보릿고개와 거듭된 흉년으로 웬만한 집 모두가 쑥과 송피로 죽을 끓여 먹던 터라 당장 거처할 집도 없는 권정생 가족은 생활고를 이기지 못하고 뿔뿔이 흩어졌다. 어머니와 동생, 권정생은 외가가 있는 청송으로 갔고, 아버지와 누나는 안동으로 갔다. 1년 반 동안에 여섯 번이나 옮겨 살아야 하는 힘겨운 생활이었다. 어머니는 가을에는 약초를 캐고 여름에는 품을 팔았다. 겨울에는 동냥을 나가 보름씩 돌아오지 않을 때도 있어 남매 셋이 어머니를 기다리며 귀리죽을 끓여 먹었다. 그때의 이야기를 쓴 것이 아동소설 「쌀도둑」이다. 가족이 함께 모인 것은 1947년 12월이었다. 그러나 1950년 6·25 전쟁으로 가족은 다시 흩어지게 된다.

그는 국민학교를 네 군데 다녔다. 도쿄의 혼마치에서 8개월, 군마켕에서 8개월, 조선에 와서 청송에서 5개월, 그리고 나머지는 안동에서 졸업을 했다. 그것도 연속적으로 다닌 것이 아니라 몇 달씩, 몇 년씩 쉬었다가 다니는 바람에 1956년 3월에야 겨우 졸업을 했다. 아버지의 소작 농사만으로는 월사금을 못 내어 어머니가 행상을 다녔다. 한 달에 여섯 번씩 가시는데 장날 갔다가 다음 장날 돌아왔다. 그러니 자연히 밥짓는 일은 권정생이 맡아야 했다. 아침밥을 지어 먹고 설거지하고 학교 가자면 바쁘게 달려가야 했다. 이때 그의 나이는 열 살이었다. 국민학교를 졸업하고 그가 처음 시작한 것이 나무 장수였고, 다음이 고구마 장수, 담배 장수, 그리고 점원 노릇이었다. 그가 결핵을 앓은 것은 열아홉 살 때부터였다. 처음엔 숨이 차고 몹시 피곤했지만 그런대로 두 해를 더 버티다가 결국 1957년 고향으로 돌아와 버린다. 마을에는 객지에 갔다가 결핵으로 돌아온 아이들이 10여 명이나 되었다. 그는 이따금 나오는 항생제를 배급받기 위해 읍내 보건소를 찾아갔지만 허탕치고 돌아오는 날이 많았다. 필요한 만큼 약은 공급되지 않았다. 주위에 있는 사람들이 하나둘 죽어 갔고, 그의 몸은 늑막염과 폐결핵에서 신장결핵, 방광결핵으로 온몸이 망가져 갔다. 그의 어머니는 첫아들을 장티푸스를 앓으면서 사산(死産)하였고, 셋째는 열일곱 살 때 잃고, 둘째와 넷째는 해방 이듬해 헤어진 뒤 결국 다시 만나 보지 못한다. 결국 어머니는 1964년 가을(권정생의 나이 스물일곱)에 돌아가고, 일 년 후에 아버지도 사망한다. 아버지는 죽기 전, 권정생에게 동생을 결혼시켜야 하니 어디 좀 나갔다 오라고 한다. 아버지의 뜻을 받아들인 권정생은 무작정 집을 나와 대구, 김천, 상주, 문경, 예촌 등을 3개월간 떠돌며 거지 생활을 한다. 그로 인해 병이 생겨 부고환결핵으로 온몸이 불덩어리처럼 열이 올랐고, 산길에 쓰러져 누워 있다 보면 누군가가 지나다 보고 간첩으로 오해하기도 했다.

1967년 그는 안동의 교회 문간방에 들어가 살며 종지기를 한다. 전에 살던 집은 소작하던 농막이어서 비워 주어야 했기 때문이다. 서향으로 지어진 예배당 부속건물의 토담집은 겨울엔 춥고 여름엔 더웠다. 외풍이 심해 겨울에는 귀에 동상이 걸렸다가 봄이 되면 낫곤 했다. 그러나 그에게 조그만 방은 글을 쓸 수 있고 아이들과 자주 만날 수 있는 장소였고, 여름에 소나기가 쏟아지면 창호지 문에 빗발이 들이쳐서 구멍이 뚫리고 개구리들이 그 구멍으로 뛰어들어와 꽥꽥 울었다. 겨울이면 아랫목에 생쥐들이 와서 이불 속에 들어와 잤는데, 자다 보면 발가락을 깨물기도 하고 옷 속을 비집고 겨드랑이까지 파고 들어오기도 했다. "처음 몇 번은 놀라기도 하고 귀찮기도 했지만 지내다 보니 그것들과 정이 들어 버려 아예 발치에다 먹을 것을 놓아 두고 기다렸다. 개구리든 생쥐든 메뚜기든 굼벵이든 같은 햇빛 아래 같은 공기와 물을 마시며 고통도 슬픔도 겪으면서 살다 죽는 게 아닌가. 나는 그래서 황금덩이보다 강아지똥이 더 귀한 것을 알았고, 외롭지 않게 되었다"고 그는 술회한다.

1969년 동화 「강아지똥」이 제1회 기독교아동문학상에 당선된다. 이 동화는 보리쌀 두 홉을 냄비에 끓여 숟가락으로 세 등분을 금 그어 놓고 저녁까지 먹으며 50일간 쓴 작품이다. 이후 그는 1971년 대구 매일신문 신춘문예에 「아기 그림자 딸랑이」가 입선되고, 1973년 조선일보 신춘문예에 동화 「무명저고리와 엄마」가 당선되었다.

「강아지똥」

그의 단편 중에서 가장 널리 알려지고 사랑받는 작품. 가장 더럽다고 생각하는 개똥을 소재로 민들레의 부활을 이루어내는 작가의 투철한 의지를 담고 있다. 천하고 하찮은 존재로 태어난 자기 자신을 원망하던 강아지똥이 꿈을 잃지 않는다면 반드시 이룰 수 있다는 신념으로 자기 존재 가치를 찾아가는 과정이 신선한 충격을 던져 준다.

「몽실 언니」

우리 민족 최대의 비극인 6·25 전쟁의 참상을 사실적으로 보여주는 작품이다. 해방 후 어수선한 농촌을 배경으로 하고 있다. 몽실이 어머니는 날품팔이도 제대로 못 하는 아버지 정씨를 따라 댓골 김 주사에게 시집을 간다. 한동안 편안한 생활이 이어지지만 새아버지의 구박을 받는 몽실이는 다리까지 다쳐 불구가 된다. 몽실이는 고모를 따라 친아버지에게 오게 되고, 집으로 온 몽실이는 새어머니 북촌댁을 만난

권정생 글·정승각 그림, 『강아지똥』 (길벗어린이, 1996)과 소년소설 『점득이네』(창작과비평사, 1990).

다. 북촌댁은 몽실이를 아껴 주지만, 아버지가 전쟁터로 나간 후 난남이를 남겨 두고 죽는다. 어린 몽실이는 난남이를 업고 동냥을 하며 식모살이를 한다. 주인 최씨네 식구들은 난남이와 몽실이에게 잘해 준다. 어느 날, 몽실이는 쓰레기 더미에서 발견된 흑인 아이가 사람들의 냉대 속에서 죽어 가는 것을 보고 큰 충격을 받는다. 전쟁터에 나간 아버지가 다리를 다친 불구의 몸으로 몽실이를 찾아오고, 몽실이는 동냥을 해서 아버지와 동생을 먹여 살린다. 그런 와중에 친어머니가 죽었다는 소식을 듣는다. 몽실이는 아버지의 병을 고치기 위해 부산에 있는 병원으로 간다. 그러나 보름이 넘도록 길바닥에서 기다리던 몽실이 아버지는 진찰도 받지 못한 채 죽는다. 몽실이는 난남이를 데리고 양공주 집에 식모로 들어간다. 난남은 부잣집 양녀로 입양을 가게 된다. 30년이 흐른 후, 몽실이는 꼽추 남편과 결혼하여 남매를 낳고 시장에서 콩나물 장사를 하며 살아간다. 동생 영득이는 집배원이 되고, 영순이는 시골로 시집을 가고, 난남이는 결핵 요양소에 입원하게 된다. 이 작품은 새아버지에게 구박을 받아 다리까지 다쳐 불구가 된 몽실이가 전쟁터에서 불구의 몸으로 돌아온 아버지와 어린 동생을 먹여 살리는

권정생 동화집 『바닷가 아이들』(창작과비평사, 1988)과 소년소설 『초가집이 있던 마을』(분도, 1997).

처절한 생활을 통해 전쟁의 아픔을 보여주고 있다. 전쟁으로 모든 것들을 잃고 온몸으로 현실에 맞서 나가는 몽실이의 비극적인 생활은 전쟁으로 유린된 생명과 고향, 그리고 가정의 몰락으로 개인의 삶이 얼마 만큼 비참해질 수 있는가를 총체적으로 보여준다. 우리는 주인공 몽실이의 눈물겨운 생활에서 화해와 용서의 진정한 의미를 배울 수 있다.

『점득이네』

전쟁으로 인해 가족이 몰락하는 과정을 그린 작품. 광복 후 조국을 찾아오는 도중에 아버지는 소련군의 총에 맞아 숨지고, 어머니마저 6·25 전쟁 피난길에 미군 폭격기로 잃었고, 주인공 점득이는 앞을 보지 못하게 된다. 어렵게 고국을 찾아왔지만 좌우익의 싸움과 6·25 전쟁으로 아까운 목숨들이 다치는 혼란 속에 점득이는 고향과 친지에 대한 애정이 깊어 간다. 점득이는 고아원에서 음악을 잘해 미국 유학 길이 생겼는데도 뿌리치고 고향을 찾아 달아난다. 휴전이 되자 이웃의 도움으로 어렵게 고향을 찾지만 휴전선 북쪽에 있어 가지 못한다. 점득이는 점례 누나와 30년간 고향을 찾으며 서로 의지하며 살아간다. 『점득이네』는 전쟁은 서로를 이해하지 못하는 상황에서 벌어지며, 그로 인해 고향을 빼앗기고 어린 시절 꿈까지 침탈당하는 비극을 담고 있다.

「바닷가 아이들」

이 작품은 서해 바다 섬에 사는 동수가 황해도 해주에서 배를 타고 떠내려온 북쪽 아이 태진이를 바닷가에서 만나, 함께 물놀이도 하고 음식도 나누어 먹으며 같은 민족임을 깨닫는 내용으로 되어 있다. 전쟁통에 가족을 잃은 이웃들, 부모를 잃은 아이, 통일이 되면 고향땅을 밟을

꿈으로 살아가는 할머니 등 분단으로 인한 겨레의 아픔이 잘 나타나 있다. 이 작품은 아이들이 맺은 순수한 우정이 갈등과 대립의 벽을 뚫고 남북 교류와 화해의 다리를 놓을 수 있다는 희망을 가지게 한다.

『초가집이 있던 마을』

주인공 복식이 징집 영장을 받은 뒤, 월북한 아버지의 가슴에 총부리를 겨눌 수 없다며 괴로워하다 농약을 마시고 자살하는 내용을 담고 있다. 한 시골 마을 어린이들이 전쟁과 분단의 상처를 겪으면서 자라나는 모습이 생생하게 전해져 온다. 작품 서두에 제시한 한국전쟁이 일어나기 전 아름다운 시골 마을과 초등학교의 평화로운 풍경은 행복한 공동체를 추구하고자 하는 염원의 발로라고 할 수 있다. 죽음을 택한 복식의 행동에서 우리는 분단 체제에 대한 강한 저항 의지를 읽을 수 있다.

제7장
작품 창작의 실제

1. 동화의 매력과 조건

사람의 마음속에는 다른 사람의 이야기를 듣고자 하는 본능적인 욕망이 있다. 어린이도 마찬가지이다. 알지 못하는 세계를 향한 호기심 충족, 상상을 통한 새로운 세계 창조, 시간적·공간적으로 한정된 자아의 확장은 우리가 '이야기'를 읽는 목적이며 '재미'라고 할 수 있다. 이때 재미는 '문학성'이란 말로 대치할 수 있다. 따라서 문학작품에서 얻는 재미는 일상적으로 생각하는 재미와는 다르다. 문학작품에서 재미는 작품을 읽은 뒤에 은근하게 다가오는 느낌일 수 있으며, 주제나 단순한 정황, 구성에서 찾아질 수도 있다. 또 새로운 세계에 대해 충격을 주거나 보여주는 것, 작품을 읽는 과정에서 얻어지는 어떤 깨달음일수도 있다.

동화는 아동을 주요 대상으로, 어린이 시점을 기조로 하는 서사문학이다. 서사문학으로서 동화는 '이야기'를 가장 중요한 요소로 간직한다. 이야기를 이야기답게, 재미있게 전달하는 것이 곧 동화의 진정한 매력이라고 할 수 있다.

그러나 발표되고 있는 많은 동화들이 아직도 동화가 '아동의 시점에서 서술되는 서사 장르'라는 기본적 특성을 무시한 채 창작되고, 비평되고 있음이 발견된다. 아동의 시점을 고려하지 않고 내용을 전개하다 보니, 동화의 소재나 인물의 상황, 언어 등이 어른인 작가의 개인적 취향만을 만족시키는 것이 되고 있다. 물론 동화는 그 안에 담고 있는 보편적 진실로 성인과 아동을 동시에 만족시키는 요소를 담고 있는 경우도 있다. 그러나 성인의 시점에서 구현되는 동화, 아동의 시점을 무시하고 아동에게 관심을 불러일으키지 못하는 동화는 좋은 동화라고 할 수 없다. 동화는 성인 작가가 자신의 눈으로 세상을 그려내는 것이 아니라, 아동 시점을 빌려(또는 그것에 동화되어) 세상을 그려내는 장르이다. 흔히 '동심'이라는 말로 대변되는 이 '아동 시점'이란 성인문학에서는 가능하지 않은 아동문학 고유의 특성이며, 동화를 동화답게 하는 요소이기도 하다. 따라서 좋은 동화의 기본 조건은 바로 이 아동 시점에 얼마 만큼 가깝게 다가서느냐에 달려 있다고 해도 과언이 아니다. 다음으로 내용이 있는 스토리 전개, 상황 설정의 적절성, 인과성이 부여된 짜임새 있는 구성, 평이하면서도 명확한 문장, 바람직한 가치관 제시 등을 꼽을 수 있다. 이것은 동화가 어린이에게 읽히기 위한 그저 단순한 글이 아니고 '문학'이기 때문이다. 이러한 요소들이 적절하게 조화를 이루고 있을 때 우리는 그 작품을 좋은 동화라고 할 수 있다.

동화를 동화이게 하는 미적 구조의 요소 중 하나로 플롯(plot)을 꼽을 수 있다. 구성, 짜임새라고도 할 수 있는 플롯은 '사건의 배열 체계'를 가리킨다. 좀더 정확하게 표현하자면, "한 편의 동화에 나타난 행동의 구조로서 인과 관계가 있는 사건의 전개"라고 규정할 수 있다. 즉 플롯은 단순히 시간적 순서대로 사건을 서술하는 것이 아니라, 그 사건에 인과 관계를 담고 있는 것을 가리킨다. 문학작품으로서 동화는 단순히 사건들을 나열하는 스토리가 아니다. 창작 작품으로서 동화에서의 사건 배열은 전체와 통일(조화)된 효과를 이루도록 구성되어야 한다. 작품이 전체와 조화를 이루도록 설계하는 것, 이것이 바로 플롯이다. 그러므로 동화에서 플롯 설정은 무엇보다도 작품의 주제를 분명하게 나타낼 수 있도록 짜여져야 한다. 그러기 위해서는 사건 전개가 윤리성과 사실성에 어긋나지 않게 자연스럽고 필연적인 구성이 되어야 한다. 아리스토텔레스는 『시학』에서 "플롯은 전체여야 하며, 전체로는 시작·중간 그리고 끝을 가지며, 시작은 그 앞에 아무것도 없으며, 끝은 그 뒤에 아무것도 없다"라고 했다. 이것은 플롯에서의 인과성을 중요시한 것으로, 전체와 부분의 조화를 강조한 것이다. 이를테면 어떤 사건을 그대로 서술했다고 해서 그것이 곧 동화가 되는 것은 아니다. 그 사건이 동화의 미적 구조를 형성하도록 할 때 의미를 지닌다. 그렇지 못하다면 그것은 그저 하나의 기사나 기록과 다를 게 없다. 아무리 좋은 내용이라도 전체와 통일을 이루지 못하면 그것은 작품의 구조적 결함이 될 수 있다.

노자는 인간이 가장 행복해지기 위해서는 어린이 마음이 되는 것이라고 했고, 워즈워즈 역시 '어린이는 어른의 아버지'라는 말로 동심의 위대성을 강조했다. '아동의 시점'에서 바라보는 세계는 간단하고 유치한 것이 아니라, 성인 시점에서는 감히 발견할 수 없는 삶의 진실을 깨닫게 하는 것이다. 동화가 심오하면서 위대한 것은 바로 어른의 시각으로는 도저히 찾아낼 수 없는 삶의 보편적 진실을 아동의 시점에서 간단 명료하게 보여주는 데 있다고 하겠다. 정말 좋은 동화를 쓰려는 사람은 이 점을 간과해서는 안 된다.

2. 밥과 그릇

아주 잘 지은 밥이 있다고 하자. 그런데 그 밥이 이가 빠진 그릇에 담겨진다면 어떻게 될까? 아마 우리의 식욕을 감퇴시킬 것이다. 반대로 잘 지은 밥이 제대로 된 그릇에 담겨진다면 밥을 먹고 싶은 마음이 훨씬 강해지리라. 작품도 마찬가지이다.

'무엇을 어떻게' 표현할 것인가? 이것은 동화 창작에 있어 중요한 문제이다. 여기서 '무엇을'은 작품 내용, 즉 주제를 가리키며, '어떻게'는 내용을 담는 그릇, 즉 형식을 가리킨다. 하나의 작품에서 이 두 요소가 얼만큼 적절하게 조화되었는가에 따라 작품 가치의 척도는 달라질 수 있다. 아이헨바움은 문학에서 '형식'은 내용과 조화되어야 할 그릇이라는 개념에서 좀더 벗어나, 그 자체 속에 하나의 내용이 있는 역동적이고 구체적인 '통합체'라고 보았다. 이는 작품에서 '내용과 형식은 따로 떼어 생각할 수 없는 요소'라는 태도이다. 아무리 좋은 내용일지라도 그 내용을 담는 그릇이 엉성하면 감동 또한 그만큼 반감될 수 있다는 점에서 이러한 시각은 의미 있게 받아들여진다.

정진숙의 「하늘나라의 나팔수」와 목온균의 「무싯할머니」는 역사적 사건을 다룬 동화이다. 이 두 동화는 월남전의 고엽제 사건과 정신대 문제라는 역사적 사건을 통해 오늘을 사는 우리에게 전쟁이 주는 아픔과 식민지의 참상을 새롭게 깨닫게 한다. 특히 이 두 작품은 주제를 '어떻게' 형상화하는가에 따라 작품의 의미가 달라질 수 있음을 보여준다. 여기서는 정진숙의 「하늘나라 나팔수」를 중심으로 살펴보고자 한다.

「하늘나라 나팔수」는 우석이네 할아버지가 아랫방에 낯선 아저씨를 들이면서 이야기가 시작된다. 아저씨는 몸 여기저기에 부스럼이 난 데다 병색이 완연하여 우석이네 식구들은 모두 그 아저씨를 꺼린다. 우석이는 아저씨 때문에 삼촌과 한 방을 쓰게 되자 아저씨가 더욱 못마 땅하다. 그러나 삼촌과 한 방을 쓰게 되면서 우석이와 삼촌은 서로에 게 관심을 보이는 사이가 된다. 간간이 들려오는 나팔 소리, 삼촌의 이 상한 놀이가 더해지면서 어느 날 우석이는 삼촌 마중을 나간다. 삼촌 은 자기를 마중 나온 우석이가 기특하여 아이스크림 가게로 들어선다. 한쪽 탁자에 아랫방 아저씨가 컵 라면을 놓고 앉아 있었다. 아이스크 림을 먹고 값을 지불하기 위해 지갑을 찾던 삼촌은 탁자 위에 가방을 거꾸로 쏟는다. 가방 속에서 나온 전쟁 게임 물건을 본 아저씨는 갑자 기 소리를 치며 삼촌에게 달려들어 총을 쏜다. 나중에 그 총이 게임 총 이라는 사실이 밝혀지지만 그 일로 아랫방 아저씨의 아픈 기억이 생생 하게 되살아나 아저씨의 정신과 육체를 괴롭힌다. 우석이는 친구들 대 부분을 국립묘지로 보내고, 아들마저 잃은 아저씨의 참담한 인생 행로 를 통해 진정으로 아저씨에게 다가간다. 그러나 매일 들려오던 나팔 소리가 들리지 않던 어느 날, 마침내 아저씨는 고엽제 후유증으로 하 늘 나라로 올라간다.

「무싯할머니」는 정신대에 끌려갔던 무싯할머니의 아픔을 그린 동화 이다. 무싯할머니는 앞니가 빠져 '무식'이 '무싯'으로 발음되어 붙여진 별명이다. 복사골 동군네가 살던 집으로 무싯할머니가 이사 오게 되면 서 사건은 전개된다. 같이 따라온 사람도 없고, 작은 보따리에 달랑 이 불 한 채만 가지고 온 할머니를 보고 동네에는 여러 가지 추측이 돈다. 무싯할머니는 이웃의 재희 할머니와 친하게 지낸다. 그러나 미국에서 태어나, 몸이 아파 잠시 할머니 댁에 다니러 온 손녀 재희는 무싯할머 니를 싫어한다. 할머니는 김치를 못 먹는 재희를 나무라고, 일본어를 배우는 재희 삼촌에게 호통을 친다. 어느 날 시위 군중에 끼어 텔레비 전에 나타난 무싯할머니는 자기 과거를 털어놓는다.

이 두 작품은 역사적 사건을 동화 소재로 삼은 점, 사건 도입 방법(낮선 사람이 마을로 들어오게 됨으로써 사건이 일어나는 점), 시점이 할아버지와 할머니의 손자·손녀인 우석이와 재희(어린이)의 시각에서 진행시키고 있다는 점이 유사하다. 그러나 앞에서 말했듯이 내용과 형식의 조화, 즉 '어떻게' 표현했는가라는 측면에서 살펴볼 때, 「무싯할머니」는 주인공 인물의 성격 창조에는 성공하고 있지만, 무싯할머니의 행동이 등장인물(재희와 삼촌)에게 인과성을 부여하지 못하고 있다. 그것은 역사적 사건을 피상적으로 파악한 것이 원인일 수 있다. 그러다 보니 무싯할머니가 가지고 있는 본질적인 문제(정신대의 문제)에는 가깝게 접근하지 못하는 결과를 초래하고 말았다.

반면 정진숙의 「하늘나라의 나팔수」는 몇 군데 표현상의 의문점이 보이지만, 고엽제의 후유증에 시달리는 아저씨의 고통이 상징적 매개물인 나팔 소리와 필연적인 사건을 통해 비교적 잘 형상화되고 있다. 자칫 교훈적으로 흐를 수 있는 내용을 이 작품이 감동으로 이끌어낼 수 있었던 이유를 살펴보면 다음과 같다. 첫째, 작가가 주제를 표면적으로 드러내지 않고, 육화하여 작품 내면에 잔잔히 깔리도록 조절했다는 점이다. 둘째, 하나의 사건과 사건이 전체 내용과 유기적으로 작용하면서 통일성을 지니도록 했다는 점이다. 셋째, 상황을 설명하기보다는 대화나 묘사로 처리하여 객관성을 부여했다는 점이다.

삼촌은 탁자 위에 가방을 거꾸로 쏟았다.
군대를 통째로 턴 것처럼 이상한 물건들이 우루루 쏟아져 나왔다.
"어어어……."
우석이는 놀라 누가 볼세라 그것들을 몸으로 감싸안았다.
그렇지만 이미 때는 늦고 말았다.
아저씨가 괴성을 지르며 의자를 박차고 일어났다.
따다다다……

"야, 적이다! 공격하라!" (37쪽)

"그때는 뭘 알았어야죠. 우리 시원하라고 뿌려 주는 줄 알았지요. 지금에 야 그게 울창한 나무까지 말려 죽이는 고엽제라는 걸 안 거지요." (41쪽)

인용문은 전쟁놀이 게임 기구를 본 아저씨의 갑작스런 행동과, 고엽 제의 피해를 뒤늦게 알게 된 사실을 통해 전쟁의 참혹함을 여실하게 고발하고 있는 부분이다. 아저씨의 불행은 혼자만의 것으로 끝나지 않 고 중학생이 된 아들에게로 이어지고 있다는 점에서 전쟁이 주는 비극 성을 통감하게 한다. 그러나 베트남전이 한국인들에게 남긴 상흔은 미 국인들과는 다른 점이 있다. 가난으로 인해 어렵게 살아야 했던 시절, 베트남은 어떤 한국인에게는 저주받은 싸움터만이 아니라 기회의 땅 이기도 했다. 문학의 형상화가 있는 그대로의 체험을 기억하여 복사한 것이 아니라, 체험의 재창조이며, 창작이라는 과정을 통해 그 체험을 해체하고 새롭게 재구성하여 다른 상태로 나타낸 것일지라도, 그것을 작품으로 표현할 때는 철저한 고증을 바탕으로, 제대로 된 그릇에 담 겨졌을 때, 독자로 하여금 보다 큰 감동을 불러일으키게 될 것이다. 아 저씨가 베트남으로 가게 된 원인을 서두에 언급했더라면 하는 아쉬움 이 남았다.

3. 소재의 확장

흔히 현대를 일길어 '글로벌 시대'라고 말한다. '지구촌 시대'라는 말 로 대변되는 이 말은 인터넷을 통해 하루에도 수십 번씩 전세계 국경 을 넘나드는 현 시대 특성을 적절하게 나타낸 말이라고 생각된다. 사 실 오늘날의 세계는 나라와 나라 사이의 많은 문제들이 밀접하게 연결되어 있어, 서로 협력하고 더불어 살지 않으면 공멸하는 상황에 놓여 있다. 이러한 지구촌화 현상은 문학의 미래 방향을 예견하게 한다. 즉 앞으로 문학은 한 나라뿐만 아니라 전세계 사람들이 공감할 수 있는 내용을 담아야 할 필요성이 있다는 것이다. 그런 의미에서 외국인 노동자의 삶을 다룬 조대현의 「바브라 아저씨의 왼손」과 김해원의 「알리 아저씨의 가족 사진」은 반갑게 읽혔다. 이 두 작품은 방글라데시에서 온 노동자가 우리 나라 산업 현장에서 겪는 실상을 통해 외국인 근로자가 겪는 아픔을 나타내고 있다.

　「바브라 아저씨의 왼손」은 주인공 다운이가 축구를 하다가 근육이 늘어나 병원에 입원하면서 전개된다. 그곳에서 다운이는 방글라데시에서 온 바브라 아저씨를 만나게 된다. 다운이는 시꺼먼 외모와 달리 친절한 아저씨와 친하게 되고, 아저씨의 생활에 대해 듣게 된다. 기계 톱에 손가락이 잘려 병원에 온 아저씨는 아홉 식구를 먹여 살려야 하는 가장이다. 아저씨는 병원에서도 끼니를 라면으로 때운다. 그나마 한 손을 다쳐 앞으로 생계도 막연한 상태이다. 다운이는 이런 바브라 아저씨의 딱한 사정을 부모님께 알리고 도움을 청하려고 하지만, 부모님은 바브라 아저씨의 까만 외모를 보고 꺼린다. 병원에 불이 났을 때 다운이 목숨을 구해 준 것을 계기로 바브라 아저씨는 다운이 아버지가 운영하는 서점에 취직을 하게 된다.

　「알리 아저씨의 가족 사진」의 내용은 다음과 같다. 다솜이 아버지는 인쇄소를 경영한다. 다솜이는 인쇄소를 들를 때마다 일을 잘못해 김 반장 아저씨에게 야단맞는 알리 아저씨를 목격한다. 알리 아저씨는 돈을 벌기 위해 한국에 온 방글라데시인이다. 다솜이 아버지는 외국인 노동자가 한국인 노동자에 비해 인건비가 싼 이유로 알리 아저씨를 고용한다. 방학 때 아버지에게 도시락을 전해 주기 위해 인쇄소를 들락거리면서 다솜이는 알리 아저씨와 친해진다. 알리 아저씨에게는 '아

272

불'이라 불리는 다솜이 또래의 아이와 늙은 어머니가 있다는 사실도 알게 된다. 그러나 다솜이 아버지는 김 반장과 손발이 잘 안 맞는 알리 아저씨를 내쫓으려 한다. 다솜이 할머니는 미국에 이민 가서 고생하는 딸을 생각하며 이러한 다솜이 아버지를 만류한다. 쓰러진 다솜이 할머니를 알리 아저씨가 병원에 옮겨 주는 일을 계기로 알리 아저씨는 인쇄소에서 쫓겨나지 않고 계속 일을 할 수 있게 된다.

소재와 전개 내용이 비슷한 이 두 작품은 외국인 고용→사건 발생→쫓겨남(또는 쫓겨나게 되는 처지에 놓임)→다솜이를 구해 줌(바브라 아저씨), 할머니를 구해 줌(알리 아저씨)→다시 일하게 된다는, 비교적 탄탄한 구성을 보이고 있다. 아홉 명이나 되는 식구들의 생계를 책임지고 있는 바브라 아저씨는 손가락이 잘리는 바람에 직장에서 쫓겨나고, 어린아이와 늙은 어머니가 있는 알리 아저씨는 일이 서툴러 다솜이 아버지로부터 해고당하게 될 처지에 놓이게 된다. 작품에서 이러한 상황 설정은 독자에게 외국인 노동자가 해고되어서는 안 될 이유로 작용한다. 외국인 근로자가 겪는 인권 문제라는 다소 무거운 소재를 어느 한 쪽으로 치우치지 않고, 어른과 어린이의 관점에서 바라보게 한 점이 높이 살 만하다. 하지만 오른손을 다친 바브라 아저씨가 무거운 짐을 날라야 하는 서점에서 일하게 되는 상황 설정은 어쩐지 무리가 있어 보인다. 그리고 문제 해결에 있어 두 작품은 다운이를 구해 준다거나 할머니를 병원으로 데려가는 일을 계기로, 바브라 아저씨와 알리 아저씨가 일자리를 마련하도록 하고 있어 아쉬움을 던져 준다. 외국인 노동자가 겪는 문제를 좀더 본질적인 측면에서 접근시켰더라면 좋았을 것이다.

IMF 이후 국내 경기가 빠른 회복세를 보이면서, 중국·동남아 지역의 근로자들 사이에서는 '코리안 드림'이 다시 거세게 불고 있다고 한다. 현재 우리 나라 인천공항에는 한 달에 4000~5000명씩 밀려드는 불법 외국인 근로자들로 많은 사회 문제가 대두되고 있는 실정이다. 이들이 찾는 곳은 주로 염색이나 프레스·플라스틱 등 국내 근로자들이 기피하는 업종으로 비교적 영세한 중소기업체가 많다. 그러다 보니 저임금·노동 시간 착취·재해 등 여러 문제점이 노출되고 있다. 그러나 보다 중요한 것은 외국인 노동자 문제가 그리 단순하지 않다는 것이다. 그 한 예로, 중국 교포의 한국인 사기 사건이나, 납치 사건 배후에는, 그들이 한국에서 받은 학대와 멸시에도 원인이 있었다는 점을 우리는 깊이 생각해 봐야 한다. 현재 우리 나라 사람들도 전세계에 나가 살고 있다. 그런 점에서 외국인 노동자에 대한 부당한 대우나 멸시는 하루바삐 개선되어야 할 문제이다. 그들의 처지를 좀더 이해하고 정당한 임금 보장과 부당한 해고를 하지 않는 최소한의 책임 의식이 선행되어야 할 것이다. 우리가 외국인 노동자의 인권을 침해하면서 어느 나라 누구에게 한국인의 인권 보장을 요구할 수 있을까? 그렇다고 그들을 무조건 동정하고 옹호하자는 이야기는 아니다. 조금 더 상대방 입장을 이해하고 존중하는 마음이 진정한 선진 시민의 참모습이 아닐까. 당면한 사회 문제를 사실적 기법으로 형상화한 이 두 작품은 글로벌 시대를 살아가는 우리에게 더불어 사는 자세를 배우게 한다.

4. 시점의 선택

동화를 서술해 나가는 데 있어, 독자에게 이야기를 어떻게 제시하느냐는 중요한 특질의 하나이다. 작품 속에서 화자가 사건을 바라보는 시점이 바로 그것이다. 화자가 어떠한 위치에서 작품을 서술하느냐에 따라 독자에게 주는 정서적 효과는 달라진다. 따라서 독자에게 이야기를 들려주는 화자와, 동화에서 사건이 보여지는 시점과의 차이는 중요한 문제이다. 같은 사건일지라도 그것을 바라보는 사람의 각도에 따라 다르게 보이고, 이것을 서술하는 위치에 따라 전혀 다른 이야기가 될 수도 있다.

김춘옥의 「할아버지의 밥상」은 동화에서 시점이 지닌 중요한 특질을 보여주는 좋은 예이다. 이 작품은 삼인칭 시점에서 서술되고 있는 동화이다. 삼인칭 시점이란 외부적인 관찰자의 위치에서 작품을 서술하는 방법으로, 자기의 주관을 배제하고 객관적인 태도로 외부적인 사실만을 관찰하고 묘사해 나가는 기법이다.

방학 때 해정이는 아빠와 같이 두메에 있는 외갓집을 가게 된다. 외갓집에는 외할머니와 외증조할아버지가 함께 살고 계신다. 그곳에서 해정이는 외증조할아버지 밥상에 항상 더 올라가는 밥 한 공기를 보고 궁금해 한다. 해정이는 곧 아기를 낳게 되는 엄마에게 편지를 써 보낸다. 전기도 없는 두메에서 외증조할아버지의 병세가 악화되자 할머니는 읍내에 약을 지으러 가고, 해정이는 외할머니를 대신해서 외증조할아버지를 돌보게 된다. 어느 날 엄마에게서 온 편지를 통해 해정이는 밥상의 비밀을 알게 된다. 한국전쟁이 일어났을 때 헤어진 외할아버지를 생각하며 밥 한 공기를 외증조할아버지 밥상에 올려 놓았던 것이다. 외증조할아버지는 외할머니에게 더 이상 밥상에 외할아버지(외증조할아버지의 아들)의 밥공기를 올려 놓지 말라고 당부한다. 증조할아버지가 돌아가신 이틀 후, 해정이 엄마는 해정이의 남동생을 낳았다. 일 년 후, 외할머니는 외증조할아버지의 밥상을 가지고 와서 외손자의 돌상을 차려 준다.

이 작품은 생사를 모르는 아들에 대한 그리움과 기다림으로 한평생을 산 외증조할아버지와 그런 외증조할아버지를 임종까지 극진히 모시는 외할머니의 삶, 탄생되는 손자의 생명을 통해 순환적 삶의 진리를 깨닫게 하는 동화(아동소설)이다. 작품 속에서 '밥상'은 오늘의 우리, 나아가 아버지의 아버지, 어머니의 어머니의 삶으로 연결되고 있는 순환적 삶의 상징적 매개물이다. 인간은 누구나 이러한 순환적 자연 법칙을 거부할 수 없다. 이런 관점에서 볼 때 외증조할아버지가 생사도 모르는 아들의 밥그릇을 자기의 밥상에 올려 놓은 행위는 대(代)의 이음을 상징하는 의식으로도 해석할 수 있다.

해정이는 모자를 끼고 장갑을 끼었습니다. 마당을 지나 들판으로 나갔습니다. 눈이 발목까지 올라왔습니다. 뒤를 돌아보니 하얀 발자국이 해정이를 따라오고 있었습니다. 들판이며 산은 온통 흰빛이었습니다. 나뭇가지에도, 바닥에도 둥글게 겹쳐진 산들도. 들판과 산 한가운데에 위치한 외가의 너와 지붕 굴뚝에서는 잿빛 연기가 솔솔 피어오르고 있었습니다. 할머니는 부엌과 방을 오가며 하루 종일 무언가를 했고, 할아버지는 글을 읽으시다가 낮잠을 주무시곤 했습니다. (92쪽)

위의 인용문은 산골의 한 장면을 보여주고 있는 부분이다. 여기서도 느낄 수 있듯이 「할아버지의 밥상」은 등장인물의 행동이나 언어, 주인공이 처한 상황 등 외부 세계를 그릴 뿐, 인물의 심리나 순환적 진리를 직접적으로 표현하지는 않았다. 다만 객관적인 위치에서 외적 사건만을 독자 앞에 보여주고 있으며, 삶은 이렇다고 암시하고 있을 뿐이다. 즉 「할아버지의 밥상」은 모든 것을 독자가 판가름하도록 구현되어 있다. 삼인칭 시점에서 서술되는 작품은 구체적인 사건과 인물의 묘사와 표현으로 작품의 관념화를 막는다. 그러나 이 경우 작가의 설명이 뒤따르지 않기 때문에, 화자의 의도가 그대로 독자에게 전달되는 데는 한계를 가진다. 혈연의 끈을 밥상의 이미지로 형상화한 이 작품에서 작가는 아무런 해설과 평가를 붙이지 않고, 인물이 처한 정황과 행동만을 담담히 보여주고 있다. 그러다 보니 이야기가 단조롭고 평면적인 느낌을 준다.

이 작품에서 사건은 방학 때 해정이가 외갓집으로 공간을 이동하면서 외증조할아버지와 외할머니의 생활을 목격하는 과정에서 이루어지고 있다. 그러므로 객관적 측면이라고 할 수 있는 삼인칭 시점보다 일인칭 주인공 시점(해정이)이 작품을 보다 입체적이게 하고, 독자에게 설득력을 부여했을 것이라고 생각된다. 전쟁으로 생사를 모르는 아들의 밥그릇을 매일 밥상에 올리는 외증조할아버지, 전기도 들어오지 않는 곳에서 외증조할아버지를 헌신적으로 봉양하는 할머니의 생활이 도시 생활을 하는 어린 해정이에게는 좀처럼 이해가 되지 않을 수도 있다. 그러나 해정이의 내면적인 심리를 통해 그려 나갔더라면 작품 세계는 더욱 풍요로웠을 것이다. 전체적으로 대화글과 지문에서 외증조할아버지와 외할아버지의 호칭을 명확하게 제시하지 않아 혼란을 주고 있음도 작가가 유념했으면 싶다.

5. 인물의 성격 묘사

동화 역시 이야기(story)의 하나로서 인물(character), 사건, 배경으로 구성된다. 이 중 인물 설정은 동화 창작에서 무엇보다 중요한 비중을 차지한다. '누가 어디서 무엇을 했다'에서 '어디서'와 '무엇을 했다'는 것은 결국 '누가'를 그리기 위한 배경적 역할이 되기 때문이다. 스페인의 문학이론가 오르테가이 가세트(Ortegay Gasset)는 '이야기는 사건의 개연성이나 복잡성에 연원하기보다는 인물이 지니는 신비한 마력, 그 인물의 가능성에 있다'고 할 만큼 작품에서 '인물'이 차지하는 중요성을 강조하였다. 우리에게 널리 읽히고 있는 많은 명작동화를 살펴보면, 거기에는 신비한 마력과 체취를 지닌 개성적 인물이 설정되어 있음을 발견할 수 있다. 그렇다면 동화에서 인물 설정은 어떠한 방법으로 해야 하나?

손수자의 「하늘나라 기차표」는 중병에 걸려 병원에 입원한 엄마를 향한 하늘이의 애틋한 마음을 구현한 동화이다.

하늘이 엄마는 갈수록 살이 빠지는 무서운 병으로 병원에 입원해 있다. 유치원에 다니는 하늘이는 엄마를 보러 가고 싶지만 어리기 때문에 병원에 갈 수 없다. 하늘이는 엄마가 있는 병원에 가기 위해 일부러 미끄럼틀 위에서 아래로 뛰어내린다. 다리를 다친 하늘이는 한 달 동안 병원에서 엄마와 같이 있게 된다. 엄마의 병은 더욱 악화되고, 마침내 엄마는 하늘이에게 '하늘나라 기차표'를 끊어야겠다고 말한다. 어느 날, 하늘이는 집에 와 있는 엄마를 보고 기뻐한다. 그러나 학교에서 돌아와 보니 엄마는 하늘나라 기차를 타고 말았다.

이 작품은 주인공 하늘이의 담담한 심리 묘사를 통해 인물의 성격 창조에 성공하고 있다. 특히 동화작가들이 흔히 범하기 쉬운 화자의 무리한 개입(등장인물의 묘사와 작품을 서술하는 화자를 혼동하는 경우)이 보이지 않아 하늘이가 작품 속에서 생생하게 살아 있다. 인물의 성격 묘사에서 중요한 것은 '그 인물로 하여금 우리들의 상상에 있어 실존하는 인물이라고 생각할 만큼 진실하게 묘사'하는 것이다. 이는 동화 속 인물은 작품에서 살아 흐르는 피처럼 생동하는 인물이 되어야 한다는 말과 같다. 즉 인물의 성격 창조가 리얼리티를 바탕으로 이루어져야 한다는 말이다. 「하늘나라 기차표」에서, 하늘이가 엄마와 같이 있기 위해 미끄럼틀에서 뛰어내리고, 죽음에 대한 인식이 없어 하늘나라 기차표의 의미를 모르는 것은 어린이다운 진실한 성격의 구현이라고 할 수 있다. 인물과 성격은 행동과 구성의 주체로, 삶의 의미로써 주제를 나타내야 한다. 이때 가장 필요한 것이 진실성이다. 진실성이란 인간의 보편적인 속성과 개성적인 인물의 형상화를 통해 이루어진다는 것을 의미한다. 동화에서 생동감 있는 이러한 비유는 진실성으로 감동을 자아내게 하는 요소가 된다.

요즈음 우리는 하나의 동화가 전세계를 강타하고 있음을 목격하고 있다. 조앤 K. 롤링의 『해리포터와 마법사의 돌』이 바로 그것이다. 사상 유례 없는 4,000만 부 판매 기록도 놀라운 일이지만, 이 작품으로 그녀는 영국 여왕으로부터 자기 분야에서 최고의 위치에 올라선 사람에게 주는 상까지 받는 생애 최고의 영광을 안았다. 그렇다면 이 책이 전세계 많은 어린이들에게 사랑받는 이유는 무엇일까? 그 이유는 상상력과 모험성을 통한 어린이들의 놀이 욕구 해소, 현실성을 부여하는 치밀한 구성, 간결하면서도 속도감 있는 문장 등을 꼽을 수도 있다. 그러나 그보다 더 중요한 것은 주인공인 '해리포터'라는 개성적 인물의 성격 창조라고 할 수 있을 것이다. 동화의 진정한 가치가 어디에 있는지 다시 한번 생각해 볼 일이다.

6. 인간 옹호 정신

문학작품의 창조는 어쩌면 인간의 탐구를 바탕으로 세계에 대한 이해를 도모하기 위해 씌어진다고 해도 과언이 아니다. 여기서 세계란 인간과 인간, 인간과 사회, 인간과 자연의 관계를 말한다. 행복을 추구하는 인간의 삶에 있어, 그것을 가로막는 다양한 상황에 짓밟히는 인간에 대한 애정은 글을 쓰는 사람의 기본적인 정신이라고 할 수 있다. 현실 상황을 극복하기 위해 몸부림치는 인간에 대한 사랑, 휴머니티는 내일을 추구해 가는 인간에 대한 이해이며, 그것을 옹호하고 고양할 수 있는 정신이다.

서재균의 「아버지의 그림자」와 정진숙의 「동박새는 언제 날아올까」

는 나라 잃은 슬픔과 전쟁의 참상을 통해 인간에 대한 이해를 추구하고 있는 작품이다.

월남전에서 돌아온 진희 아버지는 한쪽 다리를 잃고 고엽제 후유증으로 힘든 생활을 이어 나간다. 거기에 이웃 사람의 몰이해와 냉대로 진희 아버지는 정신적으로도 피폐해져 어렵게 지탱하던 생활마저 무너져 간다. 그런 아버지의 고통을 지켜 보면서 진희는 점차 아버지의 마음을 이해하고 용기를 준다. 진희의 따뜻한 용기는 아버지에게 큰 위안이 된다.

관찰자 시점에서 전개되고 있는 이 작품의 주인공은 월남전에서 돌아온 아버지이다. 비록 한쪽 다리를 잃었지만, 아버지의 마음에는 나라를 위해 싸운 전쟁 영웅이라는 자부심이 있었다. 그러나 고향에서 그를 기다리고 있는 것은 이웃의 냉대와 비웃음, 아내의 가출이었다. 전쟁의 진정한 피해자이면서도 주변으로부터 멸시를 받는 가혹한 진희 아버지의 삶을 통해 화자는 독자에게 그것이 진정 누구의 잘못인가를 묻고 있다. 월남전(1965~1973)은 우리 사회 근대화의 경제적 기반의 전환점이 되어 준 전쟁이기도 했지만, 한편으로는 자유의 십자군으로 월남을 돕기 위해 나선 많은 군인들에게는 지울 수 없는 상처를 남긴 역사적 사건이기도 했다. 그 중 하나가 월남전 당시 미국이 월남의 정글을 제거하고, 적군의 식량 공급원을 파괴할 목적으로 제조하여 뿌린 고엽제의 피해이다. 살이 썩어 들어가고, 그 피해가 자식에게까지 영향을 미친다는 고엽제의 후유증은 전쟁이 우리에게 남긴 교훈이요, 아픔이다. 화자는 월남전의 아픔과 상처를 안고 정상적인 생활을 하지 못하는 진희 아버지의 모습을 통해, 전쟁이 무엇인지도 모르고 살아가는 현 시대의 우리에게 비록 전쟁은 끝났지만 그 아픔과 상처는 지금까지 계속 이어지고 있음을 일깨워 주고 있다.

「동박새는 언제 날아올까」는 임진왜란 때 일본으로 건너갔다가 다시 한국에 돌아온 동백나무를 통해 나라 잃은 민족의 슬픔이 무엇인지를 나타낸 동화이다.

남도의 시청 앞에 심어진 막내 나무(동백나무)는 청사 관리인 아저씨의 특별한 보살핌 속에서 자란다. 시청을 오고가는 사람들은 막내 나무를 반갑게 대하여 어서 꽃을 피워 주길 기대한다. 그러나 오랫동안 다른 나라에서 살다 온 막내 나무는 모든 것이 낯설고 적응이 되지 않아 꽃을 피우지 못한다. 막내 나무는 열여섯 살에 정신대에 끌려갔다가 고향을 찾아온 할머니의 삶을 통해 꽃을 피워야 할 당위성을 찾게 된다. 이 작품에서 의인화된 주인공 막내 나무는 다섯 색깔 여덟 겹의 꽃이 핀다고 하여 오색팔중이라는 이름이 붙여진 희귀종 울산동백나무이다. 이 나무는 임진왜란 때, 우리 나라에 쳐들어온 왜장 가토 기요마사가 그 아름다움에 반해 일본으로 가져간 것으로, 오랫동안 일본에서 살다가 얼마 전 고향(한국)으로 돌아왔다. 그러나 평소 막내 나무의 할아버지와 아버지가 그리워하던 고향은 막내 나무에게는 낯선 이방인의 소외감을 느끼게 한다. 더욱이 주변 나무들은 막내 나무가 다른 나라에서 살다 왔다는 이유만으로, 지조 없는 나무라며 비웃음을 서슴지 않는다. 이 작품의 주제는 바로 여기에 있다.

어쩔 수 없는 시대적 상황으로 자기 의지와는 상관없이 타율적인 삶을 살아야만 했던 막내 나무를 우리가 함부로 비웃을 수 없다는 것이다. 이를 증명하기 위한 장치로 작가는 정신대 할머니의 삶을 우리에게 제시한다. 1931년 만주를 침략한 일본은 군인들의 성 문제를 해결하기 위해 이른바 위안소를 설치하고, 많은 여자들을 강제로 그곳으로 끌고 갔다. 그 중에는 친구 집에 갔다가 돌아오는 길에, 또는 파출소 앞을 지나가다가 위안소로 붙들려 간 사람도 있었다. 또 그들은 오랜 식민지 생활로 가난에 허덕이는 농촌을 다니며 공장에 취직시켜 준다는 명목으로 여자들을 데리고 가 위안소로 넘기기도 했다. 그때 끌려

간 여자들의 나이는 15~20세가 많았는데, 그 중에는 11세 된 어린아이도 있고, 아이를 밴 여자도 있었다. 그 중 하나가 작품 속의 정신대 할머니이다. 전쟁이 끝나자 대부분의 피해자들은 몸을 버렸다는 자격지심에 정상적인 생활을 하지 못했다. 더러는 죽을 힘을 다해 고향으로 돌아왔지만 사회의 냉대와 경제적 어려움으로 그들은 또 한 번 같은 동포에게 버림받아야 했다.

단지 나라를 빼앗긴 민족이라는 이유만으로 정신대로 끌려가야 했던 할머니의 삶은 곧, 나라 잃은 땅에 사는 나무라는 이유만으로 낯선 나라로 가서 살아야 했던 할아버지 나무의 아픔과 같다. 이것은 부정할 수 없는 우리 할아버지, 할머니의 아픈 역사적 사건들이다. 이처럼 이 두 작품은 우리에게 잊혀져 가는 역사적 사건을 통해 나라의 소중함과 전쟁의 무서움을 새삼 깨닫게 한다. 이러한 주제의 이면에는 같은 동포로서 그들의 아픔을 바로 이해하고, 또 다른 가해자가 되지 않기를 희망하는 인간 옹호 정신이 짙게 깔려 있다.

7. 현실의 진실한 포착

일상적인 이야기를 작품화하는 데 있어 현실을 얼마 만큼 진실하게 포착하는가는 동화 구성에서 중요한 요건이 된다. 작품의 내용과 현실과의 관계에 대한 해석은 작가의 인식론 입장에서 비롯되는 것으로, 작가의 세계관이나 생각의 질에 따라 그 해석 또한 크게 달라질 수 있다. 이런 시점에서 관심을 모은 작품은 황선미의 「가난뱅이의 보물상자」이다. 일인칭 주인공 시점에서 전개되고 있는 「가난뱅이의 보물상자」는 화자가 직면한 현실을 진솔하고 생동감 있게 구현하는 데 성공하고 있다.

주인공인 나는 갖고 싶은 것을 제대로 가져 본 적이 없는 가난뱅이다. 나는 갖고 싶은 것을 가지기 위해 친구의 딱지를 따고, 할머니가 주신 용돈을 모으지만 브이 선더 미니 자동차를 갖지 못한다. 나는 브이 선더를 갖기 위해 집안에서 구두닦이를 자청하고, 엄마에게 그 자동차가 필요한 이유를 써낸다. 하지만 그 사이 브이 선더 미니 자동차는 진수에게 넘어가 버리고 만다. 나는 고물상자 속에 들어 있는 자동차 부속물을 재조립하여 미니 자동차를 만든다. 내가 만든 미니 자동차는 진수의 새 자동차와의 경쟁에서 이긴다.

이 작품은 작가의 건강한 세계관을 바탕으로 화자가 직면한 문제(갈등)를 능동적으로 해결해 나가고 있다. 「가난뱅이의 보물상자」에서 화자에게 닥친 문제는 자기가 바라고 노력한 대로 세상이 움직여 주지 않는 것이다. 첫번째로, 화자가 어렸을 때 스스로 사 달라고 조르지 않아도 무엇이든지 사주던 부모님이 점차 구두쇠가 되어 간다. 화자는 갖고 싶은 것을 쉽게 가질 수 없는 이러한 현실에 대해 갈등을 느낀다. 다음으로 또래와의 비교에서 오는 상대적 갈등이다. 자기 또래의 진수는 원하는 것이 무엇이든 쉽게 가질 수 있는 데 반해, 화자인 나는 갖고 싶은 것을 손에 넣기 위해 많은 노력을 해야 한다. 더군다나 때로는 그러한 노력조차 헛수고가 될 때가 있다는 사실에 부당함을 느낀다.

작품에서 화자가 현실을 인식하는 방법은 인간 사회에 엄연하게 존재하는 타자와의 '차이성'을 인정하는 태도이다. 싫든 좋든 우리는 이러한 차이성 속에 살고 있으며, 다만 그 차이성을 어떻게 삶의 지표로 삼고 극복해 나가느냐에 따라 그 사람의 삶의 형태도 달라질 수 있다. 현실적으로 부모가 부자인 아이와 그렇지 못한 아이의 생활이 똑같을 수는 없다. 자기 처지에 대한 올바른 인식은 어린이라고 해서 예외일 수 없다. 만일 이러한 차이성이 단지 어린이라고 해서 계속 은폐된다면, 그 어린이는 그가 처한 현실을 올바로 대응해 나갈 힘을 잃게 될지도 모른다.

 자칫 작가의 주관적 해석으로 치닫기 쉬운 문제를 솔직하면서도 담담하게 접근한 점이 돋보인다. 특히 문제의 해결 방법이 수동적이거나 방관자 입장에서만 머물러 있지 않고, 경험을 바탕으로 한 적극적인 의지로 극복되고 있다는 점이 높이 살 만하다. 그러나 이 작품에서 보다 중요한 의미를 부여하는 것은 삶에 대응하는 부모의 태도이다. 어린이의 생활이나 가치관은 부모에 의해 많은 영향을 받는다는 점에서 삶에 대응하는 부모의 인식과 태도는 쉽게 간과할 수 없는 문제이다. 사실 아주 특별한 경우를 제외하고 이 세상에 자기 자식이 소중하고 사랑스럽지 않은 부모가 어디 있을까. 다만 문제는 그 사랑을 어떠한 방법으로 실천하는가이다. 그런 점에서 「가난뱅이의 보물상자」의 어머니는 주인공이 장난감 하나를 사는 데도 그것의 필요성을 적도록 하고, 용돈 또한 벌어서 쓰도록 하고 있다. 어렸을 때부터 이러한 태도를 습관화하고, 필요한 것도 때에 따라 얻을 수 없다는 것을 알게 하는 것은 의미 있는 일이다. 어릴 때부터 아이들이 원하는 것을 쉽게 다 들어주는 것은 어린이의 가치관 형성에 더 큰 문제를 낳을 가능성이 높다. 한 예로, 아들이 원하는 것이면 뭐든지 들어 주는 부모가 있었다. 그 아들이 자라 범죄를 저질러 경찰서에서 조사를 받게 되었는데, 조금 늦게 도착한 부모에게 그 아들은 "빨리 '돈' 가지고 와서 꺼내 주지 않고 왜 이제서야 왔냐"고 되려 부모에게 짜증부터 냈다고 한다. 이런 관점에서 볼 때, 진수가 쉽게 산 미니 자동차보다 버려진 부속품을 모아 스스로 만든 미니 자동차가 훨씬 튼튼하고, 마침내 승리를 거두는 것은 긍정적 가치를 지닌다. 요즈음 많은 어린이들은 부모들이 마련해 주는 물질적 풍요 속에서 별다른 부족함을 모르고 살아가고 있다. 이런 어린이들에게 건강한 체험이야말로 현실을 헤쳐 나가는 지혜가 될 수 있다. 어린이는 작품에 등장하는 이런 인간상을 통해 현실을 비추어 본다. 따라서 삶의 진정성(진실)이 담긴 이 동화는 독자로 하여금 현실에 대응하는 자세를 새롭게 터득하도록 만든다는 점에서 큰 의미로 다가온다.

8. 발상 전환과 반전의 묘미

우리는 그 동안 환상의 개념을 판타지, 환상, 환각, 공상, 망상 등 형편에 따라 광범위하고도 모호하게 써 왔다. 그리스 어원인 'Fantasy'는 우리말의 상상, 환상으로 번역되지만, 이 단어 안에는 상상, 환상, 이외에 들뜬 마음, 희망, 공상, 백일몽의 뜻도 포함되어 있다. 아리스토텔레스는 'Fantasy'를 감각, 견해, 과학의 범주로 구분하여 독립된 영역으로 생각했으며, 에피쿠로스는 'Fantasy'를 '시뮬라크르'에 의한 표상으로 다루기도 하였다. 따라서 문학에서의 '환상'은 일반적 개념의 'Fantasy'와는 구별해서 사용할 필요가 있다. 문학에서의 환상은 인간의 정신 작용으로서 상상과 그 뿌리를 같이하고 있다. 그러므로 문학에서의 환상은 '상상에 의해 비현실 세계를 언어를 통해 그려내는(창조하는) 힘'으로 정의할 수 있다. 그러나 여기서의 비현실 세계는 그 나름의 합리적인 질서와 법칙에 따라 변용되고 형상화되어야 한다.

김여울의 「눈새와 난쟁이」, 박상재의 「백일살이」는 발상의 전환과 알레고리적 기법을 통해 동화의 재미성을 살린 작품이다.

얼굴이 못생기고 키가 작은 난쟁이는 휘파람 소리로 새들을 불러모으는 재주를 가지고 있다. 난쟁이가 불러모은 새들 중 눈새는 마음씨 나쁜 사람의 손으로 넘어가면 까마귀나 때까치로 변한다. 난쟁이의 재주에 심술이 난 심술쟁이 어벙쇠는 난쟁이에게 새들을 팔아 부자가 되면 예쁜 색시를 맞을 수 있다고 꼬드긴다. 그러나 까마귀로 변한 눈새 때문에 난쟁이는 거짓말을 했다는 이유로 거지가 된다. 푸름이의 병을 고치기 위해 눈새가 필요하다는 소식을 듣고 찾아간 난쟁이는 푸름이가 죽은 뒤 재산을 차지하려는 하인들의 음모를 알리고 다시 새들을 불러모은다.

「눈새와 난쟁이」는 환상적인 상황에 의존하여 플롯을 전개하는 구조를 취하고 있다. 즉, 이 작품은 신기한 재주를 가진 난쟁이와 상상 속의 눈새가 사는 비현실적 상황을 미리 설정해 두고, 요소마다 발상의 전환으로 동화적 흥미를 이끌어내고 있다. 이러한 발상의 전환은 관습적 인식과 고정관념의 틀에서 벗어나 독자에게 신선한 충격을 줄 수 있다. 이러한 충격이야말로 우리가 문학에서 얻을 수 있는 재미요, 기쁨이 아닌가 한다. 어린이는 현실에서 다 채울 수 없는 자신의 욕구를 채우기 위해 적극적인 수단을 찾게 되는데, 휘파람으로 새를 모으는 난쟁이의 재주와 눈새의 변신은 이러한 어린이의 욕구를 채워 줄 수 있는 충분한 대상이 된다. 어린이는 신비한 힘을 가진 난쟁이와 눈새에 자신을 투영하여 그 힘과 능력을 자기 것으로 만들어 버리는 것이다. 이것이 바로 동화가 어린이에게 주는 힘이다. 난쟁이의 착함을 드러내는 요소가 부족한 것이 아쉽기는 하지만, 이 작품은 발상의 전환에 의한 상상력 확장으로 어린이의 정서를 풍요롭게 만들 수 있다는 점에서 의의를 지닌다.

박상재의 「백일살이」는 상징에 의한 반전의 묘미를 한껏 살린 동화이다.

하늘 호수에서 3년 동안 살다가 깨어난 하루살이는 날 수 있다는 기쁨에 앞서 하루 동안밖에 살 수 없는 자기 처지에 실망한다. 그러나 하루살이는 하루를 살아도 보람 있게 사는 것이 중요하다는 노란 꽃의 말을 듣고, 보람 있는 일을 찾아 나선다. 그것은 신랑꽃과 신부꽃의 사랑을 연결해 주는 것이다. 결국 열심히 일한 하루살이는 기꺼이 죽음

을 맞을 준비를 하지만 불로초 향기를 듬뿍 마신 덕분에 백 일을 더 살
게 된다.

　물활론적 인식을 바탕으로 한 이 작품은 참다운 삶은 무의미하게 오
래 사는 것보다 짧아도 보람 있게 사는 것이 더 소중하다는 진리를 깨
닫게 해준다. 아무리 3년 동안 물속에서의 온갖 어려움을 이겨낸 하루
살이일지라도 현실적으로 그가 영위할 수 있는 시간은 단 하루일 뿐이
다. 이러한 현실적인 불가능을 극복하기 위한 방법으로 화자가 선택한
것이 보람 있는 삶의 제시다. 열심히 일한 하루살이가 드디어 일 주일
도 아닌 백 일을 더 살게 되었다는 상황에 이르면 독자들은 통쾌한 웃
음과 함께 정신적인 위안을 맛볼 수 있다. 이 동화에서처럼 열심히 일
하다 보면 뜻밖의 행운도 올 수 있다는 사실이 얼마나 우리를 신나고
유쾌하게 만드는가! 자아와 세계의 자유로운 교류에 의해 대상간에 상
호 일체감을 이루는 이러한 물활론적 인식은 동심의 본질이다. 마음만
먹으면 모든 것을 이룰 수도 있는 세상, 마음 한 구석에 그러한 세상으
로 통하는 비밀스런 창문 하나 달아 두는 것도 괜찮은 일이리라. '안보
다 바깥이 자유로운 거야'와 같이 지나치게 개인적인 표현이 다소 아쉽
기는 하지만, 이 작품은 생태의 질서를 바탕으로 한 반전의 묘미로 동
화를 읽는 재미를 느끼게 한다는 점에 큰 의미를 부여하고 싶다. 이처
럼 환상 세계는 그 나름의 법칙과 질서에 의해 운용되는 자유로움으로
서사의 주체들은 다양한 모습으로 변용되어 환상 세계를 넘나들 수 있
다. 이와 같은 환상의 무경계성은 현실의 어려운 문제를 여러 형태로
바꾸어 쉽게 해결하도록 도와주며, 정서적인 풍요로움을 느끼게 한다
는 점에서 의의를 지닌다. 때로는 이성적인 경계를 풀어 버리고, 어린
아이처럼 상상의 바다를 탐험해 가는 작가의 작품을 대하는 것은 참으
로 즐거운 일이다. 그래서 오늘도 새로운 작품 세계를 향한 작가의 변
신은 무죄(?)이다.

9. 작가정신

문학의 또 다른 효용성이 현실을 투시하고 주제화하여 이상적인 내일을 지향하는 것이라 할 때, 그 상황을 해명하고 비판하는 작가정신은 아동소설에서도 예외는 아니다. 이때 수용된 현실은 예술적 구조로 형상화하여 미적 감동으로 승화시켜야 한다. 오늘날 우리 인류에게 닥친 최대의 과제는 아마 환경 문제일 것이다. 의약 발달에 힘입어 이제 웬만한 질병에 대한 치료는 어느 정도 극복되어 가고 있는 이 시점에서 현대 문명의 발달에 의한 환경 문제는 인간의 생존권을 무섭게 위협하는 새로운 이슈로 대두되고 있다. 사실 우리는 날마다 각종 매체를 통해 수질, 토양, 소음, 대기 오염 등 공해로 인한 각종 폐해의 심각성을 우려하고 있다. 그 한 예로 사회적으로 큰 반향을 일으켰던 매향리 사격장 폭격 사건을 우리는 잊지 못하고 있다.

경기도 화성군 매향리는 원래 '매화 향기 그윽한 마을'이란 뜻으로, 마을 바닷가 모래톱에 매화꽃이 무성하여 매화꽃이 피어오르면 그 향기가 온 마을에 진동하였다 하여 붙여진 이름이다. 그러나 지금은 예전 마을의 정경은 온데간데 없고, 미군 전투기의 요란한 폭격 굉음과 포연만이 가득한 마을로 변했다. 매향리에 있는 쿠니 사격장은 6·25 전쟁 직후인 지난 1954년 한·미 행정협정(SOFA)에 의해 조성되었으나 실제 사격 훈련은 이보다 3년 빠른 1951년부터 시작됐다. 농섬을 포함한 육상 및 서해 해상 728만 평에 조성된 쿠니 사격장에서는 토요일과 일요일을 제외한 평일에 전투기 및 전폭기 40~50대를 동원하여 포탄 투하 및 기총 사격 훈련을 해왔다. 사격장 인근 매향리 주민들은 그 동안 미 공군기의 폭격 훈련으로 인해 생명의 위협과 폭음과 진동으로 인한 주택 균열, 가축들의 낙태와 착유량 감소로 인한 생업 피해, 소음 공해로 인한 스트레스 등에 시달려 피해 보상과 대책을 요구해 왔다.

장경선의 「동구네 소」는 바로 이러한 매향리 폭격 훈련을 소재로 삼아 현실의 참상을 사실적이면서도 밀도 있게 형상화한 작품이다.

　동구네 마을에 있는 미군 사격장에서는 오늘도 요란한 총 소리가 울린다. 동구는 새끼를 밴 누렁이가 어서 송아지를 낳기를 기다린다. 돈이 생기면 원인도 알지 못하는 병에 걸린 동철이 형을 고칠 수 있을 것이라는 기대감에서이다. 동구네 식구들은 사격장에서 들리는 폭음에 새끼를 밴 누렁이가 놀라지 않을까 걱정이다. 그러나 저녁까지 사격장에서 요란한 폭음이 계속되고, 결국 누렁이는 죽은 송아지를 낳는다. 마을 사람들은 실전용 폭탄의 피해를 항변하기 위해 사격장으로 몰려가고, 동구는 누렁이에게 다시 풀을 주기 시작한다.

　이 작품은 현실에서 우리 이웃이 겪는 실상을 통해 약소 민족의 슬픔과 분단국가로서의 고통을 다시 한번 되새기게 한다. 태어날 때부터 웃지 않고 잘 걷지 못하는 형을 둔 동구, 그런 형의 병원비로 쓰려고 한 송아지의 죽음은 한 가족의 슬픔이기 이전에, 주한미군을 둘 수밖에 없는 우리 민족의 아픈 현실이기도 하다. 마을 아이들은 적군을 죽이는 전쟁놀이를 통해, 군인들에 대한 분노를 간접적으로 표출해낸다. 마을의 동물들이 죽어 가는 이유가 사격장의 폭음 때문이라는 것을 믿지 않던 동구도 자기네 집 어미소 누렁이가 죽은 송아지를 낳게 되자 그런 사실을 점차 현실로 깨닫게 된다. 그러나 아쉬운 점은 죽은 송아지를 낳은 어미소 누렁이를 대하는 동구의 미온적인 태도이다. 형의 치료비로 쓰려고 했던 송아지가 전날 밤 폭음에 놀라 죽어서 나왔다. 이런 사실을 목격한 동구는 그저 눈물만 꿀꺽 삼킨다. 더군다나 마을 아이들이 어젯밤 폭음으로 소, 돼지의 새끼들이 죽은 사실을 말하며 사격장의 피해를 들추어낼 때에도 동구는 자기 집 송아지가 죽어서 나왔다고 말하지 않았다. 왜 그랬을까? 그나마 누렁이라도 살아 있어 다행이라고 생각한 것일까? 화자는 분명 이 문제를 동구 개인의 문제로

만 인식하길 바라지는 않았을 것이다. 그렇다면 동구의 보다 적극적인 대응 의지를 나타냈어야 했다. 또, 이 작품은 부차적 인물이라 할 수 있는 송학이를 주인공보다 정의롭게 그리다 보니 오히려 동구의 역할이 불투명해져 주제를 약화시키는 데 일조하고 있다. 그럼에도 불구하고 이 작품이 지닌 구성의 탄탄함과 사회적 사건을 작품에 수용하여 내일을 지향하려는 작가정신은 높이 살 만하다.

어떠한 이유로든지간에 환경 범죄에 대한 문제는 쉽게 간과할 수 없는 일이다. 환경 문제는 우리의 생존권과 밀접하게 닿아 있기 때문이다. 매향리 사격장 이전의 경우, 미군측이 A급 사격장 손실을 우려하여 크게 반발하는 바람에 집단 이주가 현실적 방안이 되고 있다. 그러나 "주민들이 있어야 실제 전투와 같은 느낌이 난다"며 주민들을 '살아 있는 타겟'으로 삼는 폭격 훈련은 시정되어야 한다. 많은 사람들은 매향리 사격장이 아시아 지역 공군 사격장으로서 최적지가 아니라, 반미 바람의 진원지가 되지 않기를 바라고 있다. 이러한 시점에서 얼마 전에 매향리 사격장 피해 사건에 대한 주민들의 승소 판결이 나온 것은 그나마 다행한 일이라 하겠다.

10. 동화와 아동소설

언제부터인가 우리는 '동화'와 '아동소설'을 따로 구별하지 않고 '어린이를 위한 이야기'로써 '동화'라는 명칭 속에 두리뭉술 사용해 오고 있다. 그러다 보니 동화도 아니고, 소설도 아닌 어정쩡한 작품들이 많이 나와 아동문학의 질적 향상을 저해시키는 요인이 되고 있다. 비록 동화와 아동소설이 '서사'라는 하나의 줄기에서 비롯되었다고는 하지만, 분명 '동화'는 '소설'이 아닌 고유의 형식을 지닌 장르로 존재해 왔다. 따라서 작품을 창작하거나 비평, 연구할 때는 이를 구별해서 사용할 필요가 있다. 일반적으로 어린 시기의 심리적 특성인 초현실성과 공상성에 비중을 두는 것을 '동화', 리얼리티와 디테일을 중심으로, 산문정신에 바탕을 둔 것을 '아동소설'이라고 한다.

소설은 실제 일어나지 않았던 사실을 가공적으로 꾸며낸 것이다. 따라서 소설은 가공적인 이야기를 보다 '실감 있게' 느끼도록 꾸미는 것이 무엇보다 중요하다. 소설에서 리얼리티와 디테일은 소설을 실감 있게 형상화하도록 만든다. '리얼리티'는 소설적 의미에서 현실성과 전형성을 나타내는데, 여기서 전형성이란 그런 사건이 일어날 수 있는 일반성을 가리킨다. 아동소설 역시 마찬가지다. 다만 아동소설이 일반소설과 다른 차이는 현상 뒤에 숨어 있는 구조적 모순이나 성 문제 등에 대해 좀더 자유로울 수 없다는 것이다.

이영두의 「아버지」는 현실성 있는 소재와 상황의 디테일한 묘사를 바탕으로 아버지와 아들이 겪는 갈등을 화해로 이끌어낸 아동소설이다.

아버지는 3년 전 교통사고로 숨진 어머니의 보상비를 헛되게 쓰지 않겠다는 결심으로, 동막골에서 사슴 농장을 시작한다. 어느 날 집으로 돌아오는 길에 진수는 올무에 걸려 신음하는 석점박이 노루를 구해주게 된다. 그런데 갑자기 친구로 삼은 석점박이 노루가 사라진다. 진수는 아버지 행동에 의심을 갖는다. 학교에서 조퇴를 하고 집으로 돌아와 동태를 살피던 진수는 그 비밀을 알게 된다. 아버지가 산에 덫을 놓아 야생동물을 잡아 파는 사람이라는 사실에 충격을 받은 진수는 가출을 결심한다. 용서를 구하는 아버지와 진수는 어렵게 화해를 하게 된다.

이 작품은 아버지가 지닌 이중적 모습을 통해 물욕을 쫓는 현대인의 한 단면을 여실하게 보여준다. 열심히 사는 아버지를 존경해 왔던 나에게 전혀 다른 아버지의 모습은 가히 충격적이다. 아이들은 부모를 통해 이 세상을 배우고, 희망과 용기를 얻기도 하지만, 때로는 분노와 절망으로 삶의 지향점을 잃고 방황하기도 한다. 「아버지」에 등장하는 주인공 진수의 경우도 마찬가지다. 자기가 치료해 주고 친구로 삼았던 노루가 대형 냉장고 안에서 죽은 모습으로 발견되고, 산에 올무를 놓고도 시치미를 떼며 모른 체하던 아버지의 모습에서 진수는 형용할 수 없는 증오와 절망을 동시에 느꼈을 것이다. 더군다나 아버지가 밀렵해서 더 많은 돈을 벌려고 한 이유가 진수를 잘 기르기 위해서였다는 사실은 수단과 방법을 가리지 않는 자식 사랑의 실체를 통감하게 한다. 이는 얼마 전 미성년자를 감금하고 매춘을 강요한 사람이 그 돈을 자기 딸 유학비로 썼다는 왜곡된 자식 사랑과 같다. 물론 여기서는 나의 가출로 아버지가 용서를 빌고 있지만……

석점박이 노루의 행방불명 사건을 수수께끼를 풀어 나가는 형식으로 전개시켜 긴장감을 더해 주는 이 작품은 디테일한 상황 설정이 현실감을 생생하게 만든다. 그러나 이 작품의 더 큰 매력은 아버지이기 이전에 인간일 수밖에 없고, 또 미운 아버지이지만 결코 그 아버지를 잃고 싶지 않은 주인공의 솔직한 마음에 화자의 애정이 머물고 있다는 것이다. 이처럼 이 작품은 리얼리티와 디테일한 상황 묘사가 현실적인 소재와 함께 작품의 묘미를 느끼게 한다. 그러나 한 가지 아쉬운 점은 작품에서 아이인 척하는 어른의 모습이 자주 눈에 띈다는 것이다. 보통 1인칭 주인공 시점은 화자가 대부분 어린이로 설정되기 때문에 아이들 눈높이에 맞추어 서술되기 쉽다. 때문에 독자인 어린이들은 자신의 이야기로 받아들여 그만큼 작품 속에 빠져들기도 쉽다. 그러나 작가가 화자와의 거리를 일정하게 유지하지 못하고 동일시할 경우, 과도한 감정이입으로 자칫 아이인 척하는 어른의 모습을 내보일 수 있게 된다. 작가는 이 점을 유념해 둘 필요가 있다.

11. 상상력

아이들이 가지고 있는 것 중에 가장 큰 보물은 뭘까? 아마도 무한히 뻗어 나갈 수 있는 상상력이 아닐까? 구름으로 멋진 숲을 만들고, 쓸모 없는 빗자루로 도깨비를 불러 오기도 하는, 바위 속을 들여다볼 수 있고, 산을 훌쩍 넘을 수도 있으며, 거침없이 벽을 뚫고 나가는 상상력! 어른이 되면서 우리는 이러한 상상력에서 멀어져 눈앞의 현상에만 집 착하는 좁은 시야를 가지게 된 것을 안타까워한다. 어른들의 세계보다 아이들의 세계가 보다 넓고 풍요로운 것은 바로 이러한 넘치는 상상력 때문이리라. 그래서 아이들은 이 순간에도 꿈꾼다. 멋지고 아름다운 상상의 세계로 자기들을 데려가 달라고. 그런 의미에서 의인화된 작품 에 관심을 모아 보았다. 소중애의 「아기 바람의 힘」이 그것이다.

얼음 나라에서 몸이 약한 아기 바람이 태어난다. 아빠 바람은 아기 바람을 푸른 남쪽 땅으로 데리고 가 힘을 키우게 한다. 아기 바람에게 힘을 키워 주던 아빠 바람은 얼음덩이와 작은 어선이 부딪혀 불이 나 는 것을 보고 불 속으로 뛰어들어간다. 아빠 바람은 자기 몸을 흩어지 게 하여 불꽃이 사그라지게 한다. 아빠를 잃은 아기 바람은 아빠를 찾 다가 바닷가에서 불을 피우고 있는 아이들을 발견한다. 그 아이들은 배를 타고 나간 아빠가 자기들이 지핀 불을 보고 찾아오길 기다린다. 아기 바람은 두 아빠를 찾기 위해 일어섰다.

얼음 나라에서 태어난 아기 바람을 의인화하여 아버지를 찾고자 하 는 아이들의 꿈과 재미있게 연결하였다. 특히 '아빠는 아기 바람을 등 에 태우고 눈 깜박할 사이에 푸르른 남쪽 땅으로 날아갔습니다'와 같은 생동감 있는 묘사는 신선함을 더해 주기도 한다. 힘을 키운 아기 바람 이 아빠를 찾기 위해 애쓰는 아이들을 위해 자신의 큰 몸을 작은 조각 으로 나누어 불씨를 피우는 장면은 참으로 아름답게 다가온다. 우리는 이 작품에서 비록 바람이지만 가치 있게 살려는 태도에 감명을 받을 수도 있을 것이다. 그러나 작품을 끝까지 읽었을 때 다가오는 아쉬움은 무엇 때문일까? 우선 이 작품은 구조적인 측면에서 크게 아기 바람이 아버지에게 힘을 키우는 전반부와 어선이 얼음에 부딪혀 아버지가 사라져 버린 후반부로 나뉘어진다. 주제적인 측면에서는 아빠 바람이 힘을 사용하는 부분이 전반부가 되겠고, 아기 바람이 힘을 사용하는 부분이 후반부가 된다. 즉 이 작품은 보는 관점에 따라 아기 바람 이야기이면서, 아빠 바람 이야기도 될 수 있다. 단편에서 이야기가 둘로 나누어지면 자칫 주제가 선명하지 않게 된다. 다음으로 상상력의 문제인데, 동화에서 작가의 상상력 허용 범위는 여전히 논란의 여지가 있다. 하지만 생태와 상황 설정이 적절하지 못하면 독자에게 주는 감동 역시 반감되는 게 사실이다. 얼음 나라에서 태어난 아기 바람(차가운)이 힘을 기르기 위해 푸른 숲이 있는 남쪽으로 왔다면, 이미 따뜻한 바람이 되었을 텐데, 계속 얼음 나라 아기 바람의 속성으로 몰고 간 점, 그리고 남쪽 땅에서 어선과 얼음덩이가 부딪힐 수 있는가 하는 문제이다. 아무리 얼음 나라 조각일지라도 남쪽 땅('햇빛에 잎사귀가 반짝이는', 본문 40쪽 23줄)으로 내려왔을 때는 이미 녹아 버리는 게 아닐까? 아기 바람을 놓아 두고 아버지가 불을 끄기 위해 갑자기 사라지는 부분 역시 뭔가를 주입하려는 것 같아 서운했다. 하나의 작품을 쓰기 위해 중국집 체험까지 나선 성실하고 신뢰감을 주는 작가이기에 더욱 이러한 부분에도 세심한 관심을 기울였으면 하는 바람을 가지게 한다.

문학작품에 어떤 모범 답안이 있는 것도 아니고, 동화의 평가 척도 역시 개개인의 인상적 한계성을 지닌다는 생각이 '창작 기법' 측면에서의 작품 해석을 가능하게 했다. 결국 작품의 차이는 '어떻게 썼는가'의 기술적인 차원에서 접근하는 것이 용이하다는 방향으로 몰고 간 셈이다. 문학을 문학이게 하는 미학성의 요소들, 예를 들면 이야기성과 묘사의 방법 등을 살펴보는 기회로 삼았으면 좋겠다.

앞으로 독자들은 보다 밝고 재미있는 동화, 감각적인 묘사와 개성 있는 인물의 등장, 꿈을 성취해 가는 과정을 형상화한 동화를 더 좋아하게 될 것이다. 그러나 아무리 이러한 요소를 갖추고 있다 하더라도 근본적으로 이야기는 '그럴듯함'을 유지하는 것이 생명이다. 상상력을 구현하는 방법도 마찬가지다. 하나의 작품에서 생태적인 치밀함과 상황이 전체와 절묘하게 조화를 이룰 때, 그 상상력은 더욱 빛을 보게 될 것이다.

12. 새로운 관점에서 바라보기

요즈음 잡지에 발표되는 단편동화들을 보면 소재가 참 다양해졌다는 것을 느낄 수 있다. 그러나 그 소재들이 얼마 만큼 시대에 맞고, 또 그에 대한 충분한 수집이 이루어졌는지 의심이 간다. 새로운 소재에 대한 끊임없는 탐색은 바람직한 일이지만, 먼저 그것이 진정 독자의 관심과 흥미를 끌 수 있는 것인지 생각해 봐야 한다. 그리고 작품에서 다루려고 하는 소재가 참신한지, 주제를 형상화하기에 버거운 것은 아닌지 깊이 생각해 보아야 한다. 이미 전에 다루었던 평범한 소재라도 새로운 시각에서 접근하면 얼마든지 독창적인 이야기로 변화될 수 있다. 이금이의 「촌놈과 떡장수」는 아이들 현실에서 흔히 일어날 수 있는 일상적인 사건을 다루고 있지만, 인물의 복선적인 투사를 통해 새롭게 조명되고 있다.

시골에 살던 나(촌놈)는 할머니가 돌아가신 뒤 더 나은 교육을 받기 위해 도시로 이사를 온다. 그러나 새 학교의 아이들은 나를 촌놈 취급하며 무리에 끼워 주지 않는다. 나는 시골 학교에서 친구로 받아들이기를 거부했던 옛 친구 광식이를 생각한다. 같이 어울릴 친구도 없고, 집에 와도 반겨 줄 사람이 없는 나는 게임 방에 취미를 붙인다. 그곳에서 나는 같은 반 장수를 만나 같이 게임을 한다. 그러나 장수는 학교에서는 나를 모른 척한다. 게임 방에서 다시 장수를 만났을 때 나는 장수를 모른 체하다가 무심코 장수를 떡장수라고 놀려서 싸우게 된다. 그 후 지하도를 건너다 나는 떡을 파는 할머니가 장수 할머니라는 사실을 알게 된다. 할머니는 평소 떡을 잘 사 가던 나를 보고 인절미를 주신다. 나는 장수에게 떡장수라고 놀린 것을 사과하고, 둘은 친구가 된다.

이 작품은 시골에서 전학 온 주인공이 친구들 사이에서 촌놈으로 취급받는 과정을 통해, 예전에 저질렀던 잘못된 행동을 깨닫는 아동소설이다. 아이들은 우리 어른과 마찬가지로 당면한 현실 속에서 슬픔과 기쁨, 갈등과 화해를 경험하는 존재들이다. 그들 역시 그들이 처한 환경을 극복해야 하고, 친구들 사이에서 따돌림을 당하지 않기 위해 애를 쓰며, 자존심 때문에 분노하기도 한다. 자신을 둘러싼 어려운 문제를 해결하기 위해 때로는 다양한 방법을 동원하기도 한다. 이런 측면에서 이 작품은 '촌놈과 떡장수'로 상징되는 두 인물의 내면 심리를 통해 아이들이 성장 과정에서 겪게 되는 친구 관계를 되돌아보게 하는 데 일조를 하고 있다. 새 학교로 전학을 와 촌놈이라고 무시를 당하면서, 옛 시골 학교에서 자신이 무시했던 광식이의 모습을 생각하는 주인공의 모습에서 아이들은 그들의 행동을 의미 깊게 바라볼 수 있을 것이다. '촌놈과 떡장수'라는 별명을 상징화하여 주제를 담담하게 형상화시킨 점도 의미 있게 다가온다. 그러나 옷을 잘 입고 다니는 장수가 학교를 파하고 할머니가 떡 파는 곳에 앉아 있는 부분은 어쩐지 조금 어색하다. 왜냐하면 초등학교 때 아이들 대부분은 자기 부모나 가족이 가지고 있는 직업에 대해 예민하게 반응하기 마련인데, 떡을 파는 할머니를 특별한 이유도 없이 찾아갈 수 있었을까? 그렇다면 이 부분에 대한 어떠한 언급이 조금 필요하지 않았을까? 다음 이야기 전개를 위한 의도적인 구성으로 보여지지 않기 위해서는 말이다.

그 동안 여러 작품을 읽으면서 당황할 때가 종종 있었다. 열심히 쓰는 작가의 작품인데, 분명 그 내용이 어디선가 읽은 듯한 느낌이 들고, 마침내 그것이 이미 다른 사람이 다루었던 작품이라는 것을 확인하고는 씁쓸함을 느꼈다. 구전되는 이야기나 신문에 실린 일화를 작품화하는 것을 말하는 게 아니다. '다른 사람 작품'을 상황과 소재만을 변형하여 비슷하게 구현한 작품을 만났을 경우(방정환의 「참된 동정」, 외국 단편소설 「20년 후」와 비슷한 작품도 있었음)이다. 물론 작품을 쓰다 보면, 아주 오래 전에 축적되어 있던 내용이 자기도 모르게 작품으로 구상되어 쓰여질 때도 있을 것이다. 그러나 보다 성실한 작가라면 다른 사람 작품도 많이 읽어 이러한 우를 범하지 말아야겠다.

13. 사건 진행 방법

서석영의 「숯이 부르는 노래」를 관심 있게 읽었다. 이 작품은 숯가마 일을 하면서 겪는 할아버지와 아버지의 생활을 아들인 내가 사건을 역행법으로 그려 나간 아동소설이다.

아버지는 쉽게 돈을 벌기 위해 숯공장을 차리고 할아버지와 사이가 나빠진다. 돈을 벌기도 했지만 중국산 숯에 밀려 숯공장이 어려워지자 아버지는 가마골을 떠나 서울로 왔었다. 서울에서 아버지는 붕어빵 장사를 하고, 어머니는 파출부 일을 하였다. 지하방에서 생활하며 동생 영훈이는 천식을 앓게 된다. 경기가 어려워지고 영훈이를 위해 아버지는 2년 만에 할아버지가 있는 포동리 가마골로 다시 내려오게 된다. 아버지는 할아버지 옆에서 백탄을 굽기 위해 혼신의 힘을 다하는 할아버지의 모습을 보게 된다. 아버지는 나를 위해 숯 만드는 방법을 적어 둔다.

이 작품은 백탄 숯이 맑게 울리는 소리에 긍지를 가지며 사는 할아버지와 쉽게 돈을 벌려고 했던 아버지의 생활을 복선으로 전개하여 삶의 가치가 무엇인지를 되씹게 한다. 제 몸을 태워 남을 이롭게 하는 나무의 희생 정신을 아버지에게 알려 주고자 했던 할아버지. 할아버지는 사람들에게 이로움이 많은 숯을 아버지가 시간이 걸리더라도 제대로 구워내길 바랐다. 그러나 아버지는 숯을 대량으로 구워 많은 돈을 빨리 벌고 싶어했다. 처음에 아버지가 어느 정도 돈을 버는가 싶었는데, 마침 물밀듯이 들어오는 중국산 숯에 밀려 아버지는 오히려 빚을 지고 고향을 떠나게 된다. 도시에서 다시 일어서려고 했던 아버지는 현실의 혹독한 시련에 다시 한 번 좌절하고 만다. 아버지는 고향으로 향하고, 할아버지는 또 한 번 도시에서 모든 것을 다 날리고 돌아온 아버지를 묵묵히 받아 주신다. 그런 할아버지의 모습에서 우리는 끈끈한 부자지간의 정과 포근한 사랑을 느낄 수 있다. 언제든지 돌아가면 받아 줄 수 있는 고향과 부모가 있다는 것. 그것은 인간이 살아가는 데 그 어떤 것보다 커다란 힘이요, 위안이다. 그러나 우리는 가끔 그러한 것들을 잊고 산다. 그런 점에서 이 작품이 우리에게 주는 의미는 남다르다고 하겠다. 그러나 구성면에서 생각해 볼 때, 이 작품은 아쉽게도 전체적으로는 통일감을 주지 못하는 것 같다. 그 이유는 뭘까? 실마리를 사건 진행 방법에서 찾아보자. 이 작품의 사건 진행 순서는 2년 만에 할아버지가 있는 도시에서 포동리 가마골로 이사(현재)→가마골 아버지의 생활, 아버지의 서울 생활 전개(과거)→가마골의 새로운 생활(현재) 등이다. 화자는 큰 욕심 없이 숯이 맑게 울리는 소리를 들으며 사는 할아버지와 숯 굽는 일을 물욕의 수단으로 삼았던 아버지를 통해 물욕의 허망함을 나타내고 싶었으리라. 그런데 사건이 이중적으로 진행되면서 부수적인 일화들이 같이 전개되다 보니 이야기가 선명하게 다가오지 않는다.

이야기를 전개시켜 나가는 방법에는 사건을 단일하게 전개시키는 순행법, 사건이 단순하지 않은 역행법(복합법, 액자 구성), 사건을 연속해서 전개시키는 피카레스크법이 있다. 흔히 단편에서는 순행법을, 장편에서는 역행법과 피카레스크법이 많이 쓰인다. 여기서 순행법은 통일성 있는 구성과 압축된 긴장감으로 사건을 진행시킨다. 반면 역행법은 겹쳐지는 사건과 심리를 복합적으로 보여줄 수 있는 데 비해 이야기를 집약시켜야만 한다. 그렇지 못할 경우 이야기가 산만해지기 쉽다.

이 작품에서도 백탄이 주는 의미와 숯가마를 찜질방으로 사용하는 사건 등 한꺼번에 너무 많은 것을 작품에 담으려고 하였다. 그러다 보니 이야기 줄기가 뚜렷하지 않다. 얼마 전에 이 작가가 펴낸 『날아라! 돼지꼬리』에서도 비슷한 느낌을 받았었다. 반짝이는 상상력과 참신함에 비해 전체적인 통일감이 아쉬웠다. 좀더 차분하게 이야기를 집약시켜 나갔더라면 하는 아쉬움이 남는다. 동화에서 이야기를 어떻게 구성하는가는 전적으로 작가의 자유다. 그러나 사건을 진행시키는 적절한 방법을 선택하는 것은 작품의 완성도에 많은 영향을 줄 수 있다는 점에서 세심한 주의가 있어야 한다.

글쓰기 기초

글은 곧 자신의 표현이란 말이 있다. 맞는 말이다. 사람은 밖에서 들어온 모든 정보를 생각 작용을 통해 말이나 글로 표현한다. 이 중 글은 사람의 표현 욕구를 만족시켜 주고, 사람이 가진 생각을 종합적으로 평가하는 기준이 되기도 한다. 따라서 자기 생각을 올바로 표현하는 글쓰기 힘은 작가를 희망하는 사람뿐만 아니라 일반 사람에게도 매우 중요한 것이다. 그러면 어떻게 해야 잘 쓸 수 있을까. 사람마다 다르겠지만, 좋은 글을 쓰기 위해서는 먼저 생각의 힘을 키우고 좋은 연장을 가지고 있어야 한다. 흔히 많이 읽고 많이 쓰면 글을 잘 쓸 수 있다고 하지만 올바로 읽지 못하고 무작정 많이 쓴다고 좋은 글이 나오는 것은 아니다. 독서를 통해 깊이 생각하고, 문장 표현법을 충분히 익혀 바르게 써야 좋은 글을 쓸 수 있다. 권영민은 좋은 글은 "내용이 들어 있고, 짜임새가 있으며, 정확해야 한다"고 아주 간단하면서도 명쾌하게 정의하였다. 여기서 정확한 글은 문법(글의 사회적 질서)에 맞게 쓴 글을 말한다. 미국의 유명한 소설가 스티븐 킹 역시 "문법을 모르면 형편없는 글이 나온다. 잘 쓸 자신이 없다면 차라리 규칙을 지켜라"고 글쓰기에서 문법의 중요성을 강조하지 않았던가. 여기서는 글쓰기의 기초가 되는 문장 연습과 띄어쓰기, 정서법을 중심으로 살펴본다.

1. 쓰는 힘을 키우기 위해선?

①문장의 기본 질서를 익히고 꾸준하게 쓴다.

②신문기사에는 사람이 살아가는 다양한 모습이 담겨 있다. 적절하게 활용하면 좋은 소재를 얻을 수 있다.

③경험을 많이 하고 자기에게 적당한(소화가 가능한) 글감을 찾는다.

④모든 것을 관심 있게 바라보고 자세히 관찰하는 습관을 기른다.

⑤책을 많이 읽으면 사고력을 키울 수 있고, 다른 사람이 가진 좋은 글쓰기 방법을 배울 수 있다.

⑥책을 읽고 토론을 하면 다양한 의견을 들을 수 있어 객관적인 생각을 키울 수 있다.

⑦연상 단어 훈련을 꾸준히 해 어휘력을 기른다.

　예)봄—생동감, 할머니 생일, 꽃샘 추위, 황사, 쑥떡.

⑧주어진 자료를 읽고 분석 정리하여 말로 표현해 본다. 이러한 방법은 엉뚱한 글이 되지 않도록 해준다.

⑨여러 사람 앞에서 자기 글을 발표해 보고 많이 수정한다.

⑩자기가 쓴 글을 쪽지에 정리해 본다. 겹치는 말 빼기, 부족한 부분 보충하기, 짜임새를 평가하기에 좋다.

2. 좋은 글이란?

①남의 글을 모방하거나 억지로 만들어내기보다 자기가 경험한 것을 진실하고 개성이 드러나게 쓴 글이다.

②되도록 많은 사람이 걱정하고, 마음에 안고 있는 문제를 쓴 글이다(이오덕).

③생각을 정확하게 붙잡아 쓴 글이다

④알맹이가 있는, 감동을 주는 글이다.

⑤평이하면서도 쉬운 말로 쓴 글이다.

3. 글을 쓰는 순서

①글을 쓰는 순서는 사람마다 다를 수 있다. 자기에게 맞는 편한 방법으로 쓰는 것이 제일 좋다.

②무엇을 어떻게 글을 쓸 것인지 계획해 본다.

③쓰기에 부담 없는 적절한 글감을 고른다. 그러기 위해서는 자기가 경험한 것을 글감으로 골라야 한다. 경험도 없는데 구상이 멋있다고 덤볐다가는 그르치기 쉽다.

④자료를 수집하고 줄기를 세워 얼개를 짠다.

⑤제목을 정한다. 쓰는 사람에 따라 제일 먼저 제목을 쓰기도 한다.

⑥표현이 제대로 되었는지, 필요 없는 부분이 들어가지 않았는지 살핀다.

- 추상적인 표현은 구체적인 표현으로 바꾼다.
- 의미가 겹치지 않도록 한다.
- 필요 없이 길게 쓴 부분은 긴장감을 떨어뜨릴 수 있으므로 간결하게 쓴다.
- 사투리는 지문보다 대화글에 쓴다.
- 서술어가 통일되어 있는지 살핀다.

4. 좋은 글을 쓰기 위한 자세

①자기만이 쓸 수 있는 글을 쓰도록 노력한다. 누가 써도 마찬가지인 글은 쓰지 않는다(한승원).

②인간은 지금보다 나은 삶을 지향한다. 따라서 지금보다 나은 삶을 위해 긍정적으로 쓰도록 한다. 어린이는 동화에 등장하는 주인공이 행복해지길 희망하는 심리가 강하다.

③문장은 생각을 담는 그릇이라고 할 수 있다. 생각이 너무 크면 읽는 사람이 쉽게 씹을 수 없고, 목구멍으로 넘길 수도 없다.

④많은 사람이 공감할 수 있는 문장으로 쓴다. 지나치게 주관적인 글은 그것을 경험하지 못한 독자에게 공감을 주지 못해, 많은 독자를 확보할 수 없다. 특정한

종교나 단체를 비방하는 것도 좋지 않다.

⑤앞뒤가 일관성을 유지할 수 있도록 한다.

⑥적절한 비유는 글에 생동감을 주지만 화려한 수식은 자칫 글을 가볍게 보이게 하고 가식적인 느낌을 불러일으킨다.

5. 문장 연습 I

1) 어휘나 용어를 문맥에 맞게 쓴다.

일요일마다 천주교에 간다. → 일요일마다 천주교회(성당)에 다닌다.

맨발 벗고 뛰었다. → 맨발로 뛰었다. (맨발인데 어떻게 벗을 수 있겠는가.)

2) 주관이 많이 담긴 말에 객관성을 준다.

결코, 과연, 누구나, 불과, 설마, 심지어, 어차피, 제발.

이른바 사랑 <u>따위</u>에 울지 않겠다.—사람이나 사물을 얕잡아 일컫는 말.

3) 쉬운 말로 쓴다.

청소년이 해방감을 맛볼 기회가 전무하다. → 청소년이 해방감을 맛볼 기회가 전혀 없다.

지난 시즌에 플레이 오픈을 하였다. → 지난 봄에 경기가 시작되었다.

4) 지시어를 잘 쓴다.

한국의 기후는 남극의 그것보다 따뜻하다. → 한국이 남극보다 기후가 따뜻하다. 한국 기후가 남극보다 따뜻하다.

5) 말버릇을 그대로 쓰면 글이 가벼워 보일 수 있다.

이런 사실은 뭐랄까 상식으로 이해하기 힘들다. → 이런 사실은 상식으로 이해하기 힘들다.

근데 → 그런데.

6) 최상급 표현은 글이 거칠고 강해 보일 수 있으므로 줄인다.

가장 많이, 결사 반대, 대잔치, 대파동, 아주 굉장히 심각한, 완전 박살, 이 사회에서 영원히 격리시켜야, 절대 반대, 절대 최고의 품질, 초능력, 최선의 뛰어난 선택, 최첨단 정보 시대가, 맨 처음 사람.

7) 숫자 쓰기.

이 사과를 1사람이 2알씩 먹고 → 이 사과를 한 사람이 두 알씩 먹고.

오는 6월과 10월에 두 차례 만날 기회가 → 오는 유월과 시월에 두 차례 만날 기회가

한 잔의 커피, 하나의 민족(서양식) → 커피 한 잔, 한민족

1나·5섯·6섯·8덟·2틀·3흘 → 하나·다섯·여섯·여덟·아홉·이틀·사흘

8) 존칭어를 많이 쓰지 않는다(특히 객관성을 필요로 하는 논술문).

그 방면으로 유명한 교수님을 알고 있다. → 교수.

충무공께서는 유명한 전략가이셨다 → 충무공은 유명한 전략가였다.

9) '의' 사용을 줄인다.

언어의 순화의 방향의 설정 → 언어 순화를 위해 방향 설정하기.

나의 합격을 기뻐해 주시오. → 내가 합격한 것을 기뻐해 주시오.

●이외에 '들'을 꼭 붙이지 않는다(상가들이, 작품들에는, 쏟아지는 비들에는).
●긴 이름을 줄여 쓴다. 띄어쓰기를 잘한다.

10) 의미가 중복되는 표현은 피한다.

가까이 접근하다 → 가까이 다가가다.

낙엽이 떨어진다 → 잎이 떨어진다.

먼저 선취점을 얻고 → 먼저 점수를 얻고.

시집을 읽는 독자 → 시집을 읽는 사람.

쓰이는 용도에 따라 → 쓰임에 따라.

앞으로 전진한다 → 앞으로 나간다.

지나치게 과음했다 → 지나치게 술을 마셨다.

초가집 → 초가.

택시에 탄 승객 → 택시에 탄 손님.

해변가 → 해변.

6. 문장 연습 2

1) 우리말 중 거센소리를 가진 단어를 바르게 나타낸다.

동녘, 들녘, 방 한 칸, 부엌, 빈칸, 살쾡이, 새벽녘, 칸막이.

2) 수컷을 가리키는 접두사는 수로 나타낸다.

수캉아지, 수캐, 수컷, 수탉, 수탕나귀, 수평아리(예외: 숫양, 숫염소, 숫쥐).

3) 종결형 어미 '~오'와 '~요'를 바르게 사용한다.

● 종결형에서 사용되는 '~요'는 '~오'로 나타낸다.

　예) 이리로 오시오. 이것은 책이오.

　　　잔디밭에 들어가지 마십시오.

● 연결형에서 사용되는 '~오'는 '~요'로 나타낸다.

　예) 이것은 커피요, 설탕이요, 찻잔이다.

● 상대를 높이는 말이나 종결형 어미는 '~요'로 한다.

　예) 시골로 내려가십시요.

4) 모음이나 ㄴ받침 뒤에 이어지는 '렬'과 '률'은 '열'과 '율'로 나타낸다.

나열, 분열, 우열, 규율, 선율, 백분율.

5) '그러므로'와 '그럼으로'의 차이를 구별한다.

그러므로(원인)—부지런하므로 잘 산다.

그럼으로(수단) — 열심히 공부함으로써 은혜에 보답한다.

하므로(하기 때문에) — 이유, 원인.

함으로(~해 가지고) — 수단, 방법.

6) '대'와 '데'의 차이를 구별하여 쓴다.

● 의존명사로 쓰일 때는 '데'로 쓰고 나머지는 '대'로 쓴다.

　　— 가까운 데에(장소), 그렇게 하는 데에는(이유), 그런데(접속부사).

　　— 대체, 도대체, 이대로, 맘대로.

● 띄어쓰기는 어미(처소격 조사 '에'를 붙여 어색하면 어미이다)는 붙이고, 의존

명사는 떼어 쓴다.

　　— 막 돌아가려고 하는데(어미).

　　— 포함시키는 데(의존명사).

7) '~로서'와 '~로써'를 구별한다.

● '~로서'는 신분이나 자격을 나타낼 때 쓴다.

　공무원으로서, 학생으로서, 주부로서.

● '~로써'는 도구나 수단을 나타낼 때 쓴다. '~을 가지고'의 의미.

8) '넘어'와 '너머'를 구별하여 나타낸다.

● '넘어'는 구체적 행위를 나타낼 때 쓴다.

　담을 넘어서.

● '너머'는 장소를 가리킬 때 쓴다.

　산 너머, 저 마을 너머로.

9) '장이'와 '쟁이'의 쓰임을 구별해서 쓴다.

● 기술자는 '장이'로 나타낸다.

　간판장이, 미장이, 유기장이, 칠장이.

● 성격이나 버릇, 혹은 생활 습관은 '쟁이'로 나타낸다.

　개구쟁이, 거짓말쟁이, 깍쟁이, 난쟁이, 멋쟁이, 욕쟁이, 트집쟁이.

10) 구체어와 추상어를 적절하게 사용한다.

● 구체어―실제로 존재하는 대상이나 구체적 행동을 나타내는 말.

　돌, 사과, 어머니, 책상, 읽다, 잡다, 자다, 던지다, 뛰다.

● 추상어―단지 생각을 통해서만 그 존재를 인식할 수 있는 것.

　사랑, 자유, 노력한다, 믿다, 생각하다, 성실하다, 착하다.

11) 수식어는 수식을 받는 말 바로 앞에 놓는다.

자동 커피 판매기 → 커피 자동 판매기.

12) 단어의 쓰임새를 구별해서 쓴다.

떡볶이(음식) / 떡 볶기(떡을 볶는 것)

손톱깎이(연장) / 손톱 깎기(손톱을 깎기)

예) 내 취미는 등산하기, 떡 볶기, 음악 듣기, 손톱 깎기이다.

　음식점에서 떡볶이를 주문했다.

　가방을 열어 보니, 화장지, 손톱깎이가 있었다.

7. 다듬기 실제

1) 반복되는 단어 찾기 연습

①알고 보니 그 잡지는 매월 한 달에 한 번씩 발행되고 있었다.

②낯선 곳으로 여행을 떠날 때는 숙박할 곳을 사전에 미리 예약을 해 두는 것이
좋다.

③속마음 깊은 곳에 심연을 들여다보면 무슨 생각을 하고 있는지 알 수 있겠지
만 그건 불가능한 일이다.

④그때까지만 해도 아무도 나를 이해하려고 한 사람은 하나도 없었다.

⑤알프스에 가면 언제나 늘 눈 덮인 자연과 만날 수 있다.

⑥전쟁에 대해서 공포와 두려움을 갖지 않는 사람이 어디 있을까.

⑦불우한 사람에게 따뜻한 온정을 베푸는 마음을 가져야 한다.

⑧이번에 졸업한 졸업생들의 취업률은 그래도 작년에 비해서 약간 높아진 게 사실이다.

⑨이번에도 선거철을 맞아서 부동산 시세 가격이 매우 빠른 속도로 급하게 오르고 있다.

2) 문장 부호 중 반점(,) 사용하기

①같은 자격의 어구가 열거될 때에 사용한다.

근면, 검소, 협동은 우리 겨레의 미덕이다.

충청도의 계룡산, 전라도의 내장산, 강원도의 설악산은 모두 국립공원이다.

②조사로 연결될 때에는 쓰지 않는다.

매화와 난초와 국화와 대나무를 사군자라고 한다.

③짝을 지어 구별할 필요가 있을 때 사용한다.

달과 지네, 개와 고양이는 상극이다.

④대등하거나 종속적인 절이 이어질 때.

콩 심으면 콩 나고, 팥 심으면 팥 난다.

흰 눈이 내리니, 경치가 더욱 아름답다.

⑤부르는 말이나 대답하는 말 뒤에.

애야, 이리 오너라.

예, 가겠습니다.

⑥무엇을 제시하는 단어 다음에.

빵, 빵이 인생의 전부이더냐?

용기, 이것이야말로 무엇과도 바꿀 수 없는 젊은이의 자산이다.

⑦도치된 문장에.

이리 오세요, 아버님.

다시 보자, 한강 물아.

⑧가벼운 감탄을 나타내는 말 뒤에.

아, 깜빡 잊었구나.

⑨문장 첫머리의 접속이나 연결을 나타내는 말 다음에.

첫째, 몸이 튼튼해야 한다.

아무튼, 나는 집에 돌아가겠다.

● 일반적으로 쓰이는 접속어(그러나, 그러므로, 그리고, 그래서) 뒤에는 쓰지 않는다.

⑩되풀이를 피하기 위해 한 부분을 줄일 때 쓴다.

여름에는 바다에서, 겨울에는 산에서 휴가를 즐겼다.

⑪문맥상 끊어 읽어야 할 곳에 쓴다.

남을 괴롭혀 본 사람들은, 만약 그들이 다른 사람에게 괴롭힘을 당해 본다면, 남을 괴롭히는 일이 얼마나 나쁜 일인지 깨달을 것이다.

⑫숫자를 나열할 때 쓴다.

1, 2, 3, 4, 5, 6, 7

⑬수의 폭이나 개략의 수를 나타낼 때에 쓴다.

5, 6세기

6, 7개

3) 문장부호 연습

①집에서 새는 바가지는 들에 가도 샌다는 우리 속담이 있다.

→ '집에서 새는 바가지는 들에 가도 샌다'는 우리 속담이 있다.

②하이데거는 현대인을 주체성도 창의성도 없는 일상인이라고 하면서 이 시대를 존재를 망각한 밤이라고 하였다.

→ 하이데거는 현대인을 "주체성도 창의성도 없는 일상인"이라고 하면서, 이 시대를 "존재를 망각한 밤"이라고 하였다.

③사랑. 이 말만 들으면 지금도 나는 가슴이 설렌다.

→ 사랑, 이 말만 들으면 지금도 나는 가슴이 설렌다.

④우선 건강의 정의를 내려 보면 건강은 육체와 정신의 조화 있는 균형 상태를 말한다.

→ 우선 건강의 정의를 내려 보면, '건강은 육체와 정신의 조화 있는 균형 상태'를 말한다.

4) 문장의 호응 관계—수식어와 피수식어 위치 연습

①여자의 미에 대한 관심은 거의 본능에 가깝다.

→ 미에 대한 여자의 관심은 거의 본능에 가깝다.

②우리는 지속적인 역사에 대해서 관심을 가져야 한다.

→ 우리는 역사에 대해서 지속적인 관심을 가져야 한다.

③일제히 우리는 기차가 오는 곳을 향해 달려가기 시작했다.

→ 우리는 기차가 오는 곳을 향해 일제히 달려가기 시작했다.

④경제 혼란에 대비한 철저한 합리적 여건을 조성해야 한다.

→ 경제 혼란에 대비한 합리적 여건을 철저히 조성해야 한다.

⑤많은 우리 나라 청소년들은 입시 준비에 시달리고 있다.

→ 우리 나라 많은 청소년들은 입시 준비에 시달리고 있다.

⑥우리는 반드시 전통 문화의 기반 위에서 굳건한 외래 문화를 수용해야 한다는 점을 명심해야 한다.

→ 우리는 반드시 굳건한 전통 문화의 기반 위에서 외래 문화를 수용해야 한다는 점을 명심해야 한다.

⑦실제로 제대로 모든 수요를 예측하기는 거의 불가능하다.

→ 실제로 모든 수요를 제대로 예측하기는 거의 불가능하다.

⑧강의실을 깨끗하게 사용하는 것은 작은 학교 사랑의 실천입니다.

→ 강의실을 깨끗하게 사용하는 것은 학교 사랑의 작은 실천입니다.

⑨도저히 나는 그 일을 할 수 없을 것 같다.

→ 나는 그 일을 도저히 할 수 없을 것 같다.

⑩종교와 자본주의의 공통점은 철저히 예술을 도구로 본다는 점이다.

→ 종교와 자본주의의 공통점은 예술을 철저히 도구로 본다는 점이다.

5) 변화 있는 문장으로 고쳐 보기 연습

①형은 미국으로 유학을 갔고, 누나는 프랑스로 유학을 갔다.

→ 형과 누나는 미국과 프랑스로 유학을 갔다.

②우주 만물이 창조됐다고 보는 것은 종교적이요, 비과학적이고, 진화했다고 보는 것은 과학적이요, 사실적이라고 생각한다.

→ 우주 만물이 창조됐다는 것보다 진화했다고 보는 것이 과학적이요, 사실적이라고 생각한다.

③동학은 우리 민족 고유의 신앙이지만 불교는 우리 민족 고유의 신앙이 아니다.

→ 동학은 우리 민족 고유의 신앙이지만 불교는 그렇지 않다.

④소설을 제대로 읽으려면 많은 상상력이 필요하지만 영화를 제대로 보는 데는 많은 상상력이 필요하지 않다.

→ 소설을 제대로 읽으려면 많은 상상력이 필요하지만 영화는 그렇지 않다.

⑤가정은 우리들에게 정신적인 휴식처가 되어야 하며, 육체적인 휴식처가 되어야 한다.

→ 가정은 우리들에게 정신뿐만 아니라 육체의 휴식처가 되어야 한다.

6) 띄어쓰기 연습

①조사는 그 앞말에 붙여 쓰고, 의존명사는 띄어 쓴다.

—꽃입니다. 웃고만

—나는 것이 힘이다. 먹을 만큼 먹어라. 뜻한 바를 알겠다.

②단위를 나타내는 명사는 띄어 쓴다.

한 개, 차 한 대, 금 서 돈, 옷 한 벌, 열 살.

● 다만 순서를 나타내는 경우나 숫자와 어울려 쓰이는 경우에는 붙여 쓸 수 있다.
삼학년, 7미터, 10개.

③ 수를 적을 때는 만 단위로 띄어 쓴다.
십억 삼천사백오십육만 칠천팔백구십팔.
10억 3456만 7898

④ 단음절로 된 단어가 연이어 나타날 적에는 붙여 쓸 수 있다.
그때 그곳, 열 내지 스물, 청군 대 백군.

⑤ 성과 이름, 성과 호 등은 붙여 쓰고, 이에 덧붙이는 호칭어나 관직명은 띄어 쓴다.
김자연, 최치원 선생, 장미라 씨, 충무공 이순신 장군.

⑥ 고유명사는 단어별로 띄어 씀을 원칙으로 하되, 단위별로 띄어 쓸 수 있다
대한 중학교 / 대한중학교, 전주 대학교 평생 교육원 / 전주대학교 평생교육원

⑦ 전문 용어는 단어별로 띄어 씀을 원칙으로 하되, 붙여 쓸 수 있다.
만성 골수성 백혈병 / 만성골수성백혈병
중거리 탄도 유도탄 / 중거리탄도유도탄

8. 단어 표기법

1)

갑짜기 → 갑자기	넉넉치 않다 → 넉넉지 않다
고냉지 → 고랭지	닐리리 → 늴리리
공난 → 공란	더욱기 → 더욱이
그으름 → 그을음	덛저고리 → 덧저고리

들어나다 → 드러나다   아름다와서 → 아름다워서
딱다구리 → 딱따구리   아뭏든 → 아무튼
머릿말 → 머리말   암돼지 → 암퇘지
목아지 → 모가지   어름 → 얼음
뭉뚱거리다 → 뭉뚱그리다   오뚜기 → 오뚝이
바뻐서 → 바빠서   외토리 → 외톨이
밧사돈 → 밭사돈   일찌기 → 일찍이
배불뚜기 → 배불뚝이   케케묵다 → 케케묵다
산 넘어 → 산 너머   투고난 → 투고란
수퀑 → 수꿩   회수 → 횟수
실락원 → 실낙원   휴계실 → 휴게실

2)

강남콩 → 강낭콩   시귀 → 싯귀
곱배기 → 곱빼기   신출나기 → 신출내기
꼭뚝각시 → 꼭두각시   아지랭이 → 아지랑이
끄나불 → 끄나풀   양복을 마추다 → 맞추다
돐날 → 돌날   윗어른 → 웃어른
들녁 → 들녘   지리한 날 → 지루한 날
미쟁이 → 미장이   천정 → 천장
뺨따귀 → 뺨따귀   콧빼기 → 코빼기
사글셋방 → 사글세방   트기 → 튀기
상치 → 상추   호루래기 → 호루라기
세째 → 셋째

3)

귀먹어리 → 귀머거리   낱낱히 → 낱낱이
날나리 → 날라리   느러지다 → 늘어지다
납짝하다 → 납작하다   덛저고리 → 덧저고리

띄여쓰기 → 띄어쓰기
뭉등거리다 → 뭉뚱거리다
미류나무 → 미루나무
미쟁이 → 미장이
반짓고리 → 반짇고리
배불뚜기 → 배불뚝이
싸래기 → 싸라기

어서 오십시요 → 어서 오십시오
잎파리 → 이파리
절둑거리다 → 절뚝거리다
제사날 → 제삿날
줄을 긋어 → 그어
하마트면 → 하마터면
해볕 → 햇볕

9. 살려 쓸 우리말

가끔씩 → 가끔
간식 → 새참, 샛밥
건초 → 마른 풀
게임 → 놀이
경멸하는 → 깔보는, 업신여기는
계곡 → 골짜기
계속 → 잇달아, 연이어, 그대로, 자꾸
굴착기 → 삽차
급기야 → 마침내, 드디어
냉정하다 → 쌀쌀하다, 차갑다
당황하다 → 어쩔 줄 몰라하다
도로 → 길
매력 → 멋
명심했어 → 마음에 새겼어, 잊지 않았어
목초지 → 풀밭
무조건 → 덮어놓고
문틈 사이로 → 문틈으로

미소 → 웃음
발상 → 생각
방치되어 → 버려져서
변하기 → 바뀌기, 달라지기
복개되면서 → 덮히면서
부근 → 근처
분위기 → 공기, 기분, 풍김새, 낌새, 느낌, 눈치, 냄새
불경기 → 시세가 나빠서, 세월이 없어서
불과 → 겨우
비명 소리 → 외마디 소리
삭막해졌다 → 거칠고 쓸쓸해졌다
삽화 → 그림
수로 → 도랑
습관 → 버릇
시합 → 내기
신경쓰지 말고 → 마음쓰지 말고

신음 소리 → 앓는 소리, 아픈 소리

심상치 → 예사롭지

싱크대 → 개숫대

야생오리 → 들오리

야생조, 야생조류 → 산새, 들새

야생화, 야생초 → 들꽃, 들풀

오산 → 잘못

용건 → 볼일

은밀하게 → 남모르게

이유 → 까닭

인내심 → 참을성

입구 → 어귀

자정 → 한밤

제일 → 첫째, 가장

조롱 → 새장

졸지에 → 갑자기

주변 → 둘레

진지하게 → 참되게

집요하다 → 끈질기다

철거하다 → 뜯겨나가다

초조했다 → 조마조마했다, 마음이 탔다

충혈된 → 핏발 선

터득한 → 알아낸

특히 → 유달리, 더구나

파티 → 잔치, 모임

하수구 → 시궁창

한 명 → 한 사람

항상 → 언제나, 늘

향했다 → 갔다

현관문 → 나들문, 문간문

확인하다 → 알아보다

10. 글쓰기에 도움이 되는 책

권영민,『우리문장 강의』, 신구문화사, 1997.

김 선,『맞춤법·띄어쓰기·원고지 사용법』, 예문당, 1998.

송준호,『문장부터 바로 쓰자』, 태학사, 1996.

스티븐 킹, 김진준 역,『유혹하는 글쓰기』, 김영사, 2002.

이오덕,『무엇을 어떻게 쓸까』, 보리, 1995.

――――,『어린이 책 이야기』, 소년한길, 2002.

――――,『우리글 바로 쓰기』1·2·3, 한길사, 1995.

이태준,『문장강화』, 창작과비평사, 1988.

정우기,『글힘 돋움』, 예영커뮤니케이션, 1997.

조선일보,『한국의 명문』, 2002. 7월호.

편집부 편,『서울대 선정 고전 200선』, 쟁기, 1994.

한국글쓰기연구회,『글쓰기 교육의 이론과 실제 Ⅱ』, 온누리, 1993.

한승원,『한승원의 글쓰기 교실』, 문학사상사, 1997.

한효석,『이렇게 해야 바로 쓴다』, 한겨레신문사, 1994.

아동문학가가 되는 길

1. 신춘문예

신춘문예는 오랜 역사를 갖고 있으며, 작가가 되는 가장 대표적인 방법이다. 매년 12월 초순경 원고 마감이 이루어지며 12월 하순에 개별 통보를 거쳐 새해 1월 1일자 신문 지면을 통해 발표된다. 요즘은 신문에 당선소감과 심사평만 실리고 작품 전문은 인터넷 신문에 실리는 경우도 있다. 각 신문사에서 공지한 신춘문예 응모 요강을 그대로 옮겨 놓았다.

■ **대한매일**

1. 동화(200자 원고지 30장 안팎, 고료 150만원)

2. 원고마감: 매년 12월 초

3. 당선작 발표: 매년 1월 1일자 대한매일 지상

4. 보낼 곳: (100-745) 서울 중구 태평로 1가 25 대한매일 편집국 문화체육팀

5. 유의사항

①필명을 쓸 때라도 본명과 주소·전화번호를 원고 끝에 반드시 밝힐 것.

②겉봉에 '신춘문예 응모작'이라고 쓸 것.

③응모작품은 반환하지 않음.

④당선작 없는 가작의 고료는 반액임.

⑤타사 신춘문예에 중복 투고하거나 다른 작품을 표절한 경우 당선이 취소됨.

6. 문의: (02)2000-9224

■ 동아일보

1. 동화(20장 내외), 동시(5편 이상)
   —아동문학 부문으로 통합해서 심사함.

2. 원고마감: 매년 12월 초

3. 보낼 곳: (110-715) 서울 종로구 세종로 139 동아일보사 편집국 문화부 신춘문예 담당자 앞
   인터넷 동아닷컴 홈페이지(www. donga. com)에 마련된 '2002 동아신춘문예' 사이트

4. 당선작 발표: 입상자는 본보 매년 1월 1일자를 통해 발표한다.

5. 응모요령

①모든 응모작품은 과거에 발표되지 않은 순수 창작물이어야 함.

②동일한 원고를 타 신춘문예에 중복 투고하면 심사에서 제외되며 사후 확인될 경우, 당선되더라도 무효 처리됨.

③ 작품 첫 장과 맨 뒷장에 응모부문, 주소, 본명, 나이, 연락처(자택전화 이동전화), 원고량(200자 원고지 기준)을 기입해야 한다.

④우편접수시 원고가 든 봉투에는 반드시 붉은 글씨로 '신춘문예 응모작품'임을 표시할 것. 우편접수는 마감 당일 소인이 찍힌 응모작까지 유효함.

⑤컴퓨터 한글 편집 소프트웨어(워드프로세서)로 작성한 원고는 원고 첫 장에 200자 원고지로 환산한 장수를 기입해야 함(시, 시조, 동시 제외).

⑥부문별로 정해진 원고량을 10% 이상 벗어날 경우에는 심사에서 제외될 수 있음.

⑦아동문학은 기존의 동화와 동시를 포함해 유아부터 초등학생을 대상으로 한 창작물을 모두 포함함.

⑧모든 응모작품은 반환하지 않음.

■ 문화일보

1. 동화: 200자 원고지 50장 안팎 고료 150만원

2. 원고마감: 매년 12월 14일경(우편접수시 당일까지 도착해야 함)

3. 보낼 곳: (100-723) 서울 중구 충정로 1가 68번지 문화일보 편

집국 문화부 신춘문예 담당자 앞.

4. 당선작 발표: 매년 1월 1일자 문화일보

5. 문의: 문화일보 편집국 문화부 (02)3701-5612

6. 유의사항: 이미 발표된 작품이거나 다른 신문·잡지에 중복 투고한 작품은 입상 결정 후에도 취소됨. 원고 첫장에 응모부문, 주소, 성명(필명일 때는 본명도 기입), 연락처(전화번호), 원고 장수를 반드시 써야 함. 원고가 든 봉투에, '신춘문예 응모작'이라는 붉은 글씨와 함께 응모부문을 명기해야 한다.

■ 조선일보

1. 동시(3편 이상): 당선작 1편 상패와 고료 300만원
   동화(25장 안팎): 당선작 1편 상패와 고료 300만원

2. 원고마감: 매년 12월 초

3. 보낼 곳: (100-756) 서울 중구 태평로 1가 61번지 조선일보사 문화부 신춘문예 담당자 앞 (겉봉투에 응모분야와 작품

편수를 명기하고, 원고 끝에 이름(필명인 경우에는 본명), 주소, 전화번호를 적어야 함).

4. 응모요령: 워드 프로세서로 작성할 경우에는 A4 용지에 출력해 보냄. 팩스로 보낸 원고는 받지 않는다. 접수한 원고는 반환하지 않으며, 당선자 없는 가작의 고료는 반액임. 타사 신춘문예에 중복 투고한 원고나 기성작가의 동일 장르 응모, 또는 표절이 밝혀질 경우 당선이 취소됨.

5. 당선작 발표: 매년 1월 1일자 조선일보 지면

6. 문의: (02)724-5376, 5365

■ 한국일보

1. 동화: 200자 원고지 30장 내외(고료 150만원)
   동시: 3편(고료 150만원)

2. 원고마감: 12월 초. 우편 접수는 마감일자 소인이 찍힌 것까지 유효.

3. 보낼 곳: (110-792) 서울 종로구 중학동 14 한국일보 편집국 문화과학부 신춘문예 담당

자 앞

4. 당선작 발표: 매년 1월 1일자 한국일보 지면

5. 응모요령

①응모작품은 순수 창작이어야 함. 기발표작, 타사 신춘문예 중복 투고작, 표절임이 밝혀질 경우 무효 처리됨.

②원고는 반드시 한 묶음으로 하고 앞뒤에 성명(필명일 경우 본명을 명기), 나이, 주소, 전화번호를 적을 것.

③원고봉투 겉면에 '2002년 한국일보 신춘문예 응모작'이라 쓰고 응모부문을 명기할 것.

④컴퓨터나 워드 프로세서로 작성한 원고는 200자 원고지로 환산한 분량을 명기할 것.

⑤E-메일 응모는 받지 않음.

⑥당선작 없는 가작의 원고료는 반액임.

⑦응모원고는 반환하지 않음.

6. 문의: (02)724-2319~21

■ 강원일보

1. 아동문학(상패·상금 80만원)
   동화: 200자 원고지 30매 안팎/동시: 1인 3편 이상

2. 원고마감: 매년 12월 초

3. 보낼 곳: (200-705) 춘천시 중앙로1가 53번지 강원일보사 편집국 문화부 신춘문예 담당자 앞

4. 당선작 발표: 매년 1월 1일자 강원일보 지면

5. 기타

①응모작은 다른 신문·잡지 등에 발표되지 않은 순수창작품이어야 함.

②워드 프로세서로 작성할 경우 A4 용지 크기에 맞추고 200자 원고 분량과 응모부문, 작품 편수 등을 작품 표지에 기재해야 함.

③디스켓이나 팩스로 응모한 작품은 접수하지 않는다.

④작품 앞·뒷면에 주소, 성명(필명일 경우 본명 별도 기재), 전화번호 등을 적고 겉봉투에 '신춘문예 응모작'이라고 붉은 글씨로 적어야 함. 응모작은 반환하지 않음.

6. 문의: 강원일보사 편집국 문화부
   (033)258-1350~2

■ 광주일보

1. 동화: 200자 원고지 30매 안팎(당선작 1편, 고료 1백만원)

2. 원고마감: 매년 12월 15일경

3. 보낼 곳: (501-758) 광주시 동구 금남로 1가 1번지 광주일보사 편집국 문화부

4. 당선작 발표: 매년 1월 1일자 광주일

보 지면

5. 기타

①응모작품은 발표된 적이 없는 창작품이어야 하며 정확한 주소와 전화 연락처 및 나이를 밝힐 것.

②문의처: 광주일보 편집국 문화부
　　　　 (062)222-8111(구내 352)

■ 대구매일신문

1. 동시 3편 이상 고료 120만원, 동화 200자 원고지 30장 안팎 고료 150만원.

2. 각 부문 당선작은 1편이 원칙이며, 사정에 따라 가작(고료는 당선작의 반액)을 뽑는다.

3. 원고마감: 매년 12월 13일경, 발표는 신년호 지상. 우편발송 원고도 13일 도착분만 유효.

4. 보낼 곳: 대구시 중구 계산2가 71번지 매일신문사 편집국 문화부 신춘문예 담당자 앞

5. 문의: (053)251-1741~1744

6. 응모요령: 모든 응모작은 미발표 창작품에 한함. 동일한 원고를 다른 신춘문예에 중복 투고하거나 표절한 경우, 기성문인의 동일 장르 응모의 경우 무효 처리함. 원고 첫 장과 맨 뒷장에 응모부문과 주소, 본명, 나이, 연락처(자택전화, 휴대전화)를 반드시 기입해야 함. 원고 봉투에는 붉은 글씨로 '신춘문예 응모작품'과 '응모부문'을 명기해야 함. 컴퓨터, 워드 프로세서로 작성한 원고(단편소설, 동화)는 200자 원고지로 환산해 원고 첫 장에 장수를 기입해야 하며, 응모원고는 반환하지 않음.

■ 부산일보

1. 동화(200자 원고지 30장 안팎): 당선작 고료 200만원
　동시(3편 이상): 당선작 고료 200만원

2. 원고마감: 매년 12월 12일경, 우편 접수는 마감일자 소인까지 유효.

3. 보낼 곳: (601-738) 부산시 동구 수정동 1의10 부산일보사 문화부 신춘문예 담당자 앞.

4. 문의: (051)461-4182

5. 당선작 발표: 매년 1월 1일자 부산일보 신년호

6. 심사: 본사가 위촉한 심사위원이 심

사하며 명단은 당선작과 함께 발표.

7. 유의사항: 응모원고에 반드시 주소, 성명, 연락처(전화번호)를 적을 것(필명일 때는 본명을 별도로 밝힐 것). 겉봉에 붉은색으로 '신춘문예 응모작품'이라고 쓰고 응모부문을 반드시 명기할 것. 응모작은 미발표 신작에 한하며, 표절하거나 다른 신문에 이중투고한 작품일 경우 당선을 취소함. 가작은 당선작 상금의 반액을 지급하며 응모작은 반환하지 않음.

■ 충청일보

1. 동화 200자 원고지 30장 내외, 고료 40만원

2. 원고마감: 매년 12월 초

3. 당선작 발표: 매년 1월 1일자 본보 지상

4. 보낼 곳: (361-766) 충북 청주시 흥덕구 사창동 304 충청일보사 편집국 문화체육부

5. 응모요령

①응모작은 타지(문예지, 학술지 포함)에 발표되지 않은 순수한 작품이어야 한다.

②겉봉에는 반드시 응모부문(장르별) 주소, 성명, 연락처(전화번호)를 적어야 한다.

③응모작품은 일체 반환하지 않음.

④당선작이 없고 가작이 나올 경우, 고료는 본사 소정액을 지급함.

6. 문의: 충청일보사 편집국 문화체육부(279-5041~5)

2. 아동문학상 안내

出版社나 잡지사 등의 단체에서 신진 작가들을 대상으로 주최하는 아동문학상을 수상하게 되면 작가로 입문함과 동시에 작품집 발간이라는 혜택도 받게 된다. 각 단체마다 나름대로 공모 기준을 갖고 있으며, 일정도 모두 다르다. 아동문학상 응모를 원한다면 주관하는 단체의 홈페이지를 꾸준히 지켜 보면서 문학상 공모 소식을 알아보는 것이 좋다.

■ 건국대학교 창작동화상

· 건국대학교 '동화와 번역연구소'에서 주관하며 순수 창작동화만을 대상으로 매년 1회 공모한다.

· 창작 장편동화(200자 원고지 500장 내외) 1편을 대상으로 뽑는다.

· 순수 창작동화로 다른 곳에 발표하지 않은 작품에 한한다.

· 응모 자격은 기성과 신인 가리지 않는다.

· 대상 1편(상금 800만원)을 시상하며, 단 대상 해당작이 없을 경우 우수상 2편(상금 각 400만원)을 선정할 수 있다.

· 응모 마감은 매년 12월 초(마감일이 공휴일인 경우 익일 소인 유효)이며, 당선작 발표는 12월 30일 동화아카데미 홈페이지(www.dongwhaac.org)와 개별 통보한다.

· 문의: 충북 충주시 단월동 322번지 건국대학교 인문과학대학 207호 동화와 번역연구소 건국대학교 창작동화상 담당자 앞

· 전화: (043)840-3864(건국대학교창작동화상 담당자)

■ 계몽아동문학상

· 계몽사가 주관하며 매년 2월말 경 원고를 마감함. 장편동화는 200자 원고지 400매 이상, 단편동화는 30~50매, 동극은 120매, 동요와 동시는 5편 이상을 기준으로 한다.

· 문의 : 서울 강남구 역삼동 772번지

· 전화 (02)531-5571

■ 눈높이아동문학상

· 대교문화재단이 주관하며 매년 2월 초까지 원고를 마감함.

· 단편동화는 편당 200자 원고지 40매 내외 분량의 10~15편, 장편동화는 200자 원고지 450~500매 분량의 1편을 제출해야 한다.

· 단 · 장편동화의 구분 없이 1명만 뽑으며, 상금은 2천만원이다.

· A4 용지에 워드 프로세서(MS WORD, 아래아한글)로 작성하여 인쇄물과 디스켓을 함께 발송해야 한다.

· 만 18세 이상 신인 또는 등단 10년 이내 작가만이 응모할 수 있다.

· 당선작은 당해년도 시상식 때 출간되며, 당선작이 없을 때에는 가작을 선정, 시상하며 상금은 당선의 1/2로 한다.

· 당선작 및 가작에 대한 저작권은 5년간 대교문화재단에 귀속되고, 응모작은 이미 발표되지 않은 순수창작으로써 타 문학상을 수상하지 않은 작품이어야 하며, 표절 등 부당한 작품이거나 제반 준수사항에 위배될 경우 당선 취소된다.

· 문의: (151-706) 서울시 관악구 봉천동 729-21 눈높이보라매센터 대교문화재단 눈높이아동문학상 담당자 앞

· 홈페이지: http://www.dkculture.org

· 이메일: dkcf@daekyo.co.kr

· 전화: (02)829-0694

■ 문학동네 어린이문학상

· 매년 10월 30일까지 원고를 마감한다.

· 유아동화는 200자 원고지 15매 내외의 작품 5편 이상, 단편동화는 200자 원고지 30매 내외의 작품 5편 이상, 장편동화는 200자 원고지 500매 내외의 작품 1편 이상을 제출하여야 한다. 기성과 신인작가 모두 응모 가능하다.

· 대상 1편에는 1천만원, 우수상 2편에는 각 500만 원의 상금을 지급한다. 수상작은 모든 부문을 통틀어 3편만 선정한다.

■ 아동문예문학상

· 아동문예사가 주관하며 분기마다 심사하며 당선될 경우 기성문인으로 대우한다.

· 각 부문별로 동시 10편 이상, 동화 2편(200자 원고지 40매) 이상, 동극 2편(200자 원고지 60매) 이상, 아동문학평론 2편(200자 원고지 60매)을 제출한다.

· 문의: (02)995-0071

■ 아동문학평론 신인상

· 계간 아동문학평론사가 주관하며 당선될 경우 기성문인으로 대우한다.

동시, 동화, 평론, 동극 부문을 모집한다.

· 문의: (02)912-0654

■ MBC 창작동화 대상

· 매년 2월말 원고를 마감한다.

· 장편동화 부문에서 대상 1편과 가작 1편을, 단편동화 부문에서 대상 1편과 가작 2편을 뽑는다. 장편동화는 200자 원고지 400매 내외, 단편동화는 원고지 40매 내외를 기준으로 하고 당선작에는 상금으로 각각 2,500만 원과 700만 원이 주어진다.

· 원고는 워드 프로세서로 작성하여 디스켓과 인쇄물(A4 용지)을 함께 보내야 하고 장편은 줄거리(200자 원고지 20장 내외)를 첨부해야 한다. 작품 앞면에 작가의 주소, 성명(본명), 전화번호를 표기해야 한다. 입상작에 대한 저작자의 모든 권리는 발표일로부터 5년간 문화방송에 귀속된다.

·문의: 서울 영등포구 여의도동 31 문
　　　화방송 문화사업팀

■ 월간 어린이문학 어린이문학상
·매년 3월 10일까지 원고를 마감한다.
·동시는 10편 이상, 동화는 분량에 특
별한 제한이 없으나 장편은 1편, 단편
은 5편 이상을 기준으로 한다. 평론은 3
편 이상 제출한다. 당선작은 각 부문
100만원씩 상금이 지급되며, 당선작은
최대한 출판되도록 지원하며 인세에 대
한 권리는 작가에게 귀속된다.
·문의: (420-023) 경기도 부천시 원
　　　미구 중3동 덕유마을 205동
　　　204호

■ 창비 좋은어린이책 공모
·창작과비평사가 주관하며 매년 10월
30일 마감한다.
단행본 한 권 분량의 원고를 제출하여
야 한다.
·당선작에는 상금 500만원과 함께 이
탈리아 볼로냐 국제 어린이 도서전 참
가 및 유럽 문화기행의 특전을 부여한
다.
·문의: (121-070) 서울시 마포구 용강
　　　동 50-1 창작과비평사 편집실
　　　/(02) 718-0543~4

주요 아동문학상

1. 국내 아동문학상

한국의 주요 아동문학상에는 소천아동문학상, 세종아동문학상, 새싹아동문학상, 한정동아동문학상 등이 있다. 소천아동문학상은 아동문학가 강소천(1915~1963)을 기념하기 위하여 1965년 배영사가 제정한 상으로 해마다 뛰어난 아동문학 작품에 수여한다. 세종아동문학상은 1968년 소년한국일보에서 제정한 상이며, 새싹문학상은 1956년 윤석중을 중심으로 발족한 〈새싹회〉에서 제정한 문학상으로, 1957년부터 소파상으로 수여하다 1973년부터 새싹문학상으로 수여하고 있다. 대한민국아동문학상은 한국문화예술진흥원에서 1976년 제정하여 수여하다가 1980년부터는 대한민국상 아동문학부문으로 수여하고 있다. 한정동아동문학상은 동요시인 한정동(1894~1976)을 기념하여 1969년부터 매년 발표되는 우수 동시와 동요에 수여한다.

■ 소천아동문학상

아동문학에 전념한 강소천의 업적을 기념하기 위하여 1965년 배영사가 제정한 아동문학상이다. 제6회 시상 이후 강소천 아동문학상 운영위원회로 개편, 재발족하였다. 한국 아동문학 발전에 기여하고자, 연간에 발표된 작품 중에서 뛰어난 아동문학 작품 1편을 선정, 해마다 5월 5일 어린이날에 시상하여 오다가 1972년부터는 강소천의 기일 (忌日)에 시상하게 되었다.

■ 세종아동문학상

아동문학의 발전을 위해 소년한국일보에서 1968년에 제정한 문학상이다.

한국일보사에서 발행하는 어린이 대상 일간신문인 소년한국일보에서 제정하여 해마다 시상하는 아동문학상으로 전년도 7월부터 해당 연도 7월까지 발표된 동시·동화 등을 대상으로 수상작을 선정한다.

■ 한국아동문학상

한국아동문학상은 작가의 창작 의욕을 고취하기 위하여 해마다 지난 1년 동안 발표된 아동문학 작품집 중에서 우수한 작품을 낸 작가를 선정하여 정기 총회 때 시상하는 한국아동문학인협회의 문학상으로, 본상의 수상자에게는 상패와 부상을 수여한다. 단, 추천작가는 등단 8년 이상 된 작가로 한국아동문학가협회상, 현대아동문학상, 한국아동문학인협회상을 받지 않아야 한다.

■ 방정환문학상

평생을 아동문학 보급과 아동보호운동에 힘쓴 소파 방정환의 업적을 기리고 그 정신을 계승하기 위해 서울국제아동문학관 부설 아동문학평론사에서 1991년에 제정한 아동문학상으로 동시·동화·평론 등의 부문으로 나누어 수상자를 선정한다.

■ 한정동아동문학상

동요시인 한정동의 업적을 기념하기 위하여 1969년에 제정된 아동문학상이다. 운영위원회에서 운영 관리하고, 운영위원장이 위촉한 5명의 심사위원이 지난 1년간에 발표된 동시·동요 중에서 우수한 작품을 선정하여 그 아동문학가에게 시상한다. 소천아동문학상이 주로 동화 부문을 대상으로 하는 데 비하여 이 상은 동요 및 동시 부문에 치중한다고 할 수 있다. 해마다 5월 3일에 시상된다.

2. 세계 아동문학상

제2차 세계대전이 끝난 뒤 아동문학에 대한 관심이 높아지면서 세계 여러 나라에서는 우수한 아동문학 작품에 주는 상을 제정하여 약 40여 종 의 상이 제정되어 있다.

미국에는 미국도서관협회에서 제정한 뉴베리상과 칼데콧상이 있다. 뉴 베리상은 아동문학상 가운데 가장 역사가 오래된 상으로, 세계 최초로 어 린이책을 출판한 영국의 존 뉴베리를 기념하여 1922년 제정하였다. 어린 이그림책에 수여하는 칼데콧상은 1938년에 제정하였다.

영국에는 영국도서관협회에서 제정한 카네기상과 케이트 그리너웨이상 이 있다. 1935년 제정된 카네기상은 영어로 된 책 가운데 영국에서 출판 된 책에 한하여 수여한다. 1956년 제정된 케이트 그리너웨이상은 어린이 그림책에 수여한다.

프랑스에서는 소년문학상과 어린이책 대상이 있다. 소년문학상은 1934 년 브루리에 출판사가 제정한 것으로, 편향적인 사상을 가지지 않은 작가 의 육필 원고에 한하여 수여한다. 독일에는 1956년 제정한 독일아동도서 상이 있는데, 유년 취향·소년 소녀 취향·그림책의 세 부문으로 나누어 창작과 번역에 수여한다.

스웨덴에는 1949년 S. O. 라게를뢰프가 지은 『닐스의 모험』에 나오는 주인공 이름을 딴 닐스 호르게르손상과, 1956년에 제정된 엘자베스코우 상, 1957년에 제정된 스웨덴국가상 등이 있다. 노르웨이에는 1947년에 제 정되어 학교 도서관에 유익한 작품에 수여하는 노르웨이교육장관상이 있 다. 오스트리아에는 1955년 교육부가 제정한 아동문학 국가상이 있고, 에 스파냐에는 1958년 교육부가 제정한 라자리아동문학상이 있다. 이탈리아 에는 1950년에 제정한 카스테로상과 1966년 제정한 볼로냐국제도서전상 이 있고, 캐나다에는 1946년 캐나다도서관협회가 제정한 캐나다아동문학 상과 캐나다총독상 등이 있다.

그외 국제안데르센상이 있는데, 1956년 스위스 취리히에 설립된 국제 아동도서협의회(IBBY)에서 세계 여러 나라 현존 작가들의 작품 가운데 우수작을 뽑아 격년으로 수여한다. 그 동안 린드그렌, 캐스트너 등이 수상 하였다. 1960년부터는 국제안데르센그림책대상도 제정되어 있다.

■ 국제안데르센상
(International Hans Christian Andersen Awards)

아동문학의 발전과 향상을 위하여 창설된 상으로서, 1956년(제1회) 이래 2년마다 그 동안 각국에서 발표된 우수작품을 심사하여 그 중 최우수작 1점에 대하여 대상(大賞)을 수여한다. 스위스의 취리히에 본부를 둔 국제 어린이도서평의회가 제정한 것으로 '어린이문학의 노벨상'이라고도 부른다. 심사와 시상은, 1951년 스위스에서 창립된 국제

청년 시절의 안데르센.

아동도서협회의 주최로 동 협회의 각국 (20여 개국) 지부에서 추천한 도서를 대상으로 행해진다.

덴마크의 유명한 동화작가 '안데르센'의 이름을 따왔으며, 아동문학가 및 일러스트레이터에게 주어지는 국제적으로 영예로운 상이다. 이 상을 위해 심사위원회가 IBBY에 의해 선정된 전문가들로 따로 조직한다. 특히 일러스트레이션 부문은 책 일러스트레이션의 중요성을 인식하게 되어 1966년부터 새로 추가하게 되었다. 어린이 문학에 공헌한 바가 큰 현존하는 일러스트레이터에게 2년에 한 번씩 수여한다

■ 뉴베리상
(The John Newbery Medal)

이 상은 18세기 영국의 서적상인 존 뉴베리(John Newbery)의 이름을 따서 만든 상이다. 아동문학상 가운데 가장 역사가 오래된 상으로, 세계 최초로 어린이책을 출판한 영국의 존 뉴베리를 기념하여 1922년 제정하였다.

해마다 미국 아동문학에 가장 탁월한

기여를 한 작가에게 매년 수여되고 있는 상으로 지난 1922년부터 수여되고 있는 상이다. 미국사서협회(ALA: America Library Association)가 매년 수여하고 있는 상으로, 2002년에는 동양인 최초로 재미 한국인 동화작가 린다 수 박이 『사금파리 한 조각』이라는 작품으로 수상하는 영광을 안기도 했다.

■ 칼데콧상
(The Randolph Caldecott Medal)

칼데콧상은 19세기 영국의 삽화가 랜돌프 칼데콧을 기념하여 1938년 프레더릭 거숌 멜처의 지원으로 창설되었다.

랜돌프 칼데콧에 대해서 먼저 알아보자면, 1846년 영국 맨체스터에서 태어나 1986년 사망할 때까지 모두 18권의 그림책을 냈다고 한다. 그 중 우리 나라에 소개되어 있는 것은 안타깝게도 『익살꾸러기 사냥꾼 삼총사』 딱 한 권뿐이다.

아이들을 위한 그림책의 발달은 인쇄술의 발달에 기인한다고 할 수 있다. 인쇄 기술이 발달하기 이전에는 컬러 그림책 한 권을 발간하기 위해서는 실로 엄청난 비용이 들어야만 했기 때문에 아무리 솜씨가 뛰어난 화가라고 하더라도 그 엄청난 비용을 감수하면서 책을

낼 수는 없는 일이었다. 하지만 랜돌프 칼데콧은 그런 면에서는 행운이었다고 할 수 있다. 에드워드 에반스라는 출판업자를 만나면서 매년 두 권의 그림책을 낼 수 있는 기회를 얻을 수 있었기 때문에 케이트 그리너웨이와 함께 19세기 "그림책의 황금 시대"를 시작했다 해도 과언이 아니다.

에드먼드 에반스(Edmund Evans, 1826~1905)는 종전의 조악한 색채를 극복한 목판 컬러 인쇄술을 개발하고 자신의 인쇄소에 세 화가를 차례로 기용한다. 에반스가 발굴한 세 사람은 월터 크레인(Walter Crane, 1845~1915), 케이트 그리너웨이 (Kate Greenaway, 1846~1901), 랜돌프 칼데콧(Randolph Caldecott, 1846~1886)이었다. 이들 중 칼데콧은 1846년 영국 맨체스터에서 태어나 초등학교 시절부터 학교 공부보다는 자유로이 들로 산으로 다니며 동물이나 나무 등의 스케치를 즐겼다. 학교를 마치고 5년간 은행원으로 일하다 그만두고 런던으로 진출해 신문, 잡지 등에 삽화, 만화 작업을 했다.

1878년 초, 칼데콧이 그린 『옛날의 크리스마스』 삽화를 우연히 보게 된 에반스는 그를 방문한다. 이때부터 칼데콧은 일 년에 두 권씩 그림책을 낸다.

칼데콧은 39세에 지병인 류머티즘으로 죽기까지 18권의 그림책을 남겼는데 이 중 13권이 영국 전래 동요인 마더 구스의 내용이다. 그의 그림책은 그림과 이야기의 절묘한 배합, 동작이 살아 있는 선, 그림 곳곳에서 보여지는 해학과 재치로 현대 그림책의 출발점이 되었다고 평을 받는다.

1938년에 제정된 칼데콧상은 미국 도서관 협회(ALA: American Library Association) 산하의 어린이 도서관 협회(ALSC: Association for Library Service to Children)에서 매년 여름에 수여한다. 미국에서 그 전 해에 가장 뛰어난 그림책을 펴낸 일러스트레이터에게 주는 이 상은 1937년 프레드릭 G. 멜처의 제안으로 칼데콧을 기념하여 이름을 붙였다. 뉴베리와 칼데콧상을 선발하는 독립 위원회는 "수상작(Medal)" 외에 주목을 끄는 작품들을 제시하고, 이를 "영예 도서(The Honor Books)"라고 부르는데, 이 책들도 많은 관심을 받는다.

■ 케이트 그리너웨이상
(Kate Greenaway Medal)

1870년대에 활동한 영국의 그림책 화가인 케이트 그리너웨이(Kate Greenaway, 1846~1901)의 이름을 딴 이 상은 영국 도서관 협회(The British Library Association)의 청소년 도서관 그룹(Youth Libraries Group)이 1955년에 제정해 그 이듬해부터 수여했다. 2001년 4월 이래 이 상은 도서관 협회와 정보학자 연구소가 통합해 결성한 새로운 조직 CILIP(the Chartered Institute of Library and Information Professionals)이 주관하고 있다. 그 전 해 영국에서 출판된 그림책 가운데서 가장 뛰어난 일러스트레이터에게 매년 여름에 수여한다.

이 상의 모토가 된 그리너웨이는 뛰어난 목판화 작가의 딸로 일찍부터 그림을 그리기 시작했고, 평생 꽃과 어린이를 사랑하면서 그림책의 수준을 높였다. 1871년 처녀작을 출판한 후, 1877년 출판 디자이너면서 목판 제작자인 E. 에반스와 만나 명작 『창 밑에서』(1878), 『메리골드가 피는 뜰』(1885)을 출판하면서 그녀의 우아한 화풍이 구미 각국에 알려졌다. 작품에 나오는 소녀들은 프릴과 리본으로 장식된 옷을 입고 보닛을 썼는데 책과 함께 그러한 복장의 18세기 아동복이 널리 유행했다고 한다.

■카네기상
(The Library Association
Carnegie Medal)

앤드루 카네기(Andrew Carnegie,
1835~1919)의 도서관 설립에 대한 공
헌을 기념하여 1937년 영국 도서관협
회에 의해 창설되었다. 전년도에 영국
에서 영어로 출판된 어린이책 가운데
가장 뛰어난 작품(창작, 실화를 불문)
을 뽑아 이 상을 수여한다. 이와 같은
취지에서 이 협회가 수여하는 상으로
케이트 그리너웨이상이 있다.